Fy Mlwyddyn Heb Fwyta

Canmoliaeth i *Fy Mlwyddyn Heb Fwyta*

'Mae *Fy Mlwyddyn Heb Fwyta*, mewn modd amhrisiadwy, gonest, doniol a chynnes, yn cynrychioli grŵp o bobl sy'n cael eu diystyru'n aml. Stori aruthrol o bwysig.' Savannah Brown, awdur *The Truth About Keeping Secrets*

'Dehongliad cynnil o ddelio â bywyd wrth fyw gydag anorecsia.'
Melinda Salisbury, awdur *The Sin Eater's Daughter*

'Pwysig, angenrheidiol, dilys ac apelgar.'
Lindsay Galvin, awdur *The Secret Deep*

'Mae hwn yn llyfr hawdd ei ddarllen a fydd yn helpu pobl i ddeall yn well heriau dydd i ddydd iechyd meddwl; yn enwedig y bobl ifanc hynny yn ein hysgolion sy'n byw gydag anorecsia.'
Ross Morrison McGill, sylfaenydd @TeacherToolkit

'Mae Samuel Pollen yn llais newydd a chyffrous ym maes ffuglen yr arddegau. Mae *Fy Mlwyddyn Heb Fwyta* yn portreadu'n ystyriol ac yn onest y profiad o fyw gydag anorecsia, ond hefyd yn gynnes ac yn annwyl. Roeddwn i wrth fy modd gydag e.' Lucy Powrie, awdur *The Paper & Hearts Society*

'Golwg amrwd ar fywyd bachgen cyffredin sy'n cael ei gaethiwo gan grafangau anorecsia. Gwnaeth y llyfr hwn i mi weld anorecsia mewn ffordd hollol wahanol.' Talya Stone, *Motherhood: The Real Deal*

'Llyfr cignoeth sy'n cynnig goleuni a gobaith i'r rheini sydd wedi'u heffeithio gan anhwylderau bwyta. Llyfr sy'n hoelio'ch sylw ac a fydd yn helpu i fynd i'r afael â stigma ynglŷn â dynion ag anhwylderau bwyta ac i'w deall.'
Hope Virgo, Eiriolydd a Siaradwr am Iechyd Meddwl

Fy Mlwyddyn Heb Fwyta

GRAFFEG

I Mam a Dad,
wnaeth ddygymod â chryn dipyn

Graffeg Cyf., 24 Canolfan Fusnes Parc y Strade,
Heol Mwrwg, Llangennech, Llanelli,
Sir Gaerfyrddin, SA14 8YP.
www.graffeg.com

Cyhoeddwyd gyntaf yn 2022 yn y Deyrnas Unedig
dan y teitl *The Year I Didn't Eat* gan ZunTold
www.zuntold.com.

Hawlfraint testun © Samuel Pollen, 2018
Dyluniad y clawr gan Sophie Beer
Addasiad Cymraeg gan Mared Llwyd
ISBN 9781802584509

Cedwir pob hawl. Ni chaniateir atgynhyrchu na throsglwyddo unrhyw ran o'r cyhoeddiad hwn, mewn unrhyw ddull na thrwy unrhyw gyfrwng – electronig na mecanyddol, yn cynnwys llungopïo, recordio, nac unrhyw system storio gwybodaeth na system adalw – heb ganiatâd ysgrifenedig ymlaen llaw gan y cyhoeddwr.

Cyhoeddwyd gyda chymorth ariannol Cyngor Llyfrau Cymru
www.gwales.com

Ffuglen yw'r gwaith hwn a gwaith dychymyg yr awdur yw'r enwau, cymeriadau, digwyddiadau a sgyrsiau ynddo.
Cyd-ddigwyddiad llwyr yw unrhyw debygrwydd i ddigwyddiadau, lleoliadau, neu bobl go iawn, byw neu farw.

1 2 3 4 5 6 7 8 9

Llyfr am anorecsia yw hwn. Mae'n cynnwys rhifau caloriau a disgrifiadau o fwyta di-drefn. Darllenwch a rhannwch yn ofalus, os gwelwch yn dda.

24 Rhagfyr

Annwyl Ana,

Dwi'n newydd i hyn, i bob pwrpas, felly dwi ddim wir yn gwbod beth i sgwennu. Mae'n siŵr y dylwn i ddechre yn y dechre. Macs ydw i. Dwi'n bedair ar ddeg, bydda i'n bymtheg oed fis Awst nesa. Ac ar hyn o bryd, ti yw'r unig berson y galla i siarad â hi, fwy neu lai.

Mae Mam a Dad yn dweud eu bod nhw eisie helpu. Ond dwi'n gwbod, pe bawn i'n dweud wrthyn nhw sut dwi'n teimlo go iawn, y bydden nhw'n fy anfon i'n syth i'r seilam.

Mae'r un peth yn wir am Luned, fy seicolegydd i. Bob tro y bydda i'n dweud stwff wrthi, bydd e wastad yn dod 'nôl ac yn fy nghnoi i, achos mae hi'n fy ngorfodi i i wneud pethe dwi wir ddim eisie gwneud. Y diwrnod o'r blaen, ro'n ni'n trafod ymarfer corff, ac fe ddywedodd hi wrtha i'n sydyn nad o'n i'n cael rhedeg mwyach. Hynny yw, dim o gwbl. Pwy a ŵyr pa reolau y bydd hi'n meddwl amdanyn nhw nesa.

Mae gyda fi ddau ffrind yn yr ysgol, Ram a Gwyds, a does gyda fi ddim syniad pam maen nhw'n fy ngoddef i erbyn hyn. Dwi bron byth yn treulio amser gyda nhw. A phan dwi yn gwneud, dwi'n arthio arnyn nhw drwy'r amser. Dwi ddim eisie dweud wrthyn nhw am yr hyn sy'n digwydd, achos byddan nhw naill ai'n rhedeg milltir, neu'n dechre fy nhrin i fel rhyw fath o achos arbennig. Dwi ddim yn siŵr pa un fydde waetha.

O, a wedyn mae Robin. Paid â dweud wrtho fe 'mod i wedi dweud hyn, ond mae fy mrawd i'n reit cŵl, mewn gwirionedd. Weithie. Dyw e ddim yn fy nhrin i fel achos arbennig, fel mae Mam a Dad a Luned yn gwneud, er ei fod e'n gwbod popeth amdanat ti. Mae e jest yn cario 'mlaen â phethau. Mae e'n esgus nad wyt ti yma hyd yn oed.

Hoffwn i allu gwneud hynny.

Er hynny, mae 'na lwyth o bethe na alla i wir eu trafod gydag e. Achos, wel, fy mrawd i yw e. "Hei Robin, yw hi'n wir bod chilli yn cyflymu dy fetaboledd di? Ac a fydd unrhyw ferched byth eisie dod yn agos at ffrîc fel fi?" Does 'na ddim unrhyw siawns 'mod i'n mynd i ofyn y stwff 'na iddo fe.

Dwi'n chwilio am atebion ar-lein weithie. Ocê, lot fawr o'r amser. Trwy'r amser. Ond dwi'n difaru gwneud bob tro, fwy neu lai. Mae 'na lwyth o bobl allan yna'n sôn amdanat ti, Ana. Ac am ryw reswm maen nhw'n meddwl mai ti yw'r peth gorau ers bara wedi sleisio. Dewis gwael o ymadrodd. Ond ti'n gwbod be dwi'n feddwl.

Os ydyn ni'n anwybyddu'r holl bobol ryfedd ar y rhyngrwyd, mae 'na chwech o bobl yn fy mywyd i. Mam, Dad, Luned, Ram, Gwyds a Robin. Dyna bawb sydd gyda fi. Â phwy byddet ti'n siarad?

Dyna pam rwyt ti'n ennill. Dyna pam dwi'n sgwennu hwn. Achos does neb arall ar ôl. Mae saith biliwn o bobl ar y blaned 'ma, a rywsut, yr unig berson y galla i siarad â hi yw ti.

Dwi newydd edrych ar fy oriawr. Mae hi'n 00:32. Felly, ym, Nadolig Llawen!

Mae fory'n mynd i fod yn siwpyr-anodd. Hynny yw, diwrnod anodda fy mywyd i hyd yma. Bydd brecwast yn ocê, achos dim ond fi, Robin, Mam a Dad fydd yno, ac maen nhw'n gwbod yn barod sut rydw i. Fyddan nhw ddim yn meindio pan fydda i'n dweud 'na' wrth goffi a croissants, a'r sudd yn llawn darnau maen nhw wedi'i brynu'n arbennig. Fyddan nhw ddim yn meindio pan fydda i ddim ond yn bwyta un sleisen o dost (93) gyda'r tamed lleiaf o fenyn braster isel (10).

Wel, fe fyddan nhw'n meindio. Ond fyddan nhw ddim yn dweud dim.

Ond yna, bydd pawb arall yn cyrraedd. Anti Ceri, Wncwl Dewi, Iago, Lowri a Mam-gu. Ac maen nhw heb fy ngweld i fel hyn.

Dy'n nhw ddim yn gwbod sut un ydw i erbyn hyn.

1

Dwi'n aros o dan y dillad gwely cyn hired ag y galla i. Llynedd fe redais i ar ras lawr y grisiau, gan chwilota ym mhobman am fy hosan a gweiddi'n groch ar Mam a Dad i godi. Fel unrhyw blentyn normal.

Mae 'na gnoc ysgafn ar fy nrws i. "BETH?" dwi'n gweiddi, ac yna dwi'n teimlo'n wael yn syth. Gwylltio'n gacwn am ddim byd yw fy arbenigedd i y dyddiau hyn.

Mae Mam yn agor rhywfaint ar gil y drws. "Nadolig Llawen, cariad," medd hi. "Wyt ti eisie dod lawr?"

"Mewn ychydig," dwi'n ateb.

"Mae hi'n wyth o'r gloch," medd hi.

"Dwi'n gwbod." Dwi'n pwyntio at fy arddwrn. Mae fy oriawr ar y twll lleiaf erbyn hyn, ac mae hi'n dal i hongian yn llac. Mae hi'n edrych yn rhyfedd, fel un o'r tagiau 'na maen nhw'n eu rhoi ar goesau adar er mwyn astudio'u patrymau mudo. Dwi'n falch ac yn cywilyddio am y peth ar yr un pryd.

Mae Mam yn dod i mewn i'r stafell yn iawn ac yn eistedd ar y gadair wrth fy nesg. Mae hi'n eistedd yn gefnsyth reit ar yr ymyl, fel pe bai hi eisie creu cyn lleied o argraff â phosib ar y stafell. Dwi'n casáu'r ffordd mae fy rhieni i'n ymddwyn o fy nghwmpas i nawr. Fel pe baen nhw'n cerdded ar wyau. Fel pe baen nhw'n aros i fi ffrwydro.

"Wyt ti'n teimlo'n ocê am heddiw, 'nghariad i? Wyt ti wedi trafod pethe gyda Luned?"

Mae'n fy mlino. Dwi wedi blino drwy'r amser. Ambell ddiwrnod, dwi'n mynd i'r gwely am 7 o'r gloch. "Bydd e'n iawn," dwi'n dweud wrthi gan droi yn y gwely fel 'mod i'n wynebu'r wal. "Bydda i'n iawn."

"Fe lusga i dy frawd di o'r gwely cyn bo hir. Wel, fe dria i. Mae dy dad yn mynd i nôl Mam-gu jest cyn cinio. Dwi ddim yn siŵr am dy fodryb. Fe ddywedodd hi y bydde hi'n ffonio cyn iddyn nhw adael."

"Ocê," meddaf i wrth y wal.

Dwi'n ei chlywed hi'n codi, ond dyw hi ddim yn gadael y stafell. Dwi'n gallu teimlo'i llygaid hi arna i. Dwi'n tynnu'r dillad gwely reit lan o gwmpas 'y ngwddf, achos dwi'n casáu'r syniad o unrhyw un yn edrych ar 'y nghorff i. Hyd yn oed Mam.

"Gwranda, cariad, medd hi. "Os yw e'n ormod, dwed wrtha i, ac fe sortiwn ni bethe. Ocê?"

Dwi ddim yn dweud dim.

"Wel, dere lawr pan fyddi di'n barod. Dwi'n dy garu di."

Dwi'n aros i'r drws gau â chlic cyn i mi godi.

Er nad ydw i'n edrych 'mlaen at heddi, dwi wedi cyffroi ynglŷn â fy anrhegion. Wel, rhai ohonyn nhw. Dwi wedi gofyn i Mam a Dad am finocwlars newydd, a llyfr am adar Borneo, a'r *Zelda* newydd. Mae'n siŵr bod Anti Ceri wedi prynu dillad newydd i fi sydd ddim yn fy ffitio i. Ac mae Mam-gu wastad yn prynu'r un peth i Dad, Robin a fi: un o'r cawsiau bach crwn 'na mewn plisgyn cwyr. Fe rodda i fy un i i Dad 'leni, am wn i.

Ond anrheg Robin yw'r un dwi wedi cyffroi fwyaf yn ei chylch. Mae Robin yn hyfforddi i fod yn wneuthurwr dodrefn, ac mae e wastad yn gwneud fy anrheg i ei hun. Llynedd, fe wnaeth e focs nythu i fi sy' nawr yn hongian o'r goeden afalau ar waelod yr ardd. Mae e'n wag o hyd, ond dwi'n gobeithio y bydd rhywbeth yn ei ddefnyddio fe y gwanwyn nesa. Y flwyddyn gynt, fe wnaeth e chwiban i fi sy'n swnio'n union fel tylluan fach. Fe ddywedodd e ei fod e'n meddwl y bydden i'n cael *hŵt* a hanner gyda hi. Mae fy mrawd i'n gwneud *lot* o jôcs gwael.

Dwi'n edrych allan ar hyd yr ardd. Mae'r wiwer wrth y bwydwr, sy'n bendant i fod yn ddiogel rhag wiwerod, a dwi'n gallu clywed ambell sguthan yn y coed yn y cefn. Dwi'n hoffi'r adeg yma o'r dydd. Mae hi'n dawel, a dwi heb orfod meddwl am fwyd eto. Fel arfer, dyma pryd y bydda i'n mynd â Madog, ein ci defaid Cymreig ni, am dro. Ond dim heddi.

Dwi'n gwisgo amdanaf, ac yn mynd lawr llawr.

"Nadolig Llawen, Macs," medd Dad, heb edrych lan o'i groesair, wrth i fi gerdded mewn i'r stafell fyw. Mae e'n eistedd yn ei gadair freichiau, o dan dwmpath o bapurau newydd. Mae'r goeden yn blincio y tu ôl iddo.

"Nadolig Llawen," meddaf i, gan fynd yn syth heibio iddo tua'r gegin.

Dwi'n helpu Mam i osod y bwrdd. Mae'n siŵr ei fod e'n swnio'n rhyfedd, o ystyried popeth, ond dwi'n hoffi helpu i baratoi prydau bwyd. Mae e'n gwneud i fi deimlo mai fi sy'n rheoli.

Unwaith i fi sortio'r platiau a'r cyllyll a ffyrc, dwi'n bwrw ati i wneud tost. Ry'n ni wastad yn cael torth wen feddal Hovis, felly dwi'n gwbod yn union faint yw tafell (93). Dwi'n rhoi un dafell yn y tostiwr; mae pawb arall yn cael croissants. Mae eu harogl nhw yn fy lladd i.

Mae Robin yn dod lawr rai munudau'n ddiweddarach ac yn fy mhwnio i ar fy mraich. "Hei, Nadolig Llawen," mae e'n dweud, gan rwygo darn o un o'r croissants mae Mam newydd ei dynnu o'r ffwrn. "Mmmm."

"Wrth y bwrdd, plis," medd Mam, gan symud yr hambwrdd o'i gyrraedd yn gyflym.

***

Mae brecwast yn iawn, am wn i. Does dim byd mawr yn digwydd. Dwi'n bwyta fy nhost â'r mymryn lleiaf o fenyn braster isel (103), a rhywfaint o ddŵr. Does neb yn trio cynnig dim byd arall i fi. Mae Robin, ar y llaw arall, yn claddu powlenaid o *Cheerios* a phedwar croissant. Ry'n ni gyd yn aros yn gwrtais iddo fe orffen.

"Ry'n ni'n mynd i dy fwydo di amser cinio hefyd, ti'n gwbod," medd Dad.

"Mae twrci'n cymryd oesoedd," esbonia Robin. "A dim ond newydd ei roi e yn y ffwrn mae Mam."

"Ti ddim eisie agor dy anrhegion?"

"Wrth gwrs," medd Robin. "Mae anrhegion yn bwysig iawn. Os ydw i'n llwglyd, fydda i ddim yn gallu talu sylw llawn iddyn nhw."

Mewn ffilmiau Nadoligaidd, mae plant yn rhwygo'r papur lapio oddi ar anrhegion, yn ei wasgu'n belen a'i daflu ar y llawr. Nid felly ar aelwyd y teulu Prydderch. Mae Dad yn mynnu ein bod ni'n ailddefnyddio papur lapio. Felly, pan fyddwn ni'n agor anrhegion, ry'n ni'n tynnu'r tâp gludiog yn ofalus, yna'n plygu pob darn o bapur. Mae Dad fel hyn gyda phopeth. Mae gyda ni gasgen enfawr i ddal dŵr glaw yn yr ardd, a phaneli solar ar y to. Ry'n ni heb brynu bag plastig yn ystod fy oes i. Ni yw'r unig deulu dwi'n 'nabod sy'n rhoi darnau o ffoil alwminiwm trwy'r peiriant golchi llestri.

O ddifri.

Mae fy anrhegion i yr union bethe y gwnes i ofyn amdanyn nhw: *Zelda*, *The Birds of Borneo* (Pedwerydd Argraffiad ar Ddeg), a binocwlars Nikon 8x42, yn lle fy rhai Helios 10x32, sydd wedi dechre mynd yn niwlog. Dwi'n neidio ar fy nhraed ac yn mynd draw at ffenest y patio i roi tro ar y sbienddrych. Dwi'n gwylio'r wiwer yn claddu'r cnau mae hi wedi'u dwyn o'r bwydwr adar.

"Diolch, Mam," meddaf i, gan estyn am gwtsh.

Dwi'n teimlo Mam yn gwingo. Mae cwtshys wedi troi'n bethe mwy lletchwith yn ddiweddar. Dyw fy rhieni ddim yn hoffi teimlo fy asennau i trwy ddwy haen o ddillad.

Tŵls yw anrhegion Robin yn bennaf. Does gyda fi ddim syniad beth yw'r rhan fwyaf ohonyn nhw; mae un yn edrych fel gratiwr caws bach. Mae Robin yn edrych yn ddigon hapus.

Fe feddylies i gryn dipyn am yr hyn dylwn i ei gael i fy rhieni. Dwi wedi eu rhoi nhw trwy bethe gwallgo 'leni, felly ro'n i am roi rhywbeth arbennig iddyn nhw. Ond does 'na ddim un anrheg sy'n dweud, *Sori am sgrechian nerth esgyrn fy mhen pan brynoch chi laeth hanner sgim yn ddamweiniol*. Neu, os oes 'na, fe fethes i ddod o hyd i un. Yn y diwedd, fe fodlones i ar bethe digon normal: menig garddio newydd i Dad, a chopi clawr lledr o *Traed Mewn Cyffion*, hoff lyfr Mam. Mae'n edrych fel pe baen nhw'n anrhegion da: ar ôl iddi agor ei hanrheg hi, dyw Mam ddim wedi stopio dweud pa mor feddylgar rydw i.

Mae Robin, fel arfer, wedi gwneud yn well na fi. Mae e wedi gwneud peth dal planhigion ar gyfer yr ardd ffrynt allan o sgaffaldau wedi eu hadfer ac wedi prynu llwyth o berlysiau i'w rhoi ynddo gan wneud Mam, Dad, Y Ddaear a fe'i hunan, o ganlyniad, i gyd yn hapus ar yr un pryd. Mawredd, mae e'n mynd o dan fy nghroen i weithie.

Er hynny, dwi'n penderfynu rhoi anrheg iddo fe. Diddordeb arall Robin, pan nad yw e'n gwneud pethe allan o bren, yw beicio mynydd. Mae e'n mynd allan i'r Mynydd Du neu i Fannau Brycheiniog bob penwythnos, fwy neu lai. Felly dwi wedi cael pâr o fenig beicio iddo fe.

"Diolch, frawd," mae e'n dweud. "Dwi 'mond yn siomedig na chest ti fenig i Mam hefyd." Ro'n i heb sylweddoli 'mod i wedi prynu menig i ddwy ran o dair o fy nheulu. Mae e'n codi *Traed mewn Cyffion*. "Falle gall hi wneud rhai allan o'r clawr?"

Dwi'n ei bwnio ar ei fraich.

Mae e'n chwerthin, ac yna'n dweud, "Dy dro di." Mae e'n estyn yn bell o dan y goeden am anrheg siâp petryal sy'n ugain centimetr o hyd, pymtheg centimetr o led, deg centimetr o ddyfnder ac wedi'i lapio mewn papur lliwgar. Wrth edrych yn agosach, dwi'n sylweddoli mai map o'r byd yw'r papur lapio: mae'r ochr uchaf yn bennaf yn dangos Gweriniaeth Ddemocrataidd Congo. Flwyddyn neu ddwy yn ôl roedd gen i ddiddordeb mawr mewn mapiau. Mae 'na lwyth ohonyn nhw lan yn fy stafell wely i o hyd.

Dwi'n tynnu'r tâp yn ofalus ac yna'n dechre agor y papur. Y tu mewn mae 'na focs pren llyfn. I ddechre dwi'n meddwl mai bocs nythu arall sydd yno. Ond does dim twll. Dwi'n ei droi e drosodd. Mae e'n edrych yr un fath yn union ar yr ochr arall.

"Diolch, Robin," meddaf i. "Ym, beth yw e?"

Mae e'n wincio. "Fe ddangosa i i ti ar ôl cinio." Dwi'n barod i ofyn rhywbeth arall iddo, ond mae e'n codi bys at ei wefus. "Trystia fi, frawd bach."

Dwi'n ei gasáu pan mae e'n fy ngalw i'n hynna.

Y peth cynta mae fy modryb i'n ei ddweud wrtha i wrth gerdded mewn trwy'r drws yw, "Ti'n edrych yn denau, Macs!".

Tenau. Pan y'ch chi fel fi, ry'ch chi eisie clywed y gair 'na, i raddau, ac eto dy'ch chi ddim. Ar y naill law, mae eich holl fywyd yn cylchdroi o gwmpas mynd yn deneuach, ac er eich bod yn gallu dehongli unrhyw ddisgrifiad arall, bron (*hapus, blinedig, llwglyd*) fel cod ar gyfer 'tew', mae 'tenau' yn reit bendant. Ar y llaw arall, mae'r ffaith bod rhywun wedi sylwi eich bod chi'n denau yn golygu eu bod nhw'n edrych arnoch chi. Ar eich corff chi. O'r wyth biliwn o gyrff y gallen nhw fod yn edrych arnyn nhw, maen nhw wedi dewis eich corff chi.

Dyna'r teimlad gwaethaf.

A dyw e ddim fel pe bai e'n golygu rhyw lawer gan mai Anti Ceri sy'n ei ddweud e, chwaith. Mae fy modryb i'r math o berson sy'n dweud wrth ddynion 40 oed eu bod nhw *ar eu pryfiant*. Dwi ddim yn trio bod yn gas, ond mae gyda hi ac Wncwl Dewi gyrff siâp pwdin Nadolig.

Felly dwi jest yn nodio.

Mae hi'n edrych arna i o 'nghorun i fy sawdl. Mae Wncwl Dewi a Iago a Lowri yn dod trwy'r drws y tu ôl iddi ac yn sefyll yn ei hymyl, i ymuno â'r panel beirniadu. Dwi eisie marw. Ond yna mae Robin yn dod i fy achub i.

"Ac edrychwch, ein Joseff o Nasareth bach ni!" Mae Anti Ceri yn gwichian chwerthin.

Dwi wedi bod yn sefyll yno fel lemwn ers tri deg eiliad, ond pan mae Robin yn chwyrlïo mewn i'r cyntedd, mae e'n estyn am gwtsh yn syth. Dwi'n siŵr ei fod e'n arfer bod yn siwpyr-lletchwith hefyd. Ond o'i weld e nawr, fyddech chi byth yn credu. Mae e'n ysgwyd llaw Wncwl Dewi, ac yna'n cyrcydu ac yn cwtsho fy nghefndryd. Pe na bai e'n gwisgo pyjamas byddech chi siŵr o feddwl ei fod e'n wleidydd neu rywbeth.

Chwaer Mam yw Anti Ceri, ond allen nhw ddim bod yn fwy gwahanol. Mae Mam yn dal a thenau a gosgeiddig; mae Anti Ceri yn edrych fel *hobbit*, gan gynnwys ei thraed blewog. Dwi'n bedair ar ddeg, a dwi'n dalach na hi'n barod. Mae gan Mam wallt syth, tywyll, ond mae gan Anti Ceri gyrls brown golau anhygoel sy'n sticio allan i bob cyfeiriad. Rhyw fath o wich dawel yw chwerthiniad Mam. Mae chwerthiniad Anti Ceri yn swnio fel *hyena*.

Un peth sydd gyda nhw'n gyffredin yw bod y ddwy ohonyn nhw'n cystadlu am deitl Person Ffeindia'r Byd. Ar hyn o bryd, trwch blewyn sydd ynddi. Mae Mam yn llywodraethwr ysgol, ac yn drysorydd elusen sy'n gofalu am hen geffylau rasio. Mae Anti Ceri yn gweithio mewn cegin gawl bob nos Wener.

Mae Mam yn gorfod delio â fi, ond mae Anti Ceri yn gorfod delio ag Wncwl Dewi. Mae'r gystadleuaeth yn parhau.

Does neb yn hoffi fy wncwl i. Hynny yw, o gwbl. Mae e'n un o'r bobl 'na, os nad oeddech chi o gwmpas pan ddaethon nhw'n rhan o'ch teulu chi, rydych chi'n methu deall sut y gadawodd pobl i hynny ddigwydd. Mae e wastad yn siarad ar draws Anti Ceri, er nad oes gyda fe ddim byd o werth i'w ddweud byth. Mae e'n drewi'n ofnadwy. A'r unig hobi sydd gyda fe, hyd y gwela i, yw eistedd o flaen y teledu yn ei drôns.

Mae fy nghefndryd i'n ddigon normal, o ystyried popeth. Mae Iago'n naw, ac mae e'n hoffi doliau dipyn mwy na'r setiau *Scalextric* mae Wncwl Dewi yn eu prynu iddo fe o hyd. Mae Lowri newydd gael ei phen-blwydd yn saith. Mae hi'n dwli'n lân ar beintio. Bywyd llonydd, anifeiliaid, portreadau – fe wneith hi beintio unrhyw beth, fwy neu lai, drwy'r dydd bob dydd. Mae hi'n gofyn i ni fodelu iddi drwy'r amser, ond mae angen tipyn o amynedd arnoch chi: mae hi'n disgwyl i chi eistedd yno am oriau. Mae ganddi agwedd ddifrifol, Elisabethaidd tuag at bortreadu.

Erbyn hyn, mae Robin yn hongian Lowri wyneb i waered, gerfydd ei phigyrnau, ac mae Iago'n cosi ei bol. Mae hi'n sgrechian nerth ei phen. Mae fy modryb a fy wncwl yn dadlau ynglŷn â rhywbeth maen nhw wedi'i adael yn y car, neu, o bosib, gartre. Mae Madog yn ymlusgo i'r cyntedd ac yn cyfarth yn grac. Mae Madog yr un oed â fi – pedair ar ddeg – ac, ar y cyfan, dyw e ddim am godi mwyach oni bai bod mynd am dro neu rywfaint o fwyd yn rhan o'r fargen. Mae gormod yn digwydd, a dwi'n gallu teimlo 'nghalon ar ras. Felly dwi'n sleifio bant i fy stafell wely.

25 Rhagfyr

Annwyl Ana,

Fe roddodd Luned ddau ddarn o gyngor i fi er mwyn goroesi heddiw.

1. Gwneud cynllun bwyd, a chadw ato.
2. Pan fydd pethe'n mynd yn ormod, cymryd hoe.

Yn ôl pob sôn, os dilyna i'r ddau gam syml hyn, galla i dy gadw di yn dy focs. Fe ddywedodd hi mai'r camgymeriad mawr y gall pobl wneud yw meddwl y gallan nhw gymryd diwrnod bant. Maen nhw'n twyllo'u hunain y gallan nhw dy anwybyddu di am ddiwrnod ac y bydd popeth yn iawn. Dyna pryd mae pethe'n mynd o'u lle.

(Fy marn i? Does neb fel fi erioed wedi meddwl hyn. Teulu a ffrindiau sy'n meddwl pethe twp fel hyn. Dwi'n <u>gwbod</u> 'mod i'n styc gyda ti. 24/7, pa un ai 'mod i'n hoffi hynny neu beidio).

Fe ysgrifennodd Luned a finne'r cynllun gyda'n gilydd, fis yn ôl. Yna fe gawson ni gyfarfod arbennig gyda Mam a Dad i fynd â nhw trwyddo fe. Roedd yn rhaid i Mam adael y gwaith yn gynnar i ddod. Wir yr. Gorfod i fi lusgo Mam o'r gwaith, yn llythrennol, i drafod faint o datws rhost y dylai hi eu rhoi i fi ddydd Nadolig.

Yr ateb yw tair (267), gyda llaw. Hynny yw, y mymryn lleiaf sy'n ymddangos yn normal.

Dyw cinio Nadolig yn ddim ond cinio arferol. Dyw heddiw'n ddim ond diwrnod arferol. Dyw e ddim yn *big deal*.

Pam dwi'n cael y teimlad nad wyt ti'n gweld pethe felly?

Ar hyn o bryd dwi'n dilyn ail ddarn o gyngor Luned, h.y. osgoi fy nheulu. Maen nhw lawr llawr ar hyn o bryd, yn eistedd o gwmpas yn bwyta Quality Street achos, yn ôl pob sôn, ar ddiwrnod Nadolig maen rhaid i chi bori'n ddi-ddiwedd fel buwch. Buwch sy'n hoffi siocled. Whes i sôn ein bod ni'n bwyta cinio Nadolig ymhen awr?

Mewn newyddion gwell, mae Robin wedi cael anrheg dda i fi. O leia, dwi'n <u>meddwl</u> ei bod hi'n anrheg dda. Dwi ddim wedi gweithio allan yn union beth yw e eto. Mae e'n edrych tamed bach fel y bocs mae Wncwl Dewi'n cadw'i sigârs ynddo. Ond dyw hynny'n gwneud dim synnwyr o gwbl.

Hei, o leia mae e'n tynnu fy sylw i oddi ar bob dim arall.

2

Yn ôl Luned, mae 'na dri cham. Cam un yw eich bod chi eisie bwyta llai na mae'ch corff chi eisie ei fwyta. Mae cam un yn hawdd. Ry'ch chi'n dechre colli pwysau. Ry'ch chi'n teimlo'n well am ychydig. Yna ry'ch chi'n teimlo'n ofnadwy.

Cam dau yw eich bod chi eisie bwyta llai na mae pobl eraill eisie i chi ei fwyta. Mae pobl yn dechre sylwi eich bod chi wedi colli pwysau, ac yn ceisio'ch cael chi i fwyta mwy. Mae rhai pobl yn treulio'u holl fywyd yng ngham 2, yn brwydro yn erbyn disgwyliadau pobl. Mae rhai pobl yn marw yng ngham 2. Pan y'ch chi fel fi, does dim yn bwysicach na'r hyn mae pobl yn ei feddwl ohonoch chi. Yn fy marn i, dyma ran waethaf yr holl beth. Nid y clefyd ei hun, ond y pellter mae e'n ei roi rhyngoch chi a phawb arall.

Os gallwch chi ddod trwy hynny, ry'ch chi'n cyrraedd cam tri: y golau ar ddiwedd y twnnel. O fath. Cam tri yw eich bod chi'n iawn gyda bwyta unrhyw beth, ar yr amod mai chi sy'n rheoli. Ry'ch chi mewn adferiad. Y newyddion drwg yw y gall cam tri fod yn barhaol. Dy'ch chi byth yn stopio'r angen i reoli.

Ond mae mwy o newyddion drwg. Achos mae hi gymaint, gymaint haws i lithro lawr nag yw hi i ddringo lan. Fel gêm o Nadroedd ac Ysgolion lle nad oes unrhyw ysgolion. Waeth pa mor uchel ry'ch chi'n dringo, ry'ch chi wastad un symudiad anghywir i ffwrdd o fod reit 'nôl yn y cychwyn cynta.

Y cyfan mae'n gymryd yw ychydig bach o bwysau. Un foment nad y'ch chi'n barod ar ei chyfer. Un sefyllfa nad y'ch chi'n gwbod sut i ddelio â hi.

Fel cinio Nadolig, er enghraifft.

Dwi'n sylwi arno'n syth: y twb glas â llwy ynddo. Yn sydyn dwi ar reid mewn ffair, yn plymio tua'r ddaear.

"Mam," dwi'n mwmial.

Mae Mam yn troi o gwmpas, yn gweld fy wyneb, yn cysylltu'r dotiau.

"Mae'n eu helpu nhw i grimpio, cariad," medd Mam. "Dwi'n gwneud hynny bob blwyddyn."

Ond dyw 'leni ddim fel bob blwyddyn, dwi eisie dweud wrthi. *Sut na fedri di weld hynny?*

"Dwyt ti ddim yn mesur," meddaf i.

Mae e'n swnio mor blentynnaidd. Dibwys. Mae hi'n rhoi ychydig o fenyn ar y tatws a dydy hi ddim yn mesur. Beth yw'r ots? Ond dyna'r peth mwya ynglŷn â bod fel rydw i: dydy pobl eraill ddim yn deall y rheolau.

"Dwi wedi defnyddio llai na 100g," medd Mam, yn hyderus, gan geisio peidio â chodi twrw. Dyma gytunon ni arno: cyfanswm o 100g o fenyn i'r tatws. Dyma'r swm y seiliais i fy holl gynllun ar gyfer y diwrnod arno.

Ond doedd hi ddim yn mesur. All hi ddim gwbod faint mae hi wedi'i ddefnyddio, ac mae e'n edrych fel *tipyn*. Felly dwi'n dweud y geirie dwi ddim eisie eu dweud, y geirie dwi'n gwbod fydd yn ei hypsetio hi, achos fedra i ddim peidio'u dweud nhw. 'Ga i ddim ond dwy'.

"Macs, cariad," medd Mam, gan rwbio'i thalcen.

"Dyw e ddim yn *big deal*," meddaf i, yn gyflym. Dyma un o fy mantras i: *Dyw e ddim yn big deal*. Dwi ddim yn siŵr pwy dwi'n trio'i ddarbwyllo. "Wir. Ga i ddim ond dwy."

Mae Mam yn ochneidio, ac yn mynd 'nôl at droi'r tatws yn y badell.

Am un o'r gloch, mae Dad yn dychwelyd ar ôl nôl Mam-gu, sy'n dechre dosbarthu'i chawsiau yn syth bìn. Yna mae Mam yn dweud wrthon ni am fynd i eistedd wrth y bwrdd gan fod y bwyd bron yn barod.

Mae'r stafell fwyta'n edrych yn grêt. Mae Mam yn cymryd diddanu adeg y Nadolig o ddifri – dwi'n meddwl bod hyn oherwydd cystadleuaeth rhwng chwiorydd – ac mae e'n amlwg yr eiliad yr edrychwch chi ar y bwrdd. Mae gyda ni i gyd gracer bob un, a napcyn â phatrwm celyn arno wedi'i blygu'n siâp het esgob. Ac, wrth gwrs, y gosodiad yng nghanol y bwrdd. Clasur y teulu Prydderch: sled papier mâché, dwy droedfedd o hyd, yn cael ei thynnu gan gyfanswm o dri charw ar ddeg. Mae'n rhaid i bawb sy'n cael cinio Nadolig gyda ni wneud carw. Mae fy un i, a wnes i pan o'n i'n bump, yn rholyn papur tŷ bach â phethe glanhau pib fel coesau.

Dwi'n edrych ar Mam. Roedd golwg straen arni'r bore 'ma, ond nawr, mae hi'n wên o glust i glust. Mae Mam yn un o'r bobl 'na sy'n ymddangos fel pe bai hi'n byw'n gyfan gwbl er mwyn ei theulu. Dwi ddim yn golygu nad yw hi'n gweithio: mae Mam yn gyfreithwraig, ac mae hi'n gweithio oriau hirach na Dad, sy'n gweithio i'r cyngor. Yn gymdeithasol dwi'n ei olygu. Dyw Mam ddim yn gwneud rhyw lawer heblaw treulio amser gyda ni. Dyw hi byth yn mynd i'r dafarn gyda'i ffrindiau fel mae Dad yn gwneud, a dyw hi ddim yn aelod o unrhyw glybiau na chymdeithasau na dim. Sy'n golygu bod sut mae pethe gartref yn pennu pa mor hapus yw hi, fwy neu lai. Yn ddiweddar, mae hi heb fod yn hapus o gwbl.

Ry'n ni i gyd yn dweud wrthi pa mor wych mae'r bwrdd yn edrych, ac yna'n cymryd ein seddi. Dwi rhwng Mam-gu a Robin. Fe ofynnais i i Mam i beidio â fy rhoi i y drws nesa i Anti

Ceri, na fy nghefndryd, gan fy mod i'n poeni y bydden nhw'n fy holi i'n dwll pam nad o'n i'n bwyta mwy.

"Cracers!" mae Lowri'n gwichian.

Dwi'n tynnu fy nghracer gyda Mam-gu. Dwi'n edrych ar ei haddyrnau hi, a fedra i ddim penderfynu rhai pwy sydd deneuaf, ei rhai hi neu fy rhai i. Mae Mam-gu yn byw ar ei phen ei hun, a 90% o'r amser, mae hi'n bwyta'r prydau meicrodon yma sy'n dod i'r tŷ – rhai neis, sy'n dod gyda chardiau bach sy'n dweud wrthoch chi am y ffermwyr sy'n tyfu'r cynhwysion, neu ble maen nhw'n dal y pysgod, neu beth bynnag. Mae pob cerdyn hefyd yn nodi'r nifer o galorïau sydd yn y pryd. Dwi'n meddwl tipyn am hyn: pa mor hawdd fydde hi pe bydde rhywun yn gwneud yr holl waith cyfri drosta i. Pe na bai gen i ddewis byth.

Mae Mam a Robin yn dechre cario'r bwyd allan. Cyn hir, mae'r bwrdd yn gwegian gan blatiau o stwffin, tatws, moron, panas, sbrowts, grefi, saws bara, saws llugaeron, heb sôn am dwrci enfawr. Dwi'n teimlo'n sâl ddim ond wrth edrych arno i gyd.

Mae Mam eisoes wedi rhoi bwyd ar fy mhlât i yn y gegin. Mae hi'n ei roi o 'mlaen i wrth i bawb arall helpu eu hunain. Am un eiliad hyfryd, dwi'n meddwl nad oes neb wedi sylwi. Ond yna mae Mam-gu'n dweud, "Ai dyna'r cyfan rwyt ti'n ei gael, Macs?"

Daria.

Dwi'n teimlo fy mochau'n fflamgoch. Dwi'n ceisio osgoi cael cyswllt llygad â neb, ond mae hynny'n reit anodd pan mae pawb o gwmpas y bwrdd yn edrych arnoch chi. Dwi'n syllu ar fy ngharw.

Mae Robin yn twt-twtian yn uchel. "Does ryfedd, y ffordd roeddet ti'n mynd amdani gyda'r croissants 'na bore 'ma, Macs."

Dwi'n edrych lan arno fe. Mae e'n wincio.

Weithie, fy mrawd yw'r person mwya cŵl erioed.

"Dyna drueni," mae Mam'gu'n mwmial. Dwi'n reit siŵr ei bod hi ar fin rhoi pregeth i fi am sut *Mae dy fam wedi mynd i'r holl ymdrech yma*. Ond dyw hi ddim yn dweud dim byd arall.

Diolch i Dduw.

Dyna pryd dwi'n edrych lawr ar fy mhlât, ac yn sylweddoli bod Mam wedi rhoi tair taten i fi. Mae fy stumog i'n troi eto, am yr ail dro mewn tri deg eiliad. Dwi heb fwyta dim byd o gwbl eto, ac mae'r cinio Nadolig yn drychineb llwyr yn barod.

Dwi'n meddwl eto. Mae heddiw'n bwysig iawn i Mam. Fe fwyta i'r daten, a thorri 100 o galorïau oddi ar y te prynhawn 'ma. Dyw e ddim yn *big deal*.

Mae Wncwl Dewi'n sôn am ei gar newydd, car hybrid. Dyma'r trydydd Nadolig yn olynol iddo fe sôn amdano. Y flwyddyn cyn llynedd, fe siaradodd e am pa mor dda yw'r syniad o geir trydan yn gyffredinol. Llynedd roedd gyda fe restr fer, ac roedd e'n ystyried prynu un o ddifri. Nawr ry'n ni'n cael adolygiad llawn.

Mae Robin, sydd â tua'r un faint o ddiddordeb mewn ceir ag sydd gyda fi mewn gwaith coed, yn ymuno â'r sgwrs. "Mae'n rhaid bod angen *extension lead* hir iawn arnoch chi."

Mae fy wncwl yn chwerthin yn y ffordd sydd hefyd yn cyfleu cyn lleied mae e'n gwerthfawrogi rhywun yn torri ar ei draws. Fel pan mae dihiryn Bond yn chwerthin ar un o jôcs James Bond.

"Hei, Lowri," medd Dad, gan fachu ar y cyfle i newid y pwnc. "Wyt ti'n cofio pa garw yw dy un di?"

Mae Lowri'n nodio, fel pe bai hwn y cwestiwn mwya twp yn y byd i gyd, ac yn pwyntio at y carw ar flaen yr haid, sydd wedi'i orchuddio o'i gorun i'w sawdl mewn glityr pinc. "Ei enw fe yw Mr Pefriog," medd hi, gan ysgwyd ei phen fel pe bai hi'n difaru'r penderfyniad yn arw.

"Mae e'n garw grêt," medd Robin. "Iago, pa un yw dy un di eto?"

Mae Iago'n pwyntio at garw arall, sydd â secwins wedi'i ludo drosto i gyd fel cen. Mae e fel pelen ddisgo ar ffurf carw. Dyma ail garw Iago, a dweud y gwir: ychydig flynyddoedd yn ôl fe benderfynodd nad oedd ei garw cynta'n ddigon da.

"Beth yw ei enw fe?" gofynna Robin.

"Eric," medd Iago.

Mae Robin yn chwerthin. "Mae'n debyg bod yr enw Mr Pefriog wedi'i ddefnyddio'n barod."

Fedra i 'mo'i bwyta. Dwi'n syllu ar y daten olaf ar fy mhlat, a fedra i ddim symud. Dwi ddim yn gwbod beth i'w wneud. Os gadawa i hi, dwi'n gwbod y bydd rhywun yn dweud rhywbeth. Mam-gu, siŵr o fod, neu Anti Ceri. Mae'n rhaid i fi ei bwyta hi. Ond, yn sydyn reit, mae bwyta un daten dwp yn teimlo fel y peth anodda yn y byd. Fel dringo K2, neu redeg 100 milltir mewn un tro.

Mae pawb yn dal i siarad – dwi ddim yn meddwl eu bod nhw wedi sylwi bod dim o'i le – ond y tu mewn i fy mhen i, mae 'na drydan byw. Wal sgrechlyd o statig rhwng fy ymennydd i a gweddill y byd. Does dim llawer o bobl yn deall hynna: mae anorecsia'n brifo. Dim ond ei fod e'n fath o boen na allwch chi wir ei ddisgrifio. Credwch fi, dwi wedi trio. Mae e fel trio esbonio lliw wrth rywun sydd heb weld lliw o'r blaen.

Ond mae e'n brifo. Y foment hon, mae e'n brifo cymaint fel 'mod i eisie sgrechian.

Dwi'n clywed Lowri'n dweud rhywbeth. Mae hi'n swnio'n bell i ffwrdd. "Yw Macs yn iawn?"

Dwi'n sylweddoli bod fy mhen i yn fy nwylo. Dwi ddim yn edrych lan, ond galla i deimlo pawb yn edrych arna i.

"Macs?" medd Mam.

"Dyw e ddim wedi gorffen ei ginio," medd Anti Ceri. "Wyt ti'n teimlo'n iawn, Macs?"

"Dim ond cwpwl o datws mae e wedi'u bwyta!" medd Mam-gu, mewn rhyfeddod.

"Mae e siŵr o fod yn cadw rhywfaint o le ar gyfer pwdin," medd Robin. "Mae fy mrawd i wir yn dwli ar bwdin Dolig."

Dwi'n gwbod ei fod e'n trio achub fy ngham i – eto – ond mae'r syniad o hyn, hyd yn oed, yn gwneud i fi deimlo'n sâl. Y syniad o fwyta *mwy*. A nawr mae'n teimlo fel pe na bai gen i opsiwn arall. Bydd yn rhaid i fi fwyta pwdin Nadolig, a bydd yn rhaid i fi fwyta llwyth ohono fe. Dogn anferthol. Fe edrychais i ar y pecyn eto ddoe. Mae ein pwdin Nadolig ni yn 907g, ac mae e i fod i gael ei rannu'n wyth dogn. Mae pob dogn yn cynnwys 341 calori, 49g o siwgwr, 8.2g o fraster. Dwi ddim yn trio cofio'r rhifau 'ma, ond maen nhw'n glynu at fy ymennydd i, fel gwm cnoi ar balmant.

Mae hi'n ymdrech ddim ond i edrych lan ar bawb. "Ydw wir," meddaf i, â gwên wan. Dwi ddim yn gwbod beth arall i'w ddweud.

Mae wyth ohonon ni o gwmpas y bwrdd. Mae Mam yn casáu pwdin Nadolig, felly mae hynny'n gadael saith. Ac mae Mam-gu'n bwyta fel dryw bach, a dim ond saith oed yw Lowri. Sy'n golygu y bydda i'n cael un rhan o chwech, falle mwy. 400 neu 500 o galorïau. Y pryd o fwyd dwi newydd ei fwyta i gyd eto. Mae hynna'n fwy o galorïau na dwi wedi eu bwyta mewn un tro ers misoedd.

Fedri di ddim gwneud hyn. Dim ffiars o beryg. Paid â bod yn afiach.

Roedd gyda ni gynllun. Ro'n i'n mynd i ddweud nad o'n i'n hoffi pwdin Nadolig ac roedd Mam yn mynd i roi nyth meringue a chwe mefusen (89) i fi. Ond nawr fydd y cynllun ddim yn gweithio. Nid fy mhen i yn unig sy'n brifo bellach. Mae popeth yn brifo. Mae fy nerfau i ar dân. Mae fy nghymalau'n teimlo fel jeli.

Mae Mam a Robin yn clirio'r platiau i ffwrdd. Mae Wncwl Dewi'n sôn am ei gar eto, am ba mor dawel yw'r injan. Am unwaith, dwi'n ddiolchgar. Dwi eisie iddo fe barhau i sôn am ei gar dwl am byth.

Pan mae Mam yn dod â'r pwdin allan, mae pawb yn ebychu. Dwi'n edrych lan. Mae fflamau glas a phinc yn llyfu ochrau'r plât. Mae Dad yn gwneud rhyw jôc wael ynglŷn â pheidio â gwastraffu'r alcohol.

Mae Mam yn edrych arna i wrth iddi ddechre gweini'r pwdin. Edrychiad sy'n dweud, *Plis paid â'i cholli hi, Macs.* Mae hi'n dechre ar ochr arall y bwrdd, gyda Lowri. "Merched yn gyntaf," medd hi. Mae Lowri'n wên o glust i glust. "Faint hoffet ti, cariad?"

"Llwyth!"

Falle y bydd popeth yn iawn, os bydd pawb yn cael dogn mawr. Ond pan dwi'n edrych ar fowlen Lowri, dwi'n gweld nad yw Mam wedi rhoi braidd dim iddi.

Mae Mam yn gweithio'i ffordd o gwmpas y bwrdd. Pan mae hi'n fy nghyrraedd i, mae hi'n rhoi dogn tua'r un faint ag un Lowri i fi. Galla i wneud hyn, dwi'n dweud wrtha i fy hun.

Ond yna, mae Wncwl Dewi'n dweud, "Dere 'mlaen, Beca. Rho bowlenaid iawn iddo fe."

"Dwi'n iawn diolch," meddaf i'n gyflym.

"Mae'n ddydd Nadolig!" medd Anti Ceri. "Dim ond un diwrnod." Mae hi'n wincio arna i.

Mae Mam yn rhoi edrychiad llawn ymddiheuriad i fi, cyn codi mwy o'r pwdin a'i roi yn fy mhowlen. "Dyna ti, cariad," medd hi.

Dwi ddim yn meddwl iddi ychwanegu rhyw lawer ond, rywsut, mae e'n tyfu o 'mlaen i. Mae e'n fynydd. Mae e'n edrych fel o leia hanner y pwdin. Bydde hynny'n rhywbeth fel 1,300 o galorïau. Yr un faint ag y dylai oedolyn benywaidd bach ei fwyta mewn diwrnod.

Edrych arno fe. Mawredd, mae e'n afiach. Sut fedrai neb fwyta cymaint â hynna o fwyd?

Fedra i ddim gwneud hyn. Fedra i ddim wynebu'r peth.

Dwi ddim yn ddigon cryf.

"Dwi'n sori, Mam," meddaf i, gan edrych lan arni cyn hired ag y galla i ddiodde gwneud. Dwi'n teimlo'r dagrau'n dod. Y teimlad dyfrllyd 'na y tu ôl i fy llygaid.

"Am beth, cariad?" medd Mam.

Am ddifetha'r Nadolig. Am beidio â rhoi un diwrnod o orffwys i ti, hyd yn oed. Am bopeth.

Dwi'n tynnu fy nghadair yn ôl, ac yn rhedeg.

Roedd e'n beth dwl i'w wneud, dwi'n gwbod. Ro'n i'n teimlo nad oedd gen i opsiwn arall, ond mae 'na wastad opsiwn arall. Gallwn i fod wedi esgus 'mod i'n sâl. Hynny yw, chwys-oer-a-chwydu math o sâl, nid dim ond sâl-yn-fy-mhen math o sâl. Fe *ofynnodd* Anti Ceri i fi os o'n i'n sâl, er mwyn popeth. Pam na wnes i jest dweud 'mod i'n sâl?

Dwi'n rhedeg tuag at y goedwig. Ry'n ni'n byw ar gyrion darn mawr o dir coediog o'r enw Comin Dŵr y Glyn. Dwi'n mynd yno'n aml, yn enwedig ers i fi fod sâl. Dyma lle dwi'n rhedeg, neu lle ro'n i'n arfer rhedeg. Lle dwi'n mynd â Madog am dro, ac yn gwylio adar.

Fy nghuddfan.

Unwaith dwi yng nghanol y coed, dwi'n arafu ac yn dal fy anadl. Nawr dwi wir yn teimlo'n sâl. Mae'n siŵr nad yw rhedeg am 10 munud yn syth ar ôl i chi fwyta cinio rhost yn syniad grêt.

Gallet ti wneud i dy hun chwydu.

Mae'r syniad yn neidio i fy mhen o unman. Fel mae Luned yn hoff iawn o ddweud wrtha i, mae anorecsia'n wahanol i bawb. Yn dechnegol, mae 'na bum gwahanol fath o anhwylder bwyta, ac mae gyda nhw i gyd symptomau gwahanol. Mae pobl ag anorecsia yn llwgu eu hunain; mae bwlimics yn gorfwyta mewn pyliau ac yna'n gwneud eu hunain yn sâl, neu'n cymryd meddyginiaeth o'r enw carthyddion i gael y bwyd allan o'u corff. Ac yn y blaen. Ond mae'r ffiniau'n reit amhendant. Er enghraifft, mae llwyth o bobl ag anorecsia yn gwneud eu hunain yn sâl o bryd i'w gilydd.

Dwi erioed wedi gwneud, serch hynny. Mae gormod o ofn arna i. Fedra i ddim stopio meddwl amdana i'n rhwygo fy llwnc ar agor, neu'n tagu i farwolaeth ar fy llaw fy hun, neu rhywbeth arall yr un mor afiach. Dwi ddim yn gorfwyta chwaith. Dwi erioed wedi sglaffio pecyn cyfan o doesenni, na phitsa maint teulu. Y pella wna i fynd yw llyfu'r gyllell ar ôl i fi dorri rhywbeth, i gael rhywfaint mwy o friwsion, ac yna casáu fy hun am wneud. Fi yw'r math mwya rheolaethol, mwya niwrotig o anorecsig: y cyfyngwr. Mae popeth yn ymwneud â rhifau, rheolau, rŵtins. Nid dyma'r math o anhwylder bwyta ry'ch chi'n darllen amdano yn y papurau. Mae e'n ddiflas. Anorecsia. Yn araf a chyson.

Ac yna, cyn i fi wbod, cyn i fi fedru fy mherswadio fy hun i beidio, dwi'n cyrcydu wrth goeden â 'mysedd lawr fy nghorn gwddf. Os ydw i'n mynd i fod fel hyn, dwi eisie ei wneud e'n iawn. Dwi eisie bod yn enghraifft glasurol o anorecsig. Yr un mae pawb eisie i fi fod.

Dwi'n dechre cyfogi ac yn syth dwi'n tynnu fy mysedd o fy llwnc. Mae gormod o ofn arna i. Dwi'n peswch, yn poeri, yn syrthio'n swp ar y domen o fwd a dail. Mae fy llwnc i'n llosgi, a dwi'n teimlo lwmpyn poeth yn ffurfio, fel pe bawn i ar fin crio.

Ti methu gwneud anorecsia'n iawn, hyd yn oed. Pa fath o anorecsig sy'n methu gwneud ei hun i chwydu?

Dwi'n ei galw hi'n Ana. Hi, y peth: yr anghenfil y tu mewn i fi. Y llais yn fy mhen.

Enw llawn dychymyg, yn dyw e?

Dyw e ddim yn teimlo fel rhywun arall, mewn gwirionedd. Mae e'n teimlo fel fi. Fy meddylie i ydyn nhw, fy nheimlade i. Ond mae Luned yn dweud ei fod e'n beth da *allanoli'r clefyd*. Felly dwi'n trio fy ngorau. Dyna pam dwi'n sgwennu yn fy nyddiadur, ac yn ei gyfeirio fe ati hi: i atgoffa fy hun nad fi yw fy salwch. Ond dwi heb ddweud wrth Luned am hynny. Mae e'n rhy *embarassing*. Fel y math o beth y bydde plentyn bach yn ei wneud.

Ar hyn o bryd, mae hi yn fy mhen i trwy'r dydd, bob dydd. Pan dwi'n sefyll o flaen drych ac yn troi i fy ochr, mae hi'n dweud wrtha i

Mae dy fol di'n sticio allan.

Pan dwi ar fin bwyta bar grawnfwyd, mae hi'n dweud

Gwell i ti tsiecio'r caloriau

er 'mod i wedi eu tsiecio nhw gant o weithie'n barod. Er y gallwn i eu hadrodd nhw yn fy nghwsg.

Mae hi'n gofyn cwestiynau drwy'r amser, hefyd.

Oes wir angen i ti fwyta hwnna?

Yw Robin yn dy osgoi di?

Yw'r ferch 'na ar draws y stryd yn syllu arnat ti?

Dwi'n trio'i hanwybyddu hi. Ond dyw hi byth yn cau ei cheg yn hir.

A'r funud hon, mae hi'n wyllt gacwn gyda fi.

Dwi'n dechre crio.

Paid â bod mor pathetig. Ti'n ymddwyn fel merch fach gwynfanllyd.

"Macs? Wyt ti 'na?"

Robin. Dros y blynyddoedd, mae 'mrawd i wedi treulio yr un faint o amser â fi yn y coed 'ma. Dwi ddim wir wedi dewis y guddfan orau. Dwi'n edrych o 'nghwmpas. Coed bedw sydd yn y rhan hon o'r goedwig gan mwyaf: rhai golau ac ysgafn. Ar wasgar. Mae pobl ag anorecsia yn dda am osgoi pobl – ond y funud hon, does gyda fi unman i guddio.

Dwi'n codi ar fy nhraed ac yn cerdded tuag at fy mrawd. Glywodd e fi'n cyfogi? Fydd e'n dweud unrhyw beth os gwnaeth e?

"Hei," meddaf i.

"Hei. Ti'n ocê?"

Dwi'n sychu fy ngheg â fy llawes. "Dwi'n iawn."

"Fe godaist ti ofn arnon ni, ti'n gwbod."

"Sori."

Mae Robin yn codi ei ysgwyddau, fel pe na bai e'n gwbod a ddylai dderbyn fy ymddiheuriad ai peidio. "O leia fe roddaist ti esgus i fi beidio gorfod gwrando rhagor ar Wncwl Dewi." Mae e'n gwenu. "Dere 'mlaen, mae gyda fi rhywbeth i'w ddangos i ti."

Dwi'n tybio bod Robin wedi cael gorchymyn llym i fynd â fi adref ar unwaith, ond os yw e, mae e'n ei anwybyddu. Ry'n ni'n cerdded yn ddyfnach i'r Comin, yna'n dolennu 'nôl rownd tuag adre. Ry'n ni'n croesi corsydd mawn ac yn diweddu wrth Lyn Dŵr y Glyn, llun artiffisial mawr siâp cneuen fwnci. Fel arfer, mae e'n gyforiog o hwyaid, gwyddau, ieir y gors a ieir dŵr. Yn y man mwya cul, mae crëyr yn sefyll ar fonyn ac yn archwilio'i diriogaeth. Hoffwn i pe bai fy sbienddrych newydd gyda fi.

Ry'n ni'n eistedd lawr ar fainc ac yn edrych allan dros y dŵr. Mae blas sur yn fy ngheg i: am wn i bod rhywfaint o fustl wedi dod lan pan ro'n i'n cyfogi. Dwi'n llyncu. Mae fy llwnc i'n teimlo'n arw.

Mae Robin yn estyn i'w boced ac yn tynnu pecyn o gwm cnoi allan ac yn cynnig peth i fi. "Bydd e'n cael gwared â'r blas."

Mae ias yn saethu lawr fy asgwrn cefn. Felly fe glywodd e fi.

"Dim diolch," dwi'n mwmial.

"Does dim siwgwr ynddo fe," medd Robin.

"Dwi'n gwbod," meddaf i. "Ddim dyna beth yw e." Dwi'n edrych lawr, yn llawn cywilydd. Ry'n ni'n dau'n gwbod mai dyna beth yw e. Dwi'n amheus o unrhyw beth sydd â blas – coffi, gwm cnoi, Diet Coke – hyd yn oed pan dwi'n gwbod, yn rhesymegol, nad oes caloriau ynddo.

"Siwtia dy hun. Hei," mae e'n dweud. Mae e'n estyn i'w got eto ac yn tynnu fy mocs pren allan. "Wyt ti wedi dyfalu eto?" gofynna.

"Pam wnest ti..." dwi'n dechre, ond dwi'n gadael i fy hun dewi. Ry'ch chi'n dysgu peidio â gofyn 'pam' pan fyddwch chi'n siarad â Robin. Does gyda fi ddim syniad o hyd beth yw'r bocs, felly dwi jest yn ysgwyd fy mhen.

"Teimla o dan y fainc," mae e'n dweud. Rhaid fy mod i'n edrych wedi drysu, achos mae e'n ychwanegu, "Trystia fi." Mae'n ymddangos mai dyna yw hoff ymadrodd Robin heddiw.

Dwi ddim wir eisie teimlo o dan y fainc, achos os ydw i wedi dysgu unrhyw beth o fy mhrofiad i yn yr ysgol, bydd hi wedi ei gorchuddio â hen gwm cnoi, neu waeth. Ond, yn anfoddog, dwi'n gwneud fel mae fy mrawd yn gofyn. Dwi'n dechre yn y canol, gan lithro fy nwylo tuag ataf i fy hun. Mae e'n teimlo, wel, fel ochr isaf mainc: estyll pren wedi eu gorchuddio â haenen lychlyd o gen a phridd. Metel oer gwlyb. Ar yr ochr bositif, does dim gwm cnoi yno.

Yna, jest cyn i fi gyrraedd y pen, mae lwmp yno: rhywbeth neu'i gilydd sy'n ymwthio allan o dan y fainc. Dwi'n cael cymaint o syndod fel 'mod i'n neidio.

Mae Robin yn gwenu, fel pe bai e wedi bod yn aros am yr ymateb hwn. "Edrycha," mae e'n dweud.

Mae'n rhaid i fi orwedd ar y llawr, fwy neu lai, i weld o dan y fainc. Mewn pwll dŵr. Dwi'n cynllunio ffyrdd o dalu 'nôl i Robin pan dwi'n sylweddoli ar beth dwi'n edrych: bocs yr un siâp â fy un i, ond rywfaint yn llai, ac wedi ei wneud o blastig du.

"Robin," meddaf i. "Wnest ti ddwyn fy anrheg i o fainc bren?"

Mae e'n chwerthin. "Rho fe i fi, 'te," mae e'n dweud.

Dwi'n tynnu'r bocs oddi ar y fainc. Mae e'n dod i ffwrdd yn haws nag y meddylies i y bydde fe. Dwi'n ei droi e drosodd ac yn edrych ar y pedwar magned bach yn y corneli. "Beth yw e?" dwi'n gofyn, gan godi a phasio'r bocs i Robin.

Mae e'n edrych arna i, gan wenu fel ffŵl. "Dyna dwi am i ti ddweud wrtha i."

27 Rhagfyr

Annwyl Ana,

Llongyfarchiadau. Fe wnest ti ddifetha'r Nadolig.

Ocê, felly ro'n i'n disgwyl i ti wneud cawl potsh o bethe rywffordd neu'i gilydd. Ond fe wnest ti'n well na hynny, hyd yn oed. Nawr mae Anti Ceri ac Wncwl Dewi a Mam-gu a Iago a Lowri i gyd yn rhan o'r gyfrinach: mae Macs yn seico. A ti'n gwbod be' sy' waetha? Ro'n nhw i gyd yn siwpyr-neis am y peth wedyn. Rhaid bod Mam wedi dweud rhywbeth. Ar ôl meddwl, fe ddywedodd hi rhywbeth yn bendant, achos chynigiodd Anti Ceri ddim Quality Street i fi drwy'r prynhawn, sy'n llythrennol heb ddigwydd erioed o'r blaen.

Mae wythnos nes bod yr ysgol yn dechre eto, ac erbyn hyn dwi bron yn edrych 'mlaen at hynny. Os yw Ram a Gwyds yn dal i fod eisie siarad â fi, falle na fydd e mor wael â hynny. Gartre, rwyt ti fel pe baet ti'n hongian dros bopeth. Paid â gadael i hyn fynd i dy ben di, Ana, ond... hyd yn oed pan na fyddwn ni'n sôn amdanat ti, ry'n ni'n meddwl amdanat ti. Mae Mam a Dad yn cerdded ar flaenau eu traed o 'nghwmpas i, fel pe bawn i ar fin ffrwydro unrhyw funud.

Ond yn yr ysgol, mae'n hollol wahanol. Paid â 'ngham-ddeall i: dwi'n reit siŵr, pe baet ti'n gofyn i unrhyw un, y bydden nhw'n cadarnhau 'mod i 100% yn ffrîc. Ond y rhan fwyaf o'r amser dyw pobl ddim hyd yn oed yn sylwi arna i. Dwi'n anweledig — fel archarwr gwaetha'r byd. Macs, Y Dyn Diflanedig.

Hmmm... am wn i bod hynny'n gweithio mewn mwy nag un ffordd.

3

"Felly, gest ti Nadolig da?"

Dwi'n gweld Luned unwaith bob pythefnos, yn yr ysbyty. Mae 'na adeilad ar wahân ar gyfer apwyntiadau cleifion allanol, ac mae'r stafell lle ry'n ni'n cyfarfod yn teimlo mwy fel swyddfa Mam na syrjeri doctor. Am wn i bod hynny'n fwriadol. Mae rhai pobl ag anorecsia yn rhyfedd o falch o'r holl droeon maen nhw wedi gorfod mynd i'r ysbyty, yr holl gyffuriau maen nhw wedi eu cael, yr holl seicolegwyr maen nhw wedi eu gweld. O 'mhrofiad i, mae fforymau anhwylderau bwyta, ar y cyfan, yn llawn pobl sy'n brolio am ba mor sâl ydyn nhw. Felly, mae ein hanfon ni i'r adeilad swyddfa mwya diflas, anfeddygol yn y byd yn gwneud synnwyr llwyr.

Dwi'n eistedd ar gadair blastig a gafodd ei gwneud ar gyfer plentyn deg oed, fwy na thebyg. Dwi'n eistedd yn hollol gefnsyth, gyda fy nwylo wedi eu gwasgu'n dynn yn fy nghôl. Dwi'n llyncu'n barhaus, achos dwi ddim yn gwbod beth i'w ddweud. Mae'r nenfwd wedi ei wneud o'r teils llwydwyn yna ry'ch chi'n eu cael mewn swyddfeydd, i guddio'r holl wifrau. Dwi'n cyfri i un cyfeiriad, yna i'r llall, i gael cyfanswm.

Mae anorecsia'n bendant yn dda i'ch maths pen chi.

Ry'n ni'n eistedd mewn tawelwch am yr hyn sy'n teimlo fel hydoedd. Tua munud yw e, siŵr o fod. Mae fy synnwyr i o amser wedi drysu'n lân.

"Macs?" medd Luned o'r diwedd.

Dwi'n edrych arni. Dwi ddim yn trio bod yn ddigywilydd, ond beth mae hi eisie wrtha i? *Roedd e'n ofnadwy. Fe wnes i ddifetha'r Nadolig i fy nheulu i gyd.*

"O'dd e'n iawn," meddaf i.

"Unrhyw anrhegion da?"

Am eiliad, dwi'n ystyried dweud wrthi am anrheg Robin. Ond dwi ddim yn gwbod beth byddwn i'n ei ddweud. Dwi'n dal heb weithio allan beth yw e fy hun eto. "Fe ges i finocwlars newydd," dwi'n dweud wrthi.

"O, gwych!" Mae hi'n gwenu arna i, fel pe bai'r ffaith 'mod i wedi cael binocwlars newydd wedi gwneud ei hwythnos hi. Fedra i ddim peidio â gwenu. Dwi'n meddwl mai 75% o arddull driniaeth Luned yw gwenu ar bobl nes eu bod nhw'n teimlo'n well. Mae hi'n fy atgoffa i o Anti Ceri mewn ffordd. "A sut oedd y diwrnod ei hun?"

Dwi'n llyncu. "Odd e'n iawn," meddaf i eto.

"Wyt ti'n siŵr?"

"Odd e'n..." Dwi'n anadlu mewn, allan, yn cau fy llygaid. Dwi ddim wir eisie trafod y peth, ond dyw hi ddim fel pe bai gyda fi ddim byd arall i'w drafod. Sut y'ch chi'n newid y pwnc pan mae eich holl fywyd chi'n troi o amgylch un peth?

"Aeth cinio ar chwâl braidd," meddaf i. Dwi'n tynnu fy nhraed lan ar y gadair ac yn cwtsho fy mhengliniau. Dwi'n teimlo fel plentyn pedair oed.

"Mae'n ddrwg gyda fi glywed hynny, Macs. Dwed wrtha i beth ddigwyddodd."

Felly dwi'n gwneud. Dwi'n tybio, man a man i fi wneud rhywbeth i basio'r amser. Dwi'n dweud wrthi am y cynllun, a'r daten rhost, a'r pwdin Nadolig. Dwi'n dweud wrthi am sut y rhedais i i ffwrdd. Dwi ddim yn dweud wrthi am y darn pan driais i wneud fy hun yn sâl.

Mae Luned yn gwrando arna i, gan wneud nodiadau

wrth i fi siarad. Dyw hi ddim yn dweud dim am o leiaf tri deg eiliad ar ôl i fi orffen siarad. Dwi'n meddwl bod hyn yn rhywbeth maen nhw'n eich dysgu chi i wneud pan fyddwch chi'n hyfforddi i fod yn seicolegydd: aros nes bod y tap wedi rhedeg yn hollol sych.

O'r diwedd, mae hi'n dweud bod y cynllun yn *glyfar iawn*, ac y bydd yna *droeon anffodus wastad*. Sef yr union beth ro'n i'n disgwyl iddi ei ddweud. Ac mae e'n neis. Mae cael rhywun i godi fy hwyl yn neis. Ond dwi ddim yn gweld sut mae hynny'n helpu. Dwi'n teimlo'n well – ond dwi'n gwbod na fydd hynny'n para mwy na rhyw dri deg eiliad.

Dwi'n siŵr ei bod hi'n mynd yn dewach. Wyt ti wir yn mynd i gymryd cyngor gan rywun mor wan â hynny?

Dyna rywbeth arall am Ana. Nid yn unig mae hi'n trio'ch tynnu chi lawr, mae hi'n rhoi cynnig ar bawb o'ch cwmpas chi, hefyd. Ac ry'ch chi wedyn yn teimlo'n wael, achos ei meddyliau hi yw eich meddyliau chi. Fedrwch chi ddim peidio. Mae'r cyfan yn digwydd y tu mewn i'ch pen chi.

Cau dy geg, Ana.

Ddim ond ym mis Hydref y dechreuais i weld Luned. Dyw hi ddim wedi rhoi cynllun bwyta na dim i fi eto. Yn ôl pob tebyg, mae hi am fy arsylwi i yn gynta, er mwyn ystyried beth fydd yn gweithio orau.

Yr unig beth sydd wedi newid hyd yma yw'r rhedeg. Hynny yw, nad ydw i'n cael gwneud. Yn ôl Luned dyw hyn ddim yn ymwneud â chalorïau – neu, o leiaf, dyw e ddim jest yn ymwneud â chalorïau. Mae fy esgyrn i mor wan erbyn hyn fel y gallen nhw dorri, yn ogystal â'r ffaith bod siawns y gallwn i gael trawiad neu ataliad ar y galon. Mae'n anhygoel mewn cymaint o ffyrdd mae Ana'n trio eich lladd chi ar yr un pryd.

Ry'n ni'n siarad rywfaint yn fwy am sut mae pethe gartre, ac yn yr ysgol, er, oherwydd gwylie'r Nadolig, dwi prin wedi bod i'r ysgol ers fy apwyntiad diwetha.

"Wyt ti wedi bod yn diweddaru dy ddyddiadur bwyd?" gofynna Luned.

"Ydw," dwi'n ateb.

Fel rhan o 'nhriniaeth i, mae Luned wedi gofyn i fi gadw dyddiadur o bopeth dwi'n ei fwyta. Mae hyn yn ddigon hawdd, achos ro'n i eisoes yn cadw un i fi fy hun. Pan roddais fy mhythefnos gyntaf o gofnodion iddi, gyda holl gyfansymiau'r calorïau wedi eu hadio, roedd hi wrth ei bodd.

Mae hi'n sganio dros fy nyddiadur bwyd i, gan nodio'n fodlon, fel pe bai'n iach i fachgen pedair ar ddeg oed fwyta cyn lleied â hyn.

"O'r gorau," medd hi. "Am y bythefnos nesa, hoffwn i i ti fwyta un Mars bar y diwrnod, ar ben dy brydau arferol. Neu Snickers neu rywbeth os yw'n well gyda ti. Cyn belled â'i fod e y maint hyn." Mae hi'n estyn i ddrôr ei desg ac yn tynnu Mars bar allan. Mae hi'n amlwg yn gweld yr olwg o arswyd ar fy wyneb i, achos mae hi'n ychwanegu: "Jest rho gynnig arni."

Mae hi'n estyn y Mars i fi. Dwi'n ei gymryd e oddi arni fel pe bai'n fom niwclear.

Fedra i ddim credu ei bod hi wedi ei ddweud e fel'na. Fel pe bai gofyn i fi fwyta bar cyfan o siocled ychwanegol bob un diwrnod yn ddim byd.

Cyn gynted â dwi'n gadael yr adeilad i gleifion allanol, dwi'n tynnu'r Mars bar o fy mhoced ac yn edrych ar yr wybodaeth maeth. Dwi'n syllu arno am eiliad, gan ryfeddu bod cymaint o galorïau'n gallu bod mewn rhywbeth mor fach. Mae e fel pe bai'n seren niwtron, neu'n Dwll Du. TARDIS o galorïau.

Dwi'n dod o hyd i dudalen heddiw yn fy nyddiadur, ac yn sgwennu:

2:00pm Mars bar x 1

Yna dwi'n taflu'r Mars bar i'r bin, ac yn rhedeg i'r maes parcio i chwilio am Dad.

I Ionawr

Annwyl Ana,

O'r diwedd, dwi wedi gweithio allan beth yw e.

Ocê, wnes i ddim. Fe ddywedodd Robin wrtha i. Ar ôl i fi wneud tua miliwn o gynigion twp — rhyw fath o gwch gwenyn, bocs sbienddrych, gyriant caled USB — fe ddywedodd Robin wrtha i mai geogelc yw fy anrheg i. 'Geo' sef 'daear' a 'celc' sef 'stôr o bethau wedi eu cuddio'. Fe ddangosodd e i fi sut mae'r clawr yn llithro i ffwrdd, a sut mae 'na lyfr log a beiro y tu mewn iddo. Mae'r rhan fwyaf o bobl yn defnyddio ap er mwyn dod o hyd iddyn nhw, ond gallwch chi ddefnyddio unrhyw fath o GPS.

Mae'n debyg bod miloedd o geogelciau, dros y byd i gyd, mewn parciau a chanol dinasoedd a Safleoedd Treftadaeth y Byd. Gall unrhyw un ddechre un. Mae rhai ohonyn nhw'n bitw, mor fach â cheiniog. Mae rhai ohonyn nhw ddeg gwaith maint fy un i.

Pan fyddwch chi'n edrych am geogelc ar-lein, yr unig beth sy'n cael ei nodi yw ei gyfesurynnau GPS, ac enw, a rhyw fath o bos sy'n rhoi cliw ynglŷn â'i union leoliad. Dangosodd Robin y cofnod i fi ar gyfer yr un o dan y fainc. Yr enw ar y geogelc oedd Gwêl y Llyn. Y disgrifiad oedd 'Mae gan y fainc hon gyfrinach!'. Fe ddywedodd Robin ei fod e'n gliw eitha twp.

Fe adawon ni neges yn y llyfr log, gyda'n gilydd. 'DAYC. Nadolig Llawen.' Mae DAYC yn golygu Diolch am y Celc: dyma'r neges ry'ch chi fod i'w sgwennu yn llyfrau log pobl, yn ôl pob tebyg. Ddoe oedd hynny. Heddiw, fe es i â Madog allan am dro, i ddod o hyd i un o'r ddau geogelc arall sydd ar y Comin. Mae hwn ar bwys y fynedfa i'r cwrs golff, a'r cliw yw 'Sgoriwch fyrdi'. Fe gymerodd sbel i ddod o hyd iddo: bocs nythu gwag ar ochr y clwb golff, gyda phod bach o ffilm wedi ei osod ynddo. Fe wnes i'n siŵr nad oedd neb yn edrych, a thynnu'r pod o ffilm allan. Y tu mewn iddo roedd bonyn pensil, a sgrôl bach taclus o bapur. Agorais y papur. Roedd dwsinau o negeseuon, yn dyddio 'nôl i 2016. Fe ddes i o hyd i'r un olaf — o bedwar diwrnod yn ôl — a sgwennu '01/01/18 DAYC. Blwyddyn newydd dda! Canorus04' oddi tano. 'Canorus' yw enw rhywogaethol y gwcw gyffredin, sef fy hoff aderyn.

Yn ôl Robin, rhan o hwyl geogelcio yw nad oes gyda chi unrhyw syniad pwy sy'n edrych ar ôl pob un, na phwy arall sy'n chwilio amdanyn nhw. "Rwyt ti'n teimlo fel ysbïwr," medde fe. Felly nawr, Ana, dwi nid yn unig yn anweledig, ond dwi'n ysbïwr anweledig. Pe bawn i ond yn gallu cael gwared arnat ti, gallwn i hyd yn oed gael rhywfaint o hwyl â'r pwerau arbennig 'ma.

4

Dyma'r diwrnod cynta 'nôl yn yr ysgol, a dwi'n sefyll ar yr iard, yn ceisio esbonio wrth Ram pam nad ydw i eisie ffeirio hanner ei frechdan gaws e (~250) am hanner o fy mrechdan ham i (221).

"Ond *ham* yw e," erfynia Ram.

Enw iawn Ram yw Ehtiram, ond does neb yn ei alw fe'n hynny oni bai am ei fam. Mae ei rieni e wedi ysgaru, ac mae e'n byw gyda'i fam, sydd ddim yn gadael iddo fwyta porc. Ond mae ei dad yn rhoi bacwn iddo i frecwast bob yn ail benwythnos. Weddill yr amser, mae e'n cadw llygad barcud am gynhyrchion porc ychwanegol i'w hychwanegu at ei ddeiet. Ata i roedd e'n arfer dod gynta.

"Sori," meddaf i. A dwi yn sori. Dwi ddim eisie bod yn rhyfedd. Dwi eisie ffeirio brechdanau gyda fy ffrind gorau, os mai dyna mae e eisie'i wneud. Dwi ddim eisie iddo fod yn broblem.

"Mae hi yr un maint," medd Ram. Yna, ychwanega, "Y diawl tynn."

Mae Gwydion, ein ffrind gorau arall, yn piffian chwerthin.

"Dwi'n gwbod," meddaf i wrth Ram.

"Iawn," mae e'n dweud, mewn llais sy'n cyfleu nad yw pethe'n 'iawn' o gwbl. Mae e'n rhwygo'r cornel oddi ar un hanner brechdan. "Fe rodda i ddarn ychwanegol i ti."

"Ddim dyna beth yw e..." dwi'n dechre dweud.

"Wyt ti eisie i fi lwgu? Ai dyna yw e?" gofynna Ram.

Dwi'n gwingo wrth glywed y gair 'na: *llwgu*.

"Na Ram, dwi ddim eisie i ti lwgu," meddaf i wrtho.

"Mae hi'n edrych arnon ni," medd Gwydion. Ry'n ni'n dau'n edrych arno'n rhyfedd, cystal â dweud, *Am beth rwyt ti'n mwydro?* Mae e'n amneidio y tu ôl i ni. Ry'n ni'n troi i edrych.

Y ferch newydd sydd yno, yr un ymunodd ddechre'r tymor. Elsi, neu Elsie, neu rhywbeth tebyg. Does neb byth yn ymuno â'n hysgol ni ar ganol blwyddyn. Dyw hynny ond yn digwydd pan fydd rhywbeth mawr wedi digwydd – fel yn achos Shinji, a ddaeth y gwanwyn cyn diwetha ar ôl y daeargryn yn Kobe. Tybed beth ddigwyddodd i Elsi. Neu Elsie.

Mae hi'n sefyll ar draws yr iard, yn syllu arnon ni, fel pe na bai hi'n malio 'run daten os ydyn ni'n sylwi. Am wn i nad yw hi wedi gwneud ffrindiau eto. Ond hyd yn oed wedyn, pam fydde neb yn ein dewis ni?

"Beth oedd ei henw hi eto?" dwi'n gofyn.

"Elfis," medd Gwydion yn hyderus. "Dwi'n meddwl."

"Anwybyddwch hi," medd Ram, gan chwifio'i law, fe pe bai'n ceisio cael gwared ar bry. Mae e wedi rhoi'r gorau i drio ffeirio gyda fi a bellach yn cnoi ei frechdan gaws. Dyw e ddim yn edrych fel pe bai e'n ei mwynhau hi rhyw lawer. "Mae hi'n rhyfedd. Hei, bois, y'ch chi wedi cyrraedd y darn lle–"

Yr eiliad mae e'n dechre siarad, mae Gwydion yn codi ei law i'w dawelu. "Dim *spoilers*. Roedd Nain yn ein tŷ ni drwy Dolig felly dwi prin wedi cael cyfle i chwarae eto."

Zelda. Fe gawson ni i gyd y gêm yn anrheg Nadolig. Bob tro ry'n ni'n cael gêm newydd, mae Ram yn torri ei fol eisie ei thrafod hi, ac mae Gwyds yn torri ei fol ddim eisie.

"Dwyt ti'n ddim hwyl," mwmiala Ram. Mae e'n troi ata i, yn fy ngweld i'n edrych ar Elsi/Elsie/Elfis, ac yn ochneidio. "O, er mwyn Duw. Wela i chi wedyn, *losers*." Mae e'n taflu ei fag dros ei ysgwydd, ac yn ei gwadnu hi i ffwrdd tuag at y Bloc Cerddoriaeth.

Addysg Gorfforol sydd ar ôl cinio neu, mewn geirie eraill, dwy awr waethaf fy wythnos i, oni bai ein bod ni'n gwneud traws gwlad, sef yr unig chwaraeon dwi ddim yn ofnadwy am ei wneud. (Rhedeg, yn dechnegol, yw traws gwlad, ond dyw Luned ddim yn malio 'mod i'n ei wneud e, cyn belled â 'mod i gyda phobl eraill fydd yn mynd â fi i'r ysbyty os bydda i'n baglu ac yn torri fy nghoes, neu beth bynnag). Yn anffodus, ry'n ni ond yn gwneud traws gwlad pan fydd y caeau'n rhy wlyb i'w defnyddio, a heddiw, mae hi'n glir ac yn sych. Ac yn blymin rhewi.

Dwi'n casáu newid fy nillad. Dyw ein stafell newid ni'n ddim mwy na choridor â mainc ar bob ochr. Mae pobl yn rhedeg lan a lawr yn y canol, gan fflicio'i gilydd â thywelion, a gweiddi COC OEN! a TYNNA DY BIDYN ALLAN! dro ar ôl tro, a weithie'n sleifio y tu ôl i bobl a thynnu eu trôns nhw lawr. Mae hi hefyd yn rhewi, hyd yn oed pan na fydd hi mor oer â hynny tu allan. Un o sgileffeithiau bod yn anorecsig yw eich bod chi'n oer *drwy'r amser*. Dyw dadwisgo lawr i'ch trôns mewn Bloc Chwaraeon â llawr concrid, heb wres ym mis Ionawr ddim yn helpu'r gyda'r broblem benodol honno.

Mae Gwydion yn yr un dosbarth â fi. Wrth i fi drio gwisgo fy nghit Addysg Gorfforol o dan fy nillad, mae e'n sôn wrtha i am ei Nadolig e.

"Roedd e'n rybish. Roedd Nain eisie chwarae Scrabble yn y bore, ac yna fe aethon ni am dro. Ches i ddim agor fy anrhegion i tan 3 o'r gloch."

"Beth gest ti?" dwi'n gofyn, gan lithro fy siwmper o dan fy nghrys.

"Raspberry Pi. *Zelda*. *Fifa*. Y llyfr newydd Stephen King 'na ro'n i eisie." Mae e'n eistedd lawr ar y fainc ac yn codi ei ysgwyddau'n athronyddol. Dyw e ddim hyd yn oed wedi dechre newid. "Ddim yn ddrwg o gwbl."

Mae Gwydion yn *geek* swyddogol, ond mae e'n cael maddeuant am hynny gan ei fod e hefyd yn digwydd bod yn dda iawn am chwarae pêl-droed. Mae e'n saethwr i'r ysgol ac i'r sir. Llynedd, cafodd e barti thema *Discworld*, ac fe wisgodd y tîm pêl-droed cyfan, fwy neu lai, lan fel dewiniaid a chorachod. Roedd e mor ddoniol.

Mae hi'n tywyllu'n sydyn, ac ry'n ni'n clywed llais yn rhuo o waelod y coridor. "Mr Llywelyn, fyddwch chi'n ymuno â ni ar y cae heddiw?" Dwi'n edrych lan. Mae silwét Mr Prys yn y drws, yn cuddio'r haul fel arch-ddihiryn.

Mae Mr Prys fel croesiad rhwng casgen gwrw a chadfridog milwrol. Mae e'n poeni am ddau beth – pêl-droed a rygbi – ac mae unrhyw un sydd ddim yn rhannu o leiaf un o'r diddordebau hynny mewn trwbwl mawr.

Yn ffodus, mae Gwyds yn rhannu un ohonyn nhw. "Byddaf, syr," mae e'n mwmial yn ostyngedig, gan dynnu ei grys a'i siwmper ar yr un pryd.

"Bydd unrhyw un sydd ddim allan mewn dau funud yn cael eich cadw mewn," medd Mr Prys. Mae e'n troi ac yn martsio allan. Step, dau, tri, pedwar.

Dwi'n gwisgo fy siwmper chwaraeon. Y cyfan mae angen i fi ei wneud nawr yw tynnu fy nhrywsus a gwisgo fy siorts. Dwi'n cymryd anadl ddofn, ond cyn i fi allu dechre, mae Darren yn rhoi tap ar fy ysgwydd i.

"Ti'n mynd i ddangos dy goc i ni, Macs?" mae e'n gofyn, gan chwerthin fel pe bai hyn y peth doniolaf i unrhyw un ei ddweud yn hanes dynoliaeth. Mae Darren yn mynd o dan fy nghroen i, ac nid yn unig oherwydd ei fod e'n fwli. Mae e'n denau. Hynny yw, yn boncyrs o denau. Mae e'n un o'r bobl hynny sy'n bwyta pasteiod yn ddi-baid ond sydd rywffordd yn dal i edrych fel rhaca. Fe hefyd yw'r unig berson yn fy mlwyddyn i sy'n gynt na fi am redeg traws gwlad.

Pan mae e'n gofyn i fi os all e weld fy nghoc i, dwi fod i droi rownd, fel bod rhywun – fe, fwy na thebyg – yn gallu dod y tu ôl i fi a thynnu fy nhrôns i lawr. Yn lle hynny, dwi'n eistedd lawr yn ofalus ar y fainc cyn ateb. "Dwi'n ocê, Darren," meddaf i. "Ond diolch, 'run fath."

"Pwff," medd Darren, gan sniffio'n grac. Mae e'n ei gwadnu hi o 'na.

Pan mae'r rhan fwyaf o'r grŵp wedi mynd allan, dwi'n tynnu fy nhrywsus i ffwrdd ac yn gwisgo fy siorts mor gyflym ag y galla i. Ocê, felly does neb eisie i'w dosbarth cyfan weld eu darnau preifat, ond dwi ddim eisie hynny ar lefel hollol wahanol. Mae anorecsia'n arafu'r glasoed. Mae eich blew piwbig chi'n stopio tyfu, ac mae popeth yn rhyw fath o... oedi. Dwi ddim yn gwbod os bydd hynny'n digwydd i fi, ond mae arna i ofn. Dwi'n sefyll o flaen y drych weithie, ac yn edrych ar fy nghoc a fy ngheilliau. Maen nhw'n edrych yn fach. Ond mae pawb yn meddwl hynny, ydyn nhw? Dyw hi ddim fel pe bai gyda fi ddim i'w cymharu â nhw.

Am wn i mai fy nghoc yw'r unig ran o 'nghorff i yr hoffwn iddo fod yn fwy.

Gwydion a fi yw'r rhai olaf i adael y stafelloedd newid. Mae e'n fy mhwnio gyda'i benelin wrth i ni gerdded allan. "Fe wnest ti'n dda gyda Darren, mêt."

Dwi'n gwenu. "Diolch."

Ry'n ni'n chwarae rygbi heddiw. Wel, mae pawb arall yn gwneud. Yn ogystal â rhedeg, mae Luned wedi penderfynu bod chwaraeon cyswllt siŵr o fod yn syniad gwael i rywun sydd ag esgyrn fel brigau. Felly fe sgwennodd fy rhieni at yr ysgol a gofyn a fydde modd i fi gael fy esgusodi rhag taclo – sydd, os nad ydych chi erioed wedi chwarae rygbi, yn rhan reit allweddol o'r gêm. Dwi'n cael gwneud y driliau a'r cynhesu, ond dyna ni. Mae e fel pe baen nhw'n trio gwneud i fi edrych fel y *ffrîc* mwya posib.

Fe ddigwyddodd hyn jest cyn y Nadolig. Heddiw yw'r tro cynta i'r broblem godi. Hyd yma, dyw Mr Prys heb ddweud dim. Falle nad oes neb wedi dweud wrtho fe, neu falle'i fod e wedi anghofio. Dwi'n sicr ddim yn mynd i grybwyll y peth. *O, gyda llaw, Mr Prys, dwi ddim yn siŵr os oes neb wedi dweud wrthoch chi, ond o ganlyniad i'r ffaith 'mod i'n ffrîc enfawr, fedra i ddim chwarae rygbi mwyach. Sori. Edrychwch: mae nodyn gyda fi.*

Rhwng popeth bydde'n well gyda fi fentro torri fy esgyrn i gyd.

Ry'n ni'n dechre gyda jog fach i gynhesu, sy'n iawn. Yna ry'n ni'n gwneud dril pasio. Mae pawb yn rhedeg lawr y cae mewn llinell, gan basio'r bêl ac yna'n rhedeg draw i'r ochr arall. Dwi mor nerfus, dwi'n gollwng y bêl yn llythrennol bob tro y bydd rhywun yn ei phasio i fi. Ar fy nhro olaf, dwi'n ei dal hi ond yna'n anghofio'i phasio hi 'mlaen, ac yn rhedeg o gwmpas y cefn gyda'r bêl yn fy nwylo. Mae gweddill y bechgyn yn fy ngrŵp i bron yn eu dagrau. "Gwaith da, twpsyn," medd Shinji wrth i ni gyrraedd diwedd y cae.

"Sori," dwi'n mwmial.

"Rwyt ti'n ymddiheuro am i fi dy sarhau di?"

Dwi ddim yn dweud unrhyw beth.

Mae Shinji'n poeri ar y llawr. "Pathetig."

Shinji yw ffrind gorau Darren. Mae e fwy neu lai i'r gwrthwyneb i Darren yn gorfforol: mae e fel rhyw fath o fersiwn iau, mwy cyhyrog o Mr Prys. Mae ei goesau e fel boncyffion coed. Ym marn Gwydion, dyw Shinji ddim yn dda o gwbl am chwarae rygbi, ond gan ei fod e mor gryf mae e wedi ei ddewis i'r tîm cynta beth bynnag.

Ar ôl y dril, mae Mr Prys yn ein galw ni draw er mwyn penderfynu ar y timau ar gyfer y gêm. Un peth dwi'n ei hoffi amdano fe yw nad yw e'n gadael i bobl ddewis eu timau eu hunain. Yn lle hynny, mae e'n rhannu pawb ei hun, fel nad oes yn rhaid i bobl fel fi brofi'r cywilydd o gael ein dewis yn olaf wythnos ar ôl wythnos.

Ry'n ni'n mynd yn araf ato, gan sgwrsio a thynnu coes a chwarae o gwmpas, nes iddo ruo "Brysiwch!", ac ry'n ni'n dechre rhedeg. Pan y'n ni'n cyrraedd, mae e'n edrych arnon ni ac yn ysgwyd ei ben. "Fe gymerodd hynna ormod o amser o lawer. Pawb i sbrintio at y pyst ac yn ôl. Heblaw amdanat ti, Mr Prydderch."

Dwi'n llyncu'n galed.

Mae gweddill fy nosbarth yn rhedeg i ffwrdd lawr gweddill y cae tra dwi'n llusgo fy nhraed tuag at Mr Prys fel sombi swil. Dwi eisoes yn teimlo fy nwylo'n chwysu.

Mae e'n edrych arna i o 'nghorun i'm sawdl. "Dim cyswllt, ydw i'n iawn?"

Dwi'n edrych lawr ar y borfa. "Ydych, syr."

Dwi'n disgwyl iddo fe fy ngalw i'n gadi-ffan neu rhywbeth. Neu falle y gwneith e jest wrthod cais fy rhieni, a rhoi araith i fi ynglŷn â'r ffaith bod angen i fi galedu.

Ond yn lle hynny, mae e'n rhoi ei law ar fy ysgwydd. "Popeth yn ocê?"

"Ym... ydy, syr. Diolch."

"Ti'n hapus i redeg wrth i ni chwarae? Byddi di'n rhewi i farwolaeth fel arall."

Dwi'n syllu arno fe mewn anghrediniaeth. Mae hyn fel rhywun yn gofyn i fochyn a fydde'n well ganddo chwarae yn y mwd am sbel, yn hytrach na chael ei wneud yn selsig. "Ydw, syr."

"Bant â ti, te. Cadwa at y llwybr traws gwlad arferol."

Am wn i na chafodd Mr Prys nodyn amdana i'n rhedeg ar fy mhen fy hun. Wel, dwi ddim yn mynd i'w gywiro fe.

Dwi'n treulio gweddill y wers yn rhedeg. Dwi'n gwneud tair lŵp o'r ysgol gyfan: ar hyd y nant fechan ar ben pella'r caeau chwarae, o gwmpas y Bloc Cerddoriaeth, trwy'r coed lle ry'n ni'n archwilio pyllau yn y gwersi Bioleg weithie. Dyma'r wers Addysg Gorfforol orau i fi ei chael ers misoedd.

Mae Gwyds yn dod draw ata' i wrth i ni fynd 'nôl i mewn. "Beth oedd hynna i gyd? Fe ddywedodd Mr Prys wrthon ni dy fod di ar rhyw fath o raglen hyfforddi arbennig."

"Do fe?"

"Do. Fe wnaeth iddo swnio fel pe baet ti'n rhedeg dros y sir neu rhywbeth."

Dwi'n codi fy ysgwyddau. "Pwy a ŵyr?"

Falle fod Mr Prys yn ocê wedi'r cyfan.

7 Ionawr

Annwyl Ana,

Mae gyda fi tua miliwn o gwestiynau yn hofran o gwmpas yn fy mhen. Ond y mwya ohonyn nhw yw: pam?

Pam fi? Pam nawr? Pam ddim llynedd, neu'r flwyddyn nesa?

Os y'ch chi'n torri eich coes, mae hynny oherwydd eich bod chi wedi cwympo oddi ar eich beic. Os y'ch chi'n cael niwmonia mae hynny oherwydd eich bod chi wedi mewnanadlu rhyw facteria niwmococol. Ond dyw trio gweithio allan pam rwyt ti wedi dringo mewn i 'mhen i ddim cweit mor hawdd.

Falle nad oes ots. Rwyt ti yma. Mae e wedi digwydd. Fe gydiodd rhyw dduw crac mewn mellten a'i thaflu lawr i'r Ddaear, ac fe ddigwyddodd fy nharo i.

Ond all hynny ddim bod yn iawn, allith e? Mae'n rhaid bod rheswm. A dwi wir, wir, wir eisie gwbod beth yw e.

Ar bwys ein tŷ ni mae eiddo mawr yr Ymddiriedolaeth Genedlaethol o'r enw Parc yr Ynn. Ro'n ni'n arfer mynd yno bob rhyw flwyddyn neu ddwy pan oedd Robin a finne'n iau. O flaen y prif dŷ mae'r clawdd enfawr yma ar ffurf drysfa, sef y prif reswm y bydd unrhyw un yn mynd yno, mewn gwirionedd. Y tro cynta i fi fynd mewn ar fy mhen fy hun – mae'n rhaid 'mod i tua saith oed – fe gymerodd hi yr un faint o amser i fi ddod 'nôl allan ag y cymerodd i fi gyrraedd y canol, achos wnes i ddim cofio'r llwybr wrth i fi fynd. Ond y flwyddyn ganlynol, ro'n i wedi gweithio allan ei bod hi siŵr o fod yn syniad da i fi feddwl am yr hyn ro'n i'n ei wneud, fel 'mod i'n gallu aildroedio'r un llwybr.

Os ydych chi'n gwbod sut cyrhaeddoch chi rywle, ry'ch chi'n gwbod sut i fynd allan, cywir? Pam ddylai anorecsia fod dim gwahanol?

Yr unig broblem? Does gyda fi DDIM SYNIAD sut cyrhaeddais i fan hyn. Does gyda fi ddim cliw o gwbl sut llwyddaist ti i ddringo mewn i 'mhen i. Sy'n golygu 'mod i ar goll yn llwyr.

5

Mae Mam yn dod adre'n gynddeiriog. Mae hi wedi *gwylltio'n gacwn eto* yw sut mae Dad yn cyfeirio ati, unwaith nad yw Mam yn gallu clywed. Yn ôl pob tebyg, mae'r partneriaid eraill wedi trefnu cyfarfod yr un noson â chyfarfod Cymdeithas Rhieni ac Athrawon yr ysgol heb ddweud wrthi. Mae'r math yma o beth yn digwydd yn aml. Mam yw'r unig bartner benywaidd yn ei chwmni hi, ac mae llawer ohonyn nhw'n hoffi gwneud ei bywyd hi'n anodd. Mae Dad yn arllwys gwydraid mawr o win iddi.

Mae Dad yn coginio swper. Yn ystod yr wythnos, fe sy'n gwneud y rhan fwyaf o'r coginio, achos mae e wastad yn cyrraedd adre oriau cyn i Mam wneud. Ry'n ni'n cael *kievs* cyw iâr (289), tatws wedi eu berwi – na fydda i'n eu cael – a phys (65). Falle nad yw e'n swnio fel pryd delfrydol i anorecsig, ond o safbwynt cyfri, mae e'n hawdd. Dwi'n dwli ar bethe sy'n dod mewn bocs â nifer y caloriau ar y cefn.

Yn y cyfamser, dwi'n gwneud fy ngwaith cartre Cemeg. Ac oherwydd bod y bydysawd yn fy nghasáu i, mae e i gyd yn ymwneud â chaloriau. *Calori (symbol: cal) yw'r egni angenrheidiol i godi tymheredd 1g o ddŵr o 1°C ar bwysau o 1 atmosffer*, mae fy ngwerslyfr yn dweud wrtha i. *Cilocalori (symbol: kcal neu Cal), sy'n cael ei adnabod hefyd fel calori bwyd, yw'r egni angenrheidiol i godi tymheredd 1kg o ddŵr o 1°C ar bwysau o 1 atmosffer. Pan fydd pobl yn cyfeirio at y nifer o 'galorïau' mewn bwyd, maen nhw bron bob amser yn cyfeirio at gilocaloriau.*

Dwi'n gwbod hyn yn barod. Pan ddysgais i gyntaf beth

oedd calori (bwyd), fe chwythodd fy mhen i. Mae'n rhaid bod unrhyw beth sy'n gallu cael ei rannu â mil yn reit fawr, yn tydy? Fe ddechreuodd godi fy ngwrychyn pan fydde pobl yn gadael y darn 'kilo' allan wrth drafod calorïau ar y teledu. Fel pe baen nhw'n dweud celwydd wrtha i, yn trio fy ngwneud i'n dew.

Ond mae rhywbeth arall sy'n mynd o dan fy nghroen i. Dwi'n mynd mewn i'r gegin er mwyn dod o hyd i Dad.

"Sut ddiwrnod gest ti?" gofynna Dad, cyn i fi allu dweud dim. Mae e'n sefyll dros y stôf, yn ffidlan gyda'r gwres ar y tatws.

"Ocê."

Mae e'n troi o gwmpas ac yn edrych yn graff arna i. Mae fy rhieni'n edrych fel hyn arna i'n aml y dyddiau hyn. Edrychiadau dwi'n-gofyn-cwestiwn-difrifol-a-dwi-eisie-i-ti-ei-gymryd-e-o-ddifri. "Addysg Gorfforol yn mynd yn iawn?"

"Ydy," meddaf i. Dwi ddim yn dweud, Addysg Gorfforol yw rhan orau fy wythnos i ar hyn o bryd gan 'mod i'n cael rhedeg ar fy mhen fy hun.

"Da iawn. Wyt ti eisie pwyso'r pys?"

"Mae'n ocê," meddaf i. "Fe wna i bwyso fy rhai i ar ôl iddyn nhw gael eu coginio."

"Digon teg," mae e'n dweud.

"Dad, ydy'r–"

"O, daria," medd Dad, gan droi 'nôl at yr hob. Mae'r tatws yn berwi drosodd: mae 'na bwll bas o ddŵr llawn startsh o gwmpas yr hobiau. Mae Dad yn codi'r sosban, yn arllwys rhywfaint o ddŵr allan i'r sinc, ac yn troi'r gwres i lawr. "Dyna welliant," mae e'n dweud. "Dim pwynt codi pais ar ôl piso, a hynny i gyd. Oes gwaith cartref gyda ti i'w wneud?"

"Oes," meddaf i. "Mae gyda fi gwestiwn."

Mae fy nhad yn chwerthinllyd o hamddenol. Fe ddywedwn i ei fod e'n reit ddigyffro ynglŷn â'r tatws, ond fe fydde fe yr un fath hyd yn oed pe bydde'r dŵr wedi arllwys dros ei esgidiau e hefyd. Neu pe bawn i'n dweud wrtho nad o'n i'n gwneud gwaith cartre mwyach, ac yn gadael yr ysgol i ymuno â'r syrcas.

"Bant â ti," medd Dad, gan bwyntio ata i â'r hyn y gellir ond ei ddisgrifio fel gynnau ar ffurf bysedd.

Dwi'n gwingo. "Ym, beth bynnag... Mae calorïau'n mesur yr egni a gymerir i gynhesu dŵr, cywir?"

"Felly dwi'n deall," medd Dad, gan fynd draw at y rhewgell i chwilio am y pys. "Er, cyn i ni fynd dim pellach, rhaid i fi bwysleisio – y tro diwethaf i fi astudio Cemeg, doedd gan Gymru ddim Cynulliad Cenedlaethol, heb sôn am Senedd."

"Ie, ond ti'n gwbod popeth," meddaf i wrtho fe. "Ydy hynny'n golygu, os wyt ti'n cynhesu pryd o fwyd, bod mwy o galorïau ynddo?"

Mae Dad yn agor y rhewgell, ac yn chwilota am y pys. Mae e'n eu tynnu nhw allan, yn troi ata i, ac yn gwgu. "Dyw bodau dynol ddim yn gallu amsugno egni gwres, Macs."

"Na, ond ry'n ni'n anifeiliaid gwaed twym, yn tydyn? Ry'n ni'n defnyddio egni wrth gynhesu ein cyrff."

Mae e'n codi un o'i aeliau. "Am wn i mae hynny'n wir."

"Felly os ydw i'n bwyta rhywbeth poeth, mae angen i fi ddefnyddio llai o egni i gadw fy hun yn gynnes."

"Falle, ond swm pitw bach o egni yw e."

"Ie?"

"Wel, gad i ni weld." Un o'r pethe dwi'n eu hoffi am fy nhad yw nad yw e'n fy nhrin i fel plentyn bach. Ry'n ni'n gallu cael sgwrs normal, fel oedolion. Mae e'n rhoi'r pys i lawr ar yr ochr ac yn codi ei gwpan. "Dwed bod gyda ti gwpanaid o de. 250 mililitr, fwy neu lai. Mae hynna'n beth, 80 gradd pan fyddi di'n ei yfed e? Mae hynny 60 uwchlaw tymheredd y stafell. Felly rwyt ti wedi ychwanegu 60 gwaith 250 o galorïau. Beth yw cyfanswm hynny?"

Dwi'n meddwl am funud. "15,000."

"Ac mae hynny'n galorïau. Felly 15 cliocalori."

O leia mae Dad yn gwerthfawrogi'r gwahaniaeth. "Ie," meddaf i.

"Mae hynny gan dybio dy fod di'n yfed y cyfan ar yr un pryd, pan mae e ar dymheredd o 80 gradd. Dwi'n tybio bod 10 calori yn fwy realistig."

"Fwy na thebyg," dwi'n cytuno.

"Felly llai na 1% o dy galorïau dyddiol. Ac mae'r corff yn cynhyrchu gormodedd o lawer o wres beth bynnag. Dwi'n amau ei fod yn gwneud unrhyw wahaniaeth mesuradwy o gwbl, o feddwl am y peth."

"Ocê."

Mae Dad yn rhoi ei law ar fy ysgwydd. Llaw amheuaeth. "Macs, dyw hyn ddim yn mynd i ddod yn beth, yw e?"

Dwi'n gwingo rhywfaint. Dwi'n trio peidio, ond fedra i ddim help. "Nagyw," meddaf i.

Mae e'n nodio'n araf. "Falch o glywed." Dyw e ddim yn edrych fel pe bai e wedi ei argyhoeddi'n llwyr.

Fedra i ddim peidio â meddwl am y peth. Ddim y darn am y te, achos dwi ddim wir yn yfed te beth bynnag. Ddim hyd yn oed y darn am y bwyd poeth, achos dwi'n tybio, fel mae Dad yn dweud, oni bai eich bod chi y tu allan ar ddiwrnod rhewllyd, dyw e ddim yn debygol o wneud unrhyw wahaniaeth. Ond dywedwch eich bod chi'n yfed litr o ddŵr rhewllyd fel iâ, pan oeddech chi eisoes yn oer. Bydde'n rhaid i'ch corff chi weithio'n arbennig o galed i'ch cynhesu chi eto, yn bydde? Gallech chi dwyllo'ch hun i losgi calorïau'n gyflymach.

Mae Robin yn camu trwy'r drws wrth i Dad weini'r bwyd. Amseru da. Cyn gynted ag ry'n ni'n eistedd lawr, mae e'n dechre adrodd hanes ei ddiwrnod wrthon ni. Mae Robin chwe mis mewn i'w brentisiaeth erbyn hyn, ac mae e'n dechre dysgu'r hyn mae e'n ei alw'n *stwff da*. Roedd heddiw, yn ôl y sôn, ynglŷn â phob math o uniadau cynffonnog.

"Dwi ddim yn siŵr o'n i'n gwbod bod mathau gwahanol o uniadau cynffonnog," medd Dad.

Dwi ddim yn siŵr 'mod i'n poeni, meddyliaf yn dawel bach.

"O, oes," medd Robin, "mae 'na lwyth." Mae e'n neidio ar ei draed, yn mynd draw at y seidbord, ac yn codi pensil a phapur.

"Mae gyda ti dy uniad cynffonnog sylfaenol, fel hwn" – mae e'n dechre braslunio – "y bydden ni'n ei ddefnyddio ar gyfer drôr arferol. Ond os ydych chi am i bobl weld y graen pen, gallwch chi wneud hyn…"

Dwi'n edrych draw ar Mam. Mae hi'n ymddangos yn dawel iawn heno. Hynny yw, yn fwy nag arfer. Falle'i bod hi'n dal i fod yn grac am y cyfarfod, ond mae hi fel arfer yn dod dros bethau fel'na yn reit gyflym. Wedi'r cyfan, mae hi wedi arfer. Mae hyn yn teimlo'n wahanol. Y funud hon, mae hi'n syllu i wagle, gan roi llwyaid o rhywbeth yn ei cheg bob hyn a hyn. Ocê, felly dwi ddim yn union mewn sefyllfa i feirniadu arferion bwyta pobl eraill. Ond mae e fel pe na bai hi hyd yn oed yn poeni. Alla i ddim cael fy mhen o gwmpas y ffaith na fydde rhywun yn poeni am y bwyd o'u blaenau nhw.

Ar ôl braslunio pum gwahanol fath o uniad cynffonnog mae Robin yn rhoi ei bensil lawr yn fodlon ac yn mynd 'nôl i rofio bwyd i'w geg. "Sut ddiwrnod gest ti, beth bynnag?" mae e'n gofyn i Dad, trwy lond cegaid o datws wedi berwi.

"Ro'n i'n chwilio am safleoedd ar gyfer y ganolfan ailgylchu newydd," medd Dad. "Roedd hynny'n llond trol o hwyl, fel arfer."

Mae Dad wedi bod yn chwilio am safle ar gyfer y ganolfan ailgylchu newydd ers tair blynedd. Tua blwyddyn yn ôl, roedd e'n meddwl ei fod e wedi dod o hyd i'r lle delfrydol, allan ar bwys y ffordd osgoi. Ond fe wnaeth y teuluoedd cyfoethog sy'n byw allan wrth Barc Pencoed – hanner milltir i ffwrdd – y ffws ryfedda.

"Roedd y safle arall 'na'n berffaith," medd Robin. "Mynediad gwych, ynysig, dim materion amgylcheddol. Y ffyliaid posh 'na."

"Robin," medd Dad, â thôn o rybudd yn ei lais. "Fyddwn i ddim eisie iddo fe fod ar bwys fy nhŷ i chwaith. Mae hi'n hawdd beirniadu."

Yn ogystal â bod yn ddigynnwrf, mae fy nhad yn flinderus o resymol. Yn fy mhrofiad i, mae'r rhan fwyaf o bobl yn rhagrithwyr am o leia un peth. Er enghraifft, mae Robin yn pregethu wrthon ni i gyd am gadwraeth coedwigoedd, ond mae e hefyd yn bwyta cig eidion, sef prif achos datgoedwigo ledled y byd. Mae Gwydion yn mynd yn benwan ynglŷn â *spoilers*, ond mae e'n ddigon hapus i rannu plot llyfr mae e newydd ei ddarllen â ni heb ofyn.

Ond dyw Dad ddim fel'na. Hyd yn oed os byddwch chi'n ei ddal e'n gwneud rhywbeth rhagrithiol, dyw e ddim yn mynd yn amddiffynnol am y peth. Bydd e jest yn dweud, "Pwynt da," ac yn newid ei ymddygiad. Unwaith, pan oeddwn i'n un ar ddeg ac yn meddwl 'mod i'n gwbod y cyfan, fe ddywedes wrtho nad oedd hi'n deg ei fod e'n rhygnu 'mlaen aton ni am beidio â diffodd y golau, gan fod y teledu wastad ar *standby*. Mae e wedi diffodd y teledu wrth y plwg ar y wal byth ers hynny.

Fe allech chi feddwl bod hyn yn rhinwedd i'w hedmygu yn fy nhad, ond dwi'n anghytuno. Mae e fel byw gyda mynach, neu'r Pab, neu Barack Obama. Does dim byd y gallwch chi gwyno amdano, mewn gwirionedd, a ry'ch chi fel arfer yn teimlo'n euog drwy'r amser.

"Macs, wyt ti wedi sortio dy ti'n-gwbod-beth eto?" mae Robin yn gofyn i fi.

Dwi'n ysgwyd fy mhen. "Na. Ond dwi wedi penderfynu ble dwi'n mynd i'w roi e. Dwi'n mynd i'w roi e lan dros y penwythnos."

"Beth yw hyn i gyd?" Mae Dad yn codi un o'i aeliau.

"Dim byd i ti boeni yn ei gylch," medd Robin.

"Digon teg," medd Dad.

Chi'n gweld? Mae e'n cymryd beth bynnag ry'ch chi'n ei ddweud ac yn ei dderbyn e. Dwi'n siŵr nad yw rhieni i fod i ymddwyn fel'na.

"Reit, pwy sydd eisie pwdin?"

Mae Robin yn nodio. Dwi'n ysgwyd fy mhen. A dyw Mam ddim hyd yn oed yn ymateb.

10 Ionawr

Annwyl Ana,

Felly, yn ôl, wel, pob un wefan dwi wedi edrych arni, ddylwn i ddim hyd oed fy ngalw fy hun yn 'anorecsig'. Yn lle hynny, dwi fod i ddweud 'mod i'n 'berson ag anorecsia' achos dwi'n dal i fod yn berson. Dyw dy gael di yn fy mhen i ddim yn fy stopio i rhag bod yn fi.

Am wn i 'mod i'n cytuno â hynny — ond mae'r holl ddadl yn ymddangos yn dwp i fi. Os ydw i'n galw Dad yn weithiwr cyngor, dwi ddim yn dweud nad yw e hefyd yn dad i fi, nac yn ddyn, nac yn aelod o gôr Llanfair. Yn fy marn i, yr eiliad hon, mae gen i bethau pwysicach i feddwl amdanyn nhw. Fel petai.

A hefyd, hyd yn oed pe bawn i eisie stopio meddwl amdanaf fy hun fel anorecsig, dwi ddim yn siŵr a fyddet ti'n gadael i fi, fyddet ti?

"Does neb eisie treulio amser gydag anorecsig."

"Ma' pobl ag anorecsia go iawn yn gallu gwneud i'w hunain gyfogi, ti'n gwbod."

"Pa ots beth mae rhyw anorecsig bach trist yn ei feddwl?"

Pan rwyt ti yn fy nghlust i bob awr o'r dydd, yn dweud pethe fel'na, does gyda fi fawr o ddewis mewn gwirionedd.

O'r diwedd, dwi'n dewis lle ar gyfer fy ngeogelc. A dweud y gwir, dwi'n reit falch ohono. Yn ôl Robin, mae celc da yn un sydd "wedi ei guddio yng ngolwg pawb": dyw e'n fawr o hwyl os yw eich celc mewn rhyw leoliad sydd ddim yn gwneud synnwyr, fel ar un o gant o bolion ffens sy'n edrych yn union yr un peth, neu os oes rhaid i bobl fustachu trwy dwnnel i gyrraedd ato.

Felly, pwy sydd am ddyfalu ble dwi am roi fy un i?

Mae'r dderwen enfawr yma ar ochr orllewinol y Comin. Mae hi'n reit anhygoel. Dywedodd Dad wrtha i unwaith ei fod e'n tybio ei bod hi dros 250 mlwydd oed. Mae ganddi'r canghennau enfawr 'ma sy'n ymledu allan i bob cyfeiriad, ychydig bach fel pe baech chi'n tynnu un o'r llinynnau caws 'na reit lawr i'r gwaelod. Dyw rhai ohonyn nhw ond ychydig gentimetrau oddi ar y llawr sy'n golygu ei bod hi'n reit anhygoel ar gyfer dringo a dwi'n tybio y bydde fe'n lle reit anhygoel i guddio geogelc hefyd. Os ydych chi'n dringo tair cangen lan, mae 'na geudwll bach yn y boncyff lle cafodd cangen ei thorri neu rywbeth, a gallwch ei weld e o'r ddaear.

Perffaith, yn tydy?

Fe driais i ei roi e yno heddiw, ond aeth pethe ddim yn dda. Roedd Madog gyda fi, a phan mae Madog gyda chi, mae pobl wastad eisie stopio a siarad. Dyma'r ddynes 'ma sy'n gweithio gyda Dad fwy neu lai yn tylino'i gorff e i gyd tra dwi jest yn sefyll yno, yn ateb ei chwestiynau twp hi.

"Sut mae'r ysgol?"

"Iawn."

"O, rwyt ti'n hoffi hynna, yn dwyt ti Madog? Wyt, mi rwyt ti!"

Erbyn iddi orffen, roedd hi'n rhy dywyll i fynd mewn i'r goedwig.

Ond does dim ots: galla i fynd fory yn lle hynny. Mae'n debyg, os nad ydych chi'n treulio amser gyda phlant eraill — neu, chi'n gwbod, yn bwyta — bod gyda chi ddigonedd o amser sbâr.

~ 53 ~

6

Dwi wedi syrffedu'n llwyr.

Ar y cyfan, dwi wir yn mwynhau Bioleg, hyd yn oed os yw'r darnau ynglŷn â bodau dynol yn fy ngneud i i deimlo'n, ym, wanllyd. O bryd i'w gilydd. (Yn ôl pob tebyg, dyw bod yn anorecsig ddim yn ddigon: Mae gan Macs Prydderch ffordd arall ychwanegol, cwbl ar wahân o wneud ei hun yn alltud cymdeithasol. Pryd bynnag y bydd rhywun yn dechre sôn am y corff neu afiechydon neu weithrediadau corfforol, mae 'ngwaed i i gyd yn mynd i 'nhraed i a dwi'n llewygu. Coeliwch fi, mae e'n gwneud i fi edrych yn siwper-cŵl.) Ond dwi'n mwynhau Bioleg sydd ddim yn ymwneud â phobl. Dwi eisie astudio Swoleg yn y brifysgol ac yna bod yn adaregydd.

Does ond rhaid i fi, chi'n gwbod, wneud yn siŵr fy mod i'n goroesi mor hir â hynny.

Dosbarth adolygu sydd heddiw, sef, heb os, un o'r pethe sy'n mynd o dan fy nghroen i fwya. Er enghraifft, mae Mr Edwards, ein hathro ni, newydd ddweud wrth Gopal nad oedd ei ateb e i gwestiwn ynglŷn ag ensymau yn gywir, gan iddo ddweud eu bod nhw'n cael eu *hanffurfio* ar dymheredd uchel, yn hytrach na'u *dadnatureiddio*. Ei union eiriau oedd: "Mae hynny'n gywir, ond mae angen i ti ei ddweud e mewn ffordd wahanol i gael y marciau."

Dyna pam dwi wedi syrffedu'n llwyr.

Dwi'n dwdlo yn fy llyfr nodiadau, ond dwi ddim hyd

yn oed yn sylwi 'mod i'n dwdlo nes i Ram bwyso drosodd a dweud, "Hei, ma' hwnna'n eitha da."

Dwi'n cuddio'r dudalen yn reddfol, fel pe bai e newydd fy nal i'n edrych ar porn neu rhywbeth, ac yn gwgu ar Ram. Mae e'n edrych wedi ei synnu, sydd, wel, ddim yn syndod, am wn i. Dyw hi ddim fel pe bai e'n gwneud dim byd afresymol. Mae fy wyneb yn gostwng, ac mae fy mochau'n dechre llosgi.

Dwi'n symud fy llaw er mwyn archwilio fy llun. Llun o'r dderwen ar y Comin yw e. Mae chwyrliadau o feiro'n nadreddu allan o'r boncyff. Nawr 'mod i'n edrych arno fe, mae e braidd yn arswydus, fel coeden mewn ffilm arswyd.

Dwi eisie dweud sori wrth Ram ond dwi ddim yn gwbod sut, felly dwi'n parhau i ddwdlo. Dwi'n dechre llenwi'r ceudwll hanner ffordd lan y boncyff. Dwi'n sgriblo drosodd a throsodd, nes bod y dudalen yn wlyb gan inc ac yn dechre rhwygo. Mae rhywbeth therapiwtig ynglŷn â hynny.

Dwi'n dal heb feddwl am gliw da, ac mae e'n dechre mynd o dan fy nghroen i.

"Sori," mae Ram yn mwmial.

Arhoswch eiliad. Mae e'n ymddiheuro i fi, achos 'mod i wedi colli fy nhymer gydag e am ddim byd? Mae hynny'n gwneud i fi deimlo tua deg gwaith gwaeth nag o'n i yn barod.

Mae Mr Edwards yn sôn am esblygiad nawr. "Roedd theori Lamarck yn boblogaidd am amser hir," mae e'n dweud. "Beth yw'r broblem allweddol gyda'i fersiwn ef o esblygiad?"

Mae gyda fi becyn o greision yn fy mag ro'n i i fod i'w bwyta i ginio. Ro'n i yn mynd i'w bwyta nhw heddiw, o ddifri. Falle. Ond dwi'n penderfynu y dylwn i eu rhoi nhw i Ram er mwyn dweud sori. Dwi'n eu tynnu nhw allan, gan eu cuddio nhw o dan y fainc fel nad yw Mr Edwards yn gallu gweld. "Dyma ti," dwi'n sibrwd. "Anrheg."

Mae Ram yn edrych arna i fel pe bawn i'n cynnig Porsche iddo fe. Mae e'n syllu ar fy llaw i.

"Cymer nhw," dwi'n hisian. "Cyn..." Dwi'n amneidio tuag at Mr Edwards.

"Wyt ti'n siŵr?" gofynna Ram.

"Macs, ydy popeth yn iawn draw fan'na?"

Dwi'n rhewi, fel iâr sydd wedi cael ei gweld gan T-Rex. Mae Mr Edwards yn llithro draw aton ni.

"Popeth yn iawn, syr," dwi'n mwmial.

"Da iawn. Fe fyddwn i'n gofyn i ti basio rheina o gwmpas, ond ry'n ni i gyd yn gwbod bod bwyta yn y labordy'n beryglus."

"Ydy, syr," meddaf i. *Mae'n rhaid bod ganddo glustiau ystlum*, dwi'n meddwl. (Ffaith hwyliog: gall ystlumod newid siâp eu clustiau er mwyn clywed yn well. Ychydig fel cael corn clywed yn eu pen).

"Felly, yn lle hynny, fe edrycha i ar eu holau nhw tan ddiwedd y wers, os yw hynny'n ocê," mae Mr Edwards yn parhau. Mae e'n dal ei law allan. Dwi'n rhoi'r creision iddo. "Diolch. Nawr, alli di esbonio wrth bawb sut mae neffron yr aren yn gweithio?"

Dwi'n llyncu. "Ym... wel, mae'r gwaed yn cael ei bwmpio i'r cwpan Bowman, sy'n gorfodi popeth allan ohono."

"Da iawn." Mae Mr Edwards yn nodio, yn y ffordd mae athrawon yn gwneud pan maen nhw ychydig yn flin eich bod chi wedi rhoi'r ateb cywir iddyn nhw, gan eu bod nhw'n gwbod nad oeddech chi'n gwrando'n iawn. "Yna beth?"

"Yna mae'r hylif yn teithio ar hyd y tiwbyn troellog. Ac mae unrhyw beth sydd ei angen arnon ni yn cael ei amsugno 'nôl i'r gwaed ger dolen Henle."

Mae Ram yn rhoi edrychiad i fi, cystal â dweud, *Sut rwyt ti'n gwbod yr holl stwff 'ma?* Gallwch chi ddibynnu ar anorecsig i wybod popeth sydd angen ei wybod am y corff dynol. Hyd yn oed os yw'r wybodaeth honno'n gwneud iddo fod eisie llewygu weithie. Yr eiliad hon, er enghraifft, dwi'n reit nerfus, gan fod pawb yn edrych arna i, ac mae 'nghorff i wedi mynd i rhyw fath o ymateb ymladd neu ffoi. Mae fy system nerfol sympathetig i wedi drysu'n lân, mae'r chwarren bitẅidol, ar waelod fy ymennydd, yn pwmpio hormon o'r enw ACTH allan, ac mae fy chwarennau adrenal yn rhyddhau cortisol ac adrenalin. Mae'r pethe hyn yn gweithio gyda'i gilydd i gyflymu 'nghalon i, rhyddhau siwgwr i 'ngwaed i, cynyddu llif y gwaed i 'nghyhyrau i. Mae 'na deimlad gwag yn fy stumog i, gan fod yr holl waed wedi cael ei gyfeirio i lefydd eraill.

Wrth gwrs, os bydd Mr Edwards yn gofyn i fi roi mwy o fanylion, bydd pethe'n newid. Yn gyflym. Bydd fy nerf fagws i'n lledu fy mhibelli gwaed i, ac yn arafu 'nghalon i, nes na fydd digon o ocsigen yn mynd i fy ymennydd i. Yna: BAM! Bydda i'n llewygu, ac yn disgyn drosodd: ffordd fy nghorff o gael y gwaed 'nôl i 'mhen i. Falle fod llewygu yn niwsans ofnadwy, ond mae e'n reit glyfar. Da iawn, esblygiad.

"A beth yw'r enw ar y broses honno?" gofynna Mr Edwards.

"Ym..."

Dwi'n gwbod am y stwff gwael hefyd. Y stwff sy'n fy nghadw i ar ddi-hun yn y nos, am sut mae anorecsia'n araf ddifetha fy nghorff i. Dwi ddim yn bwyta digon o gig, sy'n golygu nad ydw i'n cael digon o haearn. Dyna pam nad ydw i'n gallu anadlu'n iawn weithie. Mae'n rhaid i fi wisgo menig yr adeg hon o'r flwyddyn, hyd yn oed ar ddyddiau cynnes, gan fod fy nghylchrediad i mor wael. A dwi ddim yn mynd i dyfu barf unrhyw bryd yn y dyfodol agos, ddim fel Ram, sydd â blewiach ar ei ên yn barod, o ganlyniad i'r holl gybôl arafu'r-glasoed.

Ond yr hyn sy'n codi'r ofn mwya arna i? Fy arennau i. Dyw fy arennau i ddim yn gweithio cweit cystal â'r rhai yn ein gwerslyfr, y rhai dwi wrthi'n sôn amdanyn nhw wrth yr holl ddosbarth. Mae fy nghydbwysedd haearn i wedi drysu'n lân felly maen nhw'n cael eu niweidio rywfaint yn fwy bob dydd. Yn ôl Dr Thomas, maen nhw'n ocê am nawr, ond mae methiant yr arennau'n lladd cannoedd o bobl ag anorecsia bob blwyddyn.

Y gwir amdani yw, dyw gwbod pethe ddim ond yn eich helpu chi os gallwch chi wneud rhywbeth â'r wybodaeth honno. Fel arall mae e jest yn eistedd yno, fel rhyw fath o bêl fowlio feddyliol y mae'n rhaid i chi ei chario gyda chi i bob man. Yn gwneud i chi deimlo fel llewygu, a chyfogi, a chrïo, i gyd ar yr un pryd.

Weithie, dwi'n teimlo fel pe bawn i'n gwbod gormod. Am galorïau. Am arennau. Am bob math o bethe. Mae angen lobotomi neu rhywbeth arna i, fel y galla i barhau i fyw fy mywyd, heb i'r holl feddyliau 'ma fynd yn y ffordd.

"Adamsugniad detholus," meddaf i o'r diwedd, gan geisio peidio â meddwl am yr hyn mae'r geirie'n eu golygu.

"Cywir," medd Mr Edwards. "Ceisiwch wneud yn siŵr eich bod chi'n defnyddio'r term yna, bawb. Adamsugniad detholus. A beth yw'r prif beth sy'n cael ei adamsugno yn nolen Henle, Macs?"

Mae fy mhen i'n dechre mynd yn ffluwch. Mae ymylon fy ngolwg i'n tywyllu, fel pe bai rhywun yn sydyn wedi rhoi ffilter ffotograff yn syth i fy llygaid i. Dwi jest eisie i'r cyfan fod drosodd. Ond y tro hwn, dwi ddim yn gwbod yr ateb. "Siwgwr?"

Dwi'n reit siŵr 'mod i'n gweld Mr Edwards yn crechwenu, fel pe bai e'n meddwl, *O'r diwedd, dwi wedi dy ddal di allan.* "A dweud y gwir, mae glwcos yn cael ei adamsugno bron i gyd yn y biben arennol procsimal."

"Ie, *idiot*," mae rhywun yn sibrwd ar ochr arall y stafell. Dwi'n meddwl mai Darren oedd e, ond dwi ddim yn siŵr. Dwi'n clywed ambell un yn piffian chwerthin.

"*Diolch*," medd Mr Edwards mewn llais llawn rhybudd.

"O. Ïonau?" meddaf i.

Mae Mr Edwards yn gwenu. "Ie, ïonau. Ac yn mynd gyda nhw mae..."

"Dŵr."

"Yn union. Diolch, Macs." Mae e'n troi ac yn dolennu 'nôl tuag at gefn y dosbarth, gan godi ei lais. "Dŵr yw 60% o bwysau eich corff chi, bobl. Mae'r medwla arennol yn *hypertonig* i'r hylif yn y neffron. Pwy all ddweud wrtha i beth mae hynny'n ei olygu, a pham mae hynny'n bwysig?"

Mae e'n cerdded yn ei flaen, gan edrych am rywun arall i bigo arno. Fedra i ddim credu i fi oroesi hynna heb lewygu.

Dwi'n anwybyddu ei lais e, nawr does dim rhaid i fi wrando. Ond mae rhywbeth ddywedodd e jest yn sticio yn fy meddwl i. Dŵr yw 60% o bwysau eich corff chi. Mae 60% *ohona i* yn ddŵr: dŵr arferol-sy'n-llifo-o'r-tap. Hynny yw, am wn i ei fod e'n gwneud synnwyr. Dyw celloedd yn ddim, yn y bôn, ond balwnau dŵr bychain, ac ry'n ni wedi ein gwneud o 35 triliwn ohonyn nhw. Ac anifeiliaid eraill hefyd. A phlanhigion. Os y'ch chi'n blanhigyn, ry'ch chi'n goroesi ar ddŵr, golau'r haul ac aer, a dim byd arall yn y bôn. Mae'n swnio'n dipyn haws – fel fersiwn hyd yn oed gwell o gartre nyrsio Mam-gu.

Ond mae 60% jest yn swnio'n hurt.

Dwi'n teimlo rhywun yn tynnu ar fy llewys i.

"*Sori*," mae Ram yn sibrwd wrtha i.

Dwi'n ysgwyd fy mhen: *Paid â phoeni*. Mae golwg o ryddhad arno. *Iesu*, dwi'n meddwl. Ydy fy ffrindiau yn fy ofni i nawr hefyd? Oedd e'n meddwl 'mod i'n mynd i wylltio gydag e?

Dwi'n edrych eto ar y dwdl o 'mlaen i. Mae'r ceudwll yn edrych rhywfaint fel fy ngheg i. Does gyda fi ddim syniad gwell, felly dwi'n sgwennu oddi tano, mewn llythrennau breision, Y GEG YN YR AWYR. Yna, o dan hwnnw: *Sut mae coeden yn bwyta?*

Ocê, felly nid dyma'r pôs gorau erioed. Ond mae e'n rhywbeth. Dwi am roi'r geogelc ar-lein y penwythnos hwn: y cyfan mae'n rhaid i fi ei wneud yw ychwanegu'r wybodaeth, a gwasgu'r botwm. Mae 'na deimlad cnotiog rhyfedd yn fy stumog i, ac yn sydyn, dwi'n sylweddoli beth yw e: dwi'n nerfus. Falle mai dim ond y nerfau sydd dros ben ar ôl cael fy holi'n dwll o flaen y dosbarth cyfan ydyn nhw. Falle ei fod e'n rhyw fath o benmaenmawr O-Dduw-dwi'n-mynd-i-lewygu. Ond mae e'n teimlo'n wahanol.

18 Ionawr

Annwyl Ana,

Mae'n gas gyda fi aros am stwff. Fe roddais i fy nghelc ar-lein bum diwrnod yn ôl, a hyd yma, does neb wedi ymweld ag e. Dwi wedi bod i'w tsiecio fe ryw wyth gwaith yn barod. Alla i ddim peidio â dychmygu bod rhywbeth wedi mynd o'i le, fel bod *mygl*, er enghraifft — sef yr enw ar rywun sydd ddim yn gwbod beth yw geogelcio — wedi dod o hyd iddo, ac wedi penderfynu mae'n rhaid ei fod e'n fom neu'n gelc o gyffuriau neu rhywbeth ac wedi sôn am y peth wrth yr heddlu. Neu bod gwiwer wedi ei daro fe allan o'r goeden.

Ond bob tro dwi'n mynd yn ôl, mae e'n dal i fod yno.

Fe ofynnais i i Robin amdano fe. Wnaeth e ddim byd ond codi ei ysgwyddau a dweud wrtha i ei fod yn cymryd sbel weithie i ymddangos ar ap pawb, a hefyd nad yw'n debygol bod cymaint â hynny o bobl yn Llanfair allan yn chwilio am geogelciau yng nghanol mis Ionawr. "Roedd hi'n 2°C ddoe, Macs, er mwyn popeth," medde fe. Am wn i bod gyda fe bwynt.

Hei, o leia pan fydda i'n poeni ynglŷn â fy ngeogelc, dwi ddim yn poeni am fwyd. O'r diwedd, dwi wedi dod o hyd i ffordd o gau dy geg di.

A sôn am ferched rhyfedd sydd ddim yn gadael llonydd i fi... Dwi'n taeru bod Elsi'n wallgo. Ddoe, ro'n i, Gwyds a Ram ar ein ffordd i'r wers Gerdd, ac fe redodd hi lan y tu ôl i ni gan weiddi, "Hei bois! Amser Cerdd!" I fod yn hollol glir, dyma'r tro cynta erioed iddi siarad â ni. Doedd gyda'r un ohonon ni ddim syniad beth i'w ddweud. Yn y diwedd, fe ofynnodd Gwyds iddi os oedd hi'n chwarae unrhyw offerynnau. Roedd hyn, yn fy marn i, yn reit neis ohono fe. Fe ddywedodd hi na. Dyna ni: fe adawon ni iddi gerdded i'r dosbarth gyda ni, ond ddywedodd hi ddim byd arall. Ac fe aeth hi i eistedd ar ei phen ei hun. Nawr 'mod i'n meddwl am y peth, dwi'n teimlo braidd yn wael na wnaethon ni ofyn iddi eistedd gyda ni. Ond does dim rhyw lawer y galla i wneud am y peth nawr.

7

Yn Ysgol Gyfun Maes y Glyn, mae 'na bolisi dim goddefgarwch ynghylch ffonau symudol. Os yw athro'n eich gweld chi'n defnyddio un, neu'n cydio mewn un hyd yn oed, byddan nhw'n mynd ag e oddi arnoch chi ac mae'n rhaid i chi fynd at y Dirprwy Bennaeth ar ddiwedd y dydd i'w gael e 'nôl. Dim esgusodion. Os yw'n hynny'n digwydd ddwywaith, maen nhw'n ei gadw fe am wythnos. Mae'n rhaid i bob rhiant arwyddo cytundeb yn dweud eu bod nhw'n derbyn y polisi cyn i chi gael eich lle yn yr ysgol. Mae e'n beth mawr: mae ein pennaeth ni'n gwneud cyfweliadau gyda phapurau newydd cenedlaethol lle mae hi'n sôn am *berygl tynnu sylw*. Mae hi'n rhyw fath o *celeb* sy'n casáu ffonau.

Beth bynnag, y prif ganlyniad yw bod pob ciwbicl tŷ bach yn yr ysgol yn cael ei ddefnyddio trwy gydol pob amser chwarae ac amser cinio, gan fod pawb yn mynd yno i edrych ar eu ffonau. Fe fydde hi'n broblem go iawn pe byddech chi wir angen defnyddio'r tŷ bach. Dwi ddim yn gwbod beth mae'r merched yn ei wneud.

Dwi'n rhedeg nerth fy nhraed allan o'r wers Hanes cyn gynted â mae'r gloch yn canu, ac yn cyrraedd y tai bach agosaf cyn neb arall (sy'n dipyn o gamp, a dweud y gwir – mae 'na o leia bump ystafell ddosbarth sy'n nes.) Dwi'n cau'r drws, yn tynnu fy ffôn allan, ac yn agor yr ap sy'n rhestru manylion fy ngeogelc.

A dyfalwch beth? Dim byd. O. Gwbl.

Ond dwi wedi derbyn neges destun wrth Ram.

I ble est ti mor glou? LOL. Dere i gwrdd â ni yn y lle arferol. Dwi angen dy help di!

Dwi wedi cwrdd â Ram a Gwyds yn y lle arferol ers tair blynedd, ers i ni ddod i Ysgol Maes y Glyn gynta, felly dwi ddim cweit yn siŵr beth arall roedd e'n disgwyl i fi'i wneud.

Pan dwi'n cyrraedd yno, mae e'n wên o glust i glust.

"Macs! Dwi mor falch dy fod di wedi llwyddo i ddod."

Dwi'n troi at Gwyds. "Pam mae e'n byhafio'n od?"

Mae Gwyds yn gwgu. "Dim syniad. Mae e'n fy ngwneud i'n reit nerfus, a dweud y gwir."

Mae Ram yn ysgwyd ei ben. "Bois, does dim angen i chi fod yn nerfus. Dwi 'mond eisie pigo'ch brêns chi."

"Ynglŷn â beth?" gofynna Gwyds.

"Fy mhen-blwydd i, wrth gwrs."

Dwi'n edrych ar Gwyds. Mae e'n codi un o'i aeliau.

"Mae dy ben-blwydd di ym mis Mai," dwi'n dweud wrtho.

"Yn union," mae e'n dweud yn frwdfrydig. "Mae gyda ni ddigon o amser i'w weithio fe mas."

"Gweithio beth mas?"

"Mae fy nhad i'n dweud y galla i wneud beth bynnag dwi eisie 'leni. Hwn fydd digwyddiad cymdeithasol mwya'r flwyddyn. Felly, beth ydyn ni eisie gwneud? O, mae gwahoddiad i chi'ch dau, gyda llaw."

"Mi fydde hon wedi bod yn sgwrs reit lletchwith petaet ti ddim yn ein gwahodd ni, a bod yn onest," medd Gwyds.

Mae Ram yn ei anwybyddu e. "Felly, beth ry'ch chi'n feddwl?"

Dwi ar fin awgrymu ei fod e'n cynnal ei barti yn y sw, achos dyna'n bendant lle byddwn i'n cael fy mharti pen-blwydd, pe byddwn i'n cael un byth: mae fy mhen-blwydd i ym mis Awst, felly does neb byth o gwmpas.

Ond cyn i fi allu dweud dim, mae Ram wedi dechrau arni eto. Dwi'n meddwl ei fod e wedi anghofio'n barod iddo ofyn cwestiwn. "I ddechrau, fe feddylies i am Laser Quest, ond yna, fe feddylies i: falle ein bod ni'n rhy hen i Laser Quest."

Mae Gwyds yn mwytho'i ên. "Oes unrhyw un byth wir yn rhy hen i Laser Quest?"

"Falle ein bod ni," medd Ram, heb wenu. "Dilyna'r sgwrs, Gwyds."

Mae Gwyds yn taflu edrychiad ata i eto.

"Beth am y sw?" dwi'n cynnig.

Mae Ram yn wfftio hyn, sy'n golygu na, am wn i.

"Bowlio?" cyniga Gwyds.

Mae Ram yn gwgu. "Mae pawb yn mynd i fowlio, Gwydion. Dwi wedi bod i fowlio tua ugain gwaith yn y flwyddyn ddiwetha."

"Bron y gallech chi ddweud bod bowlio'n hwyl," mwmiala Gwyds.

Dwi heb, meddyliaf. Alla i ddim cofio'r tro diwetha i fi fynd i fowlio. Alla i ddim dweud os yw Ram jest yn gor-ddweud, neu os oes 'na lwyth o bartïon yn cael eu cynnal nad ydw i'n cael fy ngwahodd iddyn nhw. Partïon nad ydw i hyd yn oed yn gwbod amdanyn nhw.

Siŵr o fod. Pwy fydde dy eisie di mewn parti?

Iawn, ocê, Ana. Falle fod gyda ti bwynt yn fan'na.

Mae cloch y drydedd wers yn canu. ABCh sydd heddiw. Addysg Bersonol a Chymdeithasol. Neu, mewn geirie eraill, y wers lle mae'n rhaid i ni i gyd esgus nad ydyn ni wedi clywed am gondoms.

"Wel, ry'ch chi'ch dau mor ddiwerth â bwrdd dartiau llawn gwynt," medd Ram.

"Yn falch o allu helpu," medd Gwyds yn sionc.

"Beth bynnag, meddyliwch am y peth. Dwi eisie briffio Dad dros y penwythnos."

"Briffio?" medd Gwyds. "Dwyt ti ddim yn sbïwr, Ram."

"Dyna'n union fydde sbïwr eisie i chi feddwl," medd Ram, gan gyffwrdd ei ben â'i fynegfys, fel pe bai'n dweud, *Meddylia am hynny am eiliad*. Yna mae e'n cwyno. "O, edrychwch pwy sy' 'nôl."

Ydych, ry'ch chi'n gywir.

"Ym, haia," medd Elsi. "Felly beth yw ABCh?"

"Addysg Bersonol a Chymdeithasol," ry'n ni i gyd yn llafarganu gyda'n gilydd, fel pedwarawd siop farbwr gwaetha'r byd. Triawd siop farbwr, am wn i.

"...O-cê," medd Elsi, fel pe baen ni'n wallgo. Mae hi'n crychu ei thrwyn. "A beth ddiawl yw hynna?"

"Yn y bôn, maen nhw jest yn dweud pethe wrthon ni ry'n ni'n gwbod yn barod am sut mae rhyw yn gweithio. Ond mae'r fideos yn dda."

Mae Elsi'n gwenu. "Cŵl."

Mae hi'n eitha pert. Mae ei gwallt hi'n frown fel siocled, ac mae ei ffrinj hi'n hongian lawr reit dros ei llygaid hi. Mae'n rhaid ei fod e'n mynd ar ei nerfau hi, ond mae e'n edrych yn cŵl. Ac mae ganddi tua 18,000 o frychni haul ar bob boch.

Mae 'na saib lletchwith lle nad oes neb wir yn gwbod beth i'w wneud. Yna mae Ram yn codi ei fag ac yn datgan, "Wel, gweld ti yno."

Dwi'n gweld fflach fach yn wyneb Elsi.

"Galli di ddod gyda ni os wyt ti eisie," meddaf i. Dwi ddim wir yn edrych arni wrth ddweud y geirie. Dwi jest yn syllu ar fy nhraed.

Mae hi'n gwgu arna i. "*As if.* Gweld chi wedyn, lembos."

Yna mae hi'n martsio i ffwrdd ar draws yr iard.

Mae Robin yno'n barod pan dwi'n cyrraedd adre o'r ysgol. Mae e fel arfer yn y gwaith tan chwech, ond mae'n debyg bod rhyw ddanfoniad wedi cael ei ohirio neu rhywbeth, felly fe lwyddodd e i adael yn gynnar.

"Dwi'n mynd â Madog allan," mae e'n cyhoeddi cyn gynted â dwi'n cerdded mewn trwy'r drws. "Ti eisie dod?"

"Ydw. Jest... rho eiliad i fi," meddaf i. Dwi'n baglu mewn i'r gegin.

O'r gorau, amser cyffesu. Wnes i ddim bwyta cinio. Fe redodd ein dosbarth ABCh ni dros amser, achos ro'n nhw wedi trefnu'r siaradwr gwadd 'ma, nyrs o glinig iechyd rhyw yng Nghaerdydd, a chafodd e ei ddal mewn traffig. Erbyn i fi ddod allan o'r wers, roedd ciwiau enfawr i fynd mewn i'r tai bach, hyd yn oed, ac ro'n i wir eisie tsiecio fy ffôn. Falle pe bawn i'n llai o lipryn, byddwn i jest yn tsiecio fy ffôn ble bynnag ro'n i heb i neb sylwi. Ond dwi ddim. A beth bynnag, dwi'n eitha hoffi cael esgus i fod ar fy mhen fy hun.

Doedd hi'n fawr o syndod nad oedd neb wedi ymweld â'r geogelc yn y ddwy awr ers i fi tsiecio ddiwetha.

Erbyn i fi ddod allan, doedd dim ond rhyw bum munud o amser cinio ar ôl. Felly ches i ddim cinio.

Nawr dwi'n teimlo'n reit benysgafn. Mae fy mreichiau i fel jeli, ac mae fy stumog i'n teimlo fel pe bai'n cael ei hwfro o'r tu mewn. Dylwn i fwyta rhywbeth – ond mae'r syniad o fwyta nawr yn codi ofn arna i. Dwi'n teimlo y gallwn i fwyta dau ddeg byrgyr caws. Beth os ydw i'n dechre bwyta, ac yna'n methu stopio fy hun?

Gwell peidio â'i mentro hi. Fyddi di ddim yn teimlo'n llwglyd ymhen ychydig. Dwyt ti ddim mor wan â hynny, wyt ti?

Un peth ry'ch chi'n ei ddysgu pan y'ch chi'n anorecsig yw: dydy chwant bwyd ddim yn mynd mewn un cyfeiriad. Mae e'n cyrraedd uchafbwynt ac yna isafbwynt: gallwch chi fod ar eich cythlwng un funud ac yna, awr yn ddiweddarach, dy'ch chi prin yn teimlo fel bwyta.

Ac os y'ch chi jest yn mynd gyda'r lli, gallwch chi gael get awê gyda bwyta llai.

Dwi'n mynd mewn i'r gegin ac yn agor yr oergell. Am eiliad, dwi'n cael fy nhemtio gan y carton o sudd oren, ond yn lle hynny, dwi'n cydio yn y jwg o ddŵr oer, ac yn llenwi gwydr peint. Dwi'n ei yfed ar ei ben. Dwi'n ei ail-lenwi ac yn yfed hwnnw ar ei ben hefyd.

"Macs?" galwa Robin o'r cyntedd.

"Barod!" dwi'n galw'n ôl.

Mae fy mol i wedi chwyddo i gyd. Dwi'n gwbod nad yw dŵr yn achosi i fi fagu pwysau, ond dwi'n dal i deimlo'n afiach.

Ti *yn* afiach.

Ond dwi ddim yn llwgu mwyach. Mae hynny'n rhywbeth.

"Felly, wyt ti wedi dod o hyd i rywle ar gyfer dy geogelc di eto?"

Mae hi'n rhy hwyr i fynd 'nôl i'r Comin, felly ry'n ni'n cerdded i'r dref. Ry'n ni newydd fynd heibio'r Ddraig Sidan, y bwyta Tsieineaidd ry'n ni wastad yn mynd iddo. Mae'r arogl yn fy lladd i. Bwyd Tsieineaidd yw fy hoff fwyd i yn y byd.

Dwi'n codi fy ysgwyddau.

"Mae'n ocê, does dim rhaid i ti ddweud wrtha i ble," mae'n dweud, gan wenu. "Oes unrhyw un wedi ymweld ag e eto?"

"Na," meddaf i. "Diflas."

"Byddan nhw'n dod," mae'n dweud. "Falle dy fod ti heb sylwi, ond dyw Llanfair ddim cweit yn Efrog Newydd."

Dwi ddim yn teimlo mor chwyddedig wrth i fi gerdded. A dweud y gwir, dwi'n teimlo'n ocê, neu mor ocê â dwi byth yn teimlo. Ocê-ish.

"Hei, ddywedodd Mam wrthot ti am y penwythnos ar ôl nesa?" gofynna Robin.

"Dwi ddim yn meddwl."

"Mae Wncwl Dewi ac Anti Ceri'n mynd i Abertawe, felly dwi'n mynd i aros yn eu lle nhw i ofalu am Iago a Lowri. Galli di ddod gyda fi os hoffet ti."

Mae gan Iago broblem ynglŷn ag aros yn nhai pobl eraill. Hynny yw, mae e'n casáu gwneud. Mae e'n dweud ei fod yn tarfu ar ei rŵtin. Mae Iago'n... beth ddywedwn ni... anodd ei blesio. Er enghraifft, mae ganddo'i blât a'i gytleri ei hun mae e'n eu defnyddio ar gyfer pob un pryd bwyd. Pan mae e'n mynd ar ei wylie, mae e'n mynd â nhw gydag e. Ro'n i'n arfer meddwl bod hyn braidd yn hurt, ond y dyddiau hyn, dwi ddim wir mewn sefyllfa i feirniadu.

"Falle," meddaf i.

"Galle hi fod yn braf i ni roi rhywfaint o amser iddyn nhw'u hunain i Mam a Dad."

Dwi'n edrych arno fe. Mae lwmpyn yn ffurfio yn fy llwnc i, tua'r un maint â phêl tennis. Dwi ddim yn ypsét yn union. Ond dwi'n teimlo cywilydd. Yr hyn mae e'n ei olygu yw y galle hi fod yn braf i Mam a Dad gael brêc oddi wrtha i.

"Lan i ti, frawd bach," mae'n dweud yn gyflym. "Ond fydde dim ots gyda fi gael cwmni. Falle y gwna i adael i ti ddewis y ffilm, hyd yn oed, cyn belled â dy fod di ddim yn dewis rhaglen ddogfen am adar yn mudo eto."

Ry'n ni'n parhau i gerdded. Does yr un ohonon ni'n dweud dim am sbel. Mae gyda ni un o'r tenynnau 'na sy'n ymestyn, ac mae Madog ymhell o'n blaenau ni, yn chwilio am bethau y gall e eu llowcio cyn i ni sylwi arno. Mae Madog yn dwli ar gerdded lawr y stryd fawr achos mae 'na wastad rhyw dameidiau o fwyd o gwmpas y lle. Mae e'n ei drin e fel un o'r bwytai swshi 'na â chludfelt, lle ry'ch chi jest yn estyn allan ac yn gafael yn unrhyw beth sy'n mynd â'ch bryd chi.

Dwi'n teimlo'n rhyfedd. Ddim yn llwglyd yn union, ond fel pe bai 'nghorff i wedi sylweddoli nad bwyd oedd y ddau beint a yfais i, a'i fod ar fin dechrau gwrthryfel. Teimlad dwfn, cyfoglyd yn fy stumog i. Mae fy mrawd i bellach yn sôn am ffilmiau y gallen ni eu gwylio, ond dwi'n ei chael hi'n anodd canolbwyntio ar yr hyn mae e'n ddweud. Mae ei lais e'n ymddangos yn bell i ffwrdd, fel cyhoeddiad ar drên nad y'ch chi'n gallu ei glywed yn iawn.

"Beth am *Die Hard*?" meddaf i.

Dwi'n troi i edrych arno, i ymateb hyd yn oed, ond mae popeth yn gymylog. Dwi'n synhwyro'r teimlad miniog yma'n cynyddu yn fy ysgwydd chwith, poen yn curo sydd fel pe bai'n dod o unman.

Ac yna mae popeth yn troi'n ddu.

4 Chwefror

Annwyl Ana,

Dwi'n ffŵl. Ffŵl enfawr, cyfan gwbl, 100%. Y ffŵl mwya yn y byd i gyd.

Fwytais i ddim bwyd trwy'r dydd, yna fe yfais i ddau beint o ddŵr, yna fe es i am dro.

Beth yn union o'n i'n disgwyl fydde'n digwydd?

Roedd yn rhaid i fi ddweud wrth Robin. Dyna'r unig ffordd y gallwn i ei stopio fe rhag mynd â fi i'r ysbyty. Roedd e'n siŵr 'mod i ar fin cwympo'n farw, reit o'i flaen e.

Felly fe ollyngais i'r gath o'r cwd. Wel, i raddau. Fe esboniais i 'mod i wedi llewygu gan nad o'n i wedi bwyta ers amser brecwast. Ddywedes i ddim wrtho fe ynglŷn â'r dŵr. Hyd yn oed wedyn, roedd e'n grac.

Robin: "Iesu mawr, Macs. Be' ti'n feddwl ti'n neud?"

Fi: "Sori."

"Gallet ti fod wedi torri dy ben ar agor."

"Dwi'n gwbod."

"Gallet ti fod wedi marw."

Do'n i ddim yn gwbod sut i ymateb i hynny. Roedd e'n iawn. Gallwn i fod wedi marw. Dyw hi ddim fel pe bai gyda chi unrhyw reolaeth dros y ffordd ry'ch chi'n cwympo pan fyddwch chi'n llewygu. Ry'ch chi jest yn cwympo, ac yn taro mewn i beth bynnag sy'n agos atoch chi. Ymyl y palmant. Y ffordd. Ffenest wydr.

Fe eisteddon ni yno ar y palmant am hydoedd, gan ddweud dim. Cwtshodd Robin Madog, er mwyn ei rwystro fe rhag dod draw a llyfu fy wyneb i, ond ar ôl sbel fe roddodd Madog y gorau iddi: gorweddodd ar y palmant ac edrych yn ddigalon. Gwaith da, Macs: fe lwyddaist ti rywsut i ddifetha diwrnod dy gi di, yn ogystal â diwrnod dy frawd di.

Unwaith i fy mhen i glirio, fe safais ar fy nhraed, ac fe ddechreuon ni gerdded 'nôl.

Fe driais i ddweud jôc er mwyn torri'r naws. "Felly, dwi'n meddwl bod fy nghorff i'n dweud wrtha i am ddweud na wrth *Die Hard*," meddaf i. Mae Robin yn casáu unrhyw fath o densiwn neu wrthdaro. Hyd yn oed pan oedd e yn ei arddegau, os oedd e'n gwylltio'n gacwn ynglŷn â rhywbeth, roedd e'n tawelu eto ymhen rhyw bum munud. Felly ro'n i'n tybio y bydde fe'n maddau i fi cyn gynted ag y byddwn i'n trio gwneud yn iawn am bethau.

Na. Yn lle hynny, dyma fe'n troi ata i ac yn ailadrodd y pum gair diwetha a ddywedodd e wrtha i, oedd yn teimlo tua tri deg gwaith yn fwy ciaidd gan ei fod e'n eu hailadrodd nhw fel'na.

Gallet ti fod wedi marw.

8

Mae fy sesiynau gyda Luned wastad yn dod rownd yn gynt na'r disgwyl. Yn syth ar ôl pob un, dwi'n profi teimlad o ryddhad, achos mae gyda fi bythefnos glir. Mae hynny'n para tua thri diwrnod. Yna dwi'n dechre meddwl mai ond ychydig ddyddiau sydd tan y pwynt hanner ffordd. Ac yn sydyn, mae fy apwyntiad nesa i'n agosach na fy un diwetha: dwi'n cyfri'r dyddiau.

Dwi wastad yn cyfri rhywbeth.

Ry'n ni'n dechrau trwy fy mhwyso i. Dwi'n cyffwrdd â'r glorian â blaen bysedd fy nhraed, yn aros i'r dangosydd fflachio, yna'n camu 'mlaen. Dwi'n rhyw fath o wthio lawr ar y glorian, yn tynhau fy nghoesau, achos dwi eisie i'r rhif fod mor fawr â phosib.

Po fwyaf yw'r rhif, po leiaf sy'n rhaid i fi ei fwyta.

Mae'r glorian yn meddwl am eiliad, ac yna'n poeri canlyniad allan. 1.2kg yn fwy nag o'n i'n ddisgwyl.

Fe bwysais i fy hun bore 'ma, reit cyn i fi yfed litr o ddŵr. Dwi heb fod i'r tŷ bach ers hynny, a dwi'n gwisgo'r un dillad yn union. Felly roedd gyda fi rif yn fy mhen: yr union bwysau ro'n i'n gwbod y byddwn i. 1kg yn drymach nag o'n i pan godais i bore 'ma.

Ond mae'r rhif hwn – y rhif dwi'n syllu arno nawr – yn uwch. Yn fwy. Yn dewach.

Am foment, dwi'n hapus, achos os yw Luned yn meddwl

'mod i'n magu pwysau, fydd hi ddim yn rhoi cymaint o straen arna i. Ond yna dwi'n meddwl: pam mae'r pwysau'n wahanol? Beth sy'n digwydd? Falle fod y glorian yma'n anghywir. Ond mae'n rhaid bod clorian mewn ysbyty'n gywir, yn dydy?

Sy'n golygu bod fy nghlorian i gartre'n anghywir. Dwi'n drymach na dwi'n feddwl.

Wyt ti'n bwyta toesenni yn dy gwsg neu rhywbeth?

"Popeth yn iawn, Macs?" gofynna Luned.

Dwi ddim yn ymateb.

Ers Y Digwyddiad, dwi wedi bod yn teimlo'n reit uffernol amdana i fy hun. Hynny yw, mwy nag arfer. Chi'n gwbod pan fyddwch chi'n prynu twb o fafon, ac maen nhw'n edrych yn ddigon iach, ond y diwrnod wedyn mae pob un wan jac wedi llwydo? Rhywbeth tebyg i hynny. Pan lewygais i, fe bwysodd hynny rhyw switsh, ac ers hynny dwi wedi bod yn teimlo'n euog ynglŷn â phopeth, drwy'r amser.

Ynglŷn â Robin yn gorfod dweud celwydd drosta i.

Ynglŷn ag ymddwyn fel diawl tuag at Ram.

Ynglŷn â dweud celwydd wrth Luned.

Mae'r un olaf wedi arwain at rhyw fath o gynnydd, a dweud y gwir: dwi wedi dechre bwyta bariau o siocled. O fath. Dydd Sadwrn, aethon ni am dro i un o ystadau'r Ymddiriedolaeth Genedlaethol, ac fe synnais i bawb trwy fwyta Twister (94) o'r fan. Ddoe, fe ges i ddau fys o Kit-Kat (116). Bron i fi gael Creme Egg bore ma, hefyd (ie, Chwefror yr 8fed yw hi ac maen nhw yn y siopau'n barod), ond fe ges i draed oer ar y funud ola, achos ro'n i'n poeni ynglŷn â'r hyn fydde Luned yn ei ychwanegu at fy nghynllun bwyd i heddiw.

Ro'n i'n hapus iawn am hyn i gyd tan ryw bymtheg eiliad yn ôl.

Wyt ti'n meddwl bod dy fam a dy dad wedi prynu clorian arbennig er mwyn dy dwyllo di i fwyta mwy?

Cau dy geg cau dy geg CAU DY GEG.

Dwi eisie chwydu. Dwi eisie i bopeth dwi wedi'i fwyta dros y bythefnos ddiwetha ddod allan o 'nghorff i.

"Rwyt ti wedi colli rhywfaint o bwysau ers y tro diwetha," medd Luned.

Mae hi'n cymryd eiliad i fi brosesu'r peth. Dwi'n teimlo fel morfil glas. Dwi'n teimlo fel pe bawn i wedi bwyta mwy o fwyd nag erioed o'r blaen dros y dyddiau diwetha. Yn feddyliol, dwi'n gosod fy holl brydau bwyd ar y bwrdd, fel yn y rhaglenni 'na lle maen nhw'n dangos i deulu pa mor anhygoel o afiach yw eu deiet nhw trwy lwytho bwrdd ar ôl bwrdd a'r holl greision a bisgedi a phrydau parod maen nhw wedi'u bwyta mewn mis.

Ac mae hi'n dweud wrtha i 'mod i wedi *colli* pwysau.

"Felly mae angen i ni drafod hynny," mae hi'n mynd yn ei blaen. "Ac addasu ein cynllun rywfaint."

Wrth ddod yma heddiw, ro'n i'n tybio bod dau ganlyniad posib:

1. Dwi wedi magu pwysau. Yn yr achos hwnnw, byddwn i'n ypsét, ond bydde Luned yn hapus. Falle y bydde hi'n gadael llonydd i fi am ychydig.

2. Dwi wedi colli pwysau. Yn yr achos hwnnw byddwn i wrth fy modd, ond bydde Luned yn siŵr o fod yn grac gyda fi, ac yn fy ngorfodi i wneud pethe dwi wir, wir ddim eisie'u gwneud.

Nawr, dwi'n sylweddoli bod trydydd canlyniad: Galla i golli pwysau a pharhau i deimlo'n ofnadwy. Grêt.

"Ocê," dwi'n mwmial, er ei fod e'n teimlo fel y peth lleia ocê yn y byd.

"Paid â phoeni am hynny nawr," medd Luned. Am wn i, mae hi'n gallu synhwyro pa mor nerfus dwi. Mae hi'n amneidio arna i i eistedd. "Fe siaradwn ni am y peth wedyn. Dwed wrtha i sut mae pethe wedi bod ers ein sesiwn ddiwetha ni."

Ro'n i wastad yn meddwl bod seicolegwyr yn gwneud i chi orwedd ar soffas, ond y cyfan sydd gan Luned yw'r tair cadair blastig yma. Maen nhw'n reit anghyffyrddus – neu o leia, maen nhw i fi. Gartre, dwi fel arfer wastad yn eistedd ar glustog y dyddiau yma, achos does gan fy mhen-ôl esgyrnog i ddim rhyw lawr o badin ei hun.

Dwi'n gwingo er mwyn dod o hyd i safle cyffyrddus. Falle fod hyn yn rhan o'r driniaeth: maen nhw'n gwneud i chi eistedd ar gadair leiaf cyffyrddus y byd er mwyn dangos i chi pa mor denau ry'ch chi.

Mae Luned wastad yn dechre trwy holi sut mae pethe wedi bod, a beth dwi wedi bod yn ei wneud. Does gen i fyth ateb da. Nid 'mod i'n trio meddwl am ateb celwyddog na dim. Ond y gwir amdani yw, pan fyddwch chi'n anorecsig, dy'ch chi ddim wir yn gwneud rhyw lawer. *Wel, Luned, fe fues i'n bennaf yn darllen llyfrau a chysgu ac adolygu, achos mae fy mywyd i'n drasig ac unig. Beth amdanoch chi?*

Yr unig bethe newydd dwi wedi eu gwneud yn y bythefnos ddiwetha yw a) trio (a methu, gan amlaf) bwyta bariau o siocled, b) yfed gormod o ddŵr, llewygu a bron â lladd fy hun, ac c) crwydro o gwmpas yn chwilio am geogelciau, neu wirio fy un i. Dwi ddim eisie sôn wrthi am ddim o hyn. Ond mae'n rhaid i fi ddweud rhywbeth, ac mae'r un olaf yn ymddangos fel yr opsiwn gorau.

"Dwi wedi bod yn... cyfeiriannu."

"O-cê," medd Luned, yn ofalus.

Dwi'n edrych lan arni. Fel arfer mae Luned yn wirion o frwdfrydig ynglŷn ag unrhyw beth dwi'n ddweud wrthi, fwy neu lai, ac yn enwedig unrhyw beth sy'n ymwneud â fy niddordebau. Jest cyn y Nadolig, fe ddywedes i wrthi am y tro yr aeth Dad â fi i Goed yr Ynys ac fe welson ni aderyn y bwn. Aeth y sesiwn 15 munud yn hirach nag arfer oherwydd eu bod hi wedi gofyn cymaint o gwestiynau.

Mae 'na saib hir. "Macs," medd hi o'r diwedd. "Fe siaradon ni ynglŷn â rhedeg."

Wrth gwrs: mae hi'n meddwl 'mod i wedi dod o hyd i ffordd o wneud ymarfer corff. Am wn i nad cyfeiriannu oedd y disgrifiad gorau i'w ddefnyddio. "Nid y math *yna* o gyfeiriannu," dwi'n esbonio. "Dwi ddim yn rhedeg."

Dwi'n poeni na fydd hi'n fy nghredu i. Fyddwn i ddim. Ond mae golwg o ryddhad ar ei hwyneb, ac mae hi'n eistedd 'nôl yn ei chadair. "O'r gorau," medd hi. "Felly beth rwyt ti'n ei wneud?"

Ar y pwynt yma dwi'n sylweddoli nad oes unrhyw ffordd o esbonio geogelcio wrth rywun sydd erioed wedi clywed amdano heb wneud iddo swnio'n hurt. *Ym, mae pobl ddieithr yn gadael bocsys wedi'u cuddio yn y coed, a dwi'n dod o hyd iddyn nhw ac yn gweld beth maen nhw wedi ei adael ynddyn nhw. Neu: Dwi'n cropian o gwmpas o dan feinciau pren ac yn gwthio fy nwylo i mewn i ddraeniau yn chwilio am ddarnau o bapur. Deall be dwi'n feddwl?*

Felly dwi'n cadw'r esboniad yn annelwig. "Mae gyda chi fap, ac ambell gliw, ond dyw hi ddim yn ras. Mwy fel pos. Dwi'n mynd gyda Robin weithie."

Mae'r darn olaf yna fel pe bai'n tawelu ei meddwl hi. Mae hi'n gwenu. Am wn i mae fy rhieni wedi dweud wrthi bod fy mrawd yn oedolyn cyfrifol (sy'n wir, cyn belled nad yw e ar feic mynydd).

Ry'n ni'n sôn rhywfaint mwy am geogelcio. Mae pethe'n mynd yn dda. Dwi ddim hyd yn oed yn poeni gormod am y glorian – wedi'r cyfan, dwi wedi colli pwysau. Ond yna mae Luned yn fy llorio i'n llwyr.

"Macs, mae dy rieni'n mynd i ymuno â ni mewn munud, os yw hynny'n ocê."

"Pam?" dwi'n clywed fy hun yn gofyn – yn gweiddi – cyn gynted ag y mae'r geirie'n fy nharo i, fel chwaraewr tennis yn taro foli reit 'nôl dros y rhwyd.

"Dwi wir yn hapus â dy ymdrech di. Ond, a bod yn onest, ry'n ni heb wneud digon o gynnydd gyda dy bwysau di. Mae dy BMI di ar hyn o bryd yn..."

Mae hi'n edrych lawr ar ei nodiadau. Ond cyn iddi fedru darllen y rhif, dwi'n dweud wrthi, "—".

Yna, dwi'n sylweddoli'r hyn dwi newydd ei ddweud. Mae fy BMI i yn —.

Mae Luned yn edrych lan arna i. Dwi'n edrych lawr ar fy nghôl. Dwi'n trio prosesu'r ddau ddarn o newyddion dwi wedi eu derbyn yn y tri deg eiliad diwetha.

Mae Mam a Dad yn dod i fy sesiwn am rhyw reswm.

Mae fy BMI i wedi cyrraedd —.

Gadewch i fi ofyn cwestiwn i chi. Beth yw'r rhif pwysicaf yn eich bywyd chi? Fe wyliais i ffilm unwaith, comedi ramantus, ynglŷn â mathemategydd a siwpyrmodel sy'n dod at ei gilydd. Ar un pwynt, mae'r mathemategydd yn dweud, "Pi yw'r rhif pwysicaf yn y bydysawd," ac mae'r ddynes yn ymateb, "A dweud y gwir, fe ddywedith unrhyw fenyw wrthot ti mai'r rhif pwysicaf yn y bydysawd yw ei hoed hi." Ocê, felly roedd hi'n ffilm siwpyr-gawslyd. Ond ro'n i'n meddwl bod y llinell yna'n reit ddoniol.

Wel, i fi, fy BMI – sy'n sefyll am *Body Mass Index*, neu Mynegai Màs y Corff – yw'r rhif pwysicaf yn y bydysawd. A dweud y gwir, mae e'n hafaliad digon syml: eich BMI yw eich pwysau mewn cilogramau, wedi'i rannu â sgwâr eich taldra mewn metrau. Mae doctoriaid yn ei ddefnyddio i gyfrifo a ydych chi o dan bwysau neu dros bwysau.

Dwi'n 151cm o daldra. Sgwariwch hynny, ac fe gewch chi tua 2.28. Faint o weithie mae 2.28 yn mynd mewn i —? Mae'r rhifau'n anodd, ond does dim angen i fi eu gweithio nhw allan, achos dwi wedi dysgu'r tabl cyfan ar fy nghof, o 25 i 50kg.

Fy rhif hud i bellach yw — — sy'n golygu, am y tro cynta

erioed, fy mod i'n glinigol o dan bwysau. Mae Luned yn dweud mai dim ond mesuriad bras yw'r BMI, ac o ystyried siâp fy nghorff i 'mod i wedi bod o dan bwysau ers sbel. Ond nawr mae e'n swyddogol.

"Cywir," medd Luned, ar ôl saib hir, afiach. "—. Ac nid dyna lle ry'n ni angen iddo fe fod, Macs." Mae hi'n pwyso tuag ata i, gan wenu. "Dyna pam dwi eisie siarad â ti a dy rieni heddiw. Dwi eisie i ni gyd feddwl am gynllun gyda'n gilydd."

Dwi ddim yn dweud unrhyw beth.

Mae hi'n gofyn i fi sut mae'r gwersi Addysg Gorfforol wedi bod, nawr nad ydw i'n chwarae rygbi. Ond y cyfan y galla i feddwl amdano yw beth sy'n mynd i ddigwydd pan ddaw Mam a Dad yma.

O'r diwedd, mae ei ffôn hi'n canu. "Helô. Perffaith. Bydda i allan mewn munud." Mae hi'n troi ata i. "Maen nhw yma, Macs. Fyddi di'n iawn am eiliad tra dwi'n mynd i'w nôl nhw?"

Mae hi'n dweud hynny fel pa bawn i'n blentyn pum mlwydd oed, neu'n ynfytyn ar ward seiciatreg. Yw hi'n meddwl 'mod i'n mynd i neidio allan trwy'r ffenest neu rhywbeth?

"Beth bynnag," meddaf i.

Pan ddaw Mam i mewn, mae hi'n gwenu arna i, ac yn dweud, "Haia, cariad!" mewn llais hynod-hapus, hynod-ffug. Mae Dad yn gwenu ac yn nodio, ond dyw e ddim yn dweud unrhyw beth. Mae e'n edrych braidd yn lletchwith.

Achos ei fod e braidd yn euog. Mae'r ddau ohonyn nhw'n euog.

Maen nhw'n eistedd, ac ry'n ni'n siarad rwtsh am sbel. *Sut mae pethe, unrhyw gynlluniau ar gyfer gwylie'r haf,* ac yn y blaen. Dwi'n trio ymddwyn yn cŵl, fel pe na bawn i hyd yn oed yn poeni eu bod nhw yma. Ond yn dawel bach, dwi'n colli arna i fy hun. Yw Luned yn mynd i ofyn i fi am y bariau siocled o flaen Mam a Dad? *Wnaeth Macs sôn am hyn wrthoch chi, gyda llaw?* Falle eu bod nhw wedi bod yn anfon diweddariadau dyddiol ati gydol yr amser, er mwyn i Luned wirio os yw fy nyddiadur i'n dweud y gwir.

Maen nhw'n cynllwynio i dy wneud di'n dew.

Mae Dad yn rhygnu 'mlaen am y ffaith ein bod ni'n mynd i wersylla eto 'leni. Mae ganddo fe'r araith yma am fuddion cymdeithasol gwersylla, a pham mae'r Prydderchiaid yn *dwli ar wersylla*. (Dyw e erioed wedi gofyn i fi na Robin gadarnhau hyn.)

"Wyddoch chi, mae e wir yn gwneud i'r plant werthfawrogi'r blaned maen nhw'n byw arni. A chael gwerthfawrogiad go iawn o unrhyw fwyd sydd ddim yn dod o dun, ha ha. Ond o ddifri: ry'ch chi'n gwbod faint ma' Macs yn dwli ar adar. Ac mae ei frawd yn hyfforddi i fod yn wneuthurwr dodrefn. Mae ganddo fe ddiddordeb mawr mewn cadwraeth. Y'ch chi erioed wedi clywed y dywediad: *Cymerwch ddim byd ond lluniau, gadewch ddim byd ond olion traed?* Dyna'r meddylfryd mae gwersylla'n ei roi i chi..."

Dwi'n edrych draw ar Mam, sy'n ymddangos fel pe na bai hi'n gwrando hyd yn oed. Mae hi fel arfer yn grwgnach wrth i Dad areithio, ac yn dweud pethe fel, *Huw, pam na wnei di jest rhoi pamffled iddyn nhw?* wrth iddo siarad, hyd yn oed os yw hi'n chwerthin ar jôcs Dad. Ond heddiw, dyw hi'n gweud dim ond eistedd yno mewn tawelwch, gyda'i dwylo yn ei chôl. Mae hi wedi bod yn gwneud hynny'n aml yn ddiweddar.

Mae hyd yn oed Luned yn edrych fel pe na bai hi wir eisie gwrando ar araith Dad. Mae ganddi edrychiad ar ei hwyneb fel pe bai hi'n aros am foment gwrtais i dorri ar draws. Yn anffodus i Luned, mae 'na o leia ddeng munud cyn i foment felly gyrraedd.

"Ydych chi erioed wedi trio gwersylla, Dr Huws?" gofynna Dad o'r diwedd.

"Mae arna i ofn nad ydw i," ateba Luned. Ac yna, cyn i Dad fedru symud 'mlaen i'w druth Gwersylla i Ddechreuwyr, mae hi'n ychwanegu: "A byddwn i wrth fy modd pe gallen ni drafod hynny *ar ôl* ein sesiwn, Mr Prydderch. Am nawr, dwi'n meddwl bod angen i ni symud 'mlaen."

"Iawn, wrth gwrs," medd Dad. Mae e'n edrych ychydig bach yn siomedig.

"Fel ry'ch chi'n gwbod, dwi wedi bod yn gweithio gyda Macs ers pedwar mis bellach. A dwi'n meddwl ein bod ni wir wedi dod i adnabod ein gilydd, sy'n grêt." Mae hi'n gwenu ar bob un ohonon ni yn ein tro, gan orffen gyda fi. "Dwi wir yn hapus ynglŷn â faint rwyt ti wedi mynd i'r afael â dy driniaeth, Macs, a dwi'n meddwl bod nawr yn amser da i feddwl am yr hyn ry'n ni wedi'i gyflawni hyd yma, a'r hyn mae angen i ni ei wneud o hyd. Yw hynny'n gwneud synnwyr?"

Dwi'n nodio. Dyma'r mwya nawddoglyd i Luned swnio erioed. Fel arfer, Mam a Dad sy'n gwneud yr holl gybôl siarad-â-Macs-yn-araf-a-thyner-iawn. Fel pe bawn i, yn ogystal â bod yn anorecsig, wedi troi mewn i rywun hurt bost. Wrth gwrs, mae Luned wastad yn dros-ben-llestri o neis, ond mae hi'n siarad â fi fel person normal.

Neu o leia, roedd hi'n arfer gwneud.

"Mae e'n gwneud synnwyr llwyr," mae Dad yn cadarnhau.

Dwi'n nodio. Dyw Mam ddim yn ymateb.

"Macs, rwyt ti wedi bod yn cadw dyddiadur i fi o'r pethe rwyt ti'n eu bwyta," medd Luned.

Ac rwyt ti wedi bod yn dweud celwydd am hanner y stwff, dwi'n ychwanegu yn fy mhen.

Does gyda ti ddim dewis. Pe bydden nhw'n cael eu ffordd, byddet ti'n ordew.

"Fe ddechreuon ni ar y 1^{af} o Ragfyr, felly mae hynny'n gwneud pedwar mis bellach. Ac ro't ti'n cadw dy gofnodion dy hun cyn hynny, on'd oeddet ti?"

"Oeddwn," meddaf i. Beth ydw i fod i'w ddweud? Mae hi'n gwbod 'mod i.

"Mae hynny wedi bod yn ddefnyddiol iawn i fi, achos dwi wedi adeiladu darlun o dy batrymau bwyta di. Ond dwi'n ofni ei fod e wedi dechre rheoli" – dyna'r gair 'na eto – "y ffordd rwyt ti'n bwyta. Felly fe hoffwn i roi stop ar dy ddyddiadur di am gwpwl o wythnosau."

Ti yn y cachu. Gydag. C. Fawr. Os nad wyt ti'n cadw cofnod o bopeth, byddi di'n mynd yn honco mewn tua dau funud.

Lot o help, Ana. Diolch.

Dwi'n trio dweud rhywbeth, ond dwi'n stopio fy hun ar y funud olaf, ac yn gwneud dim ond agor a chau fy ngheg fel pysgodyn aur.

"Ie, Macs?" medd Luned. Mae hi wastad yn ymwybodol pan dwi ar fin dweud rhywbeth.

Beth ro'n i ar fin ei ddweud oedd: *Dyna'r pwynt.* Rheoli'r ffordd dwi'n bwyta yw'r holl bwynt. Os nad ydw i'n cadw cyfrif o bopeth, dwi'n panicio. Dyna pam y dechreuais i wneud hynny cyn i fi hyd yn oed gwrdd â Luned. Achos os dwi'n panicio, mae'n llawer gwaeth. I bawb.

Sut nad yw hi'n gallu gweld hynny?

Os yw hi'n fy stopio i rhag defnyddio fy nyddiadur, bydd yn rhaid i fi gadw cyfri o bopeth yn fy mhen. Bore fory bydda i'n bwyta fy nhafell o dost ac yn meddwl 93, ac yna bydda i'n dal y rhif hwnnw yn fy mhen drwy'r bore, yn ei ailadrodd e, yn ei fownsio o gwmpas fel pêl rwber. Amser cinio, bydda i'n ychwanegu brechdan ham (221) ac afal (52). Cyfanswm: 366. Mae'r symiau'n hawdd ar y dechrau. Ond chi'n gwbod pan fyddwch chi'n gwneud, dywedwch, lapiau mewn pwll nofio, ac ry'ch chi'n trio cofio sawl lap ry'ch chi wedi'i wneud? Cyn gynted ag y byddwch chi'n trio meddwl gormod am y peth, ry'ch chi'n drysu. Ydw i ar lap 14, neu oeddwn i ond yn *meddwl* am lap 14? Cyn gynted ag y byddwch chi'n dechre meddwl 'mlaen neu yn ôl, mae eich meddwl chi'n dechre nofio hefyd. Pan dwi'n eistedd yn y wers Daearyddiaeth, fy stumog yn grymial, bydda i'n dechre meddwl am y bag o greision (161) na fydda i'n ei fwyta, siŵr o fod, pan fydda i'n cyrraedd adre. Bydda i'n dychmygu fy hun yn gosod y creision allan, yn arllwys y briwsion i ffwrdd fel 'mod i'n gwbod 'mod i'n tan-gyfrifo'r caloriau ym mhob un (rhifau nodweddiadol: 15 o greision, 11 calori yr un). Bydda i'n cyfri lan, gan ddychmygu fy hun yn cnoi mewn i bob un, yn teimlo'r halen a'r braster yn ffrwydro yn fy stumog: 377, 388, 399, 410... Ac yna bydd Gwydion yn dweud rhywbeth wrtha i, neu bydd Mr Wyn yn gofyn i ni droi i dudalen 344 yn ein gwerslyfrau, a bydda i'n anghofio ar ba rif y dechreuais i. Ai 344, neu 366, neu 379? Bydda i'n panicio, ac yn dechre dechre cyfri o'r dechre eto. A dwi'n gwbod y bydd hyn yn digwydd drosodd a throsodd: trwy'r dydd, bob dydd, fel y gêm honno lle ry'ch chi'n pacio cês ac mae'n rhaid i fi restru popeth mae pobl wedi'i ddweud o'ch blaen chi ac yna ychwanegu eich eitem eich hun. Yn y cyfamser, mae Ana'n fy mhledu i â chwestiynau:

Wyt ti'n siŵr na roddaist ti 24g o ham yn dy frechdan, yn lle 22?

Ai honna yw dy chweched rawnwinen, neu ai'r un rwyt ti newydd ei bwyta oedd dy chweched?

Faint oedd yr afal yna'n pwyso eto?

Dwyt ti ddim yn gwbod. Dwyt ti ddim yn siŵr. Does dim rheolaeth gyda ti mwyach.

Dwi ddim yn siŵr os ydw i wedi sôn yn barod, ond dwi eisoes yn meddwl am fwyd 90% o'r amser. Os nad ydw i'n sgwennu pethe lawr, dwi'n reit siŵr y galla i ffarwelio â'r 10% olaf o fy mhwyll.

"Ga i ofyn cwestiwn?" medd Dad.

"Wrth gwrs," ateba Luned, gan droi ei gwên 30 gradd. "Bant â chi, Mr Prydderch."

"Wel, mae Beca a fi," medd Dad, gan estyn draw a rhoi ei

law ar law Mam. Gallwn i dyngu iddi wingo. "Ry'n ni wedi bod yn trio ein gorau i wneud i hyn weithio i Macs." Mae e'n edrych arna i. "Achos ry'n ni'n dy garu di, mêt. Fe wnawn ni beth bynnag sy' rhaid i ni. Ac mae'r dyddiadur 'na... wel, dwi'n meddwl eich bod chi'n iawn, Dr Huws. Ry'ch chi'n hollol iawn. Y dyddiadur 'na sy'n rheoli bellach. Ac, a bod yn onest, mae e'n achosi straen mawr i'r teulu."

Mae e'n troi i edrych ar Mam, fel pe bai'r sylw hwnnw wedi ei anelu'n benodol ati hi. Mae hi'n gwenu'n wan arno. Dwi'n amau ei bod hi'n meddwl yr un peth â fi: *Sut rydw i i fod ymateb i hynna?*

Mae Dad yn mynd yn ei flaen. "Ond ar yr un pryd, mae e wedi bod yn fodd i Macs drefnu pethe. A dwi'n poeni ynglŷn a thynnu hynny oddi arno."

"Ocê," medd Luned. "Macs, beth rwyt ti'n feddwl ynglŷn â hynny?"

"Ym," dwi'n mwmial.

Fe ddylwn i fod yn hapus, achos mae Dad newydd amddiffyn yr holl syniad o ddyddiadur. Ond dwi ddim hyd yn oed yn meddwl am hynny. Dwi'n canolbwyntio ar yr hyn ddywedodd Dad: *Dwi'n achosi straen mawr i'r teulu.* Ocê, dyw hyn ddim yn wybodaeth newydd fel y cyfryw. Wedi'r cyfan, fe ddywedodd Robin yr un peth yn union wrtha i dridiau yn ôl. Ond mae'n beth newydd i glywed Dad yn ei ddweud e.

"Mae e'n... dwi ddim yn gwbod," dwi'n cecian o'r diwedd.

"Wel," medd Luned, "dwi'n meddwl bod dy dad yn gwneud pwynt ardderchog. Gallai hyn darfu rywfaint ar bethe. Ar yr un pryd, dwi eisie rhoi cynnig arno, achos dwi'n meddwl y galle fe dy helpu di i ymlacio rywfaint ynglŷn â bwyd. Felly beth am i ni roi tro arno am bythefnos, ac fe drafodwn ni sut mae pethe wedi mynd yn ein sesiwn nesa. Os oes angen i ni feddwl am gynllun arall, mae hynny'n iawn. A Mr Prydderch, os oes gyda chi unrhyw bryderon o gwbl, gallwch chi roi galwad i fi unrhyw bryd. O'r gorau?"

Ar y pwynt hwn, mae Dad yn codi ar ei draed ac yn ysgwyd llaw Luned, fel pe bai e newydd brynu car ail law ganddi. Gyda'i enynnau e, does ryfedd 'mod i'n gymaint o *weirdo*.

13 Chwefror

Annwyl Ana,

Mae ambell ddiwrnod yn normal. Ambell ddiwrnod, mae popeth yn ocê, a dwi'n bwyta tri phryd o fwyd, fwy neu lai, hyd yn oed os yw'r prydau hynny'n chwerthinllyd o fach.

Ambell ddiwrnod, bron 'mod i'n gallu esgus nad oes dim o'i le.

Heddiw fe godais i, bwyta fy nhost (103, sgwaryn bach yn cynnwys menyn braster isel) a mynd â Madog am dro ar y Comin. Pan gyrhaeddais i adre, fe ddarllenais i lyfr am ychydig, cyn chwarae Zelda. Yna fe helpais i Mam i wneud cinio: quiche a salad (354). Ac fe fwytais i'r cyfan heb wneud ffws.

Na, mae e'n fwy na hynny. Fe fwynheais i fe. Fe fwynheais i fwyta fy nghinio! Do'n i ddim yn adio'r rhifau yn fy mhen â phob cegaid, nac yn poeni a oedd fy narn i o quiche yn fwy neu'n llai na darn Mam, neu a oedd e'n cynrychioli union chwarter o'r cyfanswm. Ro'n i jest yn ei fwyta fe. Ei gnoi e, ei lyncu fe, ei flasu fe.

Wnes i ddim hyd yn oed meddwl amdanat ti unwaith.

Ar ôl cinio, fe wnes i rywfaint o 'ngwaith cartre maths, nes i Robin ddod adre. Mae e wedi bod yn y gweithdy'n aml yn ddiweddar: dwi'n teimlo braidd ei fod e wedi bod yn fy osgoi i ers Y Digwyddiad. Ond heddiw, fe ofynnodd e os o'n i am fynd i'r Comin i edrych ar yr adar. I fod yn glir, does gan Robin ddim diddordeb o gwbl mewn gofalu am adar. Ond roedd hynny'n gwneud y cyfan yn brafiach: fel pe bai e jest yn gwneud hynny i fi. Welon ni ddim byd hynod o arbennig: cwtieir, hwyaid gwylltion, gwylanod y gweunydd, gwyddau Canada, ac un hwyaden yr eithin. Ond doedd dim ots gyda fi.

Roedd swper yn ocê hefyd. Fe gawson ni bitsa — margherita, fy ffefryn i achos mae'r topins yn unffurf yn y bôn, felly does dim angen i chi wneud penderfyniadau ynglŷn â pha ddarn sydd â'r mwya neu'r lleia o ham. Fe dorrais fy narn i yn fanwl gywir, fel pe bawn i'n defnyddio onglydd. Gwnes salad bach i fi fy hun, gwneud y gwaith cyfrifo (331), gwneud yn siŵr 'mod i'n hapus cyn mynd amdani. Ac roedd popeth yn iawn. Fe gawson ni sgwrs gwbl normal ynglŷn â'r lloc newydd i dapiriaid yn y sŵ. Yr unig gyfnod simsan oedd adeg pwdin, pan ddywedes i y byddwn i'n cymryd rhywfaint o darten afal, yna, ym... yn y diwedd dyma fi'n rhoi'r rhan fwyaf ohono i Madog o dan y bwrdd. Ond doedd hynny ddim yn *big deal*.

Roedd yr holl ddiwrnod yn hollol ddigynnwrf. Yn hollol normal.

Dyna'r diwrnod gorau i fi ei gael ers wythnosau.

A nawr dwi'n eistedd yma, yn trio gweithio allan pam. Beth yw'r patrwm? Oes 'na rhyw fath o reol dwi heb sylwi arni? Beth wnaeth heddiw'n wahanol i ddoe, neu'r diwrnod cynt? Sut lwyddais i i gadw rheolaeth? Achos os galla i ddarganfod beth ddigwyddodd, galla i ailadrodd y peth. Galla i bentyrru'r dyddiau normal nes 'mod i'n byw bywyd normal.

Falle'i fod e'n ymweud â'r coginio: ro'n i'n rhan o hynny. Neu falle gan 'mod i ddim ond wedi bwyta pethe oedd yn rhannu'n ddognau hawdd-i'w-mesur. Ond yna dwi'n cofio'r tro diwetha i fi deimlo'n normal. Tua phythefnos yn ôl oedd hi, a dwi'n reit siŵr i ni gael spageti a pheli cig — hynny yw, y bwyd anoddaf-i'w-ddogni yn y byd.

Felly mae hynny'n chwalu'r theori honno.

Ai oherwydd nad ydw i'n cadw dyddiadur bwyd mwyach?

Falle — rhaid i fi gyfadde nad yw hynny wedi bod mor wael ag o'n i'n ofni y bydde fe. Ond mae hynny'n bennaf achos 'mod i wedi bod yn adrodd y rhifau fel rhyw fath o lafargân mynach, felly does 'na ddim ffordd y galla i golli cyfri. Ac fel ddywedes i, nid dyma'r tro cynta i fi deimlo fel hyn.

Falle mai'r tywydd oedd yn gyfrifol, neu rhyw fath o wendid yng nghemeg fy ymennydd i, neu - pwy a ŵyr - y modd roedd y planedau wedi eu trefnu. Oedd hi'n lleuad lawn? Falle 'mod i'n rhyw fath o fleidd-fwytwr o chwith: dwi'n stopio ymddwyn yn wallgo tuag at fwyd pan fydd y lleuad yn llawn.

Arhosa eiliad - dwi newydd sylweddoli rhywbeth. Dwi'n tynnu 'ngwallt mas yn trio gweithio allan sut i reoli fy anorecsia. Ond mae'r angen i reoli popeth yn rhan o'r broblem. Dyma ateb anorecsig - sori, <u>person ag anorecsia</u>. Does dim angen i fi roi rheolau sylfaenol i ti, Ana. Dwi wedi cael llond bol ar reolau. Yr hyn mae angen i fi ei wneud yw dy gicio di allan o 'mhen i unwaith ac am byth, a pheidio byth, byth â dy adael di 'nôl mewn.

9

Ry'n ni ar ein ffordd i dŷ Anti Ceri i warchod am y penwythnos. Fe feddylies i y bydde fe'n ffordd dda o ddangos i Robin ei bod yn wir ddrwg gyda fi am Y Digwyddiad. Ac mae newid cynefin i fod i wneud i chi deimlo'n well, yn tydy?

Mae Robin yn dawel iawn wrth i ni yrru draw. Fedra i ddim dweud os yw e wedi penderfynu ei fod e'n grac gyda fi eto, neu os oes rhywbeth arall yn bod.

"Sut ma' gwaith?" dwi'n gofyn iddo, gan drio dechrau sgwrs.

"Iawn."

Dyna'r cyfan mae e'n ddweud.

Pan y'n ni'n cyrraedd, mae Anti Ceri ac Wncl Dewi yn llwytho stwff i'r car. Llwyth o stwff. Dim ond am ddeuddydd maen nhw'n mynd ffwrdd, ond mae sedd gefn y car hybrid mae Wncwl Dewi yn mwydro'n pennau ni amdano drwy'r amser mor llawn fel na allwch chi weld trwy'r ffenest gefn bron.

Mae Anti Ceri wedi gwneud rhestr hir o bethe y dylen ni wneud tra ydyn ni'n aros, a rhestr hyd yn oed yn hirach o bethe na ddylen ni wneud. Er enghraifft, rhaid i ni wneud yn siŵr bod Iago'n yfed dŵr neu sgwosh, ddim Coke. Allwn ni ddim bwyta'r caws Gouda yn y cwpwrdd, y prynon nhw o'r Iseldiroedd llynedd sy'n cael ei gadw ar gyfer rhyw fath o achlysur arbennig. Allwn ni ddim defnyddio'r tŷ bach lawr llawr. Er ei bod hi wedi sgwennu'r cyfan hyn lawr, mae Anti Ceri'n ein siarad ni drwy bob eitem. Mae hyn yn cymryd tua awr. Mae Wncwl Dewi'n eistedd yn y car drwy gydol yr amser, gan ganu'r corn bob hyn a hyn a gweiddi, "Ceri, ma' angen i ni fynd."

Mae hyd yn oed Mam, sy'n trio'i gorau i beidio â dweud dim byd negyddol am neb, yn cyfaddef bod ei chwaer yn gallu bod yn waith caled. Am wn i bod hynny'n rhedeg yn y teulu. Ddydd Mawrth, fe ffoniodd Mam hi i siarad trwy'r cynllun bwyd ar gyfer y penwythnos. Fe gytunon ni y bydde hi'n prynu pethe ar gyfer heno: pasteiod stêc gyda thatws newydd a ffa Ffrengig. Bore fory, bydd Robin a fi'n mynd i siopa am weddill y bwyd, fel y galla i gadw trywydd o bob dim.

Pan mae Anti Ceri'n gadael o'r diwedd, y peth cynta dwi'n gwneud yw mynd i'r oergell a gwirio'r wybodaeth maeth ar y pasteiod stêc.

Mae e'n dipyn. Ro'n i'n gwbod y bydde fe'n drwm, ond mae e gryn dipyn yn fwy nag o'n i'n feddwl. Mae pob un yn cynnwys dros hanner y caloriau dwi'n eu bwyta mewn diwrnod. Dwi eisoes yn teimlo'n reit nerfus ynglŷn â bwyd y penwythnos hwn, o ystyried a) bydd Iago a Lowri'n siŵr o ofyn cwestiynau lletchwith, achos dyna beth mae plant yn gwneud, a b) dwi'n dal i ddod i arfer â'r holl fusnes dim-dyddiadur. Doedd e ddim yn rhy ffôl pan o'n i gartre, achos ro'n i'n gallu cyfrifo popeth yn fy mhen o flaen llaw. Ond alla i ddim gwneud hynny fan hyn. A dwi'n rhannu stafell gyda Robin, felly dyw hi ddim fel pe bawn i'n gallu dweud celwydd am y peth.

Byddi di'n edrych fel ymladdwr swmo os bwyti di un o'r rheina.

Dwi'n rhoi'r pasteiod lawr ar yr ochr ac yn mynd draw at yr oergell, ac yn pwyso yn ei herbyn mor galed ag y galla i achos mae'n rhaid i fi wneud rhywbeth gyda 'nghorff oni bai am sgrechian.

Eiliad yn ddiweddarach, daw Robin mewn. "Pa fath o blentyn sy'n eistedd lawr yn dawel ac yn dechre peintio â dyfrliwiau...?" Mae e'n sôn am Lowri. Ond mae e'n distewi wrth fy ngweld i. "Be' sy'n bod?"

"Alla i ddim bwyta'r pasteiod 'na."

"Ocê," mae e'n dweud. "Ond mae'n rhaid i ti gael rhywbeth arall yn lle hynny."

Dyw e ddim yn colli cyfle. Weithie mae e'n union fel Dad.

Ry'n ni'n edrych yn yr oergell gyda'n gilydd.

"Caws?" mae e'n dweud.

Dwi fel arfer yn dewis caws pan fydda i gartre, pan fydd Mam a Dad a Robin yn cael rhywbeth nad ydw i eisie'i fwyta. Rhywbeth na alla i ei fwyta. Mae e gymaint haws na chig. Mae pob darn o gig yn wahanol: mae dafnau o fraster, darnau tywyll a darnau golau. Dy'ch chi byth cweit yn siŵr beth ry'ch chi'n mynd i'w gael. Ond mae caws – caws melyn, caled, o leia – yr un fath drwyddo i gyd.

Dwi'n nodio.

"Ond ddim y Gouda," mae e'n dweud, mewn llais uchel sy'n swnio dim fel llais Anti Ceri.

Ac er gwaetha popeth, dwi'n dechre chwerthin.

Y bore wedyn, ry'n ni i gyd yn cerdded i'r archfarchnad gyda'n gilydd. Mae Lowri wrth ei bodd am hyn. Dyw Iago ddim. Yr holl ffordd yna, mae e'n rhestru'r pethe defnyddiol y galle fe fod yn eu gwneud pe na baen ni'n ei lusgo fe i'r archfarchnad – pethe fel rhoi'r golch i fynd, torri'r borfa, a dechrau ar ei waith cartref maths.

"Wrth gwrs," medd Robin. Mae e'n rhoi rhyw fath o edrychiad ie-reit i Iago. "Neu wylio gweddill y gyfres 'na o *Bob's Burgers*."

Mae Iago'n gwgu.

Ond mae Lowri ar ben ei digon. Mae hi'n gofyn i fi o hyd beth ry'n ni'n ei gael. Ac yna'n awgrymu newidiadau. *Dwi'n DWLI ar bitsa. Allwn ni gael hufen iâ yn lle'r iogwrt?* Dwi ddim yn siŵr sut i ddweud wrthi, *Os gwnawn ni hynny, fe af i'n hollol benwan gyda ti.*

Fel arfer, mae Robin yn gwbod beth i'w wneud. "Ry'n ni wedi cael sêl bendith dy fam," esbonia. "Eith hi off ei phen os newidiwn ni bethe nawr."

Mae Lowri'n nodio'n ddifrifol.

Fe dreuliais i oriau'n cynllunio'r cynllun bwyd ar gyfer y penwythnos hwn. Fel hyn mae e'n edrych:

Dydd Gwener
Swper
Pastai stêc, tatws newydd a ffa Ffrengig
Arctic Roll

Dydd Sadwrn
Brecwast
Tost a grawnfwyd
Cinio
Brechdanau ham a thomato
Iogwrt
Swper
Pitsa, bara garlleg a salad
Eirin gwlanog wedi'u sleisio gyda hufen a bisgedi Digestive

Dydd Sul
Brecwast
Miwsli
Cinio
Pastai'r bugail a phys
Crymbl afal

O'r gorau, mae e'n fwy cymhleth na hynny. Mae 'na ddwy golofn, mewn gwirionedd: un i fi, un i bawb arall. Dyw fy un i ddim yn cynnwys rôl Artig, na bara garlleg, ac mae e'n nodi ffrwythau wedi'u stiwio yn lle crymbl... chi'n ei deall hi.

Dwi wedi cadw at y rheolau: dwi heb gofnodi'r calorïau yn unman. Ond pe byddech chi'n gofyn i fi, yr eiliad hon, gallwn i ddweud wrthoch chi yr union swm ar gyfer pob eitem ar y rhestr. Hyd yn oed y pethe nad ydw i'n eu bwyta.

Pan ddangosodd Mam y cynllun i Anti Ceri, roedd hi wrth ei bodd. Yn ôl y sôn, fe ofynnodd hi os gallwn i gynllunio holl brydau bwyd Iago a Lowri. Mae'n ymddangos 'mod i'n llawer gwell am fwydo pobl eraill nag am fwydo Macs Prydderch.

Pan y'n ni'n cyrraedd yr archfarchnad, mae Robin yn cydio mewn troli ac yn dweud, *Arwain di'r ffordd, frawd bach*. Dwi'n mynd i nôl y llysiau ffres yn gyntaf: letys, tomatos a chiwcymbr ar gyfer y salad. Moron ar gyfer pastai'r bugail. Hawdd pawdd. Wrth i ni gyrraedd yr adran bobi, mae Iago a Lowri'n mynnu eu bod nhw eisie byns eisin. Mae Robin yn gwrthod. Tra maen nhw'n meddwl am rhywbeth arall, dwi'n cydio yn y bara dwi eisie: Hovis Soft White Medium. Dwi'n gwbod o edrych yn eu bin bara nhw neithiwr nad dyma maen nhw'n ei gael fel arfer, a dwi wedi bod yn poeni a fyddan nhw'n gwneud ffws. Dwi'n rhoi'r bara yn y troli, ac yn ei guddio â bag o salad fel nad y'n nhw'n sylwi arno. Diolch byth, maen nhw'n dal i ddadlau am y byns eisin.

Hei, syniad gwallgo. Falle fod gyda nhw fywydau, ac nad oes ots gyda nhw pa fath o fara rwyt ti'n brynu?

Pan ry'n ni'n cyrraedd 'nôl, ry'n ni'n cael cinio, sy'n mynd yn ocê, ac yna'n gwylio pedair pennod o *Bob's Burgers*, un ar ôl y llall. Dim ond un foment lletchwith sydd, sef pan mae Robin yn sôn am gael *binge* – hynny yw, ar deledu – ac yna'n sylweddoli'r hyn mae e wedi'i ddweud, ac yn stopio'n stond ac yn edrych arna i.

Dwi'n penderfynu tynnu ei goes e, ac yn trio ymddwyn fel pe bawn i mewn sioc. Fel pe bawn i ar fin crio. Dwi'n para tua dwy eiliad, cyn dechre chwerthin.

"Beth sydd mor ddoniol?" gofynna Iago.

"Dim," meddaf i.

Mae e'n gwgu arna i.

"Hei," medd Robin, gan rewi'r teledu a chodi oddi ar y soffa. "Pwy sy eisie chwarae gêm fwrdd?"

"Ym..." meddaf i.

Dwi'n hoffi gemau bwrdd: dyma un o'r unig weithgareddau cymdeithasol sydd ddim yn cynnwys bwyta nac yfed. Ond mae Iago'n naw oed, a dim ond saith yw Lowri. Yn ein tŷ ni ry'n ni fel arfer yn chwarae pethe fel Scrabble a Trivial Pursuit, ond ry'n ni'n gorfod chwarae pethe fel The Game of Life (mae Robin yn ddeifiol yn ei alw'n *gêm o lwc*) pan ddaw teulu'r Jonesiaid draw aton ni.

Felly, ydw: dwi'n amau braidd a ydyn ni'n mynd i gytuno ar ddim. Dwi'n siglo fy aeliau ar Robin, yn y gobaith y bydd e'n dehongli hynny fel *Bydd e'n rybish* a/neu *Beth am jig-so yn lle hynny?* Ond mae e naill ai'n fy anwybyddu i, neu dyw e ddim yn deall. Mae e'n troi at Lowri. "Beth am ddangos i ni beth sydd gyda ti, Lowri?"

Cyn i fi allu dweud dim, mae hi'n llamu lan y grisiau. Ry'n ni'n ei dilyn hi.

Mae'r cwpwrdd gemau yn stafell wely Lowri. A dweud y gwir, mae e fwy neu lai yr un maint â'i hystafell wely hi: fel cwpwrdd dillad mawr, ond ar gyfer gemau. Mae 'na gannoedd o focsys yno, yn llythrennol, wedi eu pentyrru reit at y to. Gemau bwrdd, jig-sos, bocsys o Lego. Ry'n ni i gyd yn edrych mewn, fel Eifftolegwyr sydd newydd ddarganfod siambr gladdu.

"Boggle?" medd Robin, ar ôl rhyw ugain eiliad.

Mae Lowri'n edrych arno â'i hwyneb wedi crychu, fel pe bai hi wedi bod yn sugno lemwn.

"O'r gorau 'te," medd Robin yn ysgafn. "Ym... beth am Risk?"

"Paid â chwarae Risk gyda *hi*," medd Iago. Mae e'n edrych ar ei chwaer ac yn culhau ei lygaid. "Mae hi'n gwneud i ti deimlo'n euog er mwyn i ti ddad-ymosod ar ardaloedd rwyt ti wedi eu hennill, er mwyn iddi hi eu hennill nhw 'nôl."

"Dwi'n meddwl mai diplomyddiaeth yw'r enw ar hynny," medd Robin. "Ocê, 'te, cardiau? *Bridge* y Ffermwr?"

"*Bridge* y Ffermwr?" Mae Lowri'n ffroeni'r aer yn amheus. "Dwi erioed wedi chwarae hwnna."

"Na fi chwaith," medd Iago. "Mae e'n swnio'n rhyfedd."

"Mae e'n grêt," medd Robin. "Ac yn hawdd iawn i'w ddeall. Yn tydy, Macs?"

Mae e'n estyn i'r cwpwrdd ac yn tynnu bocs plastig wedi ei stwffio â phecynnau o gardiau.

"Ydy," dwi'n ymateb, yn bennaf gan nad ydw i'n credu bod fawr o bwynt i fi ddweud unrhyw beth arall.

Mewn gwirionedd, mae *Bridge* y Ffermwr *yn* ddigon hawdd. Ym mhob rownd, ry'ch chi'n dyfalu sawl tric ry'ch chi'n mynd i'w hennill, ac ry'ch chi ond yn sgorio os y'ch chi'n ennill yr union nifer hwnnw. Ry'ch chi'n dechrau ag un cerdyn, yna dau, yna tri, ac yn y blaen yr holl ffordd lan i wyth, ac yna 'nôl lawr. Mae angen rhywfaint o sgil wrth ragfynegi eich triciau, ac wrth wbod pryd i'w ennill neu eu colli nhw. Ond lwc yw o leia 50% ohono fe.

Cyn gynted ag ry'n ni'n eistedd wrth y bwrdd, cyn i Robin ddechre cymysgu'r cardiau, hyd yn oed, mae Iago'n gofyn, "Ga' i rywbeth i'w fwyta tra'n bod ni'n chwarae?"

Dwi'n reit siŵr bod fy ngên i wedi disgyn, fel mewn cartŵn. Fe orffennon ni ginio am 1:30. Ers hynny, mae Iago wedi bwyta afal, bar o Snickers, a thair bisged. Mae hi'n 3:26.

"Cei siŵr," medd Robin. "Dwi'n meddwl 'mod i wedi gweld pecyn o Doritos yn y cwpwrdd. Beth am rai o'r rheini?"

Dwi'n amau a fydde Anti Ceri'n rhy hapus ynglŷn â'r syniad yma, yn enwedig ar ôl yr holl fisgedi 'na – sydd siŵr o fod yn esbonio pam bod Iago'n edrych fel pe bai e newydd ennill y loteri. Ond dwi ddim eisie bod yn rhan o'r peth. Mae Robin yn mynd mewn i'r gegin, yna'n gweiddi 'nôl arnon ni: "Blas Tangy Cheese neu Cool Original?"

"Cool Original!" "Tangy Cheese!"

Maen nhw'n ateb ar yr un pryd yn union, ac yna'n troi i wynebu'i gilydd. Maen nhw wedi cael y ddadl yma o'r blaen.

Ond mae Robin yn cadw'r heddwch: mae e jest yn agor y ddau becyn, ac yn rhoi un yr un iddyn nhw. Iawn – cyn belled nad oes neb yn trio fy ngorfodi i i'w bwyta nhw. Mae tua 500 o galorïau mewn 100g o Doritos, 900 mewn bag mawr. Dwi heb eu bwyta nhw o gwbl ers i fi fynd yn sâl, ond dwi'n dal i fod yn gwbod y rhifau. Galla i adrodd niferoedd calorïau pethe dwi heb eu bwyta ers blynyddoedd ar fy nghof. Galla i ddweud wrthoch chi mai'r Pop Tarts blas ffrwythau – Frosted Blueberry, Frosted Raspberry, a Strawberry Sensation – sydd â'r mwya o galorïau. 200 o galorïau ym mhob un. A galla i ddweud wrthoch chi faint o galorïau sydd ym mhob pryd ar fwydlen McDonald's, er mai ond unwaith dwi wedi bwyta yno dros y flwyddyn ddiwetha, a'r cyfan ges i oedd tarten afal.

Ie, dwi'n gwbod. Dyma'r tric parti gwaetha erioed. Fi yw gwyddoniadur mwya diflas y byd.

Dyw Iago ddim yn gwneud yn dda yn y cwpwl o rowndiau cynta, yn bennaf achos ei fod e'n rhy brysur yn stwffio'i wyneb i ganolbwyntio. Mae e fel peiriant: mae e'n rhofio'r llond llaw nesa o greision tra'i fod e'n dal i gnoi'r hyn sy'n ei geg e, ac yna'n ei stwffio i'w geg cyn estyn ei law i'r bag eto. Ar un pwynt, mae e'n troi i edrych arna i, cystal â dweud *Be' sy'n bod?*, a dwi'n sylweddoli 'mod i wedi bod yn syllu arno ers pum munud.

Felly dyw e ddim yn chwarae'n dda iawn, na finne chwaith. Dwi'n amau a yw e'n mynd i bwdu gan ei fod e'n colli, ond dyw e ddim fel pe bai e'n poeni rhyw lawer. Mae e'n gorffen y creision trwy arllwys y powdwr ar y gwaelod i'w geg. Mae

Lowri'n stwffio'i cheg hefyd, ond yn ôl pob tebyg mae hi'n gallu canolbwyntio ar fwyta Doritos a'n curo ni'n rhacs ar yr un pryd. Mae hi ar y blaen o 50 o bwyntiau, a dim ond pedair rownd ry'n ni wedi chwarae.

Mae fy ffôn i'n bipian. Dwi'n ei thynnu hi allan o 'mhoced, ac yn deffro'r sgrin.

Dwi'n edrych ddwywaith.

"Macs, dy dro di."

"Aros eiliad," meddaf i.

"Mae Mam yn dweud nad y'n ni'n cael edrych ar ein ffons wrth fwrdd y gegin," mae Lowri'n pledio wrth Robin.

Mae Robin yn ysgwyd ei ben. "Mae gyda ti ffôn? Faint yw dy oed di – chwech?"

Mae Lowri'n edrych yn gandryll, cyn datgan, "Dwi'n saith."

"Wel, digon teg. Dwi'n ymddiheuro. Popeth yn iawn, Macs?" gofynna Robin i fi.

"Ydy. Ym, sori," dwi'n mwmial. "Mae'n rhaid i fi fynd i'r stafell molchi. Sori."

Ro'n i fwy neu lai wedi rhoi'r gorau i'r syniad y bydde rhywun yn ymweld. Ro'n i'n tybio, rywffordd neu gilydd, bod y si ar led bod y geogelc newydd yn Llanfair yn berchen i anorecsig bach trist, ac na ddylai neb ymweld â fe. Ond nawr, dwi'n eistedd ar y tŷ bach, y caead lawr, yn syllu ar y sylwad cynta erioed ar fy ngeogelc:

DAYC! Wedi'i guddio'n dda. :D

Enw'r defnyddiwr yw Stallone05. Sy'n enw twp braidd. Ond dwi ddim yn poeni.

Fe ddaeth dieithryn llwyr o hyd i 'nghelc i, a chymryd amser i sgwennu neges.

I fi. Ar fy nghyfer i.

Falle nad yw hynny'n swnio'n fawr o beth. Ocê, mae'n siŵr ei fod e'n swnio'n eitha twp. Ond cofiwch, *fi* yw hwn. Macs Prydderch, y collwr diflas o anorecsig.

Y boi sy'n croesi'r stryd er mwyn osgoi dieithriaid.

Y boi sydd heb siarad â neb y tu allan i fy nheulu ar benwythnosau ers tua chwe mis.

Heddiw, fe aeth dieithryn allan o'i ffordd i gysylltu â fi.

Dwi'n clywed cnoc ar y drws. "Popeth yn iawn yn fan'na?" gofynna Robin. Ac am unwaith, dwi'n gallu rhoi ateb gonest iddo fe.

"Popeth yn iawn."

Ar ôl y gêm – mae Lowri'n curo pawb yn rhacs – dwi'n coginio swper. Wel, mae *coginio* yn gor-ddweud braidd: y cyfan mae'n rhaid i fi'i wneud yw rhoi'r pitsa yn y ffwrn, a gwneud rhywfaint o salad. Tra dwi'n torri'r ciwcymbyrs a'r tomatos, mae Robin yn gosod y bwrdd, ac mae Iago a Lowri'n mynd 'nôl i wylio *Bob's Burgers*.

Ugain munud yn ddiweddarach, dwi'n galw pawb at y bwrdd. Dwi eisoes wedi rhoi plât o flaen pawb â phitsa arno; mae'r salad mewn powlen, heblaw am fy un, sydd eisoes wedi'i ddogni ar fy mhlât. Dwi'n gwbod 'mod i'n drist, ond dwi'n reit falch o'r salad. Fe dorrais i'r llysiau'n daclus iawn a'u gosod nhw mewn cylchoedd ar ben y letys i wneud patrwm neis. Fe wnes i *vinaigrette*, hyd yn oed.

Jest i fod yn glir: rwyt ti'n bendant, 100%, yn drist.

"Dwi ddim yn llwglyd," mae Lowri'n datgan, cyn gynted ag y mae hi'n gweld y bwyd. Mae hi'n croesi ei breichiau er mwyn pwysleisio'i phwynt.

Ry'n ni'n mynd i eistedd. Mae Lowri'n eistedd yn llipa, yn ochneidio ac yn pwyso reit 'nôl yn ei chadair.

"Yr holl Doritos 'na fwytaist ti, siŵr o fod," medd Robin. Mae e'n edrych draw at Iago, sydd wrthi'n stwffio darn o bitsa i'w geg yn fodlon. Naill ai mae e heb sylwi ar y salad, neu does ganddo ddim diddordeb. "Ond dyw hynny ddim wedi effeithio rhyw lawer ar dy frawd, cofia."

Dyw Iago ddim yn edrych lan. Dwi ddim yn siŵr os yw e

hyd yn oed yn clywed unrhyw beth dros sŵn ei geg e'n cnoi.

"Dyw e ddim yn *big deal*," meddaf i, gan gadw at fy mantra.

Ond mae Robin yn mynd yn ei flaen. "Mae'n rhaid i ti ei fwyta fe, Lowri," mae'n dweud yn addfwyn. "Macs sydd wedi'i wneud e i ni."

"Y cyfan wnaeth e oedd cynhesu'r pitsas," medd Lowri, gan wthio'i phlât i ffwrdd.

"Un, paid â bod yn ddigywilydd," medd Robin. "Dau, nid dyna'r pwynt."

Wrth gwrs, mae Lowri'n iawn. Ond mae hi'n ergyd yr un fath. Ac mae Robin yn gwbod nad dyna'r unig beth y bydda i'n ypsét yn ei gylch.

Mae gwastraff bwyd yn fy ngwneud i'n benwan. Dwi ddim cweit yn siŵr pam. Falle oherwydd yn fy myd i, bwyd yw *popeth*, a does dim ots pa ffordd arall dwi'n teimlo amdano, fedra i ddim dychmygu peidio â phoeni amdano. Fedra i ddim dychmygu jest taflu bwyd i ffwrdd. Dwi'n mynd yn ypsét am y pethe lleia, fel pan fydd pobl yn plicio gormod o groen oddi ar datws, neu'n torri crystiau oddi ar fara. Gallwch chi ddychmygu sut ro'n i'n teimlo wrth wylio fy nghyfnither yn gwrthod bwyta pryd cyfan o fwyd.

Felly unwaith eto mae fy mrawd yn edrych allan amdana i. Ond os oes un peth dwi'n ei gasáu'n fwy na gwastraff bwyd, sylw yw hwnnw. "Dyw e ddim yn *big deal*," meddaf i eto.

Mae Robin yn rhoi edrychiad llym i fi. "Mae e, Macs."

"Pam wnest ti fwyta'r Doritos 'na'r dwpsen?" medd Iago wrth ei chwaer, gan wenu.

"Fe fwytaist ti nhw hefyd," ateba Lowri'n gyhuddgar.

"Ond dwi'n dal i fwyta fy swper, yn tydw?"

Mae Robin yn rhwbio'i lygaid. "Iago, dwyt ti ddim wir yn helpu." Mae e'n swnio'n flinedig yn hytrach na chrac. Fel pe bai e wedi treulio'r diwrnod cyfan yn gofalu am dri phlentyn gwirion, a'i fod e wedi cael digon.

"Dwi jest yn dweud," mwmiala Iago, gan godi darn arall o bitsa.

"Wel paid. Cymer damed bach o salad, plis." Mae Robin yn troi at Lowri, ac yn pwyntio at y pitsa o'i blaen. "Edrycha, os gwnei di fwyta tamed bach o hwnna, gei di bwdin, ocê?"

Sy'n dacteg dda, am wn i, os yw'r person ry'ch chi'n siarad â hi eisie pwdin. Ond fe lobïodd Lowri'n reit galed dros hufen-iâ, a wnaeth hi ond cytuno i gael eirin gwlanog wedi'u sleisio pan ddywedes i wrthi y gallai hi gael llwyaid o hufen-iâ gyda'i chrymbl fory.

Mae hi'n ochneidio, ac yn dal ei llaw at ei phen, fel cymeriad mewn nofel Fictorianaidd, "Dim eirin gwlanog i fi."

Yna mae Iago'n gwthio'i blât i ffwrdd. Mae un darn o bitsa wedi hanner ei fwyta o'i flaen, a dim salad. "Os nad oes rhaid iddi hi fwyta pethe, yna pam mae'n rhaid i fi gael salad?"

Mae fy stumog i'n gwegian. Felly mae'r holl fwyd yma'n cael ei wastraffu. Da iawn, Macs.

Ac rwyt ti wedi bwyta mwy na neb arall. Iesu mawr. Rwyt ti'n mynd yn dew, tra'u bod nhw'n aros yn denau neis.

"Mae'n rhaid i bawb gael ychydig o salad," medd Robin.

"Ddywedest ti ddim byd am salad," medd Lowri. "Rwyt ti'n newid y rheolau. Ro'n i'n meddwl bod dêl gyda ni."

Bydd Lowri'n siŵr o ddweud wrth Anti Ceri, a bydd hi'n gwylltio'n gacwn gyda fi, neu gyda Mam. *Ro'n i'n ymddiried ynddo fe i ofalu amdanyn nhw, Becs. Ond yn ôl pob tebyg wnaethon nhw ddim byd ond bwyta creision a bisgedi drwy'r dydd.*

Dwi'n profi'r teimlad pigog, poeth 'na yn fy asgwrn cefn, fel pan y'ch chi wedi bod yn canolbwyntio ar rywbeth yn rhy hir, ac ry'ch chi'n gwbod eich bod chi ar fin ei cholli hi. Dwi'n gollwng fy nwylo yn fy nghôl, yn eu dal nhw ynghyd, ac yn gwasgu fy ewinedd i 'nghledrau. Yn fy mhen, galla i weld y tolciau bach gwyn yn fy nghroen.

"Iawn, does dim rhaid i'r un ohonoch chi'ch dau gael salad. Ond mae'n rhaid i chi orffen eich pitsa."

"Ei *orffen* e? Ond rwyt ti newydd ddweud—"

Ond dyw hi ddim yn llwyddo i orffen. Dwi ddim yn gadael iddi orffen.

Os rhowch chi gaead ar rhywbeth a pharhau i'w gynhesu fe, mae'r pwysau'n cynyddu. Dyna fi: y sosban bwysedd ddynol. Y bachgen sydd wedi bod yn gwrando ar bob un gŵyn fach, drwy'r dydd gwyn, ac yn esgus nad oes ots ganddo. Y bachgen sydd wedi dod o hyd i ffordd i reoli popeth heblaw amdano fe'i hunan. Fedra i ddim esbonio'r hyn dwi'n ei deimlo'n union. Dwi ddim yn gwbod sut i'w gategoreiddio fe. Cywilydd. Dicter. Cenfigen. Ofn. Maen nhw i gyd yn toddi'n un: un belen wen boeth o emosiwn sydd lawer, lawer yn rhy fawr i ffitio y tu mewn i fi.

Mae'r pwysau'n cynyddu a chynyddu. Ac ar ryw bwynt, mae'n rhaid iddo fe ddod o hyd i ffordd allan.

Dwi'n cydio yn y gwydr o 'mlaen i, yn sefyll ar fy nhraed, ac yn ei hyrddio at y wal. Mae 'na grash pefriog wrth iddo daro. Dwi'n gwylio pawb yn gwingo. Maen nhw'n troi tuag ata' i mewn *slow mo*, eu llygaid a'u cegau'n llydan agored. Mae darnau o wydr yn sgrialu i bob cornel o'r stafell.

A dwi'n fy nghlywed fy hun yn sgrechian.

"CAEWCH EICH CEGAU. PAM NA WNEWCH CHI I GYD JEST CAU EICH CEGAU?"

Mae fy nhroed chwith i'n llosgi.

Dyna'r peth cynta dwi'n sylwi arno, y peth cynta sy'n llifo i 'mhen i. Dwi'n gwbod ei fod e'n cliché, ond fe ddigwyddodd popeth mewn niwl. Ymateb ymladd neu ffoi arall. Ond mae'r boen yn fy nhroed i'n byrstio'r swigen. Dwi'n stopio'n stond, yn edrych o 'nghwmpas, ac yn sylweddoli 'mod i hanner ffordd adre'n barod.

Dwi'n siglo bysedd fy nhraed. Mae fy hosan i'n teimlo'n wlyb. Dwi'n gwbod nad yw e'n beth da i fi waedu, achos bod fy haearn i mor isel. Dwi'n eistedd lawr ar y palmant, ac yn tynnu fy esgid a fy hosan. Mae e'n edrych yn wael ar y dechre: mae fy hosan yn rhyw liw browngoch, wedi'i socian gan chwys a gwaed, ond pan fydda i'n plygu fy nhroed o gwmpas, dwi'n gweld pa mor fach yw'r cwt. Mae Dad wrth ei fodd yn dweud wrth bobl pa mor dda yw cylchrediad gwaed y Prydderchiaid. Wel, dyw fy un i ddim cystal ag oedd e – ond am wn i ei fod e'n weddol o hyd.

Alla i ddim gweld unrhyw wydr. Dwi wir ddim eisie meddwl a oes gwydr yn y clwy, achos wedyn bydda i'n siŵr o lewygu. Ac yn ddigon siŵr, yn syth wedi i'r syniad gyrraedd fy mhen, mae 'ngolwg i'n dechre mynd yn gymylog. Dwi'n mynd lawr ar fy mhedwar fel nad yw 'mhen i gymaint yn uwch na gweddill fy nghorff i. Mae hi'n reit anodd i fi lewygu yn y safle yna – a hyd yn oed os ydw i'n llewygu, mae'n siŵr na wna i dorri dim byd.

Dwi'n tybio y gallai'r gwydr, neu rywfaint ohono, fod yn rhydd yn fy esgid i, neu'n sownd yn fy hosan i. Ac yn ddigon siŵr, pan dwi'n troi fy esgid drosodd ac yn ei hysgwyd hi, dwi'n clywed sŵn tincial wrth i rhywbeth fownsio oddi ar y palmant.

Dwi ond yn gobeithio bod y cyfan wedi dod allan.

Gwaith da, twpsyn. Os nad oedd dy gefndryd yn meddwl dy fod di'n honco cynt, maen nhw'n bendant yn meddwl hynny nawr. Beth nesa?

"Dwi ddim yn gwbod, Ana," atebaf yn uchel.

Mae hi'n rhy dywyll i fynd i'r Comin. Hyd y gwela i, mae gen i ddau opsiwn. Galla i fynd 'nôl i dŷ Anti Ceri, a wynebu Iago, Lowri a Robin. Neu galla i fynd adre, a wynebu Mam a Dad. Yr eiliad hon, mae'r ddau opsiwn yn ymddangos yr un mor ofnadwy â'i gilydd. Dwi'n teimlo ias yn fy mochau ddim ond wrth feddwl am y peth. Y cyfan dwi eisie gwneud yw cuddio.

Fe ddylet ti wneud rhywbeth hollol wallgo, fel llosgi'r ffatri 'na lawr, neu ddwyn o siop gornel. Bydde hynny'n cŵl.

Ond mae'n rhaid i fi eu hwynebu nhw yn hwyr neu'n hwyrach. Ac am wn i mae hwyr yn siŵr o fod yn well nag yn hwyrach.

Dwi'n rhoi fy hosan a fy esgid tamp 'nôl 'mlaen, yn sefyll, ac yn profi fy mhwysau ar fy nhroed. Mae hi'n boenus, ond yn ocê – cyn belled nad ydw i'n meddwl gormod am y peth.

Dwi'n cymryd anadl ddofn, ac yn dechre cerdded.

Ac mae Ana'n dechre siarad eto. I gadw cwmni i fi, am wn i. Diolch, Ana.

Ti'n stiwpid. Ti'n pathetig. Ti wedi gwneud cawl potsh o bopeth...

Pan fyddwch chi'n dychmygu rhywun ag anorecsia, pwy fyddwch chi'n ei weld? Merch, ie? Clyfar. Pert. Mae hi'n mynd i'r math o ysgol lle maen nhw'n gwisgo blasers ac yn gwneud datganiadau misol ar y piano, a lle nad oes unrhyw fechgyn o gwbl. Mae ei rhieni'n rhoi llwyth o bwysau arni – i gael graddau A*, i basio'i harholiadau piano, i gael lle yn Oxbridge – ac mae rhai o'r merched eraill yn ei bwlio hi. Mae hi'n llwgu'i hun achos ei bod hi'n trio bod fel y merched cŵl, y bwlis, neu oherwydd ei bod hi'n teimlo bod ei holl fywyd allan o'i dwylo hi, ac nad yw hi'n gallu dianc, a'r ffordd mae hi'n bwyta, y ffordd mae hi'n edrych, y rhif mae hi'n ei weld ar y glorian bob bore... dyna'r unig beth y gall hi ei reoli.

Dwi erioed wedi siarad â merch fel'na. Hynny yw, dwi erioed wedi siarad â neb ag anorecsia, hyd y gwn i. Falle fod rhai pobl ag anorecsia yn union fel'na. Os dwi'n onest, mae rhai o'r merched ar y fforymau'n swnio'n union fel'na.

Ond i fi, mae e'n wahanol. Dyw fy rhieni i byth yn rhoi unrhyw bwysau arna i – neu o leia, maen nhw'n trio peidio. Does gyda fi ddim syniad i ble y bydda i'n mynd i'r brifysgol, nac os af i o gwbl. Mae pobl yn pigo arna i weithie, ond ddim mwy na neb arall. A dwi'n bendant, bendant ddim eisie bod yn ffrindiau gyda Darren a Shinji.

O, a rhag ofn nad y'ch chi wedi sylwi, dwi mor cŵl a phert â gwlithen.

Edrychwch ar unrhyw wefan neu bapur newydd ynglŷn ag anorecsia, ac fe fyddan nhw fel arfer yn beio'r diwydiant harddwch am hyrwyddo safonau harddwch afrealistig i fenywod, sy'n golygu, yn y bôn, eu bod nhw'n gwneud i fenywod deimlo'n dew ac yn hyll er mwyn iddyn nhw fedru gwerthu deiets a dillad a cholur iddyn nhw. Ond nid dyna'r holl stori. *Achos, helô, dwi'n anorecsig hefyd.* A'r tro diwetha i fi checio, does neb yn trio gwerthu colur i fi.

Mae e'n waeth i ferched. Rhaid ei fod e. Mae eu ffrindiau nhw i gyd yn dweud wrthyn nhw pa mor dda maen nhw'n edrych, pa mor genfigennus ydyn nhw, yn gofyn iddyn nhw rannu eu cyfrinachau cadw'n denau. Dwi ddim yn gwbod sut mae hynny'n teimlo. Ocê, ro'n i'n arfer cael fy ngalw'n dew weithie, a nawr dwi ddim. Ond dyw hynny ddim yr un fath. Does neb yn dweud wrtha i 'mod i'n edrych yn well fel hyn.

Ar y llaw arall, o ran adferiad, gallai'r holl rwtsh 'na gael gwared o'r pwysau. *Ocê, fe es i dros ben llestri braidd yn fan'na. Ond pan oedd pawb yn dweud wrtha i pa mor dda ro'n i'n edrych, pwy allai fy meio i? Pan lenwoch chi fy ymennydd i â delweddau o ferched tenau fel styllod, a chynghorion deiet, a chynlluniau ymarfer corff, beth roeddech chi'n ddisgwyl?*

Fi, does gyda fi neb arall i'w feio. Fi greodd y llais rhinclyd yna fy hun. Fi roddodd enw iddi, dangos iddi sut i 'nghadw i mewn trefn. Mae'n reit drawiadol, a dweud y gwir, sut llwyddais i i wneud llanast o fy ymennydd ar fy mhen fy hun bach.

Gall dynion fod yn gyhyrog, yn ogystal â thenau. Dwi hyd yn oed yn gwbod hynny. Os edrycha i ar lun o bêl-droedwyr, galla i weld eu bod nhw'n ffit. Gall i weld eu bod nhw'n edrych yn dda.

Felly pam ydw i eisie bod yn denau fel rhaca?

Nawr 'mod i'n meddwl am y peth, mae e'n reit ddoniol bod Ana, fy anorecsig mewnol, fwy neu lai fel y ferch cŵl nodweddiadol, yr un sy'n bwlio'r ferch swil â'r gobeithion uchel a rhieni awdurdodol. Hyd yn oed yn fy mhen i, clefyd i ferched posh yw anorecsia.

Ymddwyn fel dyn, Macs, er mwyn Duw.

Hyd yn oed cyn i fi fynd mewn i'r tŷ, dwi'n gwbod bod rhywbeth o'i le. Dim ond un car sydd o flaen y tŷ, ac mae'r holl oleuadau ynghynn lawr staer. Mae'n siŵr na fydde hynny'n rhyfedd yn nhŷ neb arall – dyw hi ddim yn hwyr iawn, wedi'r cyfan – ond mae gan Dad obsesiwn ag arbed trydan. Pan o'n ni'n fach, roedd e'n arfer tynnu 5c oddi ar ein harian poced ni os o'n ni'n gadael golau ynghynn yn ddamweiniol.

Am eiliad, dwi'n hapus. O'r diwedd, dwi wedi dal Dad yn torri'r rheolau. Ond yna, dwi'n profi teimlad o gorddi rhyfedd yn fy stumog, fel pe bai rhywbeth gwael ar fin digwydd. Fel pe bai hon yr olygfa gynta mewn ffilm arswyd. Dwi'n trio dweud wrtha i fy hun bod y teimlad yma'n reit normal i fi nawr, sy'n wir. Un o symptomau difyr eraill anorecsia: ry'ch chi'n treulio oriau'n dychmygu'r holl bethe ofnadwy allai ddigwydd i chi a'ch teulu. Trwy'r dydd – neu'n fwy cyffredin, trwy'r nos – dwi'n dychmygu ymosodiadau terfysgol, tanau mewn tai, herwgipio. Neithiwr, fe freuddwydiais i fod Madog wedi cael ei daro gan gar.

"Ti'n bod yn dwp," meddaf i yn uchel, gan geisio darbwyllo fy hun. Dyw e ddim yn gweithio. Dwi'n llyncu llond cegaid o aer, yna'n gwthio drws y ffrynt ar agor.

"Helô?"

Mae'r llais yn dod o'r stafell fyw, ac mae'n cael ei ddilyn yn syth gan hyrddiad o gyfarth Madog. Dwi'n teimlo ton o hapusrwydd. Mae Dad yma. Mae Dad yn fyw! Dwi'n dechre cerdded lawr y cyntedd, heb ateb. Dwi'n teimlo cymaint o ryddhad fel 'mod i wedi anghofio nad yw e'n fy nisgwyl i adre.

"Pwy sy' 'na?" galwa Dad.

Dwi'n cyrraedd y drws i'r stafell fyw ac yn edrych heibio iddo. "Fi sy' 'ma," meddaf i. Mae Madog yn dod draw, ei gynffon e'n ysgwyd yn wyllt. Dwi'n mwytho'i glustie fe.

"Macs," medd Dad yn chwilfrydig, fel pe bai e'n disgwyl rhywun arall. Mae e'n sefyll yng nghanol y stafell, yn edrych ar goll. Dyw hi ddim yn edrych fel pe bai e wedi codi ar ei draed pan ddes i mewn: mae e'n edrych fel pe bai e wedi bod yno ers hydoedd. "Fe godaist ti ofn arna i."

"Sori," dwi'n ateb. Dwi'n edrych lan arno'n iawn. Mae ei lygaid e'n goch. Mae e'n edrych *wedi blino*. Ro'n i'n meddwl ei fod e ddim ond yn edrych fel hyn pan dwi o gwmpas.

Mae Madog, sy'n fodlon fy mod i 1) yn aelod o'r llwyth a 2) ddim ar fin ei fwydo fe, na mynd â fe am dro, yn mynd draw at y lle tân, ac yna'n syrthio'n swp ar y rỳg.

"Beth wyt ti'n 'neud gartre'?" gofynna Dad. Dwi'n gweld ei wyneb e'n cwympo, eiliad o banig. "Yw popeth yn iawn? Ble mae Robin?"

"Mae e yn nhŷ Anti Ceri," meddaf i. "Gyda Iago a Lowri. Mae popeth yn iawn."

"Felly pam wyt ti yma?"

Dwi ddim yn dweud unrhyw beth, achos dwi ddim yn gwbod beth i'w ddweud. Dwi'n dilyn arweiniad Madog, ac yn syrthio'n swp ar y soffa. Mae Dad yn edrych arna i am funud, yna'n eistedd lawr ar fy mhwys i, ac yn rhoi ei fraich am fy ysgwydd.

Ry'n ni'n eistedd yno mewn distawrwydd am ychydig. Am rai munudau, am wn i. Yna, o dan fy anadl, dwi'n dweud,

"Fe golles i hi, Dad."

"Mae'n ocê," mae e'n ateb yn syth.

"Na, dyw hi ddim. Fe adawais i Robin ar ei ben ei hun. Fe godais i ofn ar Iago a Lowri. Ac mae Anti Ceri'n mynd i fynd yn wyllt gacwn."

Dwi'n dweud wrth Dad beth sydd newydd ddigwydd – ond mewn gwirionedd, dwi'n dweud wrtha i fy hun hefyd. Do'n i ddim wedi prosesu dim ohono tan nawr.

Mae ymateb Dad yn rhyfedd iawn. Mae e'n chwerthin. Dwi'n edrych lan arno.

"Fe ddaw hi dros y peth," mae e'n dweud. "Paid â phoeni. Yw Robin yn gwbod ble rwyt ti nawr?"

"Nagyw, am wn i."

Mae e'n mynd i ffonio Robin. Dwi'n aros ar y soffa. Mae gyda ni'r portread teuluol mawr 'ma sy'n eistedd ar ein lle tân ni ers pan o'n i'n chwech oed, ac roedd Robin yn dair ar ddeg. Wyth mlynedd yn ôl. Dwi prin yn cofio mynd i gael tynnu'r llun, ond mae Mam a Dad wedi llenwi'r bylchau dros y blynyddoedd. Fe orfododd Mam Robin i wisgo crys a thei. Doedd e ddim yn hapus am y peth. Roedd e'n fachgen reit oriog yn ei arddegau (o leia, dyna ro'n i'n ei feddwl ar y pryd. Mae'r cyfan yn gymharol, am wn i.) Rhyw ddeg munud cyn ein bod ni i fod i adael, fe wasgodd e'r crys roedd Mam wedi'i osod allan iddo yn belen fawr. Roedd Mam yn gandryll. Erbyn iddi ei smwddio fe eto, ro'n ni'n hwyr. Yn y llun, ry'ch chi hyd yn oed yn gallu gweld bod talcen Dad yn sgleinio rhywfaint, ac mae bochau Mam yn goch. Yn y cyfamser, mae Robin yn gwgu fel tylluan gorniog. Yn ôl y sôn, fe dynnodd y ffotograffydd rolyn cyfan o ffilm, ac roedd Robin yn gwgu ym mhob un llun. Mae Mam yn adrodd y stori hon bob Nadolig: wneith hi fyth adael i Robin ei hanghofio hi.

Yn y llun 'na, fi yw'r unig un sy'n edrych yn hapus a dibryder. Yr unig un. Nawr, wyth mlynedd yn ddiweddarach, fi yw'r un sy'n gwgu. Fi yw'r un sy'n gwneud bywydau pawb yn anodd. Fydda i'n tyfu allan o hyn, fel y gwnaeth Robin? Neu ydw i'n ormod o lanast i hynny?

"Ocê," medd Dad, gan ddod 'nôl i'r stafell. "Popeth wedi'i sortio. Mae Robin yn dweud iddyn nhw fwyta popeth yn y diwedd. Fe fwytodd Lowri'r eirin gwlanog, hyn yn oed."

Sydd – wrth gwrs – yn gweud i fi deimlo tua mil gwaith gwaeth.

"Fwytaist ti dy swper?" gofynna Dad.

Fe fwytais i rhyw bum cegaid. "Do," dwi'n dweud wrtho.

"Ro'n i ar fin gwneud tamed o nwdls. Wyt ti'n siŵr nad wyt ti—"

Dwi'n torri ar ei draws. "Dwi'n iawn. Hei, ble mae Mam?" Mae e newydd fy nharo i: pryd oedd y tro diwetha i Mam fod allan am 8 o'r gloch ar nos Sadwrn?

Dwi'n gweld rhywbeth rhyfedd yn wyneb Dad – dim ond amrantiad, fel pe bai'r cwestiwn wedi ei anesmwytho fe rywsut. Ond dyw e ond yn para eiliad. Mae e'n gwenu un o'i wenau mawr, gwirion arna i. "Mae hi'n cael swper gyda Catrin a Dai."

"Pam est ti ddim? Wyt ti'n sâl?" Dwi'n gwyro fy mhen. "Ti yn edrych yn reit flinedig."

"Jiw, diolch! Do'n i jest ddim wir yn teimlo fel mynd. Hefyd," mae e'n ychwanegu, gan bwyntio at y llyfr ar y bwrdd, "dyw'r peth 'na ddim yn darllen ei hun, ti'n gwbod."

Llyfr Glas Nebo yw'r llyfr. Mae Dad wedi bod yn ei ddarllen e ers cyn y Nadolig. Y dydd o'r blaen, fe ddywedodd e wrtha i, *Ti'n gwbod, ro'n i'n arfer darllen llyfr y dydd cyn i fi gael plant.*

Dyw darllen llyfr ddim yn ymddangos i fi fel rheswm digon da dros beidio â mynd allan. Ond beth wn i?

Mae Dad yn edrych ar ei oriawr. "Dwi'n hapus i dy yrru di 'nôl draw i dŷ Anti Ceri os hoffet ti."

"Mae'n ocê," meddaf i. "Oni bai dy fod di eisie cael gwared arna i."

Ro'n i'n golygu hynny fel jôc. Yn bennaf. Ond mae Dad yn cydio yn fy ysgwyddau i ac yn rhoi edrychiad tu hwnt o ddifrifol i fi.

"Dwi byth eisie cael dy wared di, Macs. Ddylet ti ddim meddwl hynny hyd yn oed."

"Diolch?" meddaf i, gan dynnu wyneb sy'n dweud paid-â-bod-yn-ffrîc, Dad.

Ac yna ry'n ni'n dau'n dechre chwerthin.

Pan y'ch chi'n anorecsig, mae'r ffin rhwng hapusrwydd a thristwch mor denau â sidan pry copyn. Dim ond un syniad bach, un gwthiad bach, sydd ei angen er mwyn eich symud chi o un i'r llall. I ddifetha'r diwrnod gorau erioed, neu i wneud i'r hunllef ymddangos yn ocê. Dwi'n byw rhwng dau flaen siswrn. Dwi'n simsanu 'nôl a 'mlaen; gall teimlad bara eiliad neu awr neu ddiwrnod cyfan. Weithie, dwi'n rheoli'n ddigon hir fel 'mod i'n teimlo 'mod i wedi dod o hyd i ryw fath o gydbwysedd. I aros ar y llinell mae pawb arall fel pe baen nhw'n llwyddo i gadw arni heb hyd yn oed feddwl am y peth.

Yna mae'r bydysawd yn rhoi pwniad i fi.

Dwi'n deffro pan dwi'n clywed drws y ffrynt yn agor. Dwi'n checio fy ffôn: 3:02. Dwi ddim yn meddwl bod Mam erioed wedi aros allan yn hwyrach na hanner nos o'r blaen. Dwi'n gwrando wrth iddi symud o gwmpas lawr staer, hongian ei chot yn y cyntedd, mynd i'r stafell molchi, nôl gwydraid o ddŵr o'r gegin. Mae hi'n troedio'n ysgafn lan y grisiau, ac yn agor y drws i stafell nad yw hi erioed wedi cysgu ynddi o'r blaen, hyd y gwn i: stafell Robin. Mae'r drws yn clicio y tu ôl iddi. Ac yna mae popeth yn dawel eto.

3 Mawrth

Annwyl Ana,

Mae Elsi'n rhyfedd. Yn siwpyr-rhyfedd. Ocê, felly dwi'n gwbod nad oes gyda fi le i siarad, mewn gwirionedd. Ond pe bydde 'na gystadleuaeth i ddod o hyd i Arddegyn Mwya Rhyfedd y Byd, dwi'n meddwl y bydden ni'n dau'n cyrraedd y gemau ail gyfle.

Heddiw yn y wers Saesneg, fe wnaeth hi'r peth rhyfedda erioed. Ry'n ni'n astudio'r llyfr 'ma o'r enw *Holes*, sydd am y plant 'ma sy'n gorfod gwneud tyllau yn yr anialwch fel cosb am bethe maen nhw wedi eu gwneud o'i le. Mae e'n reit dda, am wn i, er ei fod e'n fy ngwneud i braidd yn drist gan na alla i wneud ymarfer corff go iawn mwyach. Dwi ddim yn meddwl mai dyma'r ymateb ry'ch chi fod i'w gael.

Beth bynnag, roedd Elsi'n eistedd reit o 'mlaen i, felly allwn i ddim peidio ag edrych ar yr hyn roedd hi'n ei wneud. Yr hyn roedd hi'n ei wneud oedd plycio'r blew allan o'i haeliau, un wrth un. O un o'i haeliau: yr un chwith.

Ond nid dyna'r peth rhyfedda, hyd yn oed.

Hanner ffordd trwy'r wers, fe ofynnodd Mr Griffiths i ni pa symbolau sydd yna yn y llyfr. Mae athrawon Saesneg yn credu bod popeth mewn llyfr yn symbylu rhywbeth neu gilydd, o'r tywydd i liw crys-t y prif gymeriad. Dwi'n tybio bod yr awdur jest angen dewis lliw y rhan fwyaf o'r amser, a gallen nhw yr un mor hawdd fod wedi dewis glas yn lle oren.

Beth bynnag, fe benderfynodd Mr Griffiths bigo arna i.

Mr Griffiths: "Macs, alli di ddweud wrtha i beth yw'r symbol pwysica yn *Holes*?"

Fi: "Ymmm..."

Ro'n i'n gobeithio y bydde fe jest yn dweud wrtha i, neu'n pigo ar rywun arall. Ond wnaeth e ddim. Mae gan Mr Griffiths stamina anhygoel. Felly, o'r diwedd, fe roddais i'r ateb gorau oedd gyda fi iddo fe.

"Tyllau?"

Fe wnaeth pawb chwerthin am ben hynna go iawn. A reit o 'mlaen i, roedd y piff anferthol 'ma o chwerthin, fel eliffant yn tisian. Ac achos i bawb chwerthin eto.

"Doniol iawn, Mr Prydderch," medde Mr Griffiths, cyn dweud wrthon ni beth yw prif symbol y llyfr go iawn (winwns, rhag ofn eich bod chi eisie gwbod).

Cyn gynted ag yr edrychodd e i ffwrdd, dyma Elsi'n troi rownd ac yn syllu arna i. Roedd ei hael chwith hi fwy neu lai yn foel. Roedd hi'n edrych braidd yn orffwyll.

"Beth?" sibrydais wrthi. A iawn, dwi ddim 100% yn siŵr beth sibrydodd hi 'nôl. Falle i fi gamddeall. Ond dwi'n gwbod sut roedd e'n swnio.

Caru ti.

Yna fe ddechreuodd hi biffian chwerthin, a throi 'nôl i wynebu blaen y dosbarth.

Erbyn hyn, dwi wedi arfer â phobl yn gwneud hwyl am fy mhen i. Ond mae gan Elsi gyfanswm o ddim un ffrind yn Ysgol Maes y Glyn. Ac un ael. Mae hi'n treulio'r rhan fwyaf o'i hamser yn sefyll ar draws yr iard oddi wrtha i, Gwydion a Ram, jest yn syllu. Yn fy marn i, dyw hi'n sicr ddim mewn unrhyw sefyllfa i wneud hwyl am fy mhen i.

Ar ddiwedd y dosbarth, es i ati a dweud helô. Ro'n i am ofyn iddi beth ddywedodd hi heb ddweud wrthi beth ro'n i'n meddwl iddi ddweud. Ond ches i ddim cyfle. Fe edrychodd hi arna i, rolio'i llygaid, a dweud, "Gad lonydd i fi, lembo."

Rywsut, mae gyda fi ddwy ferch boncyrs yn fy mywyd.

10

"Mae 'na un newydd," cyhoedda Robin. "Dere 'mlaen."

Dwi wedi ymestyn allan ar y soffa, ond dwi ddim yn gwylio'r teledu. Dwi ddim yn ymateb am eiliad, achos dwi wedi cael cymaint o sioc.

"Helôôôô?" medd Robin, gan ysgwyd ei law o flaen fy wyneb fel pe bawn i'n robot wedi torri. "Yw'r peth 'ma 'mlaen?"

Dwi'n codi'r rheolwr ac yn oedi. "Ble?"

"Fe ddangosa i i ti."

Ar ôl yr hyn ddigwyddodd yn nhŷ Anti Ceri, ro'n i'n rhyw fath o dybio mai dyna ni: ro'n i wedi difetha popeth. Fydde Robin byth, byth yn siarad â fi eto. Digon gwir, mae e heb ddweud gair wrtha i ers tair wythnos. A dweud y gwir, mae e wedi mynd allan o'i ffordd i beidio 'ngweld i, hyd yn oed – er enghraifft, dwi'n reit siŵr nad yw cwmnïau coed fel arfer yn delifro am 8 o'r gloch y nos, yr union amser pan fyddwn ni fel arfer yn cael swper.

Felly, ydy. Mae e'n sioc, braidd, pan mae e jest yn dechre sgwrs fel pe bai hynny'n ddim byd.

Dwi'n nôl fy sgidie a 'nghot ac ry'n dechre ar ein taith i'r dre. Dyw Robin ddim yn dweud unrhyw beth arall ar y ffordd. Mae Ana'n dechre creu damcaniaethau gorffwyll, fel ei fod e'n mynd i fynd â fi i'r goedwig i fy lladd i, neu 'nghlymu i wrth goeden a 'ngadael i yno.

Fel pan mae gyda chi lygod: mae'n rhaid i chi fynd â nhw o leia filltir i ffwrdd i gael gwared arnyn nhw, neu fe allen nhw ddod 'nôl.

Dwi hyd yn oed yn gallu gweld ei bod hi wedi colli'i phwyll heddiw.

Ugain munud yn ddiweddarach, ry'n ni wrth y Starbucks ar Ffordd yr Orsaf, yn trio edrych am geogelc heb edrych fel delwyr cyffuriau. Dyw ein gwisgoedd ni ddim wir yn helpu. Mae Robin yn gwisgo'i jîns gwaith, sy'n frith o smotiau o baent a farnais a glud, a chrys-t gwyn. Dwi'n gwisgo hen bâr o drywsus combat â thyllau yn y pengliniau, a chrys-t oren ges i pan aethon ni i Amsterdam bum mlynedd yn ôl (roedd e'n rhy fawr i fi bryd hynny, ond serch hynny, dwi'n gwisgo crys-t plentyn naw mlwydd oed, a dyw e ddim hyd yn oed yn dynn), a siaced biws. Pe bydde heddwas yn cerdded heibio'r eiliad hon, fyddwn i ddim yn ei feio fe am holi be' sy'n mynd 'mlaen 'ma.

Mae'r cliw ddim ond yn dweud Y Beipen Hir, ry'n ni'n tybio bod gan hyn rywbeth i'w wneud â pheipen law; mae dwy yn rhedeg lawr y wal rhwng Starbucks a'r siop elusen drws nesa. Does dim byd arall yn edrych yn debygol. Weithie, mae'r lleoliad sydd wedi'i dagio allan ohoni o fetr neu ddau. Ond byth mwy na hynny.

"Y Beipen Hir," mwmiala Robin wrtho'i hun, am y pumed tro, fel pe bai e'n gobeithio, os dywedith e'r geirie ddigon o weithie, y bydd y geogelc yn datgelu'i hun drwy hud a lledrith. Mae ei lygaid e'n dringo'r beipen ddŵr yn araf.

"Unrhyw un wedi dod o hyd iddo eto?" gofynnaf.

Mae pob geogelc yn cael ei ddarganfod gan *fygl* yn y diwedd. Mae hynny'n golygu bod rhywun sy'n gwbod dim am geogelcio'n dod o hyd iddo ac yn ei symud e, neu'n ei ddinistrio fe. Os nad yw geogelc wedi cael ei ddarganfod am sbel, mae siawns go dda bod rhywun wedi gweud rhywbeth iddo.

"Roedd yr un cynta ddeuddydd yn ôl," medd Robin, gan redeg ei law y tu ôl i'r beipen. Ac fe ddywedodd y boi, "Clyfar iawn," sy'n golygu ei fod e wedi'i guddio'n dda, siŵr o fod.

"Ocê," meddaf i, ychydig yn siomedig.

Ry'n ni'n chwilio am hydoedd. Dy'n ni ddim eisie cael ein harestio, felly ry'n ni'n cerdded 'nôl a 'mlaen yn araf bach. Mae Robin yn tynnu coes y dylen ni fod wedi dod â mwstashys i'w gludo 'mlaen a dillad gwahanol, rhag ofn bod rhywun yn ein gwylio ni. Dwi'n chwerthin – ond nid am ei fod e'n ddoniol – dyw e ddim. Dwi jest yn teimlo rhyddhad gan ei fod e'n siarad â fi eto. Dwi methu gweithio allan os yw e wedi anghofio'i fod e'n grac gyda fi, neu os yw e'n trio dangos i fi bod y cyfan drosodd.

Beth bynnag, ry'n ni'n meddwl ein bod ni'n ddigon cynnil, nes i'r hen ddynes 'ma â bag siopa ddod aton ni a dweud, *Y'ch chi'n dal i boeni'r wiwer 'na?* A ninne'n meddwl ein bod ni'n dditectifs o fri.

Yn y pen draw, mae Robin yn edrych arna i'n bryderus ac yn codi'i ysgwyddau. "Dwi'n rhoi'r gorau iddi." Mae Robin a finne'n debyg mewn llawer o ffyrdd, ac un ohonyn nhw yw: ry'n ni'n dau'n casáu rhoi'r gorau i bethe.

"Galle rhywun fod wedi dod o hyd iddo ddoe neu echdoe," meddaf i.

Mae e'n nodio. "Falle." Ond ry'ch chi'n gallu dweud nad yw e'n credu hynny. Na finne chwaith, a dweud y gwir. Ro'n i ddim yn trio gwneud iddo fe deimlo'n well. Mae e'n pwyntio at Starbucks ac yn dweud, "Hei, ti moyn diod?"

"Ym, ydw."

Mae Robin yn cael latte-siwpyr-mega-triphlyg-dwbwl, neu rhywbeth. Dwi'n cael dŵr tap.

"Ti eisie rhywbeth i fwyta?" gofynna gan wenu. Mae e'n gwneud hyn weithie: yn tynnu coes am y peth. Does dim ots gyda fi. A dweud y gwir, dwi'n eitha hoffi hynny: mae e'n torri ar y tensiwn. Yn anffodus, fydd Mam a Dad byth, byth yn cyrraedd y pwynt yma. Fe dries i dynnu coes Mam rai wythnose 'nôl. Ro'n ni allan yn mynd â Madog am dro, ac roedd yn rhaid i ni groesi grid gwartheg. *Gwell i fi fynd rownd, neu fe gwympa i drwodd,* medde fi. Bydde Robin wedi chwerthin nerth ei ben ar hyn, heb os. Ond edrychodd Mam fel pe bawn i wedi'i phwnio hi yn ei bol, ac wedi dweud wrthi 'mod i'n ddeliwr cyffuriau.

Mae pethe'n wahanol gyda Robin.

"Ti'n gwbod be', dwi'n ocê," meddaf i wrtho. "Ond diolch 'run fath."

"Plesia dy hun, Brigddyn," mae e'n ateb. "Dwi am gael myffin."

Dwi'n chwerthin. Mae *Brigddyn* yn enw newydd. Mae e'n lot gwell na *brawd bach*.

"Felly beth yw'r achlysur?" dwi'n gofyn iddo wrth i ni eistedd.

Mae e'n edrych arna i'n rhyfedd. Mae'n siŵr na ddylwn i ddweud dim. Fel mae Dad yn ddweud, *Paid â chyfri dannedd ceffyl.* Ond dwi ddim yn deall pam mae e mor neis gyda fi, ar ôl fy anwybyddu i ers mis bron.

"Oes angen esgus arna i i dretio fy mrawd bach â, ym, dŵr tap?"

"Yn fy mhrofiad i, oes." Ar ben popeth arall, mae Robin yn ennill rhywbeth fel sero o bunnoedd yr wythnos, ac mae e'n union fel Dad: dyw e byth yn ei wario fe. Dy'n ni ddim wir y math o deulu sydd jest yn penderfynu mynd i Starbucks.

"Wel, bydd yn barod am brofiad newydd. Dwi jest eisie clywed sut ma' popeth yn mynd. Dwed wrtha i: beth sy'n newydd ym Maes y Glyn?"

Dwi'n codi fy ysgwyddau. "Ysgol yw ysgol."

"Unrhyw wynebau newydd? Sut mae Miss Jacob?"

Miss Jacob ddysgodd Maths TGAU i Robin. Fe ddysgodd

hi fe sut i garu hefyd. Ocê, dwi'n tynnu coes. Ond... dyw Miss Jacob ddim yn edrych fel athrawon Maths eraill. Mae hi'n chwe throedfedd o daldra, ac mae ganddi'r gwallt du-fel-y-frân anhygoel 'ma. Mae hi'n reit ffit. Roedd Robin yn ei dosbarth cynta un hi, pan oedd hi newydd wneud ei hymarfer dysgu, felly am wn i ei bod hi tua dwy ar hugain. Ac, ym, ro'dd e'n ffan mawr ohoni. Hyd yn oed nawr, wrth iddo ofyn amdani, mae rhyw niwl dros ei lygaid.

"Dwi wedi dweud wrthot ti. Dyw hi ddim yn fy nysgu i 'leni."

Mae Robin yn ysgwyd ei ben. "Hen fyd creulon yw e."

"Mae 'na ferch newydd yn fy mlwyddyn i," meddaf i, cyn i fi feddwl yn iawn am yr hyn dwi'n ddweud.

Mae Robin yn codi un o'i aeliau. "O?"

"Does dim ots," meddaf i'n dawel.

"O, oes mae 'na. Cer yn dy flaen. Beth yw ei henw hi?"

Dwi'n dweud wrtho'n anfoddog. "Elsi."

"Elsan?"

Wel, ro'n i'n mwmial braidd.

"El-si."

"O, ciwt," medd Robin. Mae e'n cymryd sip o'i ddiod, ac yn gwneud rhyw wyneb os-ti'n-gwbod-be-dwi'n-feddwl.

"Robin," meddaf i.

"Mae e'n ciwt. Dwi heb gwrdd â neb o'r enw Elsi o'r blaen. *El-si*. Neis."

"Dwi ddim yn ei ffansïo hi," dwi'n dweud wrtho. "Dyw e ddim fel'na."

Mae e'n lledaenu ei freichiau, fel Iesu yn y Swper Olaf. "Frawd bach," mae e'n dweud. "Pwy ddywedodd dim ynglŷn â ffansïo? Wnes i" – mae e'n ymestyn yr i – "ddim crybwyll dim o'r fath beth. Na, frawd bach: ti soniodd am hynny ar dy ben dy hun bach."

Dwi'n gwgu arno.

"Dwi jest yn dweud." Mae e'n codi ei ysgwyddau, yna'n cymryd sip arall o'i ddiod, ac yna'n aros eiliad. "Dwi'n gobeithio y byddi di ac Elsi'n hapus iawn gyda'ch gilydd."

Cyn iddo orffen siarad, hyd yn oed, mae e'n ei baratoi ei hun ar gyfer pwniad ar ei fraich. Dwi ddim yn ei siomi fe.

"*Beth bynnag*," mae e'n dweud. "Mae newyddion gyda fi."

"Ro'n i'n amau," dwi'n ateb.

Mae e'n torri darn mawr oddi ar y myffin ac yn ei wthio i'w geg. Ry'n ni'n edrych ar ein gilydd wrth iddo gnoi. Dwi'n tapio fy arddwrn lle dylai fy oriawr fod – dwi wedi stopio'i gwisgo hi achos mae hi jest yn edrych yn dwp nawr – cystal â dweud, *Wel dere 'mlaen 'te*.

Dwi'n diflasu ar aros, ac yn cymryd sip o fy nŵr. O'r diwedd, ar ôl rhyw dri deg eiliad, mae e'n llyncu'r myffin. Mae e'n aros eiliad cyn siarad.

"Dwi'n symud allan."

Dwi'n tagu, ac yn llwyddo i boeri dŵr lawr fy siwmper i gyd. "Shit," meddaf i. Yna dwi'n edrych arno. Dwi eisie dweud mil o bethe – yn bennaf pethe a fydde, pe bawn i'n eu dweud nhw yn yr ysgol, yn sicrhau 'mod i'n cael fy nghadw mewn yn syth. Dwi eisie gofyn iddo fe os yw hyn oherwydd yr hyn ddigwyddodd gyda Iago a Lowri. Dwi eisie gofyn iddo fe sut gall e wneud hyn. Dwi eisie erfyn arno fe i aros, a dwi eisie dweud wrtho fe i fynd i grafu 'te, achos byddwn ni'n iawn hebddo fe.

Yn lle hynny dwi jest yn dweud, "Pam?"

Mae e'n sniffian. Fedra i ddim dweud os yw e'n ypsét neu wedi diflasu neu'n teimlo cywilydd. "Mae hi'n bryd. Mae gan Mam a Dad ddigon i boeni amdano ar hyn o bryd heb i fi fod o dan draed."

Dwi'n edrych lawr ar fy nghôl. Dwi'n gwbod yn union beth mae e'n ei olygu. A chyn i fi allu stopio fy hun, dwi'n teimlo fy ysgwyddau'n crynu.

"O, Macs... do'n i ddim yn meddwl hynny."

Dwi'n edrych lan arno. Mae 'na sbotoleuadau llachar ar y to, ac mae'r dagrau'n gwneud llinellau o'r golau ar draws fy llygaid, fel pan y'ch chi'n gyrru trwy'r glaw ac mae'r goleuadau stryd yn troi'n drawiadau brwsh mawr oren.

"Nid fel'na mae hi," medd Robin. "Dim ond... hynny yw... gyda gwaith Mam a phopeth..."

Mae e'n baglu dros ei eiriau, gan geisio taflu'r bai ar bopeth heblaw amdana i. Mae e'n meddwl 'mod i'n crio oherwydd 'mod i newydd ddarganfod 'mod i'n fwrn ar Mam a Dad. Ond nid dyna'r rheswm. Dwi'n gwbod yn barod 'mod i'n fwrn ar Mam a Dad: does dim angen athrylith i weithio hynny allan.

Dwi'n crio oherwydd dwi newydd golli'r unig un dwi'n gallu siarad go iawn ag e.

Dwi'n crio nawr achos 'mod i ar fy mhen fy hun yn llwyr.

11 Mawrth

Annwyl Ana,

Heddiw fe weles i Luned am y tro cynta ers dros fis, gan ei bod hi wedi bod ar wylie. Doedd e ddim yn rhy ffôl. Dwi wedi colli 0.3kg, oedd rywsut yn ddigon i wneud i fi deimlo'n ocê, ond ddim yn ddigon i wneud i Luned fynd yn benwan. Y swm perffaith.

Er hynny, fe benderfynodd hi greu dwy reol newydd. Fel pe na bai gyda fi ddigon o reolau yn fy mywyd yn barod.

Mae Rheol Un (y busnes peidio-cadw-dyddiadur-bwyd) nawr yn barhaol. A dweud y gwir, dyw hynny ddim yn fy mhoeni i gymaint ag o'n i'n meddwl y bydde fe. Erbyn hyn, dwi fwy neu lai yn gwbod faint o galorïau sydd ym mhopeth beth bynnag. Ac mae'n gas gyda fi gyfadde hynny, ond ers i fi stopio cofnodi popeth, mae'n ymddangos fel pe bawn i'n treulio llai o amser yn poeni am y peth.

Rheol Dau: Mae'n rhaid i fi ddechre cymryd fitaminau. A dweud y gwir, nid rheol Luned yw hon, ond rheol fy maethegydd, Dr Roberts. Dwi'n ocê gyda hyn achos mae e wedi rhoi rhai arferol i fi — nid y rhai â blas neu'r rhai i'w cnoi neu beth bynnag. A chyn belled nad yw e'n debyg i fwyd mae e'n iawn.

Fe dreulion ni'r rhan fwyaf o fy sesiwn yn trafod gwylie Luned, a wnaeth i fi feddwl am haf diwetha — hynny yw, y cyfnod pan benderfynaist ti ddringo mewn i 'mhen i gynta. Ocê, felly does gyda fi ddim syniad o hyd sut y gwnes i droi fel hyn. Ond dwi yn gwbod *pryd* ddigwyddodd

e. Y cyfnod o bythefnos pan ddechreuodd fy mywyd i syrthio'n ddarnau.

Roedd Robin yn cyfeirio ato fel Yr Hwrê Fawr Olaf. Roedd e wedi penderfynu nad oedd e'n beth cŵl i barhau i fynd ar wylie gyda'ch teulu yn eich ugeiniau, ond y bydde fe'n dod am un tro olaf. Fe ddywedodd e hyn fel pe bai e'n gwneud ffafr fawr â ni. Dwi'n siŵr nad oedd gyda hynny ddim i'w wneud â'r ffaith bod dim un ddimai goch gyda fe.

Fe aethon ni i Fenis a Ferona am bythefnos. Fe gyrhaeddon ni yng nghanol gwres mawr: roedd hi'n 35°C y diwrnod gyrhaeddon ni, a dyna'r oeraf fuodd hi. Diolch byth, do'n ni ddim yn gwersylla — fe benderfynodd Dad, gan mai hwn fydde gwylie olaf Robin, y bydden ni'n aros mewn gwestai yn lle hynny. Yn anffodus, fe benderfynodd e hefyd arbed 2 Ewro'r dydd ar y car benthyg trwy beidio â chael system aerdymheru yn y car.

Yn naturiol, gan mai ni yw'r teulu Prydderch, wnaethon ni ddim gadael i'r gwres ein harafu ni. Yn ystod y dydd, fe ymlwybron ni o gwmpas amgueddfeydd ac eglwysi a gerddi. Fe aethon ni i Sgwâr Sant Marc a balconi Juliet, ac fe wylion ni opera, sy'n bedair awr o 'mywyd na chaf i fyth yn ôl. (Roedd yr opera yn amffitheatr Ferona. Diolch byth, fe ddechreuodd e adeg machlud haul, neu dwi'n reit siŵr y bydden ni wedi pobi i farwolaeth.) Ar un pwynt fe ddywedodd Robin wrtha i, *Alla i ddim credu 'mod i wedi dewis dod ar y gwylie 'ma.*

Gan ei bod hi mor boeth, doedd yr un ohonon ni wir yn teimlo fel bwyta llawer yn ystod y dydd, heblaw am hufen iâ bob nawr ac yn y man. Ond fe wnaethon ni'n iawn am hynny gyda'r nos. Roedd mynd allan i fwytai pan oedden ni ar ein gwylie yn beth newydd i ni, mewn ffordd, gan ein bod ni fel arfer yn coginio ein prydau bwyd yn y maes gwersylla.

Yr unig broblem oedd ei bod hi'n DDRUD, yn enwedig yn

Fenis. Doedd Robin ddim fel pe bai e'n sylwi. Roedd e'n dal ati i archebu'r stêcs 'ma oedd tua 50 ewro, yn ogystal â chwrs cynta a phitsa. Ac oherwydd mai hwn oedd Yr Hwrê Fawr Olaf, ddywedodd Dad ddim byd. Ond fe welais i fe a Mam yn edrych ar ei gilydd, cystal â dweud, Aw, ac yna bydde Mam yn dweud, *Dwi'n meddwl mod i jest yn mynd i gael salad*, a bydde Dad yn cael pasta tomato plaen neu beth bynnag.

A do'n i ddim am wneud pethe'n waeth. Felly ro'n i'n cael salad hefyd. A bod yn deg, ro'n i wedi bod yn yfed Coke ac yn bwyta hufen iâ drwy'r dydd, felly doedd hi ddim fel pe bawn i'n llwgu. Ond eto.

Dyw hi ddim fel pe bawn i wedi troi'n anorecsig ar unwaith. Pan gyrhaeddon ni adre, fe es i 'nôl i gael ail blatiaid bob tro ro'n ni'n bwyta a, ti'n gwbod, bwyta cinio. Ond dwi'n amau bod yr Eidal wedi plannu hedyn. Nawr ro'n i'n gwbod y gallwn i beidio bwyta a chario 'mlaen â fy mywyd.

Pan ddechreuodd yr ysgol eto ac roedd Ram bant yn sâl a Gwyds mewn ymarfer pêl-droed bob amser cinio, bron, ac ro'n i'n gorfod bwyta ar fy mhen fy hun, ro'n i'n gwbod y gallwn i jest... peidio. Dwi wastad wedi bod braidd yn hunanymwybodol ynglŷn â bwyta beth bynnag (hynny yw, does neb yn hoffi bwyta ar eu pen eu hun yn gyhoeddus, oes e?). Felly fe feddylies i, pam gwneud hynny i fi fy hun?

Mae'r ateb yn reit amlwg nawr. Roedd peidio â rhoi fy hun trwy hynna'n golygu rhoi cyfle i ti ddringo mewn i 'mhen i. Mae hi llawer iawn yn haws stopio bwyta na stopio peidio â bwyta. Ond do'n i ddim yn gwbod hynny ar y pryd.

II

Mae Robin yn symud allan heddiw. Dwi a Mam yn ei helpu fe.

Mae e'n rhentu fflat ym Mryn Mawr: gwaith pum munud o gerdded o'r gweithdy, taith ugain munud yn y car o gartre. Mae'r fflat yn fach iawn. Os yw e'n ymestyn allan, gall Robin gyffwrdd pob un o bedair wal y stafell wely ar yr un pryd. (Mae e'n dangos hyn i ni yn syth ar ôl iddo fe gyrraedd: mae e fel pe bai e'n rhyfedd o hapus am y peth). Does dim cegin, dim ond rhes o unedau a set o hobiau ar un wal o'r stafell fyw. Does dim lle ar gyfer meicrodon, hyd yn oed, sef hoff ffordd Robin o goginio bwyd. Mae e'n dweud nad oes angen un arno fe.

Dyw e'n gwneud dim synnwyr. Mae ei stafell e gartre bron cymaint â'r fflat gyfan. Mae gyda ni sied er mwyn cadw'i feic mynydd e – fan hyn mae e'n gorfod ei gadw fe yn y cyntedd, reit ar bwys yr arwydd sy'n dweud DIM BEICIAU NA PHRAMIAU.

"Felly, be' ti'n feddwl?" mae e'n gofyn i fi wrth i ni ymlwybro lan y grisiau am tua'r hanner canfed tro. Mae Robin yn cario dau focs enfawr; galla i ond ymdopi â bag yn llawn dillad.

"Dwi ddim yn deall y peth," dwi'n dweud wrtho'n onest.

Mae e'n chwerthin. "Byddi di'n deall ryw ddiwrnod."

Mae hynny'n mynd dan fy nghroen i, achos mae e'n ofnadwy o nawddoglyd. Fel pan mae Robin yn dweud wrth

Mam nad yw e eisie plant, ac mae hi'n dweud *Byddi di'n newid dy feddwl rhyw ddiwrnod*. Mae hynny'n ei wylltio fe. Ond, yn ôl pob tebyg, mae'n iawn iddo fe wneud.

Mae 'na un fantais i hyn i gyd, serch hynny. Dwi'n cael stafell Robin, sy'n golygu y bydd gyda fi le, o'r diwedd, i hongian fy mhosteri i gyd. Mae 'na ddau dwi wedi bod eisie eu hongian ers hydoedd. Un yw canllaw i'r holl adar ysglyfaethus y gallwch chi eu gweld yn Ewrop. Fe ges i fe ar fy mhen-blwydd llynedd. Y llall yw tafluniad Peters o fap y byd. Mae mapiau'r byd fel arfer yn dafluniadau Mercator. Mae gyda nhw linellau hydred syth, ond mae'r holl wledydd ac ynysoedd wedi eu hymestyn i ffitio ar arwyneb fflat, felly does dim byd y maint cywir, yn enwedig os yw e ar bwys y pegynau. Er enghraifft, mae'r Ynys Werdd tua deg gwaith ei faint gwirioneddol ar Fercator. Mae tafluniadau Peters yn dangos yr holl wledydd i raddfa. Yn fy marn i, maen nhw'n fapiau llawer gwell, cyn belled nad y'ch chi'n eu defnyddio nhw i ddod o hyd i'ch ffordd.

Ar y cyfan, fodd bynnag, bydde fe'n siŵr o fod yn well gyda fi gael Robin. Hyd yn oed os yw e'n boen yn y pen-ôl weithie.

"Ai dyna'r cyfan?" gofynna Mam, wrth i ni osod y bocsys olaf lawr yn y stafell fyw.

"Dyna'r cyfan," medd Robin.

"Ffiw," medd Mam. "O, bron i fi anghofio! Aros fan hyn." Mae hi'n brysio 'nôl allan trwy'r drws.

Dyw Dad ddim yma. Am ryw reswm, fe ddewisodd e heddiw fel y diwrnod i orffen adeiladu ei ardd gerrig, o'r diwedd, sydd, yn y bôn, yn golygu defnyddio whilber i wthio'r tair tunnell o gerrig sydd wedi bod yn eistedd ar ein dreif ni ers chwe mis ar hyd ochr y tŷ a'u gollwng nhw ar bwys y pwll. Dwi ddim yn siŵr pam mae e wedi dewis heddiw er mwyn gwneud hynny. Falle'i fod e'n ypsét bod Robin yn gadael hefyd a'i fod e eisie esgus er mwyn peidio â dod. Ond dyw hynny ddim wir fel Dad. Ro'n i'n meddwl y bydde Mam yn gandryll am y peth, ond os yw hi, mae hi'n ei guddio fe'n dda.

Dwi a Robin yn sefyll yn y stafell fyw, yn aros am Mam. Mae'n teimlo'n lletchwith, er mai Robin yw'r unig berson dwi byth yn teimlo'n lletchwith yn ei gwmni fe. Mae e wedi agor bocs o stwff cegin – cyllyll a ffyrc, sosbenni – a nawr, ry'n ni'n dau jest yn syllu arno.

Mae e'n tynnu llwy fêl allan, ac yn ei chwifio ata i. "O, da iawn, dwi'n falch bod Mam wedi pacio hon. Dwi wedi bod yn poeni am sut y bydda i'n gweini mêl yn fy nghartref newydd."

Dwi'n chwerthin.

"Hei," mae e'n dweud, gan bwyntio ata' i â'r llwy. "Sut mae dy ti'n-gwbod-be'?"

Dwi'n codi fy ysgwyddau. Sut rydw i hyd yn oed yn ateb hynna? Mae e'n symud allan, ac mae e'n holi ynglŷn â'r geogelc twp. "Iawn," dwi'n mwmial.

"Unrhyw ymwelwyr da yn ddiweddar?"

"Na."

Ocê, dyw hynny ddim cweit yn wir. Y diwrnod o'r blaen, roedd 'na nodyn rhyfedd iawn yn fy llyfr log i. Roedd e jest yn dweud:

Sori am fod yn ben dafad gyda ti.

Byth ers i fi ddod o hyd iddo, dwi wedi bod yn crafu 'mhen pwy allai fod wedi'i sgwennu fe, a beth mae e'n ei olygu. Tan ryw ugain eiliad yn ôl, ro'n i'n meddwl falle mai Robin oedd yn gyfrifol. Ond naill ai mae e'n actor gwell o lawer nag o'n i'n sylweddoli, neu nid fe fuodd wrthi.

Galle fe fod yn rhywun o'r ysgol, ond dim ond tri o bobl yn yr ysgol mae arnyn nhw ymddiheuriad i fi: Darren, Shinji ac Elsi. Galla i gael gwared ar enwau'r ddau gynta o'r rhestr yn syth: does dim gobaith caneri y bydde Darren na Shinji'n ymddiheuro am ddim byd byth. Mae'n fwy tebygol y bydde anialwch y Sahara'n rhewi'n gorn fory.

Mae hynny'n gadael Elsi. Fe alle fod yn hi, am wn i. Roedd hi'n ymddwyn yn reit rhyfedd yn y wers Saesneg y dydd o'r blaen. Ond dyw hi ddim wir yn ymddangos fel y math o berson fydde'n ymddiheuro. Na'r math fydde'n defnyddio'r geirie *pen dafad*.

Fe alle fe fod gan ddieithryn llwyr. Falle fod rhywun wedi camgymryd fy ngeogelc i am un rhywun arall. Neu falle'u bod nhw jest yn chwarae o gwmpas, yn trio 'ngwneud i'n anesmwyth.

Mae Robin yn ysgwyd ei ben. "Mae'r un 'na ar Ffordd yr Orsaf yn dal i 'nrysu i. Y Beipen Hir. Mae'n rhaid mai'r beipen ddŵr yw hi, ie?"

Dwi'n codi fy ysgwyddau. "Dwi'n meddwl taw e."

Mae Mam yn dod 'nôl gan gario anrheg, wedi'i lapio mewn tamed o bapur lapio Nadolig Dad sydd wedi'i ailgylchu'n ofalus.

"Beth yw hyn?"

"Anrheg fach ar gyfer dy gartre newydd." Mae hi'n ei rhoi i Robin.

Mae Robin yn dadbacio bocs cardfwrdd yn ofalus ac yna'n tynnu'r caead oddi arno. Ynddo mae torth o fara, cannwyll a photel o win. Mae Robin yn edrych wedi drysu. Dwi'n amau bod Mam wedi colli'i phwyll ac y dyle hi wir fod wedi gofyn i fi pa fath o bethe mae Robin yn eu hoffi os mai dyma'r anrheg orau y gall hi feddwl amdani.

Mae Mam yn dal yr edrychiad ar wyneb Robin, ac yn chwerthin. "Maen nhw'n draddodiad," esbonia. "Bara fel nad wyt ti byth yn llwglyd, gwin fel nad wyt ti byth yn sychedig, a channwyll fel bod dy gartre wedi'i lenwi â golau bob amser."

"Ym, diolch, Mam," medd Robin. Mae e'n edrych arna i ac yn rolio'i lygaid.

Dwi'n chwerthin.

"Y diawl bach digywilydd" medd Mam. Yna mae hi'n rhoi un o'i hedrychiadau Mam Ddifrifol. "Cofia gadw llygad ar y gannwyll, plis. Ac er mwyn Duw, rhanna'r botel o win 'na gyda rhywun. Ffion, er enghraifft. Nawr, pwy sydd eisie paned o de?"

"Plis," medd Robin.

"Dwi'n iawn," meddaf i. Fel be bai hi'n disgwyl unrhyw ateb arall. Dwi'n troi at Robin. "Pwy yw Ffion?"

Mae Robin yn chwifio'i law. "Neb o bwys."

"Dwi'n gobeithio nad wyt ti'n dweud hynny wrthi hi," medd Mam.

"O'r gorau, iawn," medd Robin. Mae e'n troi ata' i. "Hi yw fy Elsi i."

4 Ebrill

Annwyl Ana,

Dwi'n eistedd yn y stafell a arferai fod yn stafell Robin saith diwrnod yn ôl. Dywedodd Dad y dylwn i symud mewn yn syth bin — yn ôl pob tebyg, bydd hynny'n 'ein helpu ni i addasu'. Ond hyd yma, ry'n ni ond wedi symud fy ngwely a fy nesg a fy nroriau i. Does dim llyfrau na phosteri na dim. Felly mae'r stafell braidd yn foel, a braidd yn drist.

Heddiw fe ddarllenais i'r darn yma ar-lein ynglŷn â Pharadocs Zeno, sy'n enghraifft o'r hyn mae Dad yn ei alw'n arbrawf meddwl. Dywedwch eich bod chi'n cael ras rhwng crwban ac ysgyfarnog, a bod yr ysgyfarnog ddeg gwaith yn gyflymach, ond eich bod chi'n gadael i'r crwban ddechre 100 metr o flaen yr ysgyfarnog. Erbyn i'r ysgyfarnog redeg y 100 metr yna, mae'r crwban wedi ymlwybro deng metr yn ei flaen. Ac ar ôl i'r ysgyfarnog redeg y deng metr yna, mae'r crwban wedi symud metr arall yn ei flaen. Os ydych chi'n dal ati i'w dorri fe lawr, dyw'r ysgyfarnog byth yn pasio'r crwban mewn gwirionedd. Er ei fod e ddeg gwaith yn gyflymach.

Mae Zeno wedi bod yn drysu 'mhen i drwy'r dydd. Wrth gwrs, dyw pethe ddim yn gweithio fel'na mewn gwirionedd. Credwch fi: pan mae 'nhad i'n gyrru lawr y draffordd gan wneud 60mya, mae pobl yn mynd heibio iddo fe drwy'r amser. Ond y pwynt yw, pan fyddwch chi ddim ond yn edrych ar giplun, does dim byd wir yn gweud synnwyr.

O leia, dwi'n meddwl mai dyna yw'r pwynt.

Mae'n fy atgoffa i o'r stori roedd Mr Gwyn, Pennaeth fy ysgol gynradd i, yn arfer ei hadrodd ar ddiwedd y gwasanaeth. (Bydde Mr Gwyn yn adrodd stori bob dydd, ond doedd e ond yn gwbod rhyw ddeg, felly fe ddaethon ni i wbod pob un yn reit dda.) Mae hi'n mynd fel hyn: Unwaith, mae grŵp o deithwyr yn aros ger pentre. Maen nhw'n llwglyd, ond does gyda nhw ddim bwyd, felly maen nhw'n llenwi crochan mawr â dŵr o'r afon ac yn rhoi carreg fawr ar y gwaelod. Mae pentrefwr sy'n mynd heibio yn gofyn iddyn nhw beth maen nhw'n ei wneud. "Ry'n ni'n gwneud cawl carreg," meddan nhw. "Mae e bron yn barod – ond gallen ni wneud â thamed o foron i ychwanegu blas." Felly mae'r pentrefwr yn mynd ac yn dod â rhywfaint o foron iddyn nhw, cyn parhau ar ei daith. Yna daw pentrefwr arall. Y tro hwn maen nhw'n dweud, "Bydde ychydig o berlysiau yn help mawr er mwyn tynnu'r blas allan." Ac yn y blaen. Mae pob pentrefwr sy'n mynd heibio yn dod â rhywbeth bach iddyn nhw – llond llaw o halen, ffa, carcas cyw iâr – hyd nes, o'r diwedd, mae gan y teithwyr gawl maethlon bendigedig i'w rannu â'r holl bentrefwyr.

Mae anorecsia yr un fath, ond i'r gwrthwyneb. Paradocs Zeno wedi'i arafu reit lawr. Ry'ch chi'n tynnu pethe i ffwrdd drwy'r amser. Bwyd. Ffrindiau. Teulu. Hyd nes un diwrnod ry'ch chi'n sylweddoli nad oes dim ar ôl. Mae'r ysgyfarnog wedi goddiweddyd y crwban. Dyw'r cawl yn ddim ond dŵr.

Ocê, dwi ddim yn siŵr a wnaeth hynny unrhyw synnwyr o gwbl. Mae hi'n 00:36 nawr. Fe ddylwn i fynd i'r gwely, siŵr o fod. Bydde hi'n braf pe bydde Robin yma.

12

"Ry'n ni'n mynd i'r sw," cyhoedda Ram yn fuddugoliaethus. Mae e'n ysgwyd ei fag oddi ar ei gefn, ac yn tynnu'i focs bwyd allan.

"Beth, nawr?"

"Mae hynna mor ddoniol, Gwyds. Rwyt ti'n gymaint o gomedian," medd Ram.

Mae Gwyds yn chwythu'i fochau allan ac yn nodio. "Dwi'n trio."

"Mae e'n syniad da, yn dyw e?" Mae Ram yn mynd yn ei flaen. "Dwi eisie gweld y llew'n cael ei fwydo. Dwi'n clywed eu bod nhw'n hyrddio gafr dros y ffens."

"Swnio'n ddelfrydol. Beth bynnag, dwi'n reit siŵr mai syniad Macs oedd mynd i'r sw-"

"Y 9fed o Fai. Gobeithio bydd y ddau ohonoch chi'n rhydd."

Mae Gwydion yn pwyso 'nôl yn ei gadair ac yn codi'i ysgwyddau. "Bydd yn rhaid i fi edrych ar fy nyddiadur."

"Symud draw, coc oen."

Mae'r llais yn dod o'r tu ôl i fi. Dwi'n gwylio llygaid Ram a Gwyds yn chwyddo ar yr un pryd. Dwi ddim yn symud, achos does dim angen i fi: mae digonedd o le.

"Dere 'mlaen, does dim trwy'r dydd gyda fi."

Dwi'n llusgo fy nhraed tua thri milimetr i'r dde ac mae Elsi'n eistedd, yn fodlon. Dwi'n tybio bod hyn yn ymwneud mwy â 'nghael i i symud nag â'r lle.

Ry'n ni i gyd yn dod â phecynnau bwyd, ac fel arfer ry'n ni'n bwyta ar yr iard. Yn rhannol er mwyn osgoi sefyllfaoedd fel hyn. Ond heddiw mae hi'n arllwys y glaw – fel piso'r duwiau, fel y dywedodd Dad bore 'ma. Felly ry'n ni i gyd wedi ein stwffio mewn i'r Neuadd Fawr.

Dwi'n dweud *stwffio*, ond pryd bynnag y byddwn ni'n eistedd tu mewn, mae 'na sedd wag drws nesa i fi bob tro, bron. 850 o ddisgyblion mewn un neuadd ymgynnull a, rywsut, mae 'na ddigon o le er mwyn osgoi Macs. Heddiw, fe welais i dri pherson gwahanol yn sylwi ar y sedd wag, yn edrych arna i, ac yna'n dod o hyd i ryw ffordd o wasgu'u hunain ar fwrdd arall.

Mae Elsi'n tynnu ei bocs bwyd o'i bag. Cyn gynted ag y bydd hi wedi tynnu'r caead, mae Ram yn pwyso drosti. "Be' sy' gyda ti fan'na?" gofynna. Mae e'n trio'i ddweud e'n ddidaro, fel pe bai e'n holi ynglŷn â'r tywydd, neu os oes Maths gyda ni heddiw. Ond mae hi'n reit amlwg pam mae e'n gofyn.

Oni bai am chwant bwyd Ram, dwi ddim yn siŵr a fydde ein cyfeillgarwch ni wedi goroesi'r chwe mis diwetha. Sgip yw e: gall e gladdu unrhyw beth ry'ch chi'n ei roi iddo fe, a mwy. Dwi'n dal i fwyta fy nghinio bob dydd, ond y snacs ychwanegol dwi'n dod â nhw i'r ysgol – y snacs mae Mam a Dad a Luned yn meddwl (neu o leia'n gobeithio) 'mod i'n eu bwyta? Maen nhw i gyd yn mynd i Ram. Erbyn hyn, dwi fwy neu lai yn ei lwgrwobrwyo fe i fod yn ffrind i fi gyda chreision a bariau o siocled.

Ond mae'n debyg nad yw un cyflenwr yn ddigon.

"Fy nghinio i," medd Elsi. Mae hi'n edrych yn hollol farwaidd arno, cyn ychwanegu. "I *fi*."

Dwi'n piffian chwerthin. Falle nad yw Elsi'n llawn llathen, ond mae hi'n gallu bod yn reit ddoniol.

"Brechdan jam yw honna?" medd Ram, wrth i Elsi ddadlapio parsel *cling film*, fel archaeolegydd yn dadlapio mymi.

Mae Elsi'n edrych arno fel pe bai hi ar fin rhoi slap iddo. Yn y pen draw, mae hi'n ochneidio, ac yn nodio.

"A Mini Cheddars," ychwanega Ram. "Neis."

"Dwyt ti ddim yn colli dim byd, nag wyt?" medd Elsi.

Mae Gwyds a fi'n edrych ar ein gilydd, gan geisio peidio â chwerthin.

Mae Elsi'n tynnu ei ffôn a llyfr allan o'i bag, ac yn gosod y ddau yn ymyl ei bocs bwyd.

"A finne'n meddwl dy fod di yma ar gyfer y sgwrs syfrdanol," medd Gwydion.

Mae'n gas gan Gwydion bobl yn defnyddio'u ffonau o'i flaen e. Pan gwrddais i ag e gynta, allwn i ddim gweithio'r peth allan. Dyma foi sy'n cario ffôn, clustffonau, oriawr glyfar ac o leia un consol Nintendo gydag e bob amser. Ond yna fe es i i'w dŷ fe. Mae teulu Gwydion yn Grynwyr, sy'n golygu mai nhw yw'r bobl fwya clên ar wyneb y Ddaear, ac maen nhw'n rhoi pwyslais mawr ar ryngweithio wyneb yn wyneb. Mae e'n cael defnyddio faint fynno fe o dechnoleg, ar yr amod nad yw hynny byth yn tarfu ar sgwrsio. Dwi erioed wedi'i weld e'n cymryd pip ar ei ffôn, hyn yn oed, heb ofyn caniatâd pawb sydd gydag e yn gynta.

Dyw Elsi ddim yn sylwi ar sylw Gwydion, achos mae hi'n rhy brysur yn anfon cyfres hir o emojis at rywun neu'i gilydd o dan y bwrdd.

Mae Ram yn edrych yn nerfus. "Ti'n gwbod y gwnân nhw ei gymryd e oddi arnat ti os gwelan nhw fe, yn dwyt?"

"Dwi'n gwbod," ateba Elsi, mor cŵl â chiwcymbr.

Mae hi'n agor y llyfr, ac yn rhoi ei ffôn mewn twll dwfn sydd wedi'i dorri i'r tudalennau. Mae hi'n tywyllu'r sgrin – fel nad yw'n tynnu sylw, am wn i – ac yna'n parhau â'r hyn mae'n debyg yw ei hoff weithgaredd: sgrolio.

"*Neeeis*," medd Ram.

Mae Gwydion yn gwgu. Os nad oedd e'n hapus ynglŷn

â busnes y ffôn, fedra i ond dychmygu sut mae e'n teimlo ynglŷn â'r llyfr. Dwi'n ei gofio fe'n mynd yn grac gyda fi un tro am droi cornel tudalen er mwyn cadw fy lle. (Dwi wedi dweud o'r blaen ac fe ddyweda i eto: mae Gwydion yn nyrd llwyr – diolch byth ei fod e'n gallu chwarae pêl-droed.)

Mae Ram, Gwydion a fi'n troi 'nôl at y sgwrs ro'n ni ar ei chanol cyn i Elsi gyrraedd.

"Felly faint o bobl sy'n cyrraedd?" dwi'n gofyn.

Mae Ram yn crychu'i drwyn am eiliad. "Dim ond chi'ch dau," ateba'n dawel.

"Aros eiliad," medd Gwyds. "Ro'n i'n meddwl bo' ti am gael rhyw barti enfawr. Digwyddiad cymdeithasol mwya'r flwyddyn, dywedest ti."

"Ie, wel, dwi wedi newid fy meddwl, ocê?" cyfartha Ram.

"O'r gorau, dim ond gofyn wnes i," medd Gwyds.

Dwi'n cael y teimlad bod rhywbeth nad yw Ram yn ei ddweud wrthon ni. Ond dwi hefyd yn cael y teimlad nad yw e wir eisie dweud wrthon ni.

"Beth yw hyn, 'te?" gofynna Elsi, heb edrych lan o'i llyfr, AKA ei ffôn.

"Ym... fy mharti pen-blwydd i," medd Ram. Pan nad yw hi'n ateb, mae e'n ychwanegu, "Ry'n ni'n mynd i'r sw."

"Swnio'n uffernol," medd Elsi.

"Mae hi mor hyfryd," medd Gwyds. Mae e'n tynnu tomato bach o'i focs bwyd ac yn ei roi yn ei geg.

"Wel, dwyt ti ddim am fy ngwahodd i?" gofynna Elsi. I fod yn glir, mae hi'n dal heb godi'i llygaid o'i ffôn. Mae Gwyds bellach yn syllu arni â'i geg yn hongian ar agor rhywfaint. Galla i weld ambell hedyn tomato. Mae e'n reit afiach.

"Ydw i?" gofynna Ram.

"Fyddwn i ddim," mwmiala Gwyds.

"Does dim angen bod yn anghwrtais," medd Elsi. "Coc oen."

Dyw Gwyds ddim hyd yn oed yn gwbod sut i ymateb i hynny. Mae e jest yn edrych arnon ni'n dau, cystal â dweud, *Ydw i'n clywed hyn yn iawn?*

"Os yw e'n swnio'n uffernol, pam wyt ti eisie dod?" gofynna Ram.

"Achos bydd Macs yno, wrth gwrs. Dwi'n ei *gaaaru* fe, yn tydw i Macs?" Mae hi'n fy llygadu i'n gariadus, ac yna'n chwerthin yn uchel.

"Ym," meddaf i. Beth ddiawl ydw i fod i'w ddweud wrth hynny?

"Digon teg," medd Ram. "Dweda i be' wrthot ti: galli di ddod i 'mharti i os rhoddi di'r Mini Cheddars 'na i fi."

"Dêl," medd Elsi. Mae hi'n codi'r bag gerfydd y cornel ac yn ei daflu at Ram. "Dwi ddim hyd yn oed yn eu hoffi nhw."

"Wel, nawr dwi *wir* yn edrych 'mlaen at y parti 'ma," medd Gwyds, gan ollwng ei ên ar ei ddwylo.

"Beth bynnag," medd Elsi, gan gau ei llyfr â ffôn y tu mewn iddo a'i roi ar ei bocs bwyd. "Byddwn i'n dwli aros a sgwrsio, ond mae gyda fi lefydd i fod ynddyn nhw. Gyda llaw, Ram, fe ddylet ti rannu'r rheina gyda Macs." Mae hi'n pwyntio at y Mini Cheddars. "Mae e'n edrych yn reit denau."

Mae hi'n chwerthin eto, ac yna'n codi'i bag ac yn rhedeg oddi yno.

"Beth yn y byd oedd hynna?" gofynna Ram, gan agor y Mini Cheddars a'u cynnig nhw i fi a Gwyds.

Dwi'n ysgwyd fy mhen. Dwi'n teimlo fel pe gallai fy mochau i doddi trawst dur ar hyn o bryd. "Dim syniad."

9 Ebrill

Annwyl Ana,

Bron i fi ei cholli hi gyda Mam heno. Mae hi ar y deiet 'ma lle dyw hi ond yn bwyta amser swper, fwy neu lai. I frecwast a chinio, dyw hi ond yn cael sudd neu sŵp. Ocê, felly dyw hi ddim fel bod gyda fi le i bregethu wrth neb ynglŷn â bwyta'n iach, ond dyw e ddim yn swnio'n iach i fi. O leia mae e'n well na'r llynedd, lle dilynodd hi'r deiet 'na lle fwytodd hi ddim byd ond bwydydd amrwd.

Beth bynnag, heno fe ddaeth hi adre'n cwyno ynglŷn â pha mor llwglyd oedd hi, ac fe ddywedodd Dad, "Wel, cymer rhywbeth bach 'te," ac fe atebodd Mam, "Dyw hi ddim mor hawdd â hynny." Yna fe drodd ata i ac ychwanegu, "Mae Macs yn gwbod sut beth yw e. Yn dwyt ti cariad?"

Ym, na, dwi ddim.

Nid bai Mam yw e, ond fe wnaeth yr hyn ddywedodd hi i fi fod eisie sgrechian. Mae e'n digwydd drwy'r amser. Pryd bynnag y bydd rhywun yn sôn am anorecsia mewn cylchgrawn, neu ar y teledu, maen nhw fwy neu lai'n ei drin e fel deiet hynod lym. Mae hynny fel trin y Môr Tawel fel pe bai e'n bwll padlo enfawr. Ac yn dweud wrth rywun sydd newydd dreulio'r chwe mis diwetha mewn llong danfor eich bod chi'n deall yn union sut maen nhw'n teimlo.

Dwi'n deall bod deiets yn boen, a bod llwyth o bobl — yn enwedig menywod — o dan bwysau i golli pwysau. Ond mae e'n hollol, hollol wahanol. Ti'n gwbod pam? Achos pan y'ch chi ar ddeiet, ma 'na fan gorffen. Achos pan y'ch chi ar ddeiet, ry'ch chi *eisie* i bobl sylwi. Achos pan y'ch chi ar ddeiet, does gyda chi ddim rhyw ynfytyn o'r enw Ana'n sibrwd yn eich clust chi trwy'r dydd bob dydd.

Sori, Ana. Ond mae e'n wir.

13

Dwi newydd ei chlywed hi. Yr un gynta 'leni. Dwi'n edrych ar fy ffôn er mwyn gwirio'r dyddiad eto.

11eg o Ebrill.

Rhy gynnar. Rhaid 'mod i wedi gwneud camgymeriad.

Ond yna fe glywais i hi eto.

Waw.

11eg o Ebrill.

Fel arfer, y tro cynta y bydd unrhyw un ym Mhrydain gyfan yn clywed y gwcw yw tua'r 10fed o Ebrill, naill ai yn Nyfnaint neu Gernyw. Dy'n nhw ddim i'w clywed fan hyn tan o leia'r 20fed. Ond maen nhw'n dod yn gynt ac yn gynt.

Y gwcw yw'r aderyn mwya cŵl a'r mwya rhyfedd – a'r mwya milain – yn y byd. Yn hytrach na magu eu cywion eu hunain, maen nhw'n dodwy wyau yn nythod adar eraill, fel bod yr adar hynny'n gweud yr holl waith caled drostyn nhw. Ac yna, pan fydd cyw cwcw'n deor, mae e'n gwthio'r wyau eraill allan o'r nyth er mwyn iddo fe gael yr holl fwyd. Milain, yn dyw e?

Byddech chi'n meddwl y bydde'r aderyn sy'n magu'r cyw yn sylwi. Y cyfan fedra i ddweud yw bod yr ymadrodd Saesneg *bird-brained* yn bodoli am reswm. Ond dyw e'n bendant, bendant ddim yn berthnasol i'r gwcw.

Mae galwad y gwcw yn glir fel grisial, unwaith y byddwch chi'n gwbod beth ry'ch chi'n chwilio amdano. Hynny yw, yn gwrando amdano. Fedrwch chi 'mo'i fethu. Mae e'n swnio – wel, mae e'n swnio fel rhywun yn dweud *cwcw*. Dim ond y gwrywod ry'ch chi'n eu clywed. Mae'r benywod, sy'n dodwy'r holl wyau'n gyfrwys, yn tueddu i gadw'n dawel. (Fel mae Dad yn dweud: *Tybed pam?*)

Dwi'n anelu draw at y llyn. Mae'r neges ryfedd 'na ges i yn fy ngeogelc – *Sori am fod yn ben dafad gyda ti* – yn parhau i 'nrysu i. Dwi eisie gwirio a oes unrhyw geogelciau cyfagos wedi cael unrhyw beth tebyg.

Ond yn y geogelc o dan y fainc, yr un hen stwff arferol sydd yno: *Gwaith da! DAYC*, ac yn y blaen. Fedra i ddim peidio â sylwi, serch hynny, bod y geogelc yma'n cael llawer mwy o ymwelwyr na fy un i. Er enghraifft, mae saith o bobl wedi ymweld ers 1 Ebrill. Dwi'n ffodus os ga' i ddau yr wythnos.

Mae e fel pe bai dy geogelc di'n pelydru'r un awra pathetig â ti. Anhygoel.

Wrth i fi roi'r geogelc yn ôl, mae rhywun sy'n sefyll yn agos iawn y tu ôl i fi'n gweiddi, "Beth wyt *ti'n* ei wneud, Macs?"

Yn ofnadwy o uchel, reit yn fy nghlust i.

Llais merch.

Yn naturiol, dwi'n bwrw 'mhen ar y fainc mewn syndod. Ac yna, wrth i fi gropian allan oddi tanodd, dwi bron â cholli fy nhrywsus.

Dim ond mis yn ôl ges i'r rhain, ac maen nhw'n mynd yn llac yn barod.

Unwaith dwi'n rhydd, dwi'n edrych lan. A dyfalwch pwy dwi'n ei gweld yn sefyll drosta i?

"Edrych am rywfaint o hen chips, Macs? Snickers, falle?"

"Nagw," dwi'n ateb yn chwyrn: gair poeth, crac, sy'n arllwys o 'ngheg i fel fflam, er 'mod i'n gwbod nad yw hi'n gofyn go iawn.

Mae hi'n ysgwyd ei phen arna i. "Dwi'n *tynnu coes*, coc oen. Mae angen i ti ymlacio." Mae hi'n ffroeni'n feddylgar. "Er, fe allet ti wir wneud â phryd neu ddau. Felly beth *wyt* ti'n ei wneud o dan y fainc 'na?"

"Dim byd," dwi'n ateb. Pan es i i'r ysgol uwchradd gynta, fe ddysgodd Robin ei un reol euraid i fi: *Gwada unrhyw beth na allan nhw ei brofi.* Yn ôl Robin, y rheol hon lwyddodd i'w gael e trwy'r ysgol uwchradd – ac mae'n rhaid i fi ddweud, mae e wedi gweithio'n reit dda i fi hyd yma. "Beth wyt ti'n 'neud 'ma, beth bynnag?" dwi'n gofyn, gan droi'r bêl 'nôl ati hi.

Mae Elsi'n plethu ei breichiau ac yn edrych arna i cystal â dweud, *Paid â mela gyda fi.* Y math o edrychiad mae'r heddlu'n ei roi mewn ffilmiau, reit cyn i'r troseddwr dorri lawr a dweud popeth wrthyn nhw. "Dwi'n reit siŵr mai fi ofynnodd gynta."

Dwi'n cadw at y sgript. "Dwi ddim yn gwneud unrhyw beth."

"Ie, reit," medd Elsi gan rolio'i llygaid.

Mae Elsi'n gwisgo jîns wedi'u torri'n fyr, esgidiau Converse piws, a chrys-t gwyn sy'n dweud BEIWCH Y DISGO mewn llythrennau mawr du ar draws ei brest. Mae ei gwallt brown fel cwningen wedi'i glymu lan, ond mae ei ffrinj hi'n hongian lawr dros ei llygaid. Mae'n rhaid ei fod e'n mynd ar ei nerfau.

Does gyda fi ddim syniad beth i'w wneud nesa. Mae'r holl gyngor dwi wedi'i ddarllen ynglŷn â mygls ddim ond yn dweud wrthoch chi am beidio â chael eich dal; dyw e ddim yn dweud wrthoch chi beth i'w wneud pan fyddwch chi yn cael eich dal. Falle 'mod i fod i'w hargyhoeddi, er mwyn dod â hi mewn i'r gymuned geogelcio. Falle 'mod i fod i symud y celc i leoliad newydd, a chyfadde'r cyfan ar-lein.

Neu falle nad yw hyn erioed wedi digwydd o'r blaen. Falle nad oes unrhyw gyngor oherwydd does neb erioed wedi bod yn ddigon twp i'w cael eu hun yn y sefyllfa yma.

Dwi'n sylweddoli 'mod i'n dal i fod ar fy mhedwar fel Gollum neu rhywbeth. Dwi'n neidio lan, ac yn rwbio'r baw oddi ar fy mhengliniau.

Mae Elsi'n estyn i'w phoced ôl ac yn tynnu pecyn o Nerds allan. Pwy sy'n bwyta Nerds y dyddie hyn? Mae hi'n agor y bocs, ac yn ei godi tua'i cheg, yn barod i arllwys, cyn stopio. "Dwi'n dal i aros am ateb."

Falle nad yw Techneg Robin Prydderch yn hollol ddi-fai wedi'r cyfan.

Dwi'n pwyntio at y fainc. "Mae 'na geogelc o dan fan'na."

"Beth?"

"Geogelc. Bocs bach mae'n rhaid i ti ddod o hyd iddo."

Mae hi'n gwasgu'i hwyneb yn dynn. "Pam?"

"Am hwyl. Edrych." Dwi'n tynnu fy ffôn allan. "Mae gyda ti'r ap 'ma, sy'n rhoi'r lleoliad i ti. A phan ti'n dod o hyd i un, ti'n sgwennu yn y llyfr log."

"Mae hynna'n swnio'n dwp," medd Elsi.

Dwi'n codi fy ysgwyddau. "Siwtia dy hun." Mae'n ymddangos fel pe bai Elsi'n meddwl bod pob dim yn dwp.

Mae hi'n disgyn yn swp 'nôl lawr ar y fainc, ac yn tynnu'i ffôn allan. Am eiliad, dwi'n meddwl ei bod hi'n mynd i roi tro arno – geogelcio, hynny yw. Ond yn lle hynny, mae hi'n dechre sgrolio trwy luniau, fel pe na bawn i yno, hyd yn oed. Dwi'n sefyll yno am ychydig, yn gobeithio bod y ddaear yn mynd i agor a fy llyncu i. Neu hi.

Mae hi'n meddwl dy fod di'n pathetig. Ac mae hi'n iawn, gyda llaw.

Fedra i ddim penderfynu pa un ai ei heglu hi, neu chwarae pethe'n cŵl a jest ymlwybro i ffwrdd yn hamddenol. Ar yr un llaw, dwi ddim eisie iddi ddweud wrth bobl 'mod i'r math o foi hollol ryfedd sy'n rhedeg i ffwrdd ar ganol sgwrs. Ar y llaw arall, dwi'n reit siŵr eu bod nhw'n gwbod yn barod. Hefyd, dyw hi ddim cweit fel pe bai gyda hi unrhyw un i ddweud wrthyn nhw. Mae hi'n llawn mor unig â fi. Na, arhoswch, mae hi'n fwy unig – o leia mae gyda fi Ram a Gwyds.

Dwi'n troi i fynd.

"Felly beth yw'r stori gyda Maes y Glyn?"

Dwi'n troi 'nôl ati. Yn naturiol, mae hi heb godi'i phen o'r ffôn na dim. Dwi'n gwgu, nid ei bod hi'n gallu gweld 'mod i'n gwgu. "Be' ti'n feddwl?"

"Mae pawb mor groendenau. Yn ein hen ysgol ni, ro'n ni jest yn gwneud beth bynnag ro'n ni eisie."

Fel dweud wrth bobl dy fod di'n eu caru nhw a'u galw nhw'n gociau oen a chwarae gyda dy ffôn drwy'r amser? Dyna dwi eisie'i ddweud, achos yr eiliad hon, mae Elsi wir yn mynd o dan fy nghroen i. "Felly pam symudaist ti?" dwi'n gofyn iddi.

Mae *hynny'n* gwneud iddi edrych lan. Mae hi'n edrych arna i fel pe bawn i newydd ei phwnio hi yn ei thrwyn.

"Do'n i ddim eisie, twpsyn. *Nhw* wnaeth i fi symud."

"Pam hynny? A phwy yw *nhw*?"

"*God*, ti'n gofyn cwestiynau twp," medd hi, gan ysgwyd ei phen arna i. "Ges i 'nghicio allan."

"O," meddaf i. Dwi eisie gofyn pam, ond dwi ddim yn siŵr a ddylwn i. Dwi byth yn siŵr gydag Elsi.

Mae hi'n gwenu gwên orffwyll arall arna i. Y math o wên mae'r boi drwg mewn ffilm yn ei gwenu ar ôl iddo ddal y boi da ac mae e'n esbonio'i gynllun dieflig gwych cyn ei saethu. Mae gwên Elsi'n gyrru ias lawr fy asgwrn cefn i.

"Pam?" Fedra i ddim peidio. Mae e jest yn dod allan, rhywle rhwng crawc a sibrwd. Cribrwd?

Mae Elsi'n hollol ddi-daro. "Achos bod Amelia Jones yn hen glepgi, dyna pam."

Wrth gwrs, mae hyn jest yn arwain at ddeg o gwestiynau eraill. Pwy yw Amelia Jones? Am beth wnaeth hi gario clecs? Oedd Elsi wedi gwneud unrhyw beth o'i le, mewn gwirionedd? Dwi'n teimlo fel pe bawn i wedi mynd 'nôl i'r cyfnod 'na pan o'n i'n blentyn bach yn gofyn cwestiynau drwy'r amser. *Ble ry'n ni'n mynd? I'r archfarchnad. Pam ry'n ni'n mynd i'r archfarchnad? Achos bod angen llaeth arnon ni. Pam mae angen llaeth arnon ni? Achos ry'n ni'n ei roi e yn ein te. Pam ry'n ni'n ei roi e yn ein te?*

Ac yn y blaen.

"Hoffwn i pe bai'r aderyn 'na'n cau ei geg," mae hi'n mwmial.

Y gwcw mae hi'n feddwl. Mae ganddi bwynt, am wn i: mae hi'n reit uchel. Fedr hi ddim bod mwy na chwpwl o goed oddi wrthon ni. Dwi'n ystyried dweud wrthi y dylai hi fod yn hapus: mae clywed y gwcw ar yr 11eg o Ebrill yn reit anhygoel. Ond mae gyda fi deimlad na fydde hi'n cymryd hynny'n rhy dda.

Mae hi'n neidio oddi ar y fainc. "Wyt ti'n hoffi Nerds?" medd hi, gan daflu'r bocs i 'nghyfeiriad i. Rywsut, mae Elsi'n llwyddo i drin bocs o Nerds fel pe bai e'n arf marwol. Am wn i ei fod e i fi, mewn ffordd.

"Na, dim diolch," dwi'n mwmial.

"Wrth gwrs nad wyt ti," medd hi. "Beth bynnag, dwi wedi lawrlwytho'r ap." Mae hi'n troi ei ffôn er mwyn i fi weld. Tudalen gartre'r ap geogelcio sydd arno. Mae hynny'n golygu mae'n rhaid ei bod hi wedi creu cyfrif yn barod. "Be' sy'n digwydd nesa?"

Dwi'n dangos yr un o dan y fainc iddi yn gynta. Dwi'n tynnu'r llyfr log a'r bensel allan ac yn dangos yr holl negeseuon mae pobl wedi eu gadael. Mae hi'n dweud wrtha i mai *dyma'r peth mwya twp dwi erioed wedi ei weld.*

"Alla i ddim credu dy fod di'n gwastraffu dy amser yn gwneud hyn," medd hi.

Dwi'n symud o'r naill droed i'r llall, fel Sonic the Hedgehog. Sut rydw i'n ymateb i hynny?

Dyw hi ddim fel pe bai gyda ti ddim byd gwell i'w wneud, nagyw?

Caled, ond gwir.

Yna dwi'n cael syniad.

"Ydy, mae'r un yma'n reit dwp. Ond *hwn*..." Dwi'n rhoi fy ffôn iddi – "Mae hwn yn cŵl iawn. Yn anhygoel a dweud y gwir. Dwi ddim yn siŵr os wyt ti'n barod i'w weld e."

Mae hi'n cymryd fy ffôn i ac yn syllu arno am tua phymtheg eiliad. Fel pe bai hi wedi oedi oherwydd cysylltiad gwael. Yn y cyfamser, mae fy meddwl i ar ras wrth geisio dychmygu sut mae hi'n mynd i ymateb. Yw hi'n mynd i falu fy ffôn i'n rhacs? Yw hi'n mynd i grio? Yw hi'n mynd i 'mhwnio i?

Na.

Mae hi'n edrych lan arna i am eiliad. Gallwn i dyngu bod ei llygaid hi'n newid lliw, fel goleuadau traffig. Fflach o wyrdd. Gwib o oren. Fflam o goch.

Ond i Elsi, dyw coch ddim yn golygu stop. Dyw Elsi ddim yn byw yn ôl yr un rheolau â phobl eraill.

"Dwi'n barod," medd hi, yn dalog i gyd. "Ond mae un peth y dylet ti wybod."

"Beth?" dwi'n gofyn.

Yna mae hi'n ei wneud e eto. Yn sibrwd dau air sy'n gwneud dim synnwyr o gwbl, ond hyd yn oed wedyn, sy'n gwneud i fy asgwrn cefn i deimlo fel pe bai rhywun yn ei gosi fe o'r tu mewn.

Caru ti.

A chyn i fi allu ymateb, mae hi wedi mynd. Wedi cymryd y goes. *Gyda fy ffôn i.* Dwi'n rhedeg ar ei hôl hi, ond mae 'na lwyni eithin trwchus o gwmpas y llyn i gyd: os y'ch chi eisie diflannu mae hynny'n reit hawdd. Ac yn ôl pob tebyg nid fi yw'r unig berson rownd ffordd hyn sy'n hoffi gwneud hynny.

Mae Elsi fel mecaneg cwantwm, neu berthnasedd. O bryd i'w gilydd, ry'ch chi'n meddwl eich bod chi'n dechre ei deall hi. Ond ry'ch chi wastad yn anghywir.

Ond dwi yn gwbod un peth.

Dwi'n gwbod i ble mae hi'n mynd.

* * *

Mae hi mor gyflym, mae'n rhaid ei bod hi'n wrach. Mae'n rhaid ei bod hi'n gallu hedfan, neu delegludo, neu... *rywbeth*. Dwi'n 'nabod y Comin fel cefn fy llaw, a dwi'n gwbod yn union i ble dwi'n mynd. A fi yw'r ail redwr cyflyma yn ein blwyddyn ni.

Neu, o leia, yr ail fachgen cyflyma.

Mae hi'n fy nghuro i yno. A wyddoch chi beth? Dyw hi ddim hyd yn oed yn ymddangos yn flinedig.

Mae fy ngwynt i, ar y llaw arall, yn fy nwrn i. Fedra i ddim siarad am dri deg eiliad, yn llythrennol. Dwi wedi plygu yn fy nyblau, gyda 'nwylo ar fy mhengliniau, yn anadlu fel Darth Vader ar ddiwrnod mabolgampau.

Mae hi'n edrych arna i a chwerthin.

"Am... beth... oedd... hynna... i gyd?" dwi'n llwyddo i ofyn o'r diwedd.

Mae hi'n codi ei hysgwyddau. "Ras yw hi, ie?"

Dwi'n rhoi'r gorau i drio sefyll, ac yn eistedd ar y palmant. Yn y gwter. Galla i deimlo chwys yn diferu lawr fy nghefn i, ac yn cronni yn fy nhin i. Neis.

"Ddim mewn gwirionedd," dwi'n dweud wrthi.

"O," ateba.

"Ga' i fy ffôn i 'nôl?" gofynnaf.

"O ie," medd hi. "Sori."

Yw hi newydd ymddiheuro wrtha i? Do'n i ddim yn meddwl ei bod hi'n ymwybodol o'r gair sori, hyd yn oed.

"Beth am y darn..." Dwi'n distewi.

"Pa ddarn?" medd hi, gan wyro'i phen fel ci.

Y darn pan ddywedest ti dy fod di'n fy ngharu i. Ond fedra i ddim gofyn hynny: mae e'n swnio'n reit wallgo.

"Dim ots," dwi'n dweud wrthi.

"O-cê," medd hi'n araf. "Beth bynnag, ro't ti'n iawn."

"O'n i? Am beth?"

"Am y geogelcio 'ma. Mae e'n eitha cŵl."

"Ti'n golygu..."

No wê. Does bosib ei bod hi wedi dod o hyd iddo fe'n barod. Yr wythnos o'r blaen, roedd Robin a finne yma am dri chwarter awr. Dwi'n ysgwyd fy mhen.

Mae hi'n dal disg bach o fetel tua'r un maint â chap potel yn ei llaw. Na, arhoswch, mwy. Yr olwyn ar gês symudol. "Dwed wrtha i, Macs. Sut deimlad yw cael dy guro gan ferch?" Mae'n rhaid ei bod hi wedi dyfalu nad ydw i erioed wedi dod o hyd i'r geogelc yma o'r blaen.

"Dyw e ddim... Dwi jest..."

"... wedi anghofio sut i siarad?" awgryma Elsi.

Mae hi'n troi'r ddisg, fel ei fod e'n troi'n ddau ddarn, ac yn eu cynnig nhw i fi fel bara cymun. Dwi'n eu cymryd nhw, ac yn eu byseddu nhw. Dim ond disgen fflat o fetel ag ymyl edafog. Dim byd arbennig. Ond y tu mewn i'r llall, mae tâp papur tenau, wedi'i droelli fel cragen malwoden, ac o dan hwnnw, un min plwm o bensel wedi'i osod mewn rhych yn y metel. Mae e'n anhygoel. Mae e mor gywrain a manwl ag oriawr boced.

"Waw," meddaf i.

"Clyfar, yn dyw e?" medd Elsi.

"Ble roedd e?"

Mae hi'n dangos i fi. Roedd e wedi'i osod yng nghanol gorchudd draen – yn benodol, gorchudd draen ag wyth sbôc yn dod allan o'i ganol, fel coesau pry copyn. Draeniau. Pryfed cop. Y Beipen Hir. Dwi'n edrych lan. Ry'n ni'n sefyll yn llythrennol gyferbyn â drws ffrynt Starbucks, yn union lle mae e wedi'i dagio. Mae gan geogelcio ffordd o wneud i chi deimlo'n dwp iawn, iawn weithie.

"Ga' i ofyn cwestiwn i ti?" Dwi'n gollwng fy nhafod. Dwi eisie ei ofyn e cyn i fy ymennydd – neu Ana, neu'r ddau – ddweud wrtha i am beidio.

"Mmmm," medd Elsi, gan nodio'i phen.

"Sut wnest ti, ym... Pam wnest ti..."

Mae Elsi'n crechwenu. "Poera fe allan, Macs."

"Beth wnest ti sibrwd wrtha i gynne? A'r diwrnod o'r blaen?"

"Cacen gri," mae hi'n ateb yn hwyliog.

"Beth?"

"Edrych ar fy ngwefusau i." Mae hi'n ei ddweud e eto. "Ca-cen-gri."

Yna dwi'n deall: mae e'n edrych yn union fel caru ti.

"Dyna ro't ti'n ei ddweud?"

Mae hi'n nodio.

"Ym, pam?"

"Mae e'n ddoniol."

"Ocê," meddaf i'n dawel.

Saib hir.

Aros funud. Oeddet ti wir, o ddifri'n meddwl ei bod hi'n dy garu di?

Cau dy geg, Ana.

Ha! Mae hyn yn amhrisiadwy! Dyw hyd yn oed dy rieni ddim yn dy garu di, Macs. Dere 'mlaen.

Ond pam wnaeth hi...

"Ti'n gwbod be'?" medd Elsi, gan fy nhynnu i oddi wrth fy nadl ag Ana. Am wn i 'mod i'n ddiolchgar am hynny, o leia.

"Be'?" dwi'n gofyn. Dwi'n meddwl: beth mae hi'n mynd i'w ddweud nawr? Falle'i bod hi ar fin dweud wrtha i mod i'n edrych yn ofnadwy o dew heddiw, neu ei bod hi wedi sleifio i 'nhŷ i bore 'ma ac wedi llofruddio fy rhieni i. Mae fy stumog i'n teimlo fel pe bai e'n pwyso tua thair tunnell.

"Ti'n eitha' cŵl, Macs Prydderch."

26 Ebrill

Annwyl Ana,

Dwi'n trio peidio â meddwl am sut roedd pethe cynt, achos mae hynny'n gwneud i fi deimlo'n rhy euog o lawer. Does dim llawer iawn o amser ers pan o'n ni'n deulu normal. Ro'n ni'n mynd allan am dro. Ro'n ni cael pobl draw am farbeciws. Dwi ddim yn dweud bod pethe'n berffaith na dim. Wedi'r cyfan, pa deulu sy'n berffaith? Ro'n ni'n dadlau drwy'r amser. Yn enwedig gyda Robin. Tan yn ddiweddar, roedd Robin yn boen tin, braidd. Roedd e'n arfer ei gloi ei hun yn ei stafell am oriau, yn chwarae cerddoriaeth *heavy metal* ar rhywbeth fel 120 desibel, gan anwybyddu Mam pan fydde hi'n dyrnu'r drws. A/neu roedd e'n arfer mynd i feicio mynydd yng nghanol y nos, heb ddweud wrth Mam a Dad, felly bydden nhw'n mynd yn benwan pan fydden nhw'n sylweddoli nad oedd e yno.

Ro'n i'n boen hefyd — ond mewn ffyrdd gwahanol. Fel pan brynais i ryw gemau PC amheus oddi ar eBay a llwyddo i ddileu gyriant caled pob cyfrifiadur yn y tŷ. Neu pan roedd Gwyds yn trio fy nysgu i a Ram sut i beidio â bod yn uffernol am chwarae pêl-droed, ac ro'n i'n ymarfer trio cadw'r bêl lan yn yr ardd gefn, ac fe saethodd Ram y bêl at sied Dad a chwalu tair ffenest.

Ond roedd e i gyd yn stwff normal. Doedd dim rhaid i fy rhieni i wneud esgusodion am y ffaith nad o'n nhw'n gallu cael pobl draw i swper. Pan fydden ni'n dadlau, do'n nhw ddim yn treulio'r deuddydd nesa'n poeni a fyddwn i'n gorfwyta, neu'n torri fy addyrnau, neu waeth. A do'n i ddim yn deffro bob bore'n meddwl tybed ai heddiw fydde'r diwrnod y byddwn i'n diweddu yn yr ysbyty, o'r diwedd.

Pan y'ch chi'n anorecsig, does dim normal. Byth. Mae e fel pe baech chi wedi gollwng lliw mewn i bwll nofio: mae e'n lledu trwy'r dŵr yn raddol, gan droi popeth yr un lliw. Nawr, dyw Mam ddim yn gallu mynd i Swyddfa'r Post heb weld poster yn hysbysebu dosbarthiadau karate yn y ganolfan hamdden, a meddwl am sut na allwn i eu gwneud nhw, hyd yn oed pe bawn i eisie, oherwydd y galle fy esgyrn i dorri. Dyw Dad ddim yn gallu gwneud y golch heb sylwi nad ydw i wedi prynu unrhyw ddillad newydd ers blwyddyn, a gwbod pam: 1) achos bod fy holl hen ddillad i'n dal i fy ffitio, a 2) achos bod y syniad o fynd mewn i siop a thrio dillad yn gwneud i fi fod eisie tyllu twnnel 1000 troedfedd o ddyfnder yn y ddaear ac aros yno am byth bythoedd.

O'r gorau, felly dim ond yn fy mhen i rwyt ti. Ond mae'n rhaid i bawb dwi'n 'nabod ddelio â ti. Trwy'r dydd, bob dydd. A wnaethon nhw ddim ymrwymo i ddim o hyn. Pe bawn i'n nhw, byddwn i wedi fy ngwthio i a tithe i glinig yn rhywle amser maith, maith yn ôl.

14

Dwi erioed wedi gweld cymaint â hyn o bobl mewn un lle o'r blaen. Mae hi fel golygfa'r angladd yn ffilm Ghandi, ond dipyn yn fwy hwyliog. A gyda phengwiniaid.

Ry'n ni reit yn y blaen; fi, Gwyds, Ram ac Elsi. Fe yrrodd tad Ram ni yma, er na ddaeth e mewn i'r sw: mae e'n siopa yn y pentre siopa yn lle hynny. Mae'r syniad o siopa drwy'r dydd – edrych arnoch chi'ch hun yn y drych, gwisgo a diosg dillad – yn gwneud i fi grynu.

"Faint hirach?" gofynna Gwyds.

Dwi'n tynnu fy oriawr allan o 'mhoced – dyna lle dwi'n ei chadw hi nawr – ac yn edrych arni. "Pum munud."

Pwll mawr siâp cneuen fwnci wedi'i amgylchynu gan greigiau fflat yw lloc y pengwiniaid. Mae 'na lanfa fechan sy'n sticio allan dros y dŵr yn y canol, er mwyn i'r pengwiniaid ddeifio oddi arno. Ddeng munud yn ôl, roedd e wedi'i orchuddio â phengwiniaid Humboldt yn chwyrnu cysgu – ond nawr maen nhw i gyd ar eu traed yn clegar, yn edrych o gwmpas am y ceidwaid. Am wn i eu bod nhw'n gwbod be' sy'n digwydd.

"Gobeithio bod hyn yn well na'r llewod," mae Ram yn grwgnach.

Doedd bwydo'r llewod ddim cweit yn cwrdd â disgwyliadau Ram. Doedd dim hyrddio, a dim gafr. Yn lle hynny, fe ddringodd y ceidwad lan tŵr uchel a thaflu coes o gig dafad dros y ffens. Cydiodd y llew yn y goes a mynd â hi reit i gefn y lloc, y tu ôl i'r coed, allan o olwg pawb. A dyna ni. (Adolygiad Ram: *Mae hyn yn gachu rwtsh*.)

"Mae hyn yn degell gwahanol o bysgod," medd Gwyds, gan nodio'n ddoeth. "Esgusodwch y chwarae ar eiriau, a'r cyfieithiad ofnadwy."

"Rwyt ti mor wael â 'nhad i," meddaf i wrtho.

Yn y pen draw, mae dynes yn camu dros yr atalfa ychydig fetrau draw wrthon ni. Mae pengwiniaid yn shifflo draw ati fel sombïod hapus. Mae hi'n gwisgo siwmper werdd ac yn cario llond bwced o bysgod a chorn siarad.

"Croeso i'r sw, bawb. Y'ch chi'n barod i fwydo pengwiniaid?" Mae ganddi un o'r lleisiau dewch-i-ganu, hapus-hapus 'na. Fel pe bai ei thannau lleisiol hi wedi cael eu trochi mewn siwgwr.

"Hwreêêê," galwa pawb. Wel, pawb heblaw amdanon ni – achos ry'n ni i gyd yn brysur. Mae Elsi'n tecstio rhywun, tra mae Gwyds yn syllu arni â'r wyneb mwya beirniadol posib. Mae Ram yn ceisio creu argraff ar geidwad y sw. Mae ei freichiau e wedi eu plethu ar draws ei frest, ac mae e'n sefyll ar ongl o 45° iddi. Fe ddywedodd e wrtha i unwaith mai hwn oedd ei *arwyddnod* e. Ym meddwl Ram, mae e'n edrych fel Rambo. Ym meddwl pawb arall, mae e'n fwy tebyg i dad-cu lletchwith.

Hefyd, mae ceidwad y sw yn sefyll ddeg metr i ffwrdd erbyn hyn, o flaen cannoedd o bobl, a dyw hi'n sicr ddim yn edrych ar Ram.

A fi? Galwch fi'n wallgo, ond dwi'n edrych ar y pengwiniaid. Mae 'na un yno sy'n gwneud laps: yn hopian lawr y lanfa, yn deifio mewn, yn gwibio at ochr y pwll, ac yna'n dringo allan yn drwsgl dros ben. Dwi ddim yn gwbod a yw e (*neu hi) fel arfer yn gwneud hyn, neu os yw e'n beth wedi-cyffroi-amser-bwyd. Fel ci yn mynd ar ôl ei gynffon.

"Gall pengwiniaid Humboldt nofio ar gyflymder o 20mya," meddaf i, wrth neb yn arbennig.

"Iolo Williams wrthi eto!" medd Gwyds, ac ry'n ni i gyd yn chwerthin. Mae hyd yn oed Elsi'n chwerthin.

Fe benderfynon nhw ar y llysenw hwn ddwy awr yn ôl, yn y tŷ trofannol, pan o'n i'n dweud wrtho sut nad oes gwahaniaeth go iawn rhwng brogaod a llyffantod. Ti fel y boi gwylio adar 'na ar y teledu, medd Gwyds wrtha i. Do'n i ddim yn siŵr pwy roedd e'n ei olygu, ond fe atebodd Elsi'n syth: *Iolo Williams! Ydy, mae e, go iawn. Macs, fe ddylet ti fod yn geidwad sw neu rywbeth.*

Gwnaeth hynny i fi deimlo'n dda, achos bydde bod yn geidwad sw yn anhygoel. Dwi wedi sylwi ar hyn heddiw: dwi'n teimlo'n hyderus yn sôn am bethe fel hyn. Heddiw, dwi wedi ymuno'n hyderus mewn sgyrsiau am y tro cynta ers wythnosau.

Dwi wedi *dechre* sgyrsiau. Am wn i bod hynny oherwydd nad yw e'n oddrychol. Does neb yn holi fy marn i pa un ai yw pryfed cop yn bryfed ai peidio. Does neb yn gofyn i fi fynegi fy nheimladau. Ydych chi wedi sylwi bod 99% o'r sgyrsiau ry'ch chi'n eu cael yn ymwneud â'ch teimladau? *Sut rwyt ti? Beth hoffet ti'i wneud heddiw?* Dwi'n ofnadwy am ateb cwestiynau fel'na.

Ond ffeithiau? Galla i wneud ffeithiau. Yn enwedig ffeithiau am frogaod a llyffantod a phryfed cop a phengwiniaid.

---

* Ffaith swoleg: Does gyda fi ddim syniad pa un, achos dyw pengwiniaid ddim yn dangos dwyffurfedd rhywiol, sy'n ffordd ffansi o ddweud bod gwrywod a benywod yn edrych yr un fath. A dweud y gwir, mae gwrywod Humboldts rywfaint yn fwy, ond dyw hynny ddim wir yn eich helpu chi i ddweud y gwahaniaeth rhyngddyn nhw: galle fod yn fenyw fawr, neu'n wryw bach, neu beth bynnag.

Ffaith swoleg ychwanegol: y rheswm nad yw pengwiniaid yn dangos dwyffurfedd rhywiol yw oherwydd eu bod nhw'n paru am oes, felly does dim llawer o gystadleuaeth am gymar. Does dim angen i neb ddangos ei hun. Fel pan briodes i dy fam, a dechre gwisgo sanau a sandalau eto – dyna sut y disgrifiodd Dad y peth wrtha i.

Dwi hyd yn oed yn meddwl y gallwn i wneud yr hyn mae dynes y pengwiniaid yn ei wneud yr eiliad hon: sefyll lan yng nghanol criw o bobl a sôn am ffeithiau. Cyn belled â'i fod e *ddim ond* am ffeithiau.

"*Big deal*," medd Ram, gan dorri ar draws fy meddyliau. "Mae fy nhad i'n gwneud naw deg ar y draffordd weithie."

"Felly fe ddylai fe arafu," medd Gwyds yn ddifrifol. Weithie, mae'n teimlo fel pe bai Gwyds wedi'i eni'n bedwar deg oed.

"Fedr unrhyw un ddweud wrtha i o ble mae pengwiniaid Humboldt yn dod?" gofynna'r ddynes. Mae tua hanner cant o ddwylo'n cael eu codi. Mae hanner cant o bobl eraill yn gweiddi atebion allan. *De Affrica! Siapan! Y Tymbl!*

Mae hi'n cerdded draw at ferch fach sy'n fyrrach na'r ffens. Mae ei thad yn ei dal hi lan er mwyn iddi allu gweld.

Mae'r ddynes yn dal y corn siarad ar ongl fel bod y ferch fach yn gallu siarad drwyddo. Ond mae hi'n mynd yn swil, ac yn dechre crio.

Mae hi'n symud y corn siarad i ffwrdd, yn pwyso tuag at y ferch, ac yn sibrwd yn ei chlust hi. Ac ry'ch chi'n gallu gweld wyneb y ferch fach yn goleuo. Mae'r newid yn anhygoel. Un funud, mae'r ferch 'ma'n torri'i chalon; y nesa, mae fel pe bai rhywun wedi dweud wrthi y gall hi symud i fyw i Disneyland, yn barhaol.

A dyna'r darn na allwn i'i wneud. Y darn sy'n ymwneud â theimladau. Y darn lle mae'n rhaid i chi ddweud wrth rywun ei bod hi'n iawn, a gwneud jôc, neu beth bynnag wnaeth y ddynes jest nawr.

Am wn i y dylwn i gadw at fy nghynllun cael-PhD-a-mynd-yn-swolegydd.

"Wel, mae Betsi fan hyn yn gwbod yr ateb cywir," medd ceidwad y sw, gan gerdded 'nôl allan ar draws y creigiau. "Mae pengwiniaid Humboldt yn dod o Dde America. Maen nhw'n byw ar y traeth yn Chile a Pheriw. Dwi'n reit genfigennus ohonyn nhw, a bod yn onest!"

"Fetia i dy fod di'n gwbod hynny," mae Elsi'n sibrwd wrtha i.

Ro'n i – wel, y darn am Dde America, beth bynnag. Ond sut ry'ch chi'n dweud 'oeddwn' heb swnio fel twpsyn sy'n brolio'i hun? Dwi'n gostwng fy mhen. Dwi'n teimlo fy mochau'n gwrido'n wenfflam.

Deall be dwi'n feddwl? Unwaith ry'n ni'n trafod unrhyw beth heblaw am ffeithiau, dwi ar goll.

"Nawr, all unrhyw un ddweud wrtha i beth yw hoff fwyd pengwin Humboldt?"

Mae Elsi'n fy mhrocio i yn fy asennau. Sy'n brifo tipyn, pan mae'ch asennau chi filimetrau o dan eich croen chi.

"Rho dy law lan."

Dwi'n ysgwyd fy mhen.

"Dere 'mlaen, Macs. Dwi'n gwbod bo' ti'n gwbod yr ateb."

"Does dim ots," meddaf i drwy gornel fy ngheg.

Mae hi'n codi'i llaw ac yn gweiddi, "Ry'n ni'n gwbod!"

Dwi'n troi ati, ac yn hisian: "*Be' ti'n neud?*" Dwi'n cydio yn ei braich hi ac yn ei thynnu i lawr. Mae hi'n reddfol yn tynnu ffwrdd oddi wrtha i, ac yn ei tharo yn erbyn y ffens.

"Aw" gwaedda.

Ac mae ei hwyneb hi'n disgyn.

Fel pe bai hi'n meddwl, *Waw*.

Fel pe bai hi'n gallu gweld y gwallgofrwydd yn fy llygaid i.

Fel pe bai arni fy ofn i.

"O'r gorau," medd y ceidwad. "Llawer o frwdfrydedd o draw fan'na." Mae hi'n pwyntio aton ni ac yn cymryd ambell gam i'n cyfeiriad ni. "Beth yw'r ateb, bois?"

Dwi'n rhewi. Mae fy nghymalau i'n troi'n hylif. Mae fy stumog i'n corddi fel peiriant golchi. Mae popeth yn arafu, ac mae BABŴM, BABŴM curiad fy nghalon i'n boddi sŵn clegar y dorf.

Ram sy'n camu i'r adwy. "Ym, bysedd pysgod?" Yn syth wedi iddo ddweud y geirie, mae e'n edrych arna i, ac yn wincio.

Dwi'n reit siŵr nad oes neb arall yn gweld hynny.

A jest fel'na, mae'r tensiwn yn torri. Mae pawb yn chwerthin. Mae'r byd yn dychwelyd i'w gyflymder arferol.

"Ddim cweit," medd ceidwad y sw, â gwen amyneddgar. Gwên dwi-wedi-clywed-honna-tua-376-o-weithie.

Mae Elsi'n troi at Ram. "Da iawn, coc oen. Roedd Iolo Williams yn gwbod yr ateb go iawn."

"Penwaig," meddaf i o dan fy ngwynt. "Stwff arall hefyd, siŵr o fod."

"Yn y gwyllt, mae'r bois yma'n bwyta brwyniaid, penwaig a physgod ystlys arian," medd y ceidwad mewn i'w chorn siarad, fel pe bai hi'n gantores gefndir i fi.

Mae Elsi'n pwnio Ram yn ei asennau y tro hwn. "Ti'n gweld?"

"Beth bynnag," medd Ram.

"Dwi'n meddwl bod ein ffrind ni ddim ond eisie i rywun sylwi arno," medd Gwyds, gan osod ei fraich o amgylch ysgwydd Ram. Mae Ram yn ei hysgwyd i ffwrdd, gan bwdu. Mae Elsi a Gwyds yn dechre chwerthin.

Ry'n ni'n gwrando ar y ceidwad am ychydig. Mae hi bellach yn esbonio sut mae pengwiniaid yn bwydo'u rhai bach.

"Dyw pengwiniaid bach ddim yn gallu cnoi eu bwyd nhw eu hunain, felly mae eu mamau a'u tadau'n gwneud hynny drostyn nhw, ac yna'n cyfogi'r hylif." Mae tua dau gant o blant yn gwneud sŵn yyyych ar yr un pryd. "Dyma fersiwn pengwiniaid o fwyd babi."

Cyfaddefiad: mae sôn am fioleg anifeiliaid yn gallu gwneud i fi deimlo fel llewygu hefyd, os yw e'n ymwneud â sut mae anifeiliaid yn chwydu. Dwi'n angori fy hun yn erbyn y ffens, ac yn trio peidio â gwrando arni.

Mae fy meddwl ar ras, serch hynny. Dwi'n meddwl am ba mor hawdd fydde 'mywyd i pe bai chwydu'n rhan arferol o fywyd. Rhywbeth ro'ch chi jest yn ei wneud. Yna dwi'n sylweddoli: arhoswch funud. *Dwi mewn gwirionedd yn llythrennol yn cenfigennu wrth bengwin.* OHERWYDD EU BOD NHW'N CAEL CHWYDU.

Mae'r bwydo ei hun yn grêt. Mae'r pengwiniaid yn closio o gwmpas y ceidwad, gan wawchio'n ddiamynedd arni. Mae hi'n taflu pysgod i'r dŵr ac maen nhw'n dolennu wrth ddeifio, er mwyn dal y pysgod oddi tani. Mae e fel Cirque de Soleil neu rhywbeth.

Ar ôl i'r bwydo orffen, mae Ram yn ffroeni'r aer. "Roedd hynna'n cŵl. Gwell na'r llewod."

"Be' sy' nesa, *birthday boy*?" gofynna Elsi.

Mae Ram yn codi ei ysgwyddau.

"Fe allen ni fynd i dŷ'r ystlumod," meddaf i'n dawel. Yna dwi'n codi fy ysgwyddau'n syth, cystal â dweud *Neu-beth-bynnag*. Fedra i ddim credu 'mod i wedi mynegi fy marn, jest fel'na, heb i neb ofyn i fi. "Hynny yw, os y'ch chi i gyd eisie."

Mae Ram yn codi un o'i aeliau. "Yw e'n cŵl?" Mae Ram yn trin cŵl fel rhyw rinwedd absoliwt: mae popeth yn y byd naill ai'n cŵl, neu ddim yn cŵl. Does dim tir canol.

"Dwi'n meddwl ei fod e," dwi'n ateb.

Mae e'n clicio'i fysedd, ac yn pwyntio ata' i. "Iolo Williams, arweina' di'r ffordd."

Dwi eisie mynd i dŷ'r ystlumod am ddau reswm:

1. Mae ystlumod yn anhygoel.
2. Mae hi fwy neu lai'n ddu fel bol buwch yno.

Ry'ch chi'n mynd trwy siambr aerglos, gyda shîts o blastig yn hongian lawr er mwyn rhwystro'r ystlumod rhag mynd allan, ac yna'n cerdded mewn i ogof enfawr, mor uchel a llydan â stadiwm bêl-droed, mor dywyll â'r goedwig adeg lleuad newydd. Mae 'na ystlumod ym mhobman: yn hongian o wifrau, yn cylchu'r to. Gallwch chi eu gweld nhw pan fyddwch chi'n edrych lan, achos mae 'na briciau bach, bach o olau, fel sêr, am wn i. Ond ar lefel y llygad, allwch chi ddim gweld unrhyw beth mewn gwirionedd.

Dyma'r gwir: Dwi byth yn peidio â meddwl ynglŷn â phobl yn edrych ar fy nghorff i. Hyd yn oed pan dwi ar fy mhen fy hun yn llwyr. Mae e'n dechre gydag Ana'n gofyn cwestiwn, fel:

Hei, ti'n cofio'r botel o ddŵr 'na yfaist ti amser cinio?

Ac mae e fel pelen eira ar ben bryn: unwaith iddi ddechre, fedra i 'mo'i stopio hi. Fedra i ddim cau ei cheg hi.

Mae e'n gwneud i dy fol di sticio allan. Ti'n edrych wedi chwyddo i gyd – fel Siôn Corn. Mae'n siŵr bod rhywun yn edrych arnat ti, yr eiliad hon, ac yn meddwl, Am dwpsyn tew.

Dyna pam mae treulio'ch amser mewn ogof ddu fel y glo yn swnio fel syniad reit dda. Falle dylwn i symud i fyw i ogof.

"Cŵŵŵŵŵŵl!" medd Elsi wrth i ni fynd i mewn.

Mae 'na rodfa sengl sy'n dolennu trwy'r ogof. Mae llwyth o bobl yma, ond allwch chi 'mond eu gweld nhw pan maen nhw reit o'ch blaen chi. Patshyn mymryn yn dywyllach yn y düwch mawr.

"Ydy," cytuna Ram. "Ro'dd hwn yn syniad reit dda wedi'r cyfan, Iolo Williams. Er ei bod hi'n drewi braidd 'ma."

"Ti'n dod i arfer â'r drewdod," dwi'n dweud wrtho. Yna dwi'n ail-ddweud y geirie wrtha i fy hun. O Dduw. Crinj crinj crinj. Fe lwyddais i i wneud iddo swnio fel pe bawn i'n treulio pob penwythnos mewn ogof ystlumod. Wedi fy ngorchuddio â charthion ystlum.

"Ym, os ti'n gweud."

"Dwed wrthon ni am yr ystlumod, Iolo Williams," medd Elsi.

Dwi'n codi fy ysgwyddau, cystal â dweud, *Beth hoffet ti wbod?* Yna dwi'n cofio nad oes neb yn gallu 'ngweld i. "Ym, mae dau fath o ystlumod fan hyn. Ystlumod ffrwythau yw'r rhai mawr lan fan'na, o Fadagascar."

"Felly dy'n nhw ddim yn yfed eich gwaed chi?" gofynna Ram. Mae e'n swnio'n siomedig iawn.

"Ystlumod fampir yw'r rheini. A dy'n nhw ddim wir yn

yfed gwaed pobl, ti'n gwbod."

"Siom," medd Ram. Yna mae e'n sgrechian. "O'r nefoedd! Dwi'n tyngu bod hwnnw bron â 'mwrw i!"

"Wnawn nhw ddim dy fwrw di," dwi'n dweud wrtho. "Mae'r rhai bach sy'n hedfan o gwmpas yn, ym..." Fedra i ddim meddwl am yr enw. Dwi'n profi rhyw fath o gythrwfl mewnol, fel pe bai llond sosban o ddŵr â'r caead arno y tu mewn i fi, ac wrth i'r dŵr ferwi, mae e'n clecian i gyd.

Ddwy eiliad yn ddiweddarach, mae sgrin ffôn Elsi'n goleuo ei hwyneb. Mae hi'n edrych fel pe bai hi ar fin adrodd stori arswyd.

"Elsi," dwi'n hisian. "Alli di ddim..."

"Ystlum Seba?" mae hi'n awgrymu. Cyn i fi fedru ateb, mae hi'n symud ei bawd, ac mae'r sgrin yn diffodd, gan ein taflu ni 'nôl i'r tywyllwch.

"Reit. Ystlum Seba. Beth bynnag, maen nhw'n ecoleoli. Felly hyd yn oed os yw hi'n dywyll bitsh, maen nhw'n gwbod yn union ble ry'ch chi."

"Felly fe hedfanodd e heibio i 'nghlust i jest am hwyl? Y diawl bach," cwyna Ram.

"Hynny yw, maen nhw'n gallu ein gweld ni?" gofynna Elsi.

"O fath," dwi'n dweud wrthi. Do'n i erioed wedi meddwl am y peth fel'na. Mewn ffordd, dwi 'mond wedi gwneud fy hun yn anweledig i bobl. Ond o feddwl am y peth, dwi ddim wir yn meindio os yw ystlumod yn meddwl 'mod i'n dew.

"Hei," medd Ram. "Ble mae Gwyds? *Gwyds!*"

Dim ateb. Ro'n i'n meddwl bod Gwydion reit y tu ôl i ni pan ddaethon ni mewn. Falle'i fod e, ond ei fod e'n chwarae tric arnon ni.

"Y'ch chi wedi gweld Gwyds?" gofynna Ram. Dwi ddim yn gwbod i bwy mae e'n gofyn. Mae e'n swnio fel pe bai e ychydig lathenni y tu ôl i ni.

"Dwi heb weld rhyw lawer ers i fi ddod mewn 'ma a bod yn onest gyda chi," mae rhywun yn ateb. "Sori."

"*Gwyds!*" Gwaedda Ram eto, yn mynd yn bellach oddi wrthon ni. "Macs, Elsi, fe ddaliwn ni lan gyda chi."

Sy'n golygu mai dim ond fi ac Elsi sydd. Y foment dwi'n sylweddoli hynny, dwi'n teimlo fy mochau'n gwrido'n goch fel betys. Diolch byth nad yw hi'n gallu 'ngweld i.

Ro'n i'n synnu iddi ddod o gwbl. Ro'n i'n tybio y bydde hi'n dweud ei bod hi'n brysur ar y funud ola. Neu ei bod hi'n golchi'i gwallt. Ond pan ddaeth tad Ram i fy nôl i y bore 'ma, roedd hi eisoes yn y car. (Fe ofynnais iddi os oedd hi'n byw'n agos at dad Ram, mewn ymgais i fod yn berson normal sy'n *dechre sgyrsiau*. Ond ro'dd hi'n ymddwyn yn rhyfedd iawn ynglŷn â'r peth. *Ydw, falle*, oedd ei ateb hi. *Ddim rili. Hynny yw, yn agosach na ti, am wn i? Dwi ddim wir yn siŵr. Haha! Ble rydyn ni eto?*)

Yn ôl yr arfer, mae hi wedi treulio'r rhan fwyaf o'i hamser heddiw â'i hwyneb yn ei ffôn symudol. Mae hi wedi tynnu isafswm o bum llun o bob anifail ry'n ni wedi'i weld, a thua cant o luniau o'r pengwiniaid. Mae'n rhaid bod ganddi yriant caled anferthol o fawr yn rhywle.

"Mae hyn yn reit cŵl, ti'n gwbod, Macs," mae Elsi'n dweud wrtha i. Mae hi wedi bod yn fy ngalw i'n Iolo Williams trwy'r dydd. Mae e'n teimlo'n bwysig ei bod hi nawr yn fy ngalw i'n Macs, ond dwi ddim cweit yn siŵr pam.

Dwi eisie dweud wrthi ei bod yn ddrwg gyda fi, am yr hyn ddigwyddodd gynne. Dwi eisie chwerthin am y peth, gwneud rhyw jôc wirion ynglŷn â'r ffaith bod angen i fi ymlacio mwy fel pengwin – unrhyw beth. Ond mae arna i ofn tynnu sylw at y peth. Os bydda i'n codi'r peth, bydda i jest yn difetha moment arall, yn bydda? A dyw hi ddim fel pe bai Elsi erioed wedi ymddwyn yn rhyfedd gyda fi.

Hoffwn i pe bawn i'n gallu disgrifio sut deimlad yw e. Sut mae'r panig yn adeiladu, fel ton yn chwalu drosta i. Sut, yn fy mhen, 'mod i'n dweud wrtha i fy hun: *Dyw hyn ddim yn big deal. Does neb yn poeni. Hyd yn oed os wyt ti'n gwneud ffŵl llwyr o dy hun, fydd neb yn cofio.* Ond ar yr un pryd, mae Ana'n sgrechian:

Bydd pawb yn edrych arnat ti, ac yn chwerthin arnat ti. Hyd yn oed os nad wyt ti'n eu gweld nhw'n chwerthin, dim ond bod yn gwrtais maen nhw. Yr eiliad rwyt ti'n troi dy ben...

Ac yn sydyn, dwi'n colli fy mhwyll yn llwyr. Fe wna i unrhyw beth sydd raid i gael fy hun allan o'r sefyllfa, i ddod â'r foment i ben. Mae fy nerfau i'n binnau bach i gyd, a fedra i ddim meddwl.

Dwi'n teimlo'n wallgo. Falle 'mod i *yn* wallgo.

Gallwch chi reoli'r rhan fwyaf o bethe sy'n digwydd yn eich bywyd chi, ond allwch chi ddim rheoli'r hyn sy'n digwydd yn eich pen chi.

"Mae 'na un broblem fach," mae Elsi'n mynd yn ei blaen.

"Beth?" gofynnaf. Mae 'nghalon i'n mynd yr holl ffordd o gerddoriaeth *Jaws* lan i ddrwm a bas. Reit ar yr eiliad honno, mae ystlum yn brwsio heibio 'mhen i, gan symud y blew ar fy nhalcen heb fy mwrw i. Gan 'mod i ar binnau, dwi'n neidio allan o 'nghroen. Am yr eildro mewn tri deg eiliad, mae bod mewn stafell dywyll fel y fagddu yn fy arbed i rhag edrych fel idiot llwyr.

"Mae hi'n rhy dywyll i dynnu llun," medd Elsi.

"Yna paid," dwi'n ateb, gan swnio'n fwy swta nag o'n i wedi'i fwriadu.

Da iawn ti, Macs. Wyt ti'n trio gwneud iddi dy gasáu di?

Ond fedra i ddim help: mae'r holl beth dere-i-dynnu-llwyth-o-luniau-yn-lle-edrych-ar-stwff yn mynd o dan fy nghroen i. Os y'ch chi'n mynd i warchodfa i edrych ar adar, mae na' wastad ddynion – a dynion, wastad – â lensys closio anferthol, sy'n trio cael y shot berffaith, yn ffidlan â mesuryddion â rhyddhawyr ceblau a Duw a ŵyr beth arall, yn mynd yn eich ffordd chi, a chithau 'mond eisie edrych ar adar.

"Waw. Ymlacia, Iolo Williams," medd Elsi. Dwi 'nôl i Iolo Williams eto.

"Sori. Ond pam wyt ti'n cymryd cymaint o luniau?"

Dwi ddim yn ei gweld hi'n plethu ei breichiau. Ond dwi'n teimlo'r peth. Mae wal fach o densiwn yn saethu lan rhyngon ni. "I gofio pethe."

"Dyna yw pwrpas dy gof di," dwi'n dweud.

"Ie, wel, mae 'nghof i'n eitha rybish."

"Ond oes wir angen i ti gofio *popeth*? Yw pob un eiliad o dy fywyd di'n bwysig?"

"Nagyw," mae hi'n ateb yn araf. Mae'n swnio fel pe bai hi wir yn ystyried ei hymateb. "Ond dyna'r peth gydag atgofion, yn dyfe? Dwyt ti ddim yn gwbod beth sy'n bwysig tan wedyn. Hei, tybed ble maen nhw wedi mynd," medd hi, a dwi hyd yn oed yn gallu darllen yr is-destun: *Plis newidia'r pwnc*.

"Ie," dwi'n mwmial.

"Wyt ti'n meddwl bod gormod o ofn ar Gwyds i gario 'mlaen?"

"Dwi ddim yn gwbod," meddaf i. "Falle, am wn i?" Dwi'n dal i feddwl am fusnes y cof. Faint o atgofion o'r naw mis diwetha fyddwn i eisie eu harbed? Yr eiliad hon, fedra i ddim meddwl am ddim un. O gwbl.

"Waw, beth sy'n bod arnat ti? Ti'n swnio fel pe bai rhywun newydd ddwyn dy *Rolo* olaf di yn sydyn reit. *Aw!*" mae hi'n gwichian.

"Beth?"

"Mae ystlum newydd hedfan mewn i fi."

"Wir? Hynny yw, maen nhw'n gwbod yn union ble rwyt ti..."

"Macs, gwranda arna' i," medd Elsi. "Mae un o'r diawled bach newydd fwrw mewn i fi. Falle fod ei radar e wedi torri, neu falle'i fod e jest yn dwp, neu'n gas, neu rhywbeth. Dwi ddim yn gwbod."

"Ocê," meddaf i, gan chwerthin.

"Ti ddim yn fy nghredu i!"

"Dwi yn," meddaf i. Ond mae traw fy llais i'n reit uchel. Dwi hyd yn oed yn gallu dweud nad ydw i'n argyhoeddi rhyw lawer fwy na thebyg. "Falle y byddwn i'n dy gredu di pe bai gyda ti lun."

"Dyw e ddim yn ddoniol," medd hi. Ac yna mae rhywbeth yn fy nharo i hefyd, reit ar fy ysgwydd i. Dwrn Elsi. O ystyried nad yw hi'n gallu gweld unrhyw beth, mae hi'n ergyd reit dda.

"Hei, mae un newydd hedfan mewn i fi hefyd," meddaf i.

"O, y diawl. Ti'n meddwl bo' ti *moooor* ddoniol! *Aw*! Dyna un arall. Reit, dyna ni. Cer â fi o 'ma nawr, Iolo Williams."

Dwi'n gwingo pan mae hi'n cydio yn fy llaw i, ond does dim ots achos mae hi'n meddwl bod hynny oherwydd yr ystlumod. Nid oherwydd o-Dduw-mawr-mae-Elsi'n-cydio-yn-fy-llaw-i.

Mae'i llaw hi'n gynnes. Ac yn feddal. A, wel, braidd yn llaith.

Ond dwi ddim yn hidio taten.

3 Mai

Annwyl Ana,

FE GYDIODD HI YN FY LLAW I. O'i gwirfodd. Oherwydd ei bod hi eisie gwneud. Fe estynnodd hi allan a chydio ynddi, jest fel'na.

Yn naturiol, fe ddechreuaist ti chwalu fy mhen i'n syth:

- Yw hi'n gallu teimlo pa mor esgyrnog yw dy law di?
- Dyw hi ond yn gwneud am ei bod hi'n teimlo drosot ti.
- Neu falle fod ofn arni, oherwydd dy fod di wedi mynd â hi i blymin OGOF YSTLUMOD fel rhyw lofrudd gwallgo.

Diolch, Ana.

Ond wnaeth hi ddim gollwng fy llaw. Hyd yn oed pan ddaethon ni allan o'r ogof ac i'r golau, a hithau'n gallu gweld yn union ble roedd hi'n mynd, a dim ystlumod yn hedfan mewn iddi, neu bron mewn iddi. Ond fe wnaeth hi ollwng fy llaw pan welon ni Ram a Gwyds, serch hynny. Ei gollwng fel pe bai hi'n ddarn o lo chwilboeth. Doedd hynny ddim yn gwneud i fi deimlo'n grêt.

Nawr, mae tua biliwn o gwestiynau'n sboncio o gwmpas fy mhen i.

- Be' sy'n digwydd nesa? Ydyn ni gyda'n gilydd? Ydy hi eisie i ni fod gyda'n gilydd? Ai esgus oedd yr holl fusnes 'cacen gri', a'i bod hi'n fy hoffi i o'r dechre?
- Ydy hi'n gallu dweud 'mod i'n sâl? Hynny yw, mae hi'n dweud 'mod i'n denau drwy'r amser, yn tynnu coes am y peth — ond ydy hi'n deall 'mod i'r gallai-fy-organau-hanfodol-fynd-ar-streic-unrhyw-eiliad math o denau?

- Os nad yw hi, sut bydd hi'n ymateb? Beth os bydd hi eisie mynd i nofio neu rhywbeth, er enghraifft, a bydd hi'n fy ngweld i heb fy nghrys — yn gweld fy asennau sgerbwd i, a'r trionglau mawr tywyll uwchben pont fy ysgwydd i? Fydd hi eisie bod gyda fi wedyn — neu a fydd hi'n fy ngollwng i fel y gollyngodd hi fy llaw i?

Dyma'r gwirionedd, Ana: Dwi angen i ti ei baglu hi o 'ma am ychydig nawr. Dwi angen dangos i Elsi 'mod i'n gallu bod yn normal, jest am ychydig. Felly beth am daro bargen? Beth am i fi gadw at fy neiet arferol, ac i tithe beidio â gwneud i fi golli 'mhen am bob peth bach? Beth am i fi gadw rheolaeth, ac i ti gadw rheolaeth, ac fe welwn ni sut eith hi? Yw hynny'n ormod i ofyn?

15

Dwi'n chwarae *Zelda* pan ddaw Mam i mewn. Mae Gwyds ymhell ar y blaen i fi, er gwaetha'r ffaith ei fod e wastad mewn ymarfer pêl-droed, felly dwi'n trio dal lan ag e. Mae hi bron yn amser swper, a heno ry'n ni'n cael un o fy ffefrynnau: quiche. Mae rhai'n meddwl nad yw pobl ag anorecsia yn hoffi bwyd, ond maen nhw'n anghywir. Galla i eich sicrhau chi, 100%, fy mod i'n hoffi bwyd mwy na chi. Dwi'n *dwli* ar fwyd. Dyna pam dwi'n meddwl amdano am un deg chwech awr y dydd.

"Beth yw hwn?" medd Mam, gan afael yn fy llyfr nodiadau.

Mae fy stumog i'n corddi, fel pe bawn i newydd fynd dros dwmpath arafu ar gyflymder o 100 milltir yr awr. "Dim byd," dwi'n mwmial. Dwi'n teimlo 'mochau i'n llosgi. Falle nad oes haearn ar ôl yn fy ngwaed i, ond dwi'n dal i allu gwrido.

"Cariad," medd Mam, yn y llais dwi'n-mynd-i-roi'r-cyfle-i-ti-fod-yn-onest-gyda-fi mae rhieni'n ei ddefnyddio drwy'r amser.

"Wir nawr, dyw e'n ddim byd. Dyw e ddim be' ti'n feddwl."

Mae hi'n meddwl mai fy nyddiadur bwyd i yw e. Mae hi'n meddwl 'mod i'n dal i gofnodi popeth dwi'n fwyta, yn gyfrinachol, fel 'mod i'n gallu gwneud yn siŵr bod y rhifau'n parhau i fynd lawr, lawr, lawr, ychydig yn is bob dydd. Am wn i 'mod i'n dal i wneud hynny – ond dim ond yn fy mhen.

Ddywedes i fyth wrth Mam am y dyddiadur arall. Y dyddiadur meddyliau-a-theimladau. Yr un lle dwi'n dweud wrth Ana faint yn union dwi'n ei chasáu hi, a fy nheulu, a fi fy hun. Yr un sydd ddim yn cynnwys unrhyw symiau, achos does yr un sym y gallwch chi ei wneud i'ch gwneud eich hun yn hapus. Credwch fi, dwi wedi trio.

Roedd e ar waelod fy nrôr sanau i. Dyw hi ddim fel pe na bai hawl gyda fi i'w gadw fe na dim. Do'n i jest ddim am i neb arall ei weld e. Roedd y stwff sgwennais i yn hwnna rhyngdda i ac Ana, chi'n gwbod?

O feddwl am y peth: pam roedd hi'n edrych yn fy nrôr sanau i?

"Macs," medd Mam, yn yr un llais ag o'r blaen. *Dyma dy siawns di i gyfadde.*

"Ble ddest ti o hyd iddo?"

"Does dim ots ble ddes i o hyd iddo—"

"O't ti'n mynd trwy fy stwff i?"

"Na, cariad, do'n i ddim—"

"Does gyda ti ddim hawl i fynd trwy fy stwff i," dwi'n dweud wrthi.

Y mwya dwi'n meddwl am y peth, y mwya crac dwi'n mynd. Mae e fel pe bai fy ngwaed i ar dân yn sydyn.

Mae hi'n ysbïo arnat ti.

Mae hi'n mynd i drio dy anfon di i ysbyty meddwl.

Mae hi eisie cael gwared arnat ti.

"Macs, gwranda arna i."

"Wnest ti ei ddarllen e?"

"Macs, gwranda-"

"WNEST TI EI DDARLLEN E?" dwi'n sgrechian, gan hyrddio fy hun tuag at Mam. Dwi'n estyn am y dyddiadur, ac yn ei rwygo fe allan o law Mam, rywsut, â'm holl nerth tila. Neu falle ei bod hi jest yn gollwng fynd, dwi ddim yn siŵr. Mae fy llaw i'n hedfan 'nôl ac yn taro... rhywbeth. Ac yna, mae curiad dim byd, lle galla i glywed dim ond y sŵn rhuo yn fy mhen.

Dyna pryd dwi'n gadael fy nghorff. Nawr, dwi mewn ffilm person-cynta, ac mae popeth sy'n digwydd yn digwydd i rywun arall. Dwi ddim yn teimlo fy hun yn troi. Dwi ddim yn teimlo fy hun yn rhedeg at y drws. Mae hyd yn oed y boen yn fy mys – *Ar beth wnes i ei daro?* – yn teimlo'n bell i ffwrdd. Dyw e ddim yn brifo, yn union. Mae e jest yn deimlad dwi'n ymwybodol ohono, fel rhyw sŵn cefndir. Mae eiliad o eglurder, lle dwi'n edrych arna i fy hun, neu'r person yma a arferai fod yn fi, ac yn meddwl, *Pwy yw e? Pam mae e'n rhedeg i ffwrdd, eto, pan nad oes dim o'i le mewn gwirionedd? Pam mae e mor grac gyda'i fam?*

Ac yna, dwi 'nôl eto. Dwi'n gwbod hynny achos yn sydyn mae e'n teimlo fel pe bai rhywun yn trio gwthio gwifrau lawr y pibellau gwaed yn fy mys. Mae'r boen yn gwneud i fi fod eisie sgrechian.

Dwi'n troi i edrych ar Mam. Mae hi ar ei phengliniau ar lawr, yn plygu ei phen, ei hysgwyddau'n crynu. Ac mae hi'n cydio yn ei hwyneb.

"Dyw e ddim be' ti'n feddwl," dwi'n dweud wrthi eto.

Ac yna dwi wedi mynd.

Y dyddie hyn, dwi fel pe bawn i'n treulio'r rhan fwya o 'mywyd yn rhedeg i ffwrdd oddi wrth bethe. Y dyddie hyn, y bobl dwi'n dadlau â nhw yw'r rhai dwi'n eu caru fwya. Mae Luned yn dweud bod hynny'n normal. Mae Luned yn dweud ein bod ni i gyd yn brifo'r bobl ry'n ni'n eu caru, weithie. Ddylen ni ddim beio'n hunain am hynny. Dylen ni jest wneud ein gorau i ddangos iddyn nhw pa mor sori ry'n ni.

Ond pan deimlais i'r boen 'na yn fy mys i, y peth cynta aeth drwy fy meddwl i oedd: *Ydw i wedi'i dorri fe? Ydw i bellach mor wan fel bod fy mysedd i'n torri fel brigau bach?* Ac mae'n rhaid ei fod e wedi cymryd deg eiliad, falle mwy, i fi hyd yn oed feddwl am Mam. I droi ac edrych a cheisio gweithio allan os oedd hi'n iawn.

Ydw i newydd daro fy mam yn ei hwyneb?

Dyw cofnodi popeth dwi'n fwyta ddim yn gweithio. Ac, yn ôl pob tebyg, dyw cofnodi 'nheimladau ddim yn gweithio chwaith. Dwi'n dal i fod yn hunanol. Dwi'n dal i fod yn ofnus. Mae hyn yn dal i ddigwydd i fi. Ac mae'n rhaid i'r bobl o fy nghwmpas i blygu, fel canghennau mewn storm, os ydyn nhw eisie osgoi cael eu torri. Mae'n rhaid iddyn nhw fy nerbyn i'n bod yn wirion ac yn frawychus ac yn grac drwy'r amser.

Hyd yn oed wedyn, falle nad y'n nhw'n ddiogel.

Falle mai dyna pam adawodd Robin.

Mae Ana'n dewis y foment hon i wneud cyfraniad.

Bob yn un, rwyt ti'n gyrru dy holl deulu i ffwrdd.

Pan redais i allan o'r pryd bwyd 'na gyda Robin, Lowri ac Iago, do'n i ddim yn gwbod i ble ro'n i'n mynd. Ond y tro hwn, dwi yn gwbod. Ar draws y waun, o gwmpas y llyn. Dwi wedi bod yma cymaint o weithie, dwi'n gallu cyfri'r pellter rhwng pob tirnod bach. Roedd hi'n arfer cymryd tair eiliad ar ddeg a thri deg pedwar cam i fi redeg o'r fainc â'r geogelc at yr un nesa draw (ER COF AM MARTHA JONES, OEDD YN CARU'R LLE HWN). Heddiw, mae'n cymryd tri deg wyth cam, a mwy fel pymtheg eiliad, siŵr o fod. Yyyy. Pan fyddwch chi wedi colli'r holl fraster y gallwch chi ei golli, ry'ch chi'n dechre treulio eich cyhyrau. Ry'ch chi'n mynd allan o wynt yn haws, a dy'ch chi ddim yn symud mor gyflym.

Dwi'n arafu. Dyna mae hen bobl yn ei ddweud, yn dyfe? Dyna maen nhw'n ei ddweud ar y teledu, beth bynnag. Dwi'n cofio'r llinell hon o rywbeth neu'i gilydd: *Ry'n ni ond yn cael un corff, ac yn y pen draw mae e'n rhoi'r gorau iddi.* Gall ddigwydd yn araf, neu gall ddigwydd yn gyflym. Mae'r cyfan yn ymwneud â sut ry'ch chi'n ei drin e. A pha mor lwcus y'ch chi.

Troi i'r chwith wrth y bedwaredd fainc gan fynd gyda'r cloc ac i mewn i'r coed bedw. Dwi'n gwylio fy nhraed yn ofalus. Dwi wedi baglu dros y gwreiddiau yma fwy o weithie na dwi'n gallu cofio, ac wedi disgyn yn glewt ar fy wyneb. Pe bawn i'n disgyn fel'na nawr, bydde fy esgyrn i'n chwalu'n deilchion. Fe ddarllenais i'r post yma ar fforwm unwaith, lle roedd merch yn esbonio sut y gwnaeth hi ei hyfforddi ei hun i beidio â rhoi ei dwylo allan pan fydde hi'n cwympo. Mae arddyrnau'n torri'n hawdd, ac yn cymryd hydoedd i wella. Os yw eich esgyrn chi'n wan, mae'n well i chi droi a glanio ar eich hochr. Falle y gwnewch chi gracio asen, ond wnewch chi ddim fwy na thebyg – a hyd yn oed wedyn, bydde hynny'n well opsiwn.

Dwi'n cyrraedd y dderwen, yn neidio ar y gangen isel, ac yn cydio yn y geogelc. Un wrth un, dwi'n rhwygo'r tudalennau allan o fy nyddiadur, ac yn eu stwffio nhw y tu mewn.

Annwyl Ana, Fedra i ddim siarad â ti mwyach.

Falle na fydd neb yn eu darllen nhw. Falle y bydd pawb yn gwneud. Does dim ots gyda fi. Dwi jest ddim eisie dewis. Dwi ddim eisie rheoli mwyach.

Dwi'n cerdded ar flaenau 'nhraed mewn i'r tŷ, â lwmpyn maint y blaned Iau yn fy llwnc.

Falle'u bod nhw wedi galw'r heddlu'n barod.

Falle'u bod nhw'n mynd i fy anfon i i ward seiciatryddol, o'r diwedd.

Ond mae hi fel unrhyw noson arall. Mae Dad yn edrych lan o'i groesair ac yn dweud, *Haia mêt*. Dwi'n codi fy llaw arno, heb ddweud dim, ac yn rhedeg lan llofft. Fedra i ddim wynebu gweld Mam, ddim eto. Fy unig nod yw cyrraedd fy stafell cyn gynted â phosib.

Ond mae hi'n dod allan o'r swyddfa wrth i fi fynd heibio'r drws.

"O haia, cariad. Chlywes i 'mohonot ti'n dod mewn," medd hi mewn llais hynod hwyliog, ac mae hi'n gwenu arna i.

Beth ddiawl sy'n digwydd?

Fedra i ddim hyd yn oed prosesu'r hyn mae hi'n ddweud. Dwi jest yn rhyw fath o amneidio arni, ac yn baglu heibio fel sombi. Dwi'n cyrraedd fy stafell, cau'r drws, a chwympo'n swp ar y gwely.

Wnes i ddychmygu hanner awr ddiwetha 'mywyd i? Ydw i mewn hunlle? Wnes i ei tharo hi mor galed nes iddi golli ei chof?

Dyw fy mys i ddim yn brifo o gwbl mwyach.

Yn ffodus, mae Ana yno i lenwi'r bylchau.

Paid â bod yn ffŵl. Welaist ti mo'r ffordd y gwnaeth hi wingo, cyn iddi wenu arnat ti? Mae arni dy ofn di. Mae hi'n meddwl dy fod di ar fin ei cholli hi'n llwyr. Gyda llaw, edrycha ar dy ddesg.

Beth?

Mae dy feiro di allan.

Felly...?

Felly doedd dy fam di ddim yn mynd trwy dy bethau di, y ffŵl. Fe adawest ti dy ddyddiadur bach gwirion ar dy ddesg fach wirion.

16

Mae Ram yn edrych fel pe bai e ar fin llewygu.

"Dyna 90 munud gwaetha 'mywyd i."

"90 munud gwaetha dy fywyd di *hyd yma*," medd Gwyds yn hwyliog, gan wasgu rhyngon ni a thaflu braich o gwmpas ein hysgwyddau ni'n dau. Dwi'n gwingo, ond dwi ddim yn meddwl ei fod e'n sylwi.

Ffug arholiadau: yr arholiadau sydd heb unrhyw bwrpas, heblaw gwneud pobl ifanc yn eu harddegau yn bryderus a diflas. Hyd yn oed yn fwy pryderus a diflas. Y newyddion da yw, dwi bron â gorffen. Mae gyda fi ddau ar ôl – Almaeneg a Ffiseg, y ddau fory. Ar ôl hynny, mae 'na dri diwrnod hollol ddibwynt 'nôl mewn gwersi arferol, yna bydd hi'n wylie haf. A fydd dim angen i fi esgus bod yn normal mwyach.

"Paid â phoeni," dwi'n tawelu meddwl Ram. "Dy'n nhw ddim yn cyfri o gwbl." Dyma tua'r 257fed tro i fi ddweud hynny wrtho fe.

Mae e'n fy anwybyddu i. "Beth roddest ti ar gyfer y cwestiwn olaf?"

"Paid â'i ateb e," rhybuddia Gwyds. Yr wythnos hon, ry'n ni wedi dysgu bod ei athroniaeth dim-spoilers e'n berthnasol i arholiadau hefyd.

"Pam ddim?" gofynna Ram, gan ysgwyd braich Gwyds i ffwrdd a throi i'n hwynebu ni. "Dwi eisie gwbod."

Mae Gwyds yn tylino'i dalcen. "Sawl gwaith mae eisie

i ni fynd trwy hyn? Achos mae e wedi'i wneud nawr. Fydd gwbod beth roddon ni ddim yn newid dim byd. Bydd e jest yn gwneud i ti boeni mwy." Gwydion Llywelyn: athronydd Ysgol Maes y Glyn. Falle yr eith e'n seicolegydd yn y pen draw, fel Luned. Dwi'n meddwl y bydde fe'n dda.

Mae Elsi'n ffrwydro allan o'r neuadd, yn edrych yn grac, ac yn dod i ymuno â ni. "Beth roddoch chi dwpsod ar gyfer cwestiwn saith? Yr un â'r llun?"

Mae Gwyds yn codi cledr ei law, yn barod i rannu rhyw wybodaeth. Mae e siŵr o fod ar fin dweud wrthon ni am yfed te gwyrdd a myfyrio neu rhywbeth. Ond cyn iddo fe allu gwneud, mae Ram yn dweud yn wyllt, "Sylem."

"O, Dduw, fe roddes i ffloem."

Maen nhw'n troi at Gwyds a finne.

"Pwy sy'n gywir?" gofynna Elsi.

"Fi, pan ddywedes i na ddylech chi drafod y peth," medd Gwyds gan ysgwyd ei ben.

A dwi jest yn codi fy ysgwyddau. Cyn iddyn nhw ddweud dim, ro'n i'n reit siŵr mai'r darn wedi'i labelu o'r diagram oedd y cortecs. Nawr, dwi'n teimlo falle 'mod i wedi gwneud camgymeriad. Mae Ana'n saethu meddyliau pryderus trwy fy ymennydd i.

Ti'n bendant wedi gwneud llanast o hwnna.

Pam rwyt ti hyd yn oed yn poeni? Cwestiwn un marc ar bapur ffug arholiad yw e.

Ond digon *embarrassing*, cofia.

"Beth bynnag, y'ch chi eisie cael cinio yn y dre?" medd Ram, gan rwbio'i stumog. "Gallwn i fwyta eliffant."

Mae e'n ymddangos fel pe bai e wedi dod dros y ffug arholiad. Mae e'n codi 'ngwrychyn i braidd sut mae e jest yn anghofio am y peth – tra dwi, ar y llaw arall, yn dal i sïo â gorbryder, ac fe fydda i am ddyddie. Heb sôn am y teimlad arferol o fod eisie chwydu pan fydd rhywun yn crybwyll bwyd.

Dwi'n edrych ar Elsi, sy'n parhau i ymddangos yn anniddig. Am eiliad, dwi'n falch. Yna dwi'n sylweddoli bod hyn yn fy ngwneud i'r ffrind gwaethaf yn y byd i gyd.

Mae'n siŵr nad yw hi hyd yn oed yn anniddig ynglŷn â'r arholiad. Mae'n siŵr ei bod hi'n anniddig ynglŷn â bod o dy gwmpas di.

Mae hyn yn ysgogi'r cylch meddwl dwi wedi bod yn rhedeg drwyddo dros y cwpwl o wythnosau diwetha, ers y sw.

Yw hi'n fy hoffi i?

Ie, reit. Fe gydiodd hi yn dy law di oherwydd bod ofn arni, Macs. Oherwydd dy fod ti wedi mynd â hi i ogof ystlumod.

Ond yna fe ddaliodd hi ei gafael.

Am tua tri deg eiliad, nes iddi weld rhywun arall a chofio beth ddiawl roedd hi'n ei wneud. Dyw e ddim cweit yn Romeo a Juliet, Macs.

Falle dylwn i ofyn iddi ddod allan gyda fi.

O, syniad da! Falle gallet ti fynd â hi i fwyty a'i gwylio hi'n bwyta am ddwy awr?

"Ie, iawn," medd hi a'i meddwl ymhell.

Ac mae Gwyds yn nodio.

Mae Ram yn edrych arna i. "Macs?"

Dwi eisie dweud ie. Yn fawr iawn. Ond dwi'n gwbod y bydd e'n ofnadwy. Dwi'n gwbod y byddan nhw'n dewis rhyw siop frechdanau lle dy'ch chi ddim yn gwbod beth byddwch chi'n ei gael nes iddo gyrraedd, felly fydd gyda fi ddim syniad faint o galorïau fydd ynddo. Falle bydd gyda nhw fagiau o greision neu rhywbeth – ond yna, bydd Ram yn gofyn i fi am greisionen, neu'n cynnig cyfnewid un, a fyddan nhw ddim yr un maint. Neu'n waeth, hyd yn oed: bydd Elsi'n gofyn am un.

Maen nhw'n meddwl dy fod di'n ffrîc yn barod. Paid â gwneud pethe'n waeth.

Mae hyn i gyd yn rhedeg trwy 'mhen i cyn i fi ateb.

"Ma' gyda fi stwff i 'neud gartre," dwi'n mwmial.

Dwi'n gwylio'u hwynebau nhw'n disgyn i edrychiadau sy'n dweud: *Ti'n ffrind rybish.*

Waw, mae'n rhaid eu bod nhw wir yn dy gasáu di. Maen nhw'n siŵr o gael gwared arnat ti cyn hir. Dros yr haf, falle. Y flwyddyn nesa, pan ddoi di 'nôl, byddan nhw jest yn dy anwybyddu di.

Felly dwi'n ychwanegu, "Ond fe gerdda i i'r dre gyda chi."

Ry'n ni'n anelu tua'r dre. Mae Elsi a Ram yn parhau i holi'i gilydd am yr arholiad. Yn bennaf er mwyn cau eu cegau nhw, mae Gwyds yn dechre sôn wrthon ni am ei wylie haf: Mae'r teulu Llywelyn yn mynd i gerdded yn Ucheldiroedd yr Alban.

"Diflas," medd Elsi. Mae hi'n tynnu'i ffôn o'i phoced ac yn dechre sgrolio.

"Am faint?" gofynna Ram.

"Drwy'r haf. Ry'n ni'n rhentu camperfan."

"Ti'n jocan."

"Mae Mam a Dad eisie *dianc o'r ffair a'r ffwndwr, er mwyn i ni allu ailgysylltu â'n gilydd.*"

"Gwyds, mae dy dŷ di fel gardd Zen," medd Ram. "A dwi'n reit siŵr bod dy rieni di yn sownd yn ei gilydd yn feddygol."

"Ti'n pregethu wrth rywun sy'n gwbod," medd Gwyds. "Beth bynnag, be' ti'n 'neud?"

"Mae Mam yn mynd â fi i Ffrainc. Eto. Y tro diwetha, fe arhoson ni yn y bwythyn bach 'ma yng nghanol unman. Doedd dim byd i'w wneud heblaw darllen llyfr."

Mae Gwyds a fi'n tynnu wynebau mae-hynna'n-swnio'n-ocê. Mae Ram yn ein dal ni.

"O, caewch hi, mae e'n ddiflas. Ond y diwrnod ar ôl i fi ddod 'nôl, dwi'n mynd i Bortiwgal gyda Dad. Boncyrs, yn dyw e?"

"Mae gan ysgariad ei fanteision," medd Gwyds gan godi'i ysgwyddau.

Mae Ram yn nodio'n frwdfrydig, fel un o'r cŵn 'na yn nhu blaen car. "Fe aethon ni i'r un lle cwpwl o flynyddoedd 'nôl. Mae e'n wylie hollgynhwysfawr, ac mae gyda nhw'r bwffe brecwast di-ben-draw anhygoel 'ma. Ac mae'r merched i gyd yn cerdded o gwmpas mewn bicinis drwy'r amser."

"Swnio'n ddelfrydol."

"Beth amdanat ti, Macs?" gofynna Ram.

Stori hir. Fe gyhoeddodd Mam a Dad y cynllun, o'r diwedd, ddydd Sul. Dwi wedi bod yn gofyn ers wythnosau, achos dwi eisie dechre trefnu fy nghynllun bwyta. Wel, mae'n ymddangos ein bod ni 'leni – fedra i ddim credu 'mod i'n dweud hyn – yn mynd 'nôl i'r Eidal. Hynny yw, y lle a drodd fi'n anorecsig.

Fel hyn aeth y sgwrs:

Mam: Ry'n ni'n mynd ar wylie i'r Eidal 'leni eto, cariad.
Dad: Ry'n ni'n mynd i aros ar bwys Llyn Garda am ddeg diwrnod. Yw hynny'n swnio'n iawn i ti?
Fi: Yw Robin yn dod?
Mam: Ddim 'leni mae arna i ofn, cariad.
Fi: Ocê.
Dad: Ry'n ni'n mynd i gael amser grêt.
Mam: Amser gwirioneddol grêt.

A dyna ni. Sylwch 'mod i heb i ymateb i'r darn olaf. Achos doedd gyda fi ddim syniad beth i'w ddweud.

Dwi'n mynd 'nôl i'r Eidal.

Dwi'n cachu fy hun.

Ti'n mynd i'w cholli hi'n llwyr.

Ocê, felly mae'r Eidal yn wlad fawr. Dyw Llyn Garda ddim yr un fath â Fenis. A falle bydde'r hyn ddigwyddodd y tro diwetha wedi digwydd ble bynnag ro'n i. Mae digonedd o bobl ag anorecsia yn Ffrainc a'r Almaen ac America, wedi'r cyfan.

Ond does dim angen iddo fe fod yn rhesymol. Dwi'n brawf byw o hynny. Gallwch chi wbod nad yw rhywbeth yn gwneud unrhyw synnwyr, ond eto'i adael i reoli eich holl fyd chi. Fel pan mae pobl yn cael eu mygio, ac yn penderfynu symud i ddinas arall, gan fod arnyn nhw ofn cerdded lawr eu stryd nhw'u hunain.

"Macs?"

Ram sydd yno. Bum metr o 'mlaen i. Oherwydd 'mod i wedi stopio cerdded yn y stryd. Mae e fel pe bawn i'n mynd allan o fy ffordd i edrych yn gymaint o *weirdo* â phosib.

"Ym, sori," dwi'n mwmial, gan sgrialu i ddal lan. "Ry'n ni'n mynd i'r Eidal."

"Pitsa," medd Ram, â'i lygaid yn freuddwydiol. "Pasta. Hufen-iâ. *Neeeis*."

"Ie," meddaf i, er 'mod i'n teimlo'n sâl ddim ond wrth feddwl am y peth.

Mae Elsi, fel arfer, yn ymuno â'r sgwrs heb edrych lan o'i ffôn. "Nag'ych chi am ofyn ble *dwi'n* mynd?"

"Ro't ti'n edrych yn brysur," ateba Gwyds yn oeraidd. Mae busnes y ffôn yn dal i godi'i wrychyn e.

"Ble rwyt ti'n mynd?" gofynna Ram.

Mae hi'n edrych lan arnon ni wrth ateb, er mawr syndod. "Dwi'n mynd i Ffrainc gyda Ben a Jacob, a *dyw'r merched eraill ddim yn dod!*"

Mae hi'n gwenu fel giât. Dyw Elsi byth yn gwenu. Dwi'n tyngu bod ei llygaid hi'n newid lliw – o wyrdd i laswyrdd disglair. Fedrwch chi ddim peidio â syllu.

"Pwy yw Ben a Jacob?" dwi'n gofyn.

"Pwy yw'r merched eraill?" mae Ram yn gofyn.

Mae Gwyds yn parhau i drio edrych fel nad oes gyda fe ddiddordeb, ond ry'ch chi'n gallu dweud ei fod e'n marw eisie gwbod hefyd.

"Ben a Jacob yw fy rhieni i," medd Elsi. *"Mae'n amlwg."*

Mae Ram, Gwyds a fi yn rhoi yr un edrychiad *Beth ddiawl?* i'n gilydd. Mae 'na saib ofnadwy o hir.

"Be'?" medd Elsi o'r diwedd.

"Rwyt ti'n galw dy rieni wrth eu henwau cynta?" medd Gwydion.

Mae llygaid Elsi'n fflicio i'r ochr. Os nad o'ch chi'n chwilio amdano, fyddech chi'n sicr ddim wedi sylwi. Ond ro'n i yn chwilio amdano. Dyma'r tro cynta i fi ei gweld hi'n edrych y mymryn lleia'n ansicr ohoni hi ei hun.

"Ydw," medd hi'n llon. Mae hi'n dechre stwffio pethe i'w bag cefn. "Beth bynnag, byddwn i'n dwli aros a sgwrsio, ond mae gyda fi lefydd i fod ynddyn nhw."

"Ond ro'n i'n meddwl ein bod ni'n mynd i—" mae Ram yn dechre.

"Dwi'n methu," medd Elsi'n swta. "Sori. Wela' i chi *losers* fory."

Yna, mae hi'n martsio i ffwrdd i gyfeiriad Cae'r Felin, sydd, dwi'n reit siŵr, yn groes i'r cyfeiriad i'w thŷ hi.

"Rhyfedd," medd Ram, wrth iddo'i gwylio hi'n cerdded i ffwrdd. Mae e'n codi ei ysgwyddau, ac yna'n troi at Gwyds. "Nando's?"

17

Ry'n ni heb glywed oddi wrth Robin ers pythefnos. Pan symudodd e allan gynta, roedd e'n dod draw i gael swper bob yn ail noson, fwy neu lai. Yna, yn sydyn reit, fe stopiodd e. Mae Mam yn meddwl bod cariad gyda fe – siŵr o fod y Ffion 'na y soniodd e amdani. Naill ai hynny, neu mae e wedi dysgu sut i goginio.

Yr wythnos diwetha, ro'n i wir eisie anfon neges destun ato fe i gwyno am fy ffug arholiadau, ond wnes i ddim. Do'n i ddim eisie bod yn boen iddo fe. Dwi'n reit siŵr mai fy angen i am sylw oedd y rheswm iddo fe symud allan yn y lle cynta. Do'n i ddim eisie gwneud pethe'n waeth.

Ond y noson cyn i ni fynd i'r Eidal, mae e'n anfon neges ata' i:

Ti'n barod i wersylla? :D

Dwi'n ateb o fewn munud. Da iawn am beidio bod yn anghenus, Macs.

Fi: Ry'n ni'n gadael mewn 12 awr. Dyfala be'.
Robin: Dwi'n dyfalu bod Dad wedi rhoi'r stwff yn y car yn barod, ac wedi gosod... 5 larwm?
Fi: 6. Ac ry'n ni'n gadael am 11 i hedfan am 5 o'r gloch!
Robin: Record newydd!
Fi: Mae e hefyd wedi diffodd y gwres canolog yn barod, rhag

ofn i ni anghofio. Mae hi'n RHEWI.

Robin: Clasur Dad. Yw Mam wedi dechre hefru arno fe eto?

Fi: Fe aeth hi i'r gwely awr yn ôl. Fe ddywedodd hi bod pen tost gyda hi.

Robin: Dwi ddim yn ei beio hi.

Fi: Dwi ddim yn coelio bo' ti ddim yn dod.

Dwi'n gwbod na ddylwn i ddweud hynny, achos mae e'n gwneud i fi swnio'n pathetig, ac mae e siŵr o fod yn gwneud i Robin deimlo'n wael. Ond fedra i ddim peidio.

Robin: Wfft. Fe gewch chi lot mwy o hwyl hebdda i. Nawr cer i gysgu! Ti'n gwbod bod Dad yn mynd i dy orfodi di am 8 o'r gloch i wneud rhestr o'r holl bethe rwyt ti'n mynd gyda ti.

Dwi'n gorwedd ar ddi-hun am hydoedd. Oriau, siŵr o fod, ond dwi ddim yn edrych ar fy ffôn, achos dwi ddim eisie gwbod am faint achos bydde hynny jest yn rhoi pwysau arna i. Mae pryderon yn troelli o gwmpas fy mhen i fel llafnau ffan ar nenfwd. Dwi'n poeni ynglŷn ag anghofio'r bwyd sydd ei angen arna i ar gyfer fory – y bwyd dwi'n mynd gyda fi i'w fwyta yn y maes awyr, fel 'mod i'n gwbod yn union beth sydd gyda fi. Dwi'n poeni a fydd gan y stwff yn siop y maes gwersylla rifau'r caloriau arnyn nhw, a beth wna i os na fyddan nhw. Yn fwy na dim, dwi'n poeni ynglŷn â bwyta allan. Ynglŷn â syllu ar fwydlen sy'n cynnwys dim ond pitsa a phasta, carbs ar ben carbs ar ben carbs, ac am beidio â gwbod beth i'w wneud.

Dwi'n poeni hyd nes 'mod i'n blino fy hun yn lân, hyd nes na all fy ymennydd, yn llythrennol, lapio'i hun o gwmpas unrhyw beth ddigon i fi boeni yn ei gylch. Ac yna dwi'n cysgu.

Galle unrhyw un ddod o hyd iddo, ti'n gwbod. Dy ddyddiadur bach trasig di: yr holl feddyliau a theimladau

pathetig 'na ro't ti'n ddigon twp i'w cofnodi. Mae rhywun yn siŵr o fod yn ei ddarllen e yr eiliad hon, ac yn chwerthin nerth ei ben, ac yn tecstio'r llinellau mwya doniol at ei ffrindiau. Fydde hi ddim yn anodd iddyn nhw weithio allan pwy wyt ti. Do't ti ddim yn gynnil, o't ti? Unwaith iddyn nhw roi'r cyfan at ei gilydd, bydd dy gywilydd di'n gyflawn. Ond fyddi di'n gwbod dim am y peth tan fis Medi pan ei di 'nôl i'r ysgol, a sylweddoli bod pawb yn chwerthin ar dy ben di. Hyd yn oed Gwydion a Ram ac Elsi, achos – wel, maen nhw wedi gwneud eu gorau, ond bydd e lot yn rhy *embarrassing* iddyn nhw aros yn ffrindiau gyda ti ar ôl hyn.

Gallwn i dyngu i fi neidio chwe throedfedd allan o 'ngwely. Dwi'n chwysu, ac mae fy anadl i'n fratiog, fel pe bawn i newydd redeg 100 metr ar wib. Dwi ddim yn cofio am beth ro'n i'n breuddwydio. Y cyfan sy'n weddill yw un syniad sy'n troi a throsi yn fy mhen i:

Mae'n rhaid i ti gael gwared ar y dyddiadur.

Dwi'n edrych ar fy ffôn: 5:23am. Byddwn i'n mynd yr eiliad hon, ond mae Dad yn cysgu fel llygoden y maes; bydde fe'n siŵr o glywed. Gwell aros tan ar ôl i ni wneud y rhestr wirion 'na. Yna bydd gyda fi rhyw awr i fi fy hun.

Beth ddaeth dros fy mhen i? Pam wnes i adael fy holl feddyliau trist, llipa bachgen-ag-afiechyd-merch yn fy ngeogelc, lle gall unrhyw un ddod o hyd iddyn nhw a'u darllen? Gan gynnwys, wyddoch chi:

- Fy mrawd, sydd eisoes wedi gadael cartref achos ei bod hi'n rhy anodd iddo fe gyd-fyw â fi.
- Fy ffrindiau gorau, dwi wedi treulio chwe mis yn ei guddio wrthyn nhw.
- Elsi, AKA yr unig ferch sydd erioed wedi dangos unrhyw ddiddordeb o gwbl ynddα i.
- Pawb arall ar wyneb y Ddaear, yn llythrennol.

Ry'n ni'n gadael mewn awr.

Dwi'n cerdded ar draws y Comin ar awtopeilot. Dim ond pan dwi'n cyrraedd y dderwen dwi'n sylweddoli ble rydw i; mae'n rhaid 'mod i wir wedi blino heddiw. Dwi'n cydio yn y darn o dost stwffiodd Mam yn fy llaw i pan ddywedes i bod angen i fi fethu brecwast. Fe wnaeth i fi addo y byddwn yn ei fwyta fe, a dwi ddim eisie'i siomi hi. Ddim y tro hwn.

Dwi'n edrych o 'nghwmpas am bobl – dwi wedi dechre bod rywfaint yn fwy gofalus ers Elsi – yna'n rhoi hwb i fi fy hun, yn cydio yn y geogelc, ac yn ei lithro ar agor.

"Chi'n jocan," dwi'n dweud wrth neb yn benodol. Neu wrth fy ngeogelc, neu wrth y goeden, dwi ddim yn siŵr. Dwi'n tynnu'r llyfr log allan ac yn bodio trwyddo, er mwyn gwirio unwaith eto.

Yn y cyfamser, mae Ana'n dechrau arni.

Ddywedes i wrthot ti, y ffŵl twp. Mae rhywun wedi mynd ag e'. Cyn hir, bydd rhywun yn darllen yr holl rwtsh gwirion 'na sgwennaist ti.

Falle na wnes i adael unrhyw beth yn fy ngeogelc, hyd yn oed. Falle mai breuddwydio'r cyfan wnes i. Ro'n i mewn hwyliau reit orffwyll, wedi'r cyfan.

Wrth gwrs, dal di ati i ddweud hynny wrthot ti dy hun.

Dwi'n agor y llyfr log eto, ac yn troi at y dudalen fwya diweddar, dim ond i weld os oes unrhyw un wedi sgwennu, *Beth yw'r dyddiadur twp 'ma?* Mae pum cofnod newydd. Yr un hen beth yw'r rhan fwyaf ohonyn nhw – *DAYC – Sara, Maes Mawr*. Ond mae un yn neidio allan ata' i.

Mae e'n dweud: *Fe ddo i 'nôl i chwilio ddydd Mawrth.* A dwi'n 'nabod yr enw defnyddiwr: Stallone05. Y person cynta i ymweld â 'nghelc i.

Chwilio am beth?

Dwi'n edrych yn y geogelc eto, dim ond er mwyn gwirio

nad ydw i wedi methu dim byd. Yna dwi'n eu gweld nhw. Roedd tudalennau'r dyddiadur yno drwy'r amser: ro'n nhw jest wedi eu gwthio i mewn i'r man lle'r oedd y darnau pren yn uno â'i gilydd.

Ond pan dwi'n eu tynnu nhw allan, dwi'n sylweddoli bod y papur yn wahanol – glas yn lle gwyn. Ac mae'r llawysgrifen yn daclusach o lawer na fy un i.

Achos nid fy nyddiadur i yw e.

Ateb yw e.

18

Am syndod. Ry'n ni wedi cyrraedd y maes awyr bedair awr yn gynnar. Ry'n ni wastad yn gwneud. Fel arfer, bydd Dad yn gadael digon o amser, hyd yn oed os yw pob trên yn cael eu canslo, a bod ein car ni'n torri lawr, a bod pob tacsi yng Nghymru yn anweddu'n sydyn, bydd gyda ni ddigon o amser i gerdded i'r maes awyr a dal ein hawyren.

Bydde hyn yn hollol iawn, oni bai bod Dad hefyd yn meddwl bod caffis mewn meysydd awyr yn rhy ddrud o lawer ac yn gwrthod mynd iddyn nhw. Felly heddiw, fel arfer, ry'n ni'n eistedd ar y cadeiriau plastig caled ar bwys ein giât ni am ddwy awr. Mae'n rhaid i fi godi ar fy nhraed yn reit aml gan fod y gadair yn brifo 'mhen-ôl esgyrnog i gymaint.

Mae'r hediad yn iawn, heblaw am fy nghlustiau poenus wrth i'r pwysedd newid. Ro'n i'n arfer bwyta losinen galed i helpu gyda hynny, ond dyw hynny'n bendant ddim yn opsiwn nawr. A dwi'n rhy swil i ofyn i'r stiward am ddŵr. Felly dwi jest yn llyncu aer, drosodd a throsodd. Mae e'n brifo'n ofnadwy.

Ry'n ni'n glanio ym maes awyr Milan, yn nôl ein bagiau, yn casglu'r car benthyg ac yna'n gyrru tua'r dwyrain. Ry'n ni'n aros mewn maes gwersylla reit ar bwys Llyn Garda, ddwy awr i ffwrdd. Mae Dad, yn naturiol, yn gwrthod talu am *satnav*. Yn lle hynny, mae gyda ni fap o ogledd yr Eidal sy'n agor allan i fod tua'r un maint â phwll nofio, ac mae Mam yn treulio'r rhan fwyaf o'r siwrnai'n reslo gydag e.

Mae Mam a Dad yn cael yr un sgwrs tua ugain gwaith mewn pedair awr (ydy, mae'r siwrnai'n cymryd pedair awr yn y diwedd):

Dad: "Ry'n ni jest yn dod at gyffordd. Alli di edrych i weld os y'n ni eisie aros ar E64?"
Mam: "Aros eiliad, gad i fi ddod o hyd iddi."
Dad: "Ocê."
(*Sŵn siffrwd*)
Dad: "Ry'n ni bron wrth y gyffordd."
Mam: "Ydyn ni wedi mynd heibio i Stezzano yn barod?"
Dad: "Dwi ddim yn siŵr."
(*Tawelwch hir*)
Dad: "Unrhyw syniad?"
Mam: "Dwi'n meddwl y dylen ni aros ar y brif ffordd."
(Mwy o sŵn siffrwd)
Mam, ddwy funud yn ddiweddarach, yn lletchwith: "Dwi'n meddwl y dylen ni fod wedi troi i ffwrdd 'nôl fan'na."

Dwi wedi bod yn poeni am y gwylie 'ma ers misoedd, ond nawr eu bod nhw yma, dwi wedi 'nghyffroi i raddau. Falle fod hynny'n rhannol oherwydd bod gyda fi bythefnos gyfan lle nad oes angen i fi boeni ynglŷn â gwneud esgusodion dros beidio â gweld pobl, na gwneud stwff. Ond dwi hefyd yn meddwl tybed, jest tybed, ai hwn yw 'nghyfle i i newid pethe. Falle y gwna i weithio allan pam es i'n sâl yr haf diwetha – a falle, os gwna i hynny, y galla i fy ngwella fy hun.

Mae hynny'n gwneud rhyw fath o synnwyr, yn dyw e?

Dwi wedi dod â'r llythyr gyda fi. Yn syth ar ôl i fi ddod o hyd iddo, fe ges i neges destun gan Mam. *Tacsi'n gadael mewn 15 munud!* Fe redais nerth fy nhraed adre, ac erbyn i fi gyrraedd yno, roedd Mam, Dad a'n holl fagiau ni yn y tacsi'n barod. Ches i ddim cyfle i fynd mewn i'r tŷ. Felly fe roddais i'r llythyr yn fy mhoced.

Do'n i ddim eisie'i ddarllen e nes 'mod i ar fy mhen fy hun. Ro'n i'n gwbod y bydde Mam a Dad wedi poeni amdano fe, a dwi'n rhoi digon iddyn nhw boeni yn ei gylch yn barod. Fe aethon ni at y ddesg gyrraedd a mynd trwy'r archwiliadau diogelwch; gallwn i ei deimlo yn fy mhoced, yn faich arna' i, fel y fodrwy o *The Lord of the Rings*. Yna, cyn gynted ag yr o'n ni yn yr ardal agosaf at yr awyren, fe es i i'r stafell molchi i'w ddarllen e.

Waw. Jest waw. Dwi ddim yn gwbod beth i'w ddweud.

Mae'n ddrwg gyda fi am yr holl gachu rwyt ti wedi bod drwyddo.

Dwi ddim wir yn gwbod beth i'w ddweud, heblaw DWYT TI DDIM AR DY BEN DY HUN. Mae'n siŵr ei bod hi'n anodd i ti deimlo fel'na weithie. Ond hyd yn oed o'r stwff sgwennaist ti... Hyd yn oed os nad yw pobl yn deall yn union sut rwyt ti'n teimlo, dyw hynny ddim yn golygu nad y'n nhw'n poeni.

Dwi'n gwbod nad yw e yr un peth, ond mae fy nheulu i mewn tipyn o lanast hefyd. Ac am amser hir, ro'n i'n teimlo mai fy mai i oedd hynny. Doedd gen i ddim brodyr na chwiorydd i'w beio am hynny, hyd yn oed.

Ond ro'n i'n anghywir. A dyfala beth? Rwyt ti'n anghywir hefyd. Achos NID DY FAI DI YW HYN!!!

Y cyfan mae'n rhaid i ti'i wneud yw delio gyda dy rwtsh, a pharhau i roi un droed o flaen y llall.

Pan mae pethe'n rybish, mae Dad wastad yn dweud yr un peth wrtha i: bydd fory'n wahanol. Hynny yw, mae pethe wastad yn newid yn y pen draw. Hyd yn oed os y'n nhw'n teimlo fel wnân nhw byth.

Mae'n rhaid i fi fynd nawr. Ond os byddi di'n gadael

llythyr arall, fe wna i sgwennu 'nôl. Fe chwilia i'n aml.
Cofia: BYDD FORY'N WAHANOL!
E

Mae'n rhaid mai Elsi sgwennodd e. All e ddim bod yn Robin, achos yr holl stwff am y teulu, ac Elsi yw'r unig berson arall dwi'n 'nabod sydd hyd yn oed wedi clywed am geogelc. Ac mae e wedi'i arwyddo ag E. Ond mae 'na un darn sydd ddim yn gwneud synnwyr. Amser cinio y diwrnod o'r blaen, roedd hi'n bendant yn sôn am ei brodyr a'i chwiorydd – ond nawr, yn ôl pob tebyg, mae hi'n unig blentyn?

Falle'i bod hi'n arfer bod yn unig blentyn, ond nad yw hi mwyach.

Neu falle'i bod hi jest yn bod yn rhyfedd eto.

Ac yna mae syniad arall yn fy nharo i: *Fe sgwennes i amdani hi yn fy nyddiadur.* O Dduw o Dduw o Dduw. Yr holl stwff 'na amdani hi'n cydio yn fy llaw i... O DDUW. Ac yn waeth byth does gyda fi ddim unrhyw fath o gofnod, felly fedra i ddim gwirio beth yn union wnes i sgwennu. Yr unig beth fedra i wneud yw poeni am y peth.

Ac am y bythefnos nesa, fedra i ddim hyd yn oed ateb.

Daw syrpréis cynta'r gwylie wrth i ni gyrraedd, o'r diwedd, yn y maes gwersylla.

Mae'r dyn wrth y giât yn rhoi allwedd i Dad: "Numero trentadue, signore."

"Grazie," ateba Dad.

"Ar gyfer beth mae hwnna?" dwi'n gofyn i Dad wrth i ni yrru 'mlaen i'r maes gwersylla.

Mae Dad yn codi'i ysgwyddau. "Falle fod blociau'r cawodydd wedi'u cloi."

Sydd ddim yn gwneud unrhyw synnwyr. "Felly nagoes angen un yr un arnon ni?" dwi'n gofyn. Dwi ddim wir yn hoffi'r syniad o orfod rhoi gwbod i Mam a Dad bob tro dwi eisie mynd i'r tŷ bach.

Mae Dad yn gwenu arna i yn nrych y car. "Byddwn ni yno mewn munud. Pam nad arhoswn ni i weld?" Fel pe bai'r bloc cawodydd yn Deyrnas Hud neu rhywbeth.

A bod yn deg, mae'r maes gwersylla'n reit dda a dweud y gwir. Mae yno bwll â llithrennau dŵr, tua chant o fyrddau ping pong, a thraeth. Mae e wedi'i leoli yn y goedwig enfawr 'ma, ac mae 'na lwyth o lwybrau natur yn arwain lan i'r bryniau. Does dim geogelciau yma, serch hynny: dwi wedi gwirio'n barod.

Mae Dad yn parcio y tu allan i'r caban pren mawr 'ma, fel y rhai mewn llefydd sgïo.

"Ry'n ni yma," mae e'n dweud.

"Ble mae ein pitsh gwersylla ni?" Mae 'na goed o'n cwmpas ni i gyd. Dwi'n chwerthin. "Wyt ti wedi parcio ar ei ben e eto, Dad?"

Mae Mam a Dad yn edrych ar ei gilydd, gan wenu.

"Be'?" dwi'n gofyn. "Be' sy'n digwydd?"

"Fe benderfynon ni wneud rhywbeth gwahanol 'leni, cariad," medd Mam. "Gan fod Liberace wedi penderfynu peidio dod gyda ni."

"Be' ti'n feddwl?"

Yn sydyn, mae 'nghalon i'n curo fel gordd. Mae gorbryder yn un rhan o anorecsia nad oes neb wir yn sôn amdano fe, siŵr o fod gan nad hwnnw yw'r rhan sy'n eich lladd chi. Ond mae e'n teimlo fel gwynt yn chwythu y tu mewn i chi bedair awr ar hugain y dydd. Weithie, mae e mor gryf fel y gall eich taro chi drosodd; weithie dyw e'n ddim ond chwa ysgafn nad y'ch chi'n sylwi arno, bron. Ond mae e wastad yno.

Mae Dad yn troi o gwmpas, yn gweld yr edrychiad ar fy wyneb, ac yn chwerthin. "Ry'n ni wedi cael caban."

"Fel dy fod di'n gallu cael dy stafell dy hun," medd Mam.

"A chegin go iawn!" ychwanega Dad.

O.

Waw.

Ocê, felly falle nad yw hyn yn swnio'n llawer, ond mae'r teulu Prydderch wastad – *wastad* – yn mynd am yr opsiwn rhataf posib ym mhob sefyllfa. 100%, yn ddi-os. Mae e fel rhyw bolisi teuluol. Pan gawson ni'r Eurostar i Ffrainc ddwy flynedd yn ôl, dim ond dwy bunt yn ddrutach oedd y seddi dosbarth busnes, ond wnaethon ni ddewis y seddi economi *o hyd*. Nawr, mae Mam a Dad yn dweud wrtha i eu bod nhw wedi gwario dwy waith os nad tair gwaith yn fwy nag y bydden nhw fel arfer am lety, er mwyn i fi allu cael fy stafell fy hun, a choginio'r pethe dwi eisie'u coginio.

WAW.

Mae'n siŵr mai dyna un o'r pethe cleniaf i unrhyw un wneud i fi, erioed.

Dwi'n edrych ar Mam ac yna ar Dad, ac yn ôl eto. Mae'r golwg ar eu hwynebau'n debyg: cyffro, ond hefyd rhywfaint o bryder am sut bydda i'n ymateb. Galla i ddweud eu bod nhw wedi pwyso a mesur popeth, wedi trafod yr holl opsiynau, hyd yn oed wedi gofyn i Luned, siŵr o fod, a ddywedodd wrthyn nhw, fwy na thebyg, bod angen lle arna i, ac y bydde cael cegin yn fy nghaniatáu i i gadw mor agos â phosib at fy rŵtin i gartre.

Mae'r cyfan er fy mwyn i.

Dwi mor hapus fel na fedra i siarad, bron. "Diolch," yw'r cyfan y galla i ddweud.

"Croeso," medd Dad. "Reit, beth am i chi'ch dau edrych o gwmpas, ac fe ddof i â'r bagiau mewn?" Mae e'n rhoi'r allwedd i fi.

Felly mae Mam a fi'n mynd mewn. Ac mae e'n... anhygoel. Mae 'na gegin anferth, â ffwrn, meicrodon, pedwar hob, oergell-rewgell anferthol. Mae 'na bob math o sosbenni y gallech chi feddwl amdanyn nhw. Cyllyll miniog. Llwyau pren. Mae 'na glorian, hyd yn oed, er 'mod i wedi dod â fy un i beth bynnag.

Mae'r caban wedi'i addurno fel *chalet*. Mae'r waliau wedi'u gwneud o bren, ac mae 'na stof goed, caeadau pren ar y ffenestri, bwrdd bwyta pren â chadeiriau pren. Mae'r holl adran lawr llawr – y gegin, y stafell fwyta a'r stafell fyw – yn un gwagle mawr agored. A lan staer, mae 'na ddwy stafell wely fawr – *mae gwely dwbwl gyda fi!* – a stafell molchi.

O, ac am rhyw reswm, mae 'na gloc cwcw ym mhob stafell. O ddifri.

Am wn i ei fod e braidd yn gawslyd. Ond does dim ots gyda fi. Am ddeg munud dda, dwi wedi gwirioni. Dwi'n anghofio am bopeth dwi wedi bod yn poeni yn ei gylch yn ystod yr hediad tair awr a'r siwrnai car pedair awr. A, chi'n gwbod, y naw mis diwetha.

Ac yna: dyma fe'n dod eto. Falle nad y gwynt yw'r disgrifiad gorau. Mae'r gorbryder yn fwy fel afon: mae'n rhaid iddo lifo i rhywle. Os ceisiwch chi ei rwystro fe, wneith e ond dod o hyd i lwybr arall at y môr. Cyn gynted ag y bydd un peth yn ymddangos yn ocê, mae Ana'n dod o hyd i rywbeth arall i fi boeni yn ei gylch.

Rhaid bod y lle 'ma'n ddrud. Tipyn drutach na llain gwersylla. Ai dyna pam nad yw Robin yma? Am nad oedd Mam a Dad yn gallu fforddio talu iddo fe ddod?

Neu ai achos ei fod e'n dy gasáu di? Neu ai am y ddau reswm?

Mae Dad yn gwegian trwy'r drws, yn llwythog o fagiau. Mae e'n eu gollwng ag ochenaid fodlon, fel rhywun sydd newydd yfed can o Coca-Cola mewn hysbyseb. "Felly be' ti'n feddwl?" gofynna.

Dwi'n meddwl lot o bethe. Ond am bob peth da dwi'n meddwl, mae gan Ana bartner drwg iddo fe.

Galla' i goginio beth bynnag dwi eisie.

... ond bydd dy fam a dy dad yn poeni os na fyddi di'n bwyta o gwbl.

Waw, mae fy stafell i'n fawr.

... ac, yn bennaf, rwyt ti'n mynd i orwedd ar ddi-hun ynddi, yn crio fel babi.

Mae e fel cael dadl gyda'r person mwya clyfar yn y byd. Bob tro y bydda i'n meddwl 'mod i wedi gwneud pwynt da, WHAM: mae hi'n dinistrio fy nadl, ac yn gwneud i fi deimlo fel idiot llwyr.

"Mae e'n grêt," dwi'n ateb. "Diolch Dad."

Mae Dad yn nodio'n frwdfrydig. Dwi'n troi i edrych ar Mam. Mae hi'n gwenu mor galed fel 'mod i eisie crio.

Dwi'n codi 'mag ac yn mynd ag e lan i fy stafell. Dwi'n cau'r drws ac yn pwyso yn ei erbyn. Dwi'n cau fy llygaid. Fe barodd fy nghyfnod Zen am bum munud cyfan. Nawr, dwi'n nerfau i gyd – ac ar ben hynny, dwi'n teimlo'n ofnadwy o euog. Pam na alla' i fod yn hapus ar ôl i fy rhieni wneud hyn i gyd i fi?

"Eisie diod, Macs?" Mae Mam yn galw o'r gegin. "Ry'n ni'n cael siocled poeth."

Dwi'n gorwedd yn swp ar fy ngwely dwbl enfawr, meddal. "Dwi'n iawn," galwaf yn ôl.

19

Dyma fy mhum prif gyngor ar gyfer mynd ar wylie gyda rhywun ag anorecsia:

1. **Byddwch yn barod i dreulio llawer o amser mewn amgueddfeydd.**
Mae pobl ag anhwylderau bwyta braidd yn obsesiynol. Ry'n ni eisie gweld a gwneud popeth – a dwi'n golygu *popeth*. Os ewch chi â fi i'r Louvre, fe edrycha i ar bob un llun a darllen pob un arwydd (sy'n cymryd tri mis, yn ôl y sôn.) Achos dwi'n casáu'r syniad o golli allan ar bethe. Mae hyn yn wir hyd yn oed pan fydd pob arwydd mewn iaith nad ydw i'n ei siarad.

2. **Peidiwch â fy holi i amdano wedyn.**
Yr unig broblem yw, fydda i ddim wir yn cymryd rhyw lawer o'r stwff ar yr arwyddion 'na i mewn. Dwi wedi blino gormod. Peidiwch â gofyn i fi os wnes i ddarllen y darn am blentyndod da Vinci, achos os fethes i fe, neu os nad ydw i'n ei gofio fe, bydda i'n ypsét.

3. **Mae bwyta allan yn anodd.**
Pan fyddwch chi'n archebu mewn bwyty, dy'ch chi byth cweit yn gwbod beth gewch chi, oni bai eich bod chi yn McDonald's neu rywle. (Mae pobl ag anorecsia'n hoffi McDonalds *lot* mwy nag y byddech chi'n feddwl.) Mae gwasanaeth cownter yn

grêt, achos ry'n ni'n gallu gweld y bwyd cyn i ni ei archebu. Hyd yn oed gwell os yw e mewn dognau'n barod, achos mae hi'n rhy hawdd o lawer i golli rheolaeth a gor-fwyta. Yr opsiwn gwaetha posib yw rhannu bwyd gyda phobl eraill ar y bwrdd. Peidiwch byth, byth, mynd â phobl ag anorecsia i gael tapas.

4. Peidiwch â mynd i'r traeth.
Credwch fi. Dy'ch chi ddim eisie gweld pobl ag anorecsia heb eu crysau – ac maen nhw filiwn gwaith yn llai awyddus i chi eu gweld nhw. Os oes *rhaid* i chi fynd i'r traeth, gwnewch yn siŵr bod rhywle y gallwch chi fynd er mwyn eistedd yn y cysgod gyda llyfr, neu ewch i chwilota mewn pyllau glan môr neu rhywbeth.

5. Gwyliwch faint o ddŵr ry'n ni'n ei yfed.
Dyw rhai pobl ag anorecsia ddim yn yfed digon o ddŵr, achos pan fyddwch chi'n denau fel rhaca, bydd hyd yn oed gwydraid o ddŵr yn gwneud i chi deimlo wedi chwyddo. Mae eraill yn yfed llwyth o ddŵr, er mwyn llenwi'u boliau â rhywbeth sydd ddim yn fwyd. Gall y ddau fod yn reit beryglus, yn enwedig ar wylie.

O, a dyma un ychwanegol: plis peidiwch â chwarae Goreuon Bryn Fôn ar bob siwrnai car. Nid peth anorecsia yw hynna. Jest peth fy rhieni i.

Ar bedwaredd noson y gwylie mae pen-blwydd priodas Mam a Dad. Bydde'r rhan fwya o gyplau'n mynd allan am bryd o fwyd rhamantus, neu beth bynnag, ac yn gadael llonydd i'w plant. Ond dy'n ni ddim fel y rhan fwya o deuluoedd. Mae gan Mam y linell 'ma sy'n gwneud i fi wingo: *Ein plant ni yw rhan bwysicaf ein priodas ni.* Sy'n golygu bod Robin a finne'n cael mynd i'w prydau rhamantus nhw hefyd.

Heno, ry'n ni'n mynd i'r bwyty crand 'ma reit ar bwys y llyn. Ry'n ni'n eistedd tu allan. Mae 'na oleuadau bach reit o gwmpas yr ardd, a chanopi mawr gwyn uwch ein pennau ni.

"Mae hyn yn rhamantus iawn," medd Dad wrth i'n gweinydd ni ein harwain at y bwrdd.

Dwi'n gwneud fy wyneb dwi-eisie-chwydu. Dyw Mam ddim yn edrych wedi'i hargyhoeddi, chwaith.

Pan maen nhw'n dod i gymryd ein harcheb diod ni, mae Mam yn dewis gwin – carafe, gan bod Dad yn gyrru, felly mae e i gyd iddi hi. Ond yna mae hi'n gofyn am dri gwydr.

Dwi'n edrych arni.

"Galli di gael gwydraid os hoffet ti, Macs."

Mae Dad yn nodio mewn cytundeb.

Waw. *Waw*. Mae fy rhieni i'n benwan ynglŷn ag alcohol, cyffuriau, ac unrhyw beth arall sydd ond y mymryn lleia'n ddrwg i chi. Pan oedd Robin yn dair ar ddeg, fe wnaethon nhw ei wahardd e rhag bwyta Pop Tarts. Man a man iddyn nhw fod wedi cynnig fy hit cynta o heroin i fi.

Sut rydw i'n dweud na?

"Y'ch chi'n siŵr?" dwi'n gofyn, gan obeithio y byddan nhw'n newid eu meddwl.

"Mae e'n achlysur arbennig," medd Mam.

"Ein pen-blwydd priodas ni," ychwanega Dad. Mae e'n rhyfedd: mae e'n edrych ar Mam wrth ddweud hyn, fel pe bai angen ei hatgoffa hi o'r ffaith hon: *Dwi'n tybio'i bod hi'n gwbod, Dad.*

Yna mae'r gweinydd yn dod 'nôl, gan gario'r carafe o win, ac yn dweud, "Pwy sydd am flasu'r gwin?" Mae gyda fe'r acen chwerthinllyd o gryf 'ma, fel y chef yn yr hysbyseb Dolmio.

Mae Dad yn edrych arna i. Dwi ar fin ysgwyd fy mhen pan mae e'n dweud, "Macs, beth amdani?" Mae'r gweinydd yn troi ata i.

O Dduw. Dwi ddim yn siŵr pam bod fy rhieni'n meddwl

nad yw'r rheolau'n berthnasol fan hyn. Dwi'n cymryd eu bod nhw'n meddwl y bydda i wedi fy nghyffroi gymaint ynglŷn â chael diod, y bydda i'n anghofio, chi'n gwbod, mod i'n *blymin anorecsig*. Neu falle mai peth gwylie yw e – mae Mam wastad yn dweud nad yw ei deiet hi'n cyfri pan mae hi ar wylie.

Yn anffodus, mae fy un i *yn* cyfri. Dim ots faint dwi'n dyheu am wneud, fedra i ddim cau ceg Ana.

Mae llwyth o galorïau mewn alcohol. Mae 'na rhywbeth fel 100 calori mewn un llymaid o win.

Mae'r gweinydd yn arllwys rhywfaint i fy ngwydr i, ac yn edrych arna' i'n ddisgwylgar. Dwi'n edrych ar Dad, yna ar Mam. Mae 'na rhyw dawelwch afiach sy'n para tua thair oes yr iâ. Ry'n ni'n tri'n trio dal ein tir.

Mae Mam yn gwenu arna' i, ac mae hynny'n gwneud i fi fod eisie brathu: *Dyw hyn ddim yn ddoniol, Mam*. "Ti'n gwbod, Macs, mae'r rhan fwyaf o'r blas yn dod o'r arogl," medd hi. Mae hi'n estyn drosodd, yn cydio yn y gwydr, ac yn ffroeni'n ormodol. "Bydd llawer o wingarwyr ddim ond yn arogli i weld os yw'r gwin yn dda."

"Gwin-be?"

"Gwingarwyr," mae Dad yn cyfrannu. "Arbenigwyr ar win."

Mae llygaid Mam yn troi at Dad. Mae hi'n edrych yn grac gyda fe am rhyw reswm.

"Ym, ocê," dwi'n dweud. Dwi'n reit siŵr nad yw Mam a Dad erioed, erioed wedi peidio â blasu'r gwin maen nhw fod i'w flasu. Ond dwi'n hapus i fynd gyda hyn.

Mae Mam yn rhoi'r gwin 'nôl i fi, gan wenu eto. Dwi'n dal y gwydryn â dwy law – dwi'n crynu gymaint, dwi'n ofni y bydda i'n ei ollwng – ac yn ffroeni. Does gyda fi ddim syniad beth dwi fod yn ei arogli, hyd yn oed.

"Mae e'n dda?" gofynna'r gweinydd. Mae e'n edrych braidd yn grac, hefyd, fel pe bai e'n meddwl, *Pam ma'r arddegyn twp 'ma'n gwastraffu fy amser i?*

Dwi'n nodio arno fe. Mae e'n gwenu gwên fawr ffug, ac yna'n arllwys gwydraid i Mam a Dad ac yn rhoi mwy yn fy ngwydr i. Mae Mam yn codi'i bawd yn gawslyd arna' i.

"Dwi'n dal yn mynd i'w yfed e," meddaf i ar ôl i'r gweinydd fynd. "Gobeithio."

Dwi'n golygu hynny hefyd. Weithie, nid y bwyd yn union yw'r broblem, ond pwysau'r foment. Unwaith mae'r foment wedi mynd, ry'ch chi'n stopio mynd yn benwan, ac yn teimlo rhywfaint yn gryfach.

"Dwi'n gwbod," medd Mam. Mae hi'n estyn draw ac yn gosod ei llaw ar fy un i. "Ond does dim rhaid i ti, cariad. Mae'n iawn."

Doedd Mam a Dad ddim yn deall y syniad yma o gwbl i ddechre. Os nad o'n i'n gallu bwyta rhywbeth yn y fan a'r lle, bydden nhw'n cymryd bod yr awyr yn disgyn mewn. Ond am wn i eu bod nhw wedi dod i arfer ag e. Â fi. Ag Ana.

Cer yn wyllt, y lwmpyn tew. Mae angen i ti weithio ar y bol 'na.

Mae'r fwydlen i gyd mewn Eidaleg, ond dwi'n gallu deall y rhan fwyaf ohoni. Mae e'n fwyty crand, felly does dim pitsa, sef yr hyn y bydda i'n ei archebu bob amser, achos o leia ry'ch chi'n gwbod yn union beth byddwch chi'n ei gael wedyn. Yn y math yma o le, ry'ch chi i fod i archebu cwrs cynta, pasta, ac yna prif gwrs. Dwi'n cymryd mai dyna bydd Mam a Dad yn ei wneud. Pan y'ch chi'n anorecsig, ry'ch chi'n treulio lot o amser yn gwylio pobl eraill yn bwyta. Mae e'n ofnadwy o ddiflas.

O'r diwedd, dwi'n penderfynu ar salad caprese.

Dewis da. Cyn belled nad yw e'n boddi mewn olew.

Dwi'n gwbod bod y gweinydd yn mynd i ddweud rhywbeth fel, *Ai dyna'r cyfan?*, ac ar y pwynt hwnnw bydda i'n marw y tu mewn. Ond dwi'n gwbod y bydda i'n teimlo'n waeth os bydda i'n archebu rhywbeth arall. Ac, ry'n ni wedi meddwl am ffordd ocê o ddelio â'r sefyllfa hon. Bydd Dad yn dweud rhywbeth fel: "Mae e'n mynd i rannu gyda fi," a byddan nhw'n dod â phlât arall, a byddwn ni'n taenu rhywfaint o saws ar hwnnw, neu beth bynnag. Mae hynny'n gweithio'n iawn cyn belled bod y bwyty'n ddigon mawr fel nad oes unrhyw weinyddion o gwmpas ar y pryd. Dwi'n meddwl y bydd e'n gweithio fan hyn.

A chi'n gwbod be'? Mae e'n ocê. Mae popeth yn ocê. Dwi'n pigo ar fy salad caprese am ddwy awr tra mae Mam a Dad yn palu trwy blatiaid o gig ac olewyddau, yna pasta, yna stêc (Mam) a hwyaden (Dad), ond does dim ots gyda fi hyd yn oed, achos mae'n ben-blwydd priodas arnyn nhw, ac maen nhw'n haeddu cael noson neis. Digon gwir, mae fy salad i'n boddi mewn olew olewydd, ond dwi ddim yn ei cholli hi. Dwi jest yn tynnu pob darn allan ac yna'n gadael iddo ddraenio cyn ei fwyta. Wedi'r cyfan, mae digon o amser gyda fi i'w wastraffu.

Dwi hyd yn oed yn yfed y gwin – wel, rhywfaint ohono. Mae Mam yn gofyn i fi sut mae e'n blasu, a dwi'n dweud ei fod e'n fendigedig, achos dwi ddim eisie dweud, *Mae e'n blasu fel sudd ffrwythau sur a fedra i ddim credu 'mod i wedi gwastraffu 200 calori ar hwn*. Mae'n siŵr nad oedd e'n 200 calori: dim ond un llymaid ges i. Ond os nad ydw i'n siŵr, dwi wastad yn mynd gyda'r rhif uchaf.

Gwell ei wneud e'n 250, i fod yn saff.

Does dim ots. Mae popeth yn ocê.

Ond yna, mae Mam a Dad yn ffraeo.

Go iawn.

Ydych chi erioed wedi sylwi sut mae'r dadleuon mwya'n dechre gyda'r pethe mwya twp? Dwi'n cofio un Pasg, pan o'n i tua deg, fe gafodd Mam ac Anti Ceri ddadl enfawr – hynny yw, y math sgrechian a gweiddi a bytheirio allan o'r tŷ a pheidio â siarad â'i gilydd am gwpwl o fisoedd wedyn o anferth – ynglŷn ag a ddylech chi hongian dillad ar wresogyddion. O ddifri.

Wel heno, mae e'n dechrau gyda phwdin.

Dad, wrth Mam: "Wyt ti eisie pwdin?"
Mam: "Does dim ots gyda fi."
Dad: "Cei di benderfynu."
Mam: "Pam mae'n rhaid fi benderfynu?"
Dad: "Hynny yw, does dim ots gyda fi."
Mam: "Pam mae'n rhaid i fi wneud yr holl benderfyniadau? Pam dwyt ti byth yn gwneud?"
Dad: "Dere 'mlaen, Becs."
Mam: "Bob tro ry'n ni'n gwneud rhywbeth, rwyt ti'n dweud, '*Becs, dewisa di*'."
Dad: "Bod yn gwrtais yw 'ny."

"Mae hi'n gwrtais *gofyn*," medd Mam. Mae ei llais hi'n mynd yn wan ac yn sigledig ac yn uchel. Galla' i ddweud ei bod hi ar fin crio. "Ond dyw hi ddim wastad yn gyfrifoldeb arna' i i wneud penderfyniad. Dylai fod gyda fi'r hawl i fownsio ambell bêl 'nôl i dy gwrt ti, ti'n gwbod?"

"Wrth gwrs."

"Dyw hi ddim yn teimlo felly."

"Fe gawn ni bwdin."

"Dwi ddim *eisie* pwdin. Nid dyna'r pwynt. Er mwyn Duw, Huw. Wyt ti'n gwrando arna' i?"

"Wrth gwrs," medd Dad.

A finne hefyd. Dwi'n gwrando wrth i fy mam rwygo perfedd fy nhad allan yng nghanol bwyty. Ar ben-blwydd eu priodas. Dros ddim byd.

Hynny yw, ocê. Mae ganddi bwynt. Mae Dad yn ofnadwy am wneud penderfyniadau, ac mae hynny'n gallu mynd dan fy nghroen i weithie, yn enwedig pan nad yw'r penderfyniad yn bwysig o gwbl. Fel, er enghraifft, mae 'na ddau fwyty

Indiaidd yn agos i'n tŷ ni, ac mae'r ddau yr un pellter yn union i ffwrdd, ond i gyfeiriadau gwahanol. A phryd bynnag y byddwn ni'n cael tecawê, bydd Dad yn treulio ugain munud yn mynd rownd y tŷ yn gofyn ein barn ni – *Robin, ti'n hoffi bhuna, yn dwyt ti? Ydyn nhw'n gwneud hwnnw yn y Mahal?* – pan mai'r cyfan sydd angen iddo wneud, mewn gwirionedd, yw dewis un.

Ond mae e wastad yn dod o le da, chi'n gwbod? Dyna sut mae e'n teimlo i fi, beth bynnag. Fel pe bai e eisie i ni gael beth ry'n ni eisie.

A dyw e ddim wir mor bwysig â hynny. Yw e? Mae Mam fel pe bai hi'n meddwl ei fod e.

Dy'n ni ddim yn cael pwdin. Mae Dad yn gwneud pwynt o ofyn am gael gweld y fwydlen – dwi hyd yn oed yn gallu gweld nad yw hyn yn syniad da – ond does yr un ohonyn nhw'n edrych arni. Mae Mam yn gorffen ei gwin, ac yn estyn draw ac yn cydio yn fy ngwydr i heb hyd yn oed edrych arna' i, ac yn gorffen hwnnw hefyd. Pan ddaw'r gweinydd 'nôl rownd, mae Dad jest yn gofyn am y bil.

"Il conto, per favore."

Yna ry'n ni'n eistedd mewn distawrwydd am tua deg munud.

Yna daw'r gweinydd 'nôl, ac mae Dad yn talu, ac ry'n ni gyd yn dweud diolch.

Yna ry'n ni'n mynd mewn i'r car, ac yn gyrru 'nôl i'n maes gwersylla.

Am wn i bod 'na ochr bositif i hyn i gyd. Am unwaith, nid fi achosodd y ddadl.

20

Bydd fory'n wahanol. Mae'r frawddeg o'r llythyr yn atseinio yn fy mhen i. Yr hyn dwi eisie'i wybod yw: sut fydd e'n wahanol?

Fory, bydd y rhif ar fy nghalendr i un yn uwch.

Fory, bydda i'n siŵr o fod wedi gorffen y llyfr dwi'n ei ddarllen.

Fory, os dwi'n lwcus, falle y gwela i foda'r mêl.

Beth arall?

Ocê, dwi'n gwbod bod Elsi – neu pwy bynnag arall sgwennodd y llythyr 'na – wedi dweud nad yw e wir yn golygu fory. Mae'n debycach i: rywbryd yn y dyfodol, bydd dy fywyd di'n hollol wahanol i sut mae e heddiw. Ond alla i ddim peidio â meddwl amdano fe fel'na. Mae anorecsia'n lladd 20% o'r bobl sy'n ei gael e. Mae 'na siawns reit dda nad oes gen i gymaint â hynny o foryau ar ôl. Mae'n rhaid i fi feddwl yn y tymor byr.

Ry'n ni i fod i fynd i Sirmione yn y bore, sef tref fechan sydd wedi'i hadeiladu ar benrhyn sy'n estyn allan i'r llyn. Mae 'na gastell canoloesol mawr reit ar y dŵr; mae ein teithlyfr ni'n ei ddisgrifio fel *syfrdanol*.

Pan dwi'n deffro, dwi'n chwilio o gwmpas yn fy nghês, ac yn estyn am un o'r tri llyfr dwi wedi dod â nhw gyda fi: canllaw i adar gogledd yr Eidal. Dwi'n troi i'r dudalen â'r cornel wedi'i blygu: bodaod. Dwi eisie gwirio pa gynefin sydd orau er mwyn gweld boda'r mêl eto.

> *Boda'r Mêl. Pernis apivorus. Teulu: Accipitidae. Hyd 52–59cm, Lled Adenydd 113–115 cm. Ymwelydd yr haf (diwedd Ebrill – Medi). Cyffredin. Yn magu'n bennaf mewn llecynnau agored mewn coedwigoedd mewn ardaloedd mynyddig.*
> *Sut i'w adnabod*
> *Ychydig yn fwy na'r Boda Cyffredin. Y gwahaniaethau allweddol yw: gwddf teneuach...*

Dyw hi ddim fel pe bai boda'r mêl yn arbennig o brin na dim. Ond dy'n ni byth, bron, yn eu cael nhw yn Nghymru, a, wel, dwi'n hoffi'r enw. Byddwn i'n dwli gweld lammergeier hefyd. Ond dy'ch chi ddim yn dod ar eu traws nhw y tu allan i'r Alpau – a hyd yn oed yno, maen nhw'n reit anodd i'w gweld.

Yna dwi'n dechre bodio trwy'r holl adar eraill y gallwn i ddod ar eu traws: teloriaid, cordylluan, gwennol ddu'r Alpau. Dwi'n meddwl i fi weld gwennol y graig, *Ptyonoprogne rupestris*, ddoe, ond doedd fy sbienddrych ddim gyda fi felly allwn i ddim bod yn siŵr. Dyw'r Eidal ddim wir yn enwog am ei adar, ond dwi'n gwneud y gorau ohoni. Mae'n rhaid i fi wneud rhywbeth i lenwi fy amser, yn does?

Dwi ddim wir yn edrych 'mlaen at frecwast, ac nid oherwydd y rhesymau arferol yn unig. Dyma'r gwirionedd: mae'r Eidal yn wych am y rhan fwyaf o fathau o fwydydd, ond dy'n nhw ddim yn gallu gwneud brecwast. Ry'ch chi'n cael cappuccino neu siocled poeth (neu, os mai fi ydych chi, te du neu wydraid o ddŵr), a rôl sych. Dyna ni. Ry'n ni wedi bod yn bwyta yn y maes gwersylla gan amla, felly does dim ots mewn gwirionedd – dwi wedi bod yn cael creision ŷd. Ond heddiw, ry'n ni'n bwriadu gadael yn gynnar a bwyta brecwast yn Sirmione.

Dwi'n tsiecio fy ffôn: 8:37am. Ro'n ni i fod i adael cyn 8, ac mae'n rhaid i Dad gadw at amserlenni. Galla' i gyfri ar un llaw y nifer o weithie mae e wedi bod yn hwyr i unrhyw beth. Felly dwi'n codi ac yn mynd i chwilio amdano.

Yn lle hynny, dwi'n dod o hyd i Mam. Mae hi'n eistedd yn y gegin yn bwyta tafell o dost ar ei phen ei hun. Doedd 'na ddim bara yn y tŷ neithiwr, felly mae'n rhaid ei bod hi wedi bod allan yn barod heb i fi glywed.

Dyw hi ddim yn dweud unrhyw beth wrth i fi gerdded mewn i'r stafell, sy'n rhyfedd. Mae Mam yn fy nghyfarch i â *Bore da, cariad!* hwyliog bob dydd, hyd yn oed os y'n ni wedi dadlau neu beth bynnag. Ond dyw hi'n gwneud dim ond edrych arna i.

"Ble ma' Dad?" dwi'n gofyn.

Mae hi'n gwingo rhyw fymryn – y math o wingo fydde'n gwneud i Dad ddweud, *Rhywun yn cerdded ar dy fedd di?*

"Mae dy dad wedi mynd allan."

"Ble? Nagy'n ni'n mynd i Sirmione?"

"Ddim heddiw, cariad."

Dwi'n teimlo brathiad o ryddhad pan mae hi'n dweud cariad. Ro'n i'n meddwl falle'i bod hi'n grac gyda fi.

"Pam ddim?"

"Dy'n ni jest ddim," medd Mam yn swta. Mae hi'n rhoi edrychiad plis-wnei-di-adael-pethe i fi.

"Ocê."

Yna mae hi'n troi 180° ac yn rhoi'r wên fawr, feddal yma i fi. Dyw Mam ddim yn un dda am golli'i thymer. Mae hi fel arfer yn ymddiheuro ar ôl tua saith eiliad, ac yn parhau i deimlo'n euog am y peth ddyddie'n ddiweddarach. "Beth am i ti fynd i wylio adar heddiw? Beth am yr un 'na ro't ti eisie dod o hyd iddo..."

"Boda'r mêl. Ond dwi ddim yn siŵr a wela i un mor agos â hyn at y llyn." Mae 'na arwyddair yn ymwneud â gwylio adar: *Os y'ch chi'n hapus i weld aderyn y to, chewch chi fyth 'mo'ch siomi*. Sy'n golygu, yn y bôn, peidiwch â chodi eich gobeithion. Mae adarwyr yn dwli ar arwyddeiriau gwael. Un arall yw'r un Saesneg: *Once bittern, twice shy*. Ar y dechrau, ry'ch chi'n meddwl eich bod chi wedi gweld yr holl adar prin 'ma, fel adar y bwn a lammergeiers. 99% o'r amser, ry'ch chi heb.

"Ond mae 'na siawns?"

Mae'n od. Dyw Mam ddim wir wedi dangos rhyw lawer o ddiddordeb yn y ffaith 'mod i'n gwylio adar o'r blaen – mae e'n fwy o beth Dad. Ond yr eiliad hon, mae hi'n rhoi'r edrychiad ymbilgar 'ma i fi, fel pe bydde fi'n gweld boda'r mêl fwy neu lai yn gwneud ei blwyddyn hi.

"Oes," meddaf i. Dwi ddim eisie'i siomi hi. "Yn enwedig os gerdda i lan i'r mynyddoedd."

Gwên feddal arall. "Da iawn. Gwna'n siŵr dy fod di'n mynd â dy ffôn gyda ti."

Dwi wedi drysu. Yw hi'n gofyn i fi fynd allan, neu'n dweud wrtha i am fynd? "Beth wyt ti'n mynd i 'neud? Pryd mae Dad yn dod 'nôl?"

"Dwi jest yn mynd i ddarllen am bach, cariad. Dere 'nôl erbyn amser cinio, iawn?"

Dwi'n gwbod y dylwn i adael pethe yn fan'na, ond mae gyda fi'r teimlad trwm yma yn fy stumog, fel pe bawn i'n mynd dros dwmpath cyflymder. Fel pe bai'r bydysawd wedi gogwyddo i un ochr, ac ry'n ni ar fin syrthio oddi arno. "Mam," meddaf i.

"Beth, Macs?"

"Yw popeth yn iawn?"

Mae hi'n tylino'i llygaid. Sydd byth yn beth da. "Alli di jest 'neud beth ofynnais i?"

Dwi ddim yn dweud unrhyw beth arall. Dwi jest yn mynd i fy stafell, yn nôl fy stwff, ac yn gadael. Cyn gynted â dwi'n cau'r drws, dwi'n sylweddoli nad ydw i wedi cael brecwast.

Dwi'n parhau i gerdded.

Mae dwsinau o lwybrau sy'n arwain o'r maes gwersylla i'r goedwig, ar hyd y llyn, lan i'r troedfryniau. Does neb yn defnyddio'r un ohonyn nhw, oni bai am yr un sy'n mynd yn syth i'r traeth. Ugain llath o ddrws ein caban ni, dwi ar fy mhen fy hun yn llwyr.

Mae hi'n heulog, ond mae hi'n oer yn y goedwig: gallwch chi deimlo'r tymheredd yn gostwng y foment ry'ch chi'n camu o dan y coed. Mae'r haul yn procio'i ffordd trwy'r canopi o ffawydd, gan daflu smotiau llewpard ar y llawr, sy'n dawnsio yn yr awel a ddaw o'r llyn.

Dwi'n mynd ar hyd y prif lwybr sy'n arwain draw o'r maes gwersylla nes i fi gyrraedd cyffordd. Pedwar llwybr. Mae un yn dolennu hyd at ben pella'r traeth, lle mae'r pyllau glan môr, lle treuliais i'r rhan fwya o'r diwrnod ddoe yn chwilio am grancod. Mae un wedi'i nodi ag ALL'AUTOSTRADA: at y draffordd. Mae'r ddau arall yn llwybrau natur. Dwi'n edrych ar fy map. Mae'r un ar y dde yn mynd o amgylch y llyn, ac yn arwain at bentre bach o'r enw Entera. Mae'r llall yn crymu lan i'r troedfryniau, yna 'nôl lawr ar ochr arall y maes gwersylla.

Dwi'n cymryd hwnnw. Bydd e'n dawelach – nid bod llwyth o bobl o gwmpas, beth bynnag – a bydd gen i well siawns o weld boda os ydw i'n uwch yn y bryniau.

Dwi'n cerdded am ychydig, gan sganio'r canopi am adar. Dwi'n gweld llwyd yr Eidal yn brigbori ar y llawr, a chwpwl o adar y to. *Os y'ch chi'n hapus i weld aderyn y to, chewch chi byth 'mo'ch siomi*, dwi'n dweud wrtha i fy hun.

Mae'r llwybr yn dringo'n reit gyflym allan o ddyffryn y llyn. Ar ôl rhai munudau, mae fy ngwynt yn fy nwrn. Dwi'n meddwl bod fy anaemia i'n mynd yn waeth. Dwi'n eistedd ar graig i ddal fy ngwynt. Dwi'n tsiecio fy ffôn i weld a oes unrhyw geogelciau'n agos at fan hyn, er 'mod i wedi tsiecio sawl gwaith yn barod, a dwi'n gwbod does dim.

A dwi'n dweud wrtha i fy hun 'mod i'n cael hwyl.

Alli di ddim hyd yn oed gael dy rieni dy hun i dreulio amser gyda ti.

Weithie, mae e'n teimlo nad yw'r peth gwaetha ynglŷn ag anorecsia yn ymwneud â bwyd o gwbl. Dyw e ddim ynglŷn â faint o ofn sydd arna i o fynd yn dew, na fy mhryd bwyd nesa i, na dim o'r stwff 'na. Weithie, mae e'n teimlo mai'r peth gwaetha yw'r ffordd mae Ana'n sugno'r hwyl allan o bopeth dwi'n 'neud. Hyd yn oed pan dwi'n gwneud pethe dwi'n eu mwynhau – edrych am adar, neu wylio ffilm, neu beth bynnag – dwi'n teimlo'n uffernol ar ôl tua deg eiliad.

Dwi'n aenemig: does dim digon o haearn yn fy ngwaed i, ac mae'r lliw yn llifo'n araf allan ohona i. Ac ar yr un pryd, mae 'myd i'n troi'n llwyd. Dwi'n eistedd mewn coedwig. Mae'r dail uwch fy mhen i yn lliw leim ac emrallt, gan ddibynnu sut mae'r haul yn disgyn arnyn nhw. Oddi tana i, mae'r llyn yn lliw glas dwfn, disglair. Dwi'n gwisgo trainers coch, a chrys-t melyn. Ond mae e i gyd yn *teimlo'n* llwyd.

Pan dwi'n cyrraedd 'nôl, mae Dad yn dadlwytho'r car. Dwi braidd yn nerfus ynglŷn â'r hyn mae e wedi'i ddewis i ginio, heb fy mewnbwn i: dyw hyn yn sicr ddim yn rhan o'r fargen. Ond fedra i ddim cwyno gormod, achos mae hyn yn siŵr o achosi llai o straen nag y bydde bwyta allan yn Sermione wedi gwneud.

"Haia, Dad," meddaf i. Dwi wedi fy synnu pa mor hapus ydw i o'i weld e. Am wn i nad o'n i'n sylweddoli faint ro'n i'n poeni, tan nawr. "Dim boda'r mêl, *eto*, ond fe weles i..." Dwi'n distewi wrth iddo fe edrych lan, a dwi'n dal ei wyneb e. "Be' sy'n bod?"

Yna dwi'n sylwi ar nifer o bethe ar yr un pryd.

Y cês yn y bŵt.

Y ffeil o ddogfennau mae Dad yn cydio ynddi.

Y siaced sydd wedi'i thaflu dros ei ysgwydd, er ei bod hi'n

32°C yma.

    Dyw Dad ddim yn dadlwytho'r car.

    Mae e'n gadael.

2 Awst

Sori nad ydw i wedi sgwennu 'nôl tan nawr. Fe es i ar wylie'n syth ar ôl i fi gael dy neges ddiwetha di. Gobeithio nad wyt ti wedi diflasu ac wedi rhoi'r gorau i aros, neu beth bynnag.

Beth bynnag, roedd y gwylie'n hollol drychinebus. Fe gafodd fy mam a fy nhad i'r ddadl enfawr 'ma, ac yn y diwedd fe adawodd Dad y gwylie'n gynnar. Yna fe eisteddodd Mam a fi o gwmpas am wythnos heb ddim i'w wneud. Fe driodd hi ddweud wrtha i nad oedd e'n *big deal*. Bod Dad wedi gorfod mynd adre'n gynnar achos bod etholiadau cyn hir. (Mae fy nhad i'n gweithio i'r cyngor). Ond dwi ddim yn dwp. Dyw e erioed wedi gweithio'n hwyr o'r blaen, hyd yn oed, heb sôn am fethu gwylie. Ro'n i eisie'i galw hi'n gelwyddgi, a'i gorfodi hi i ddweud wrtha i beth oedd yn mynd 'mlaen. Ond fe wnes i'r camgymeriad o edrych i fyw ei llygaid hi.

Ffaith hwyliog: ry'ch chi'n stopio edrych i fyw llygaid pobl pan y'ch chi fel fi. Hynny yw, pan y'ch chi'n anorecsig. (Nawr 'mod i'n gwbod bod rhywun wir yn darllen hwn, mae e'n deimlad rhyfedd i sgwennu'r gair 'na. Dwi wedi bod yn cadw'r peth yn gyfrinach am gymaint o amser.) Dwi ddim yn siŵr pam yn union mae e'n digwydd. Am wn i mae rhyw fath o ofn arnoch chi o'r hyn y gallech chi ei weld.

Beth bynnag, pan edrychais i'n iawn ar fy mam am y tro cynta ers wythnosau, fe welais i pa mor ypsét roedd hi. Gyda fi. Gyda fy nhad. Gyda phopeth. Felly fe chwaraeais i'r gêm. Esgus bod Dad yn brysur, a bod popeth yn iawn.

Am weddill y gwylie, wnaethon ni ddim byd ond aros o

gwmpas y maes gwersylla. Doedd gyda ni fawr o ddewis. Roedd Dad wedi mynd â'r car benthyg gyda fe pan adawodd e. Doedd Mam ddim yn teimlo fel gwneud rhyw lawer. Darllen ei llyfr yn y caban wnaeth hi yn bennaf, neu weithie ar bwys y pwll. Fe dreuliais i'r holl wythnos yn cerdded o gwmpas Llyn Garda yn chwilio am adar. Ond welais mo'r un ro'n i wir eisie'i weld.

Roedd Gorffennaf 27ain yn ben-blwydd arna i, a dyna'r diwrnod gwaetha un. Dyna'r pen-blwydd cynta i fi ei gael ers mynd yn sâl, a, wel, doedd e ddim yn hawdd o gwbl. Fe gytunon ni y diwrnod cynt na fyddwn i'n agor unrhyw anrhegion nes i fi gyrraedd adre, fel y gallwn i wneud hynny gyda Dad hefyd. Fe es i am dro ar fy mhen fy hun, a thra 'mod i allan fe aeth Mam i siop y maes gwersylla a phrynu llwyth o gynhwysion i wneud cacen, oedd yn neis iawn ohoni, achos doedd hi'n bendant ddim yn yr hwyliau i wneud. Y broblem oedd nad oedd yr un ohonon ni eisie bwyta cacen. Gartre, bydden ni jest yn ei rhoi hi i fy nhad neu fy mrawd, ond do'n nhw ddim yno. Felly yn y diwedd fe dorrais i hi'n friwsion a'i bwydo hi i'r adar.

Pan gyrhaeddon ni adre o'r diwedd, roedd Mam a Dad yn ymddwyn yn hapus ac yn gwenu i gyd. Fe ddywedodd Dad ei fod e wedi gweld ein heisie ni, fel pe na bai e erioed wedi bod 'na a'n bod ni jest wedi penderfynu mynd ar wylie hebddo fe. Fe roddodd e gwtsh mawr i fi, er ei bod hi'n gas gyda fe fy nghwtsho i nawr achos 'mod i mor denau. Fe ddechreuais i feddwl tybed a fydde popeth yn iawn wedi'r cyfan. Ond roddodd e ddim cwtsh i Mam.

Ers hynny, mae popeth wedi bod yn llawn tensiwn. Mae e fel pe bai fy rhieni wedi bod yn cerdded ar blisg wyau o 'nghwmpas i ers blwyddyn. A nawr, maen nhw'n cerdded ar blisg wyau o gwmpas ei gilydd hefyd. Does gyda fi ddim syniad beth sy'n mynd i ddigwydd, ond dyw e ddim yn teimlo'n dda.

Sori, mae hyn yn ddiflas dros ben. Dwi am gau fy ngheg nawr. Diolch am sgwennu ata i. Ac os nad wyt ti eisie sgwennu 'nôl, fydda i ddim yn gweld bai arnat ti.

M

12 Awst

OMB. FE DDIGWYDDODD YR UN PETH I FI! Rhaid 'mod i wedi mynd i ffwrdd ar yr union ddiwrnod yr anfonaist ti hwnna. Mae hwnna'n swnio fel lwmp o gelwydd, yn dyw e? Ond dwi'n addo, dwi ddim yn malu cachu. Erbyn i'r llythyr 'na gyrraedd, ro'n i eisoes ar awyren.

Felly, ym, ie, Gobeithio dy fod di'n ocê o hyd?

Dwi ddim yn mynd i ddweud celwydd, mae dy fywyd di'n swnio fel llanast. Trychineb llwyr, a bod yn onest. Felly beth am i fi ddweud wrthot ti am yr hyn sy'n digwydd yn fy mywyd i? Falle y gwneith e i ti deimlo'n well.

Dim ond fy nhad a fi oedd fod i fynd ar wylie. Ond ar y funud ola, fe ddywedodd Dad wrtha i bod Enfys yn dod hefyd. 'Pwy ddiawl yw Enfys?', dwi'n dy glywed di'n gofyn. CWESTIWN DA, gyfaill. Do'n i erioed wedi clywed am Enfys, hyd yn oed, cyn i fi ddarganfod 'mod i'n mynd ar wylie gyda hi. Ti'n gwbod pam? Achos dim ond PYTHEFNOS YN ÔL gwrddodd fy nhad â hi.

Wel, galla i dy hysbysu di fod Enfys yn hen ast. Fe driodd hi fod yn glên gyda fi am tua phum munud, ond yna fe aeth hi'n ypsét oherwydd 'mod i heb ddechre esgus yn syth mai hi oedd fy mam newydd i. Ac fe gymerodd Dad ei hochr hi, achos mae e'n dechre ymddwyn fel idiot llwyr pan fydd rhyw ddynes mae e'n ei ffansïo yn ymddangos. Yn ôl pob golwg, do'n i "ddim yn trio'n ddigon caled", ac roedd angen i fi "ddeall bod gyda fe deimladau hefyd." Dwi yn. Yr unig broblem oedd bod Dad yn teimlo'r angen i fynegi'r teimladau hynny trwy fynd ag Enfys 'nôl i'w stafell yn y gwesty bob pum munud. Os ti'n deall be' dwi'n feddwl.

Felly fe dreuliais i'r holl wylie yn y pwll ar fy mhen fy hun, tra oedd fy nhad i'n cael rhyw gyda rhyw ddynes o'r enw Enfys. Enfys beth? O feddwl am y peth, does gyda fi ddim y syniad lleia beth yw ei chyfenw hi. Fetia i nad yw Dad yn gwbod chwaith.

Ond hei, falle y bydd fory'n wahanol, a bydd fy nhad i'n dympio Enfys, a bydd dy fam a dy dad di'n sortio pethe, a bydd popeth yn grêt. Ti byth yn gwbod, nagwyt?

Y newyddion da yw, dwi 'nôl am weddill yr haf nawr. Fe tsiecia i ti'n-gwbod-ble eto fory.

E

O.N. Pen-blwydd hapus! Ddwedest ti ddim pa anrhegion gest ti. Dwed y cyfan!

14 Awst

Ocê, byddi di'n siŵr o feddwl 'mod i'n *weirdo* llwyr pan ddyweda i wrthot ti beth ges i. Ond fe ofynnaist ti, felly dyma ni:

- Ffôn newydd. Dyw hynny ddim yn rhy rhyfedd, am wn i.
- Côt. Ac wrth hynny dwi'n golygu côt *parka* enfawr fflwffog. *Pwy sy'n cael côt yng nghanol mis Awst?*, rwyt ti'n dweud. Ond dwi bron â sythu drwy'r amser.
- Tegan meddal o lwynog. Ar gyfer fy nghi, Madog. Mae pen-blwydd Madog ddau ddiwrnod ar ôl fy mhen-blwydd i, felly mae e wastad yn cael anrheg ar fy mhen-blwydd i hefyd. Dwi ddim yn mynd i ddweud celwydd, mae e'n edrych yn ddigon ciwt yn cario llwynog tegan o gwmpas yn ei geg.
- Gwesty gwenyn. Mae'n siŵr dy fod di'n trio meddwl beth ddiawl yw un o'r rheini. Wel, mae e fwy neu lai'n gwneud yr hyn mae e'n ddweud ar y tun: gwesty ar gyfer gwenyn yw e. Mae 'na borthorion a phwll nofio a... ocê, dwi'n dweud celwydd. Y cyfan yw e mewn gwirionedd yw set o diwbiau er mwyn i wenyn prin wneud nythod ynddyn nhw. Fy mrawd wnaeth e i fi.
- TUNNELL o lyfrau, gan gynnwys dau gopi o'r llyfr 'ma ro'n i wir eisie, o'r enw Bywyd y Gwcw. Rywsut, fe brynodd fy mam a fy nhad e i fi. O ystyried popeth sy'n digwydd ar hyn o bryd, roedd e braidd yn lletchwith.

Mae'n siŵr dy fod di'n meddwl, "Ym, pam wnest ti ofyn am lyfr am y gwcw?". Wel, gad i fi fod yn nyrd am funud.

Dwi ddim yn gwbod os oes gyda ti ddiddordeb mewn adar neu beth bynnag, ond mae'r gwcw'n reit anhygoel. Yn hytrach na magu eu cywion nhw'u hunain, maen nhw'n eu dodwy nhw yn nythod adar eraill, felly mae'r cywion yn tyfu lan wedi eu hamgylchynu gan ddieithriaid llwyr. A chyn gynted ag y byddan nhw'n deor, maen nhw'n lladd y cywion eraill, ac yn bwyta'r holl fwyd. Dyw'r rhieni eraill ddim hyd yn oed yn sylweddoli beth sy'n digwydd. Gwallgo, yn dyw e?

Am wn i bod bod ar dy ben dy hun yn dy wneud di'n galed. O feddwl am y peth, os bydd Enfys yn dechre achosi trafferth i ti eto, fe ddylet ti'n bendant ddechre ymddwyn fel y gwcw gyda hi. Aros — brênwêf! Mae gyda fi gopi sbâr o'r llyfr 'ma beth bynnag. Fe adawa' i fe yn fy ngeogelc i ti. Falle y gwneith e dy ysbrydoli di, haha.

Beth bynnag, mae pethe wedi gwella fan hyn ers i fi sgwennu ddiwetha. Does dim cweit cymaint o densiwn yma. Heno, ry'n ni gyd yn cael swper fel teulu — mae fy mrawd i'n dod draw, hefyd. Dwi'n amau falle fod Mam a Dad wedi datrys pethe. Am wn i 'mod i'n mynd i gael gwbod.

Fe sgwenna i 'nôl yn fuan.

M

21

Mae fy atgof cynta un i o Sioe'r Sir pan o'n i'n bedair oed, pan beniodd gafr fy hufen-iâ i allan o fy llaw i. Mae fy ail atgof i o wylie yn y Fforest Ddu yn yr Almaen. Mae'n rhaid mai'r haf canlynol oedd hynny, pan o'n i'n bump. Ro'n ni mewn maes gwersylla, yn ddwfn yn y goedwig, lle gwnaethon nhw rostio mochyn gwyllt cyfan un noson. Dwi'n cofio cerdded trwy'r coed, o dan sêr oedd mor llachar fel eu bod nhw'n taflu cysgodion yn y goedwig, tuag at dân mawr oren yn y pellter.

Beth yw dy atgof cynta di? Beth am y parti pen-blwydd cynta rwyt ti'n ei gofio, a'r Nadolig cynta? Betia i fod o leia un ohonyn nhw'n cynnwys bwyd. Fe ofynnais i i Mam a Dad am eu dêt cynta nhw unwaith. Fe ddywedodd Mam, "Fe aethon ni le Eidalaidd. Dwi ddim yn cofio rhyw lawer heblaw bod dy dad wedi cael sbageti gyda chregyn bylchog, oedd yn ymddangos i fi fel rhywbeth roedd oedolion yn ei wneud."

Eiliadau mawr eich bywyd chi, y rhai sydd wir yn bwysig? Maen nhw i gyd yn cynnwys bwyd. Ry'n ni'n defnyddio bwyd i ddathlu, i goffáu, i gadw plant yn hapus pan maen nhw'n ein gwneud ni'n benwan. Bwyd sy'n ein cadw ni'n fyw. Ond mae e'n llawer mwy na hynny. I'r rhan fwyaf o bobl – i bobl normal – mae e'n rhan reit fawr o'r hyn sy'n gwneud eu bywyd nhw'n werth ei fyw.

Os y'ch chi'n anorecsig, ry'ch chi'n cario'r atgofion bwyd hapus o gwmpas gyda chi, bob dydd. Dwi'n meddwl am hyn yn aml. Yn rhy aml, siŵr o fod. Os ydych chi'n gaeth i gyffuriau neu alcohol, ry'ch chi wastad yn gallu meddwl 'nôl i adeg hapusach, cyn bod y pethe yna'n rhan o'ch bywyd chi. Ond os ydych chi'n gaeth i beidio â bwyta, mae pob atgof sydd gyda chi'n troi'n sur.

Mae'n siŵr na fydd hyn yn gweithio.

Dyw Luned ddim yn dwp. Mae hi'n siŵr o weld yn syth drwyddo. Ar y llaw arall, mae hi'n ddigon neis – yn ymddiried yn ddigonol ynof i i 'nghredu i, falle.

A dyw hi ddim fel pe bai gyda fi ddim byd i'w golli.

Fe bwysais i fy hun bore 'ma: —kg. Dwi bellach yn 152cm o daldra: centimetr yn dalach nag o'n i'r tro diwetha i fi weld Luned. Dy'n nhw ddim yn siŵr o hyd faint mae anorecsia'n arafu'ch tyfiant chi: mae'n siŵr ei fod e'n dibynnu ar ba mor hir mae e arnoch chi, a pha mor wael yw e. Ond am y tro cynta erioed, dwi'n dalach nag Anti Ceri.

Mae hynny'n golygu bod fy BMI i bellach o dan —. Mae Luned yn mynd i 'nghasau i.

Ers i fi bwyso fy hun, dwi wedi yfed dau litr o ddŵr, wedi bwyta un darn o dost a menyn, a hanner ciwcymbr, sef y ffordd orau y gallwn i feddwl amdano i gynyddu fy mhwysau i heb ychwanegu gormod o galorïau.

Ond maen nhw dal i fod yn galorïau. Gallet ti fod wedi gwneud heb y tost.

Dwi hefyd yn tynnu'r papur oddi ar dau far o Kit-Kat Chunky ac un Snickers. Do'n i ddim eisie cael gwared arnyn nhw, felly fe lapiais i nhw mewn *cling film* a'u gadael nhw yn y drôr wrth fy ngwely. Mae'n siŵr y gwna i eu rhoi nhw i Ram pan wela i fe.

Mae 'na un papur yn fy mhoced i, ac un yn fy mag i. Dwi ddim yn gwbod pa un sydd ble: ro'n i'n meddwl y bydde fe'n fwy naturiol pe na bawn i'n gwbod. Ar rhyw bwynt, os yw popeth yn mynd fel y dylai, dwi'n mynd i dynnu fy ffôn o fy mhoced, a gollwng un o'r papurau siocled ar y llawr. Ac yna, pan fydd Luned yn rhoi fy nhaflen waith i fi – dwi'n cael un ar ôl pob sesiwn – dwi'n mynd i agor fy mag reit o'i blaen hi.

Os llwyddith hyn, wneith hi ddim dy boeni di. Fe adawith hi lonydd i ti.

Dwi'n trio. Ond dyw hi ddim yn deall. Mae angen iddi feddwl 'mod i'n bwyta, er mwyn iddi weld pa mor galed dwi'n trio.

Mae'n siŵr na wneith e weithio. Ond mae'n rhaid i fi wneud rhywbeth.

"Sut hwyl gest ti ar dy wylie?"

Ry'n ni wedi bod yn cael y sgwrs yma ers deg mis bellach. Mae e'r un fath yn union. Pum munud o fân siarad am fy mywyd i, gan wenu, ac yna mae hi'n dechre holi'r cwestiynau dwi ddim eisie'u hateb. *Sut mae dy fwyta di wedi bod? Sut rwyt ti'n teimlo? Unrhyw deimladau penysgafn, methu teimlo neu boen?*

Gwael. Uffernol. Oes, oes ac oes.

Jest dwed beth bynnag mae angen i ti ei ddweud er mwyn cau ei cheg hi.

"Roedd e'n dda," dwi'n dweud wrthi. "Fe weles i foda'r mêl."

Dyma fy nghelwydd prawf i. Y celwydd cyn y celwydd ydw-dwi-yn-bwyta-llwyth-o-fariau-siocled-am-beth-rwyt-ti'n-sôn. Dwi eisie gweld os ydw i'n ildio o dan bwysau, neu os ydw i'n dweud rhyw fath o gelwydd y gall Luned ei weld o bell.

Ond mae hi wrth ei bodd. Mae hi'n llyncu'r celwydd yn gyfan. "Mae hynna'n wych, Macs," medd hi, fel pa bawn i newydd ddarganfod gwellhad ar gyfer cancr.

Yna mae hi'n oedi. Fel arfer, bydde hi'n gofyn tua miliwn o gwestiynau dilynol. *Ble welaist ti fe? Oedd e'n hedfan? Gwryw neu fenyw oedd e?* Mae hi'n cyffroi tipyn pan dwi'n rhannu unrhyw wybodaeth o gwbl am fy mywyd yn wirfoddol. Ond yr eiliad hon, mae hi'n edrych ar goll braidd, fel pe na bai hi'n gwbod beth i'w ddweud nesa.

Sydd byth yn digwydd.

"Macs," mae hi'n dweud o'r diwedd, yn y llais dwi-ar-fin-dweud-rhywbeth-pwysig 'na y gallwch chi ei adnabod o bell, hyd yn oed os nad y'ch chi wedi clywed y person yna'n ei ddefnyddio o'r blaen. "Oes unrhyw beth arall yr hoffet ti ei ddweud wrtha i am dy wylie? Mae e'n gallu bod o help i drafod y pethe 'ma, hyd yn oed os yw e'n teimlo'n boenus."

Ac yna dwi'n sylweddoli: mae hi'n gwbod beth ddigwyddodd.

Dwi'n ysgwyd fy mhen.

"Y sesiynau yma yw dy gyfle di i rannu dy bryderon," medd hi. "Bydd unrhyw beth y byddi di'n ei ddweud yn aros yn y stafell yma."

Mae hi eisie i fi agor lan iddi. Mae hi eisie i fi ddweud, *Mae fy mrawd wedi gadael cartre gan ei fod e wedi cael llond bol ohona i, ac yna fe adawodd fy nhad ein gwylie ni yn gynnar gan nad oedd e'n gallu diodde'r syniad o dreulio mwy o amser gyda fy mam, na gyda fi, na gyda'r ddau ohonon ni. Dwi heb weld dim un o fy ffrindiau ers mis, a dwi ddim yn siŵr os ydw i eisie chwaith, oni bai am y ferch dwi mewn cariad â hi neu be' bynnag, sy'n fy ngalw i'n goc oen pan dwi'n ei gweld hi, neu'n fy anwybyddu i'n llwyr, ac sy'n dal heb ymateb i'r llythyr adawais i iddi dri diwrnod yn ôl. O, a dwi bellach yn swyddogol yn "beryglus o dan fy mhwysau", ond dwi'n dal i deimlo fel morfil.*

"Dwi'n gwbod," meddaf i.

"Macs, dwi'n gwbod mae'n rhaid bod hyn yn dy ypsetio di'n fawr. Ond mae dy fam a dy dad eisie'r hyn sydd orau i ti. Mae'r ddau ohonyn nhw ar dy ochr di, ocê?"

"Ocê," meddaf i. Dyw hi ddim yn ocê, ond dwi'n tybio mai cytuno â'r hyn mae Luned yn ei ddweud yw'r ffordd orau o ddod â'r sgwrs yma i ben cyn gynted â phosib.

"Ac os wyt ti'n poeni am unrhyw beth, galli di gysylltu â fi unrhyw bryd."

Dwi ddim yn dweud unrhyw beth.

"Felly," medd Luned, gan geisio swnio'n hwyliog eto. "Beth yw dy gynllunie di ar gyfer gweddill yr haf?"

Wel, mawredd, Luned, dwi ddim yn siŵr. Ro'n i'n meddwl falle y gallwn i ymuno â thîm lacrosse, neu ddechre dysgu chwarae'r ffliwt. Beth mae hi eisie oddi arna i? Dwi'n mynd i eistedd yn fy stafell, a darllen, a chwarae gemau fideo. Fel bob amser.

Dwi'n codi fy ysgwyddau.

Dyw hi ddim yn oedi o gwbl. "Dwi'n mynd ar wylie wythnos nesa. I Ddyfnaint."

"Cŵl," meddaf i. Mae'n creu tipyn o argraff arna i sut y gall Luned gynnal sgwrs ar ei phen ei hun. "Gobeithio y bydd e'n hwyl."

"Dwi'n mynd â fy nghi gyda fi," medd hi.

Dwi'n edrych lan. "Do'n i ddim yn gwbod bod gyda chi gi," meddaf i. Dwi'n gwbod ei bod hi'n fy nhwyllo i: dim ond ffordd o 'nghael i i siarad yw hyn. Ond dwi eisie gwbod am y ci. Yna dwi'n meddwl: allai hi fod yn rhaffu celwyddau am y ci? Oes hawl gyda hi i ddweud celwydd wrtha i, fel dwi'n dweud celwydd wrthi hi? Oes rheolau ynglŷn â'r hyn y gall seiciolegwyr ddweud a'r hyn na allan nhw ddweud i gael twpsod hawdd eu twyllo fel fi i siarad?

"Mae gyda fi gi defaid Awstralaidd," medd Luned.

"O, cŵl," meddaf i. Ond dwi'n ei feddwl e'r tro 'ma. "Beth yw ei enw fe?"

"Ei henw *hi* yw Gwenda," medd Luned.

Dwi'n chwerthin. Dyma'r tro cynta, yn llythrennol, i fi chwerthin ers wythnos. Na, arhoswch – yr ail dro. Fe chwarddais i ar lythyr Elsi, hefyd. "Enw cŵl. Fe ddyle hi gwrdd â Madog rhyw dro."

Mae Luned yn gwenu arna i. "Bydde hynny'n hyfryd, Macs. Pa fath o gi yw Madog eto?"

"Ci defaid Cymreig."

"Dwi'n *dwli* ar gŵn defaid," medd hi, gan bwyso 'mlaen yn ei chadair. Os yw hi'n dweud celwydd ynglŷn â bod eisie i'n cŵn ni gwrdd, mae hi'n blymin dda am wneud.

Tybed yw hi'n mynd i ymddwyn yn fe-ddwedes-i-wrthot-ti i gyd. *Ti'n gweld, Macs? Mae 'na ddigon i fod yn hapus yn ei gylch e o hyd. Cer i chwarae gyda dy gi, ac arogla'r rhosynnau.* Ond dyw hi ddim. Mae'n siŵr ei bod hi am i fi gysylltu'r dotiau fy hun.

"Ocê, Macs. Dwi'n meddwl y dylen ni orffen am heddiw."

Arhoswch. Beth?

Ry'n ni heb drafod fy mhwysau i unwaith. Fe bwysodd hi fi ar y dechre, fel arfer, ond mae hi heb grybwyll y peth o gwbl. Dwi wedi colli kilo arall ers i fi fod 'ma ddiwetha. Ro'n i'n tybio 'mod i'n mynd i gael pregeth, o leia. Ro'n i'n meddwl falle mai heddiw fydde'r diwrnod y bydde Luned yn penderfynu bod angen i fi gael triniaeth fel claf mewnol.

Ond... dim byd. Yw hi wedi gwneud camgymeriad?

Hwre! Mae'r gwaith wedi'i gyflawni. Nawr Mas o 'Ma Glou.

"Diolch am ddod mewn heddi," medd hi, gan godi o'i chadair. "Cofia fi at Madog, wnei di?"

22

Dwi wedi dechrau gwneud rhestr o'r holl resymau – popeth y galla' i feddwl amdano a allai fod wedi 'ngwthio i i gyfeiriad Anna. Ddim 'mod i'n meddwl bod hynny'n mynd i 'ngwella i. Dwi'n dechre amau a fydd unrhyw beth yn gallu 'ngwella i. Ond byth ers i ni fynd i'r Eidal, dwi wedi cael y teimlad 'ma, falle, os ydw i'n deall yn well, y galla i ddysgu sut i fyw gyda hyn. Gallwn ni i gyd ddysgu sut i fyw gydag Ana.

Dwi heb sgwennu dim ohono ar bapur. O hyn ymlaen, mae stwff fel hyn yn aros yn fy mhen i. Ond mae hynny'n ocê. Fel mae'n digwydd, mae Ana wedi 'ngwneud i'n reit dda am gofio pethe. O'r diwedd, dyma 'nghyfle i i ddefnyddio un o'i harfau hi yn ei herbyn hi.

Rheswm #1
Ry'n ni'n reit ymwybodol o'n hiechyd, fel teulu. Er enghraifft, dwi ddim erioed, hyd y gwn i, wedi bwyta yr un pryd bwyd gartre nad oedd yn cynnwys o leia un llysieuyn. Bydde'r rhan fwya o bobl yn ystyried hyn yn beth da. Ond, yn fy marn i, mae'n bosib mynd â'r peth yn rhy bell.

Rheswm #2
Dyw bwyd byth yn ddim ond bwyd yn ein tŷ ni. Mae 'na wastad sgwrs. Er enghraifft, o'ch chi'n gwbod mai clôn yw bron pob banana, ac yn yr 1920au ein bod ni'n arfer bwyta math mwy

blasus o fanana ond iddo gael ei ddifodi gan ffwng? Mae'n siŵr nad o'ch chi, nac oeddech? Ond ro'n i'n gwbod, achos mae Dad yn sôn am stwff fel hyn drwy'r dydd, bob dydd. Am wn i, fel hyn y byddwn i'n esbonio'r peth: ry'n ni wastad yn rhoi tipyn o ffocws ar fwyd. Dwi wedi cael fy nysgu i ystyried o ble mae e'n dod, pwy wnaeth e, faint gawson nhw eu talu. Eto, fe ddyle hyn fod yn beth da.

Rheswm #3

Yn ogystal â bod yn ymwybodol o'n hiechyd, ry'n ni hefyd yn reit ffwdanus ynghylch pethe. Yn enwedig Dad. Na, dyw e byth yn gwylltio, ond mae hynny'n rhannol oherwydd bod popeth yn union fel mae e'n dymuno iddo fod. Mae ein holl lyfrau wedi'u trefnu yn nhrefn yr wyddor. Mae ein perlysiau a'n sbeisys wedi'u trefnu yn nhrefn yr wyddor, er mwyn popeth. Mae Mam fel hyn hefyd braidd, a dwi'n meddwl bod hynny wedi dylanwadu arna i, er cymaint nad o'n i eisie iddo fe wneud. Pan fydda i'n gweld rhywbeth sydd ddim cweit yn ei le, dwi'n profi'r teimlad pigog 'ma yn fy ngwddf. Fedra i ddim stopio meddwl am y peth nes i fi ei roi e'n iawn. (Dyw Robin yn sicr ddim fel hyn, gyda llaw. Pan oedd e gartre, roedd ei stafell wely fe'n edrych fel pe bai'r FBI wedi gwneud cyrch arni. Fedra i ddim hyd yn oed dechre meddwl sut olwg sydd ar ei stafell e, heb Mam yn swnian arno fe drwy'r amser.)

Fe ddywedodd Luned wrtha i unwaith y gall anorecsia fod yn gysylltiedig ag OCD: yn aml, bydd gan bobl sydd ag un ohonyn nhw y llall hefyd. Does dim OCD gyda fi, ond falle fod gyda fi rai o'r un nodweddion. Er enghraifft, pan o'n i'n fach, ro'n i wastad yn arfer golchi 'nwylo yn y ffordd arbennig 'ma: byddwn i'n rwbio'r sebon union bedair gwaith ar draws y ddwy law – ar gefn fy nwylo yn gyntaf, yna ar y cledrau. Os byddwn i'n ei wneud e'n anghywir, bydde'n rhaid i fi ddechre eto. Fe dyfais i allan o'r peth, i raddau. Neu falle 'mod i heb.

Falle'i fod e jest wedi tyfu yn rhywbeth arall.

Rheswm #4
Dyw hwn ddim yn un newydd, ond... y busnes arian/gwastraff. O deulu sydd erioed wedi bod yn dlawd, ry'n ni'n hollol niwrotig ynglŷn ag arian. A'r peth gwaethaf un all ddigwydd yn ein tŷ ni yw os y'n ni'n gadael i fwyd fynd yn hen ac mae'n rhaid i ni ei daflu fe.

I fi, dim ond ar y trip hwnnw i'r Eidal y dechreuodd y rhan arian gael effaith go iawn. Ond mae'n siŵr 'mod i wedi amsugno'r cyfan trwy osmosis cyn hynny. Bellach, dyma'r prif beth dwi'n meddwl amdano – pan nad ydw i'n meddwl am fwyd, wrth gwrs.

Rheswm #5
Mae fy rhieni eisie i fi orgyflawni. Neu, o'i roi e mewn geirie eraill, maen nhw eisie i fi fod yn wahanol i Robin. Peidiwch â 'nghamddeall i: dy'n nhw erioed wedi dweud hynny wrtha i. Fydden nhw byth. Ond mae e'n wir. Roedd 'na un noson, llynedd, reit cyn i fi fynd yn sâl. Fe glywais i nhw. Roedd Dad yn sôn wrth Mam cymaint dwi'n dwli ar Swoleg – sy'n wir, am wn i – ond gwnaeth hynny i fi deimlo fel gîc llwyr. Beth bynnag, "Wyt ti'n meddwl bod gyda ni athrylith gwyddoniaeth?", medd Mam. Ateb Dad oedd, "Bydde hynny'n newid braf o athrylith creadigol," ac fe ddechreuodd y ddau chwerthin. Roedd hyn cyn i Robin gael ei brentisiaeth, pan oedd e jest yn foi oedd yn gwneud ambell dŷ adar ond nad oedd yn gwbod beth i'w wneud â'i fywyd.

Ro'n nhw eisie i fi fod yr un sefydlog, synhwyrol oedd yn cyflawni pethe mawr. Yr un sy'n trefnu'i berlysiau a'i sbeisys yn nhrefn yr wyddor. Yr un sydd wastad yn rheoli. O ystyried hynny i gyd, mae'n rhaid mai 'leni oedd y siom fwya mewn hanes.

Felly dyna chi. Pum rheswm dros fy sefyllfa i nawr, efallai.. Ydyn nhw'n adio at ei gilydd i greu anorecsia? Ydyn nhw'n esbonio pam benderfynodd Ana ddringo mewn i 'mhen i? Fyddech chi ddim yn meddwl hynny, na fyddech? Falle fod 'na ryw elfen ychwanegol dwi wedi anghofio amdani. Rhyw wifrau wedi torri yn fy ymennydd i nad ydw i'n ymwybodol ohonyn nhw.

Yr hyn dwi yn ei wybod yw nad ydw i'n gweld dim o'r pethe 'ma'n newid. Dwi ddim yn siŵr os ydw i hyd yn oed eisie iddyn nhw newid. Os yw dod o hyd i ffordd i fyw gydag Ana'n golygu newid pwy ydw i, beth dylwn i'i wneud?

Hyd yma, dim byd. Dwi wedi bod at fy ngeogelc i ddwywaith ers dydd Mawrth. Mae'r llyfr yno o hyd. Mae fy llythyr i yno o hyd.

Tri chynnig i Gymro, ynde?

Mae Madog gyda fi heddiw. Mynd â fe am dro yw un o'r unig jobsys mae Mam a Dad yn dal i ofyn i fi eu gwneud, ond dwi fel arfer yn mynd â fe at y patshyn tawel o dir fferm y tu ôl i'n tŷ ni, yn hytrach na'r Comin. Achos pan fyddwch chi allan gyda Madog, mae pobl yn dod i siarad â chi drwy'r amser. Mae e'n rhy ciwt. A dweud y gwir, hyd yn oed pan nad yw e gyda fi, maen nhw weithie'n dod ata i a gofyn, *Ble mae Madog?*

Unwaith ry'n ni'n cyrraedd y grug ar ochr bella'r llyn, dwi'n estyn lawr ac yn dadglipio'i dennyn e. Mae e'n trotian draw at dalp o ddrain ugain llath o'n blaenau ni ac yn tyrchu o gwmpas. Dwi'n cymryd ei fod e'n chwilio am rhywbeth i wneud pi-pi arno, ond wrth i fi fynd yn agosach, dwi'n sylweddoli ei fod e'n bwyta'r mwyar duon.

"Ti'n gi clyfar," dwi'n dweud wrtho. Dyw e ddim yn edrych lan. Pan o'n i'n fach, ro'n ni'n arfer mynd i gasglu mwyar duon bob haf. Ro'n i wastad wedi llowcio o leia hanner y mwyar duon erbyn i ni gyrraedd adre. Dwi'n ystyried dilyn esiampl Madog a bwyta rhai nawr. Falle rhyw un bach, er cof am yr hen ddyddie. Dwi'n mynd trwy'r rhifau yn fy mhen. Dwi'n tybio bod tua pum, chwe chalori mewn un fwyaren.

Gormod.

Dwi'n anelu draw at y dderwen, gan alw ar Madog bob hyn a hyn fel nad yw e'n rhy bell y tu ôl i fi.

Mae Mam a Dad yn cynllunio rhywbeth ar gyfer heno. Dwi ddim yn siŵr beth yn union. Mae Robin yn dod draw, ac fe ofynnon nhw i fi wneud yn siŵr 'mod i gartre ac wedi cael cawod erbyn chwech. Fel pe bai gyda fi rywle arall i fod. Ocê, medde fi wrth Mam. *Ga' i weld os galla i wneud amser i chi.*

Bydd e'n dal i fod yno. Dwi'n gwbod y bydd e. Mae hi wedi diflasu'n barod, ac wedi symud 'mlaen. Neu, theori arall: fe ddaeth hi, darllen y llythyr, gweld y llyfr, penderfynu 'mod i'n wallgo, a rhedeg milltir.

Pwy fydde'n ei beio hi?

Dwi'n clywed sŵn shifflo ac yn edrych lan. Mae Madog yn rhedeg nerth ei draed ar ôl gwiwer. Mae'r wiwer yn gwibio lan coeden, ac mae Madog yn sefyll ar y gwaelod yn cyfarth, gan geisio dangos pwy yw'r bòs. Lwyddodd e erioed i ddal dim byd hyd yn oed pan oedd e'n ifanc, a nawr mae e'n symud yn rhy araf o lawer. Ond mae e'n rhoi cynnig arni bob amser. Dyw e ddim yn rhoi'r gorau iddi.

"Madog!" dwi'n galw. Mae e'n fy anwybyddu i'r tro cynta, a'r ail dro. "Madog! Madog!" Mae e'n edrych lan arna i, cystal â dweud, *Dwyt ti ddim yn gweld 'mod i'n brysur?*

"Plesia dy hun," meddaf i. Dwi wrth y dderwen erbyn hyn. Dwi'n rhoi hwb lan i fi fy hun, yn estyn mewn i'r twll, ac yn tynnu'r bocs allan.

Mae llif o ddŵr yn arllwys ar fy mhen i, a lawr fy ngwddf. "Daria!"

Am eiliad, dwi wedi drysu. Yna, mae e'n dod 'nôl ata i: y

storm. Neithiwr, fe ddeffres i i sŵn glaw yn pwnio yn erbyn fy ffenest.

Doedd rhywun ddim wedi rhoi'r clawr 'nôl arno'n iawn. Fe lithron nhw fe i'r rhigol ar un ochr, ond nid y llall.

Ai fi oedd e?

Dwi'n llithro'r caead i ffwrdd â phlwc, yn arllwys y dŵr allan, ac yn syllu i mewn.

Mae'r llyfr wedi mynd. Ac mae popeth arall yn wlyb diferol.

Gan gynnwys y llythyr glas.

23

"Be' sy'n bod, Mr Piwis?" gofynna Robin cyn gynted â dwi'n cerdded trwy'r drws. "Ti'n edrych fel bo' ti newydd gusanu brithyll."

"Fe weles i dy gar di ar y dreif," dwi'n ateb. Y peth gyda Robin yw, mae'n rhaid i chi roi dau swllt am geiniog iddo fe. Hyd yn oed os nad y'ch chi'n teimlo fel gwneud. Mae e'n beth cyffredinol gyda brodyr, am wn i: rhowch fodfedd iddyn nhw, ac fe gymeran nhw lathen.

Mae e'n croesi'r gegin i roi cwtsh i fi. "Braf dy weld di, frawd bach."

Dwi'n codi fy ysgwyddau. "Ti hefyd, am wn i. Yw Dad gartre?"

"Ddim eto, cariad," gwaedda Mam o'r gegin. Mae Robin yn rholio'i lygaid arna i, i gyfleu nad yw e'n hapus ei bod hi'n gwrando ar ein sgwrs ni. "Mae e'n stopio yn Y Ddraig Sidan ar y ffordd adre."

Ro'n i wedi anghofio ein bod ni'n cael têcawê, yn bennaf oherwydd nad ydw i. Bwyd têcawê yw hunlle waethaf anorecsig. Mae e'n frasterog, mae'r dognau'n enfawr ac (yn waeth byth, hyd yn oed) yn anghyson. Mae gyda fi bolisi dimtêcawês llym, er i fi gytuno i swshi unwaith. Mae Mam fel arfer yn trio fy narbwyllo i i gael rhywbeth, ond mae hynny fel arfer yn arwain at ddadl sy'n para rhyw ugain munud. Ond heddiw, fe ofynnodd hi o'r cychwyn cynta, *Wyt ti'n iawn i gael rhywbeth o'r cwpwrdd?* Felly, dwi'n cael fy mhryd arferol o'r cwpwrdd: hanner tun o sŵp tomato Heinz (102), a dwy Rivita (68).

Mae Robin yn holi os ydw i eisie chwarae Mario Kart, felly ry'n ni'n gwneud hynny am hanner awr nes daw Dad adre.

"Fe ddylet ti ddod i aros gyda fi am benwythnos," medd Robin wrtha i, wrth i ni hyrddio trwy Gastell Bowser. Mae e'n chwarae fel Koopa Troopa, fel arfer. Yoshi ydw i. Bydd e'n ennill o tua thair eiliad. Mae'n reit braf gwneud rhywbeth ry'n ni wastad wedi gwneud yn yr un ffordd yn union, lle dwi'n gwbod yn union beth i'w ddisgwyl. Mae e'n teimlo'n gyffyrddus, fel pâr o hen drywsus tracsiwt. Bron y galla i esgus bod pethe 'nôl fel roedden nhw.

"Ocê," meddaf i.

"O ddifri. Ma' gyda fi sach gysgu. Ma' 'na goedwig fawr ar bwys fy fflat i, mae'n siŵr ei bod hi'n llawn geogelciau."

"Ocê."

Mae Robin yn oedi'r gêm, sy'n beth ofnadwy i'w wneud mewn gêm o Mario Kart. Mae e'n edrych arna' i. "Be' sy'n bod?"

Dwi ddim yn edrych 'nôl. "Dim byd."

"Plesia dy hun."

Mae e'n dechre'r gêm eto, ac ry'n ni'n parhau i chwarae mewn tawelwch. Dwi ddim yn trio bod yn ddigywilydd. Dwi'n gwbod bod Robin yn bod yn glên, fel arfer. Ond mae'n flinderus trio meddwl am bethe i'w dweud ar hyn o bryd.

Dwi'n dal i boeni am y llythyr. Y peth cynta aeth drwy fy meddwl i oedd falle y gallwn i ei ddehongli fe, ond pan agorais i fe allan fe sylweddolais i nad oedd hynny byth yn mynd i ddigwydd. Do'n i ddim hyd yn oed yn gallu dehongli un gair. Mae e'n llythyr hir: pedair tudalen A4. Mae'n rhaid ei fod e wedi cymryd hydoedd i'w sgwennu.

Felly, beth ydw i'n gwneud nawr? Sgwennu ateb, falle,

Sori, ond alli di ddweud hynna eto?

As if y bydde hi'n trafferthu. Mae'n siŵr ei bod hi'n difaru ymateb yn y lle cynta'n barod. Dyma'r esgus perffaith iddi sgrialu.

Ar y lap ola, fi sydd ar y blaen. Dim ond jest. Mae'r cwrs yn gorffen gyda'r grisiau enfawr 'ma, yna naid dros bydew tân, yna sbrint tua'r llinell. Dwi ar y darn syth olaf, pan mae cragen goch yn fy nharo i o'r tu ôl, a dyfalwch beth? Mae Robin yn fy nghuro i o dair eiliad.

"Diolch am ddod," medd Dad pan mae e'n gweld Robin. Mae e'n rhyfedd o ffurfiol, fel pe baen ni mewn angladd neu rhywbeth.

Mae Robin yn gwenu arno ac yn nodio, cystal â dweud, *Dim problem, y weirdo.*

Mae Dad yn cario dau fag têcawê papur enfawr. Mae e'n eu hyrddio nhw ar fwrdd y gegin, ac yna'n eistedd. Ry'n ni'n eistedd hefyd.

"Gwrandewch," medd Dad. Ry'n ni'n gwrando, ond dyw e ddim yn dweud unrhyw beth. Mae e'n plygu ac yna dadblygu ei freichiau. Yna mae e'n croesi ei goesau.

"Beth am i ni fwyta gynta?" medd Mam o'r diwedd.

Gynta. Beth mae hynny i fod i olygu? Beth arall sy'n digwydd?

Maen nhw'n mynd i dy roi di mewn ysbyty meddwl, o'r diwedd.

Mae Dad yn troi at Mam, â golwg o ryddhad ar ei wyneb. "O'r gorau."

Dwi'n rhoi fy sŵp i yn y meicrodon tra mae Mam a Dad yn sortio'r têcawê. Bydde dweud bod Dad wedi archebu gormod braidd fel dweud bod Antarctica fymryn yn oer. Dwi'n gwbod nad fi yw'r person gorau i feirniadu, ond mae 'na swm gwirion o fwyd yma, gan gynnwys hwyaden grimp gyfan, tri phrif gwrs, *prawn crackers*, llond gwlad o wontons a sbarribs. Y cyfan i dri. Mae Mam yn gwagio'r cartonau têcawê ar blatiau.

Bydde'r rhan fwya o deuluoedd jest yn bwyta o'r carton, ond mae Mam yn casáu'r llanast, felly mae popeth yn mynd ar blatiau a phowlenni.

Yna mae Mam yn treulio awr ar ôl i ni fwyta yn golchi'r llestri. Yn naturiol, gan mai Dad yw Dad, mae hyn yn cynnwys golchi'r cartonau er mwyn i ni allu eu defnyddio nhw fel bocsys storio. Dwi'n gwbod bod pob teulu'n rhyfedd, ond dwi'n tyngu mai fy un i yw'r un mwya rhyfedd.

Cyn i Ana gyrraedd, bwyd Tsiéineaidd oedd fy hoff têcawê i. A'r peth ro'n i'n dwli arno fwya oedd *prawn crackers*. Mae'r bwyty ry'n ni'n mynd iddo wastad yn rhoi bag enfawr i chi, tua'r un maint â bag bin. Byddwn i wedi bwyta'r cyfan yn hapus. Dwi ddim yn gweld eisie llawer o fwydydd, mewn gwirionedd. Ry'ch chi'n rhyw fath o anwybyddu'r syniad o fwyd ar ôl ychydig.

Ond dwi yn gweld eisie *prawn crackers*.

Ry'n ni'n eistedd i fwyta. Mae'r cracers reit o 'mlaen i. Dwi eisie un. Ond... yr hyn ydyn nhw, mewn gwirionedd, yw blawd wedi'i ffrio'n ddwfn. 502 o galorïau enfawr ym mhob 100 gram. Os gadewch chi nhw yn y bag papur am hanner awr, gallwch chi fwy neu lai weld yn syth trwy'r bag oherwydd yr holl fraster. A dyna yw ffefryn Robin hefyd. Dwi'n trio meddwl 'mod i'n gwneud ffafr ag e: dwi'n gadael iddo fe fwyta'r bag cyfan. *Croeso, frawd mawr.*

Dwi'n bwyta fy sŵp, ac yn trio peidio â meddwl am y peth.

Mae Robin yn sôn wrthon ni am ei brosiect diweddara, sef bwrdd wedi'i wneud o larwydden Japan. Mae gyda fe *dipyn* i'w ddweud am larwydden Japan. Yn ôl pob tebyg, mae gyda fe gymaint o resin ynddo, does dim angen ei drin: mae'r pren yn iro'i hun. Mae Robin fel pe bai e'n meddwl bod hon yn ffaith ddiddorol.

"Does dim angen i chi ei drin e, hyd yn oed," mae e'n dweud, am y pedwerydd tro, o bosib.

Dwi'n dal i fod yn nerfus am yr hyn ddywedodd Mam. Oes gyda nhw rhywbeth i'w ddweud wrthon ni? Os oes e, dy'n nhw ddim fel pe baen nhw mewn unrhyw frys i ddweud. Mae Mam yn pigo'i bwyd, sydd wastad yn gwneud i fi boeni, achos mae anorecsia yn y genynnau yn rhannol. Fe ddarganfyddon nhw hynny trwy astudio gefeilliaid. Mae gefeilliaid unfath yn fwy tebygol o rannu eu hanorecsia na gefeilliaid sydd ddim yn union yr un fath, sy'n golygu nad yw e'n ymwneud ag amgylchedd eich cartref chi yn unig.

Os ydw i'n fregus, efallai fod Mam hefyd.

Pan fyddan nhw'n dechre eich trin chi am anorecsia, maen nhw wastad yn gofyn am hanes eich teulu chi. *Oes unrhyw un yn eich teulu chi wedi cael anhwylder bwyta?* Fe ddywedes i na, ond yna fe sylweddolais i nad oedd gyda fi unrhyw syniad. Dyw e ddim y math o beth ry'ch chi'n sôn amdano wrth eich plant, nadi? Falle fod Mam yn sâl hefyd. Yn ôl pob tebyg, mae'n bosib rhannu pobl ag anorecsia yn dri grŵp gweddol debyg o ran maint: y traean sy'n marw, y traean sy'n gwella'n llwyr, a'r traean sy'n mynd yn sâl eto. Beth os oedd Mam yn arfer bod yn sâl, a'i bod hi wedi dod allan ar yr ochr arall – ac yna 'mod i wedi'i gwneud hi'n sâl eto?

Wel, fe wnâi les iddi golli pwys neu ddau.

Mae'r syniad yn fy nharo i fel trên. Dwi'n casáu fy hun am ei feddwl e, hyd yn oed os nad fi sydd yn meddwl. Dwi ddim yn gwbod mwyach. Cyn i fi allu gwneud dim byd, dwi'n teimlo'r cyfog yn dod. Mae fy llygaid i'n chwyddo.

"Macs? Be' sy'n bod?"

Dwi'n cau fy ngheg mor dynn ag y galla i, ac yn gwasgu fy nwylo drosto, cyn rhedeg nerth fy nhraed i'r stafell molchi.

Ro'n i prin wedi cyffwrdd â fy swp. Chi'n gwbod pan y'ch chi'n cyfogi, ac ry'ch chi eisie chwydu, ond does dim byd yno? Mae cyfogi ar stumog wag hyd yn oed yn waeth na chwydu bwyd.

Dwi'n poeri. Mae e'n teimlo fel pe bai fy holl lwybr treulio i ar dân.

"Popeth yn iawn yn fanna?" Mae Dad yn galw trwy'r drws.

Na, ddim wir, dwi eisie dweud wrtho fe. Mae dau beth yn gwibio trwy fy meddwl i:

1. Maen nhw'n mynd i feddwl 'mod i wedi cymryd rhywbeth.

2. Os yw Mam yn sâl, mae'n siŵr nad yw gwylio'i mab yn chwydu wedi helpu.

"Dwi'n iawn," meddaf i. Ma'r geirie'n dod allan mor dawel, dwi ddim yn siŵr a fydd Dad hyd yn oed yn fy nghlywed i drwy'r drws. Ond does gyda fi mo'r egni i siarad yn uwch.

"Ga' i ddod â dŵr i ti?"

"Dad, dwi mewn stafell molchi."

"Ocê," medd Dad eto. Mae e'n swnio braidd yn lletchwith, a dwi'n teimlo'n wael.

Mae llwyth o bobl ag anorecsia yn cymryd stwff sy'n gwneud iddyn nhw chwydu, neu fynd i'r tŷ bach. Dwi erioed wedi gwneud. Ond yr eiliad hon, mae Dad yn sefyll y tu allan, yn meddwl tybed ydw i wedi dechre trio dinistrio 'nghorff mewn ffordd cwbl newydd. A falle fod Mam yn ystyried gwneud yr un peth.

Does ond un ffordd o wella'r sefyllfa: rhaid i fi adael iddyn nhw wbod 'mod i'n iawn. Mae'n rhaid i fi fynd allan yno, bwyta fy sŵp, gwenu. Dangos iddyn nhw bod popeth yn ocê.

"Haia, Dad," meddaf i wrth ddod allan o'r stafell molchi. "Popeth yn iawn?"

"Dwed ti wrtha i," medd Dad. Mae e'n gwyro'i ben ac yn edrych arna i'n galed.

"Dwi jest ddim yn teimlo'n dda iawn heddiw," dwi'n dweud. "Ond dyw e'n ddim byd i boeni yn ei gylch. Onest."

Mae e'n edrych arna' i â'r wên nerfus 'na dwi wedi dod

i arfer â hi: y wên 'na sy'n dweud, *Dwi'n dy garu di, ond mae arna i dy ofn di*. Dwi'n gweld yr un wên ar wyneb Mam pan dwi'n mynd 'nôl trwy ddrws y stafell fwyta, ac ar wyneb Robin. Yr edrychiad y byddwch chi'n ei roi i gi mawr oddi ar ei dennyn: cyfeillgar ond nerfus, achos dy'ch chi ddim cweit yn siŵr beth wneith e.

Felly dwi'n gwneud yr hyn bydde Robin yn ei wneud: dwi'n gwneud jôc. "Sori am hynna." Dwi'n codi fy ysgwyddau mewn ffordd cwbl amlwg. "Mae'n siŵr nad o'n i'n hoffi dy stori di am larwydden Japan ryw lawer."

Mae golwg o syndod ar wyneb Robin am eiliad. Dwi'n poeni 'mod i wedi camfarnu pethe, a'i fod e'n mynd i fynd yn ypsét. Mae 'na saib fer. Yna mae Mam yn gwenu ac yn troi at Robin. "Mae e ond yn dweud yr hyn mae pawb yn ei feddwl, cariad."

Ac ry'n ni gyd yn dechre chwerthin nerth ein pennau.

Ar ôl i ni orffen bwyta, mae Dad yn pacio'r holl fwyd dros ben i gartonau a bocsys plastig. Ac mae 'na *lot* o fwyd dros ben. Hanner hwyaden, fwy neu lai, er enghraifft, a hanner cyw iâr kung po Mam. Dwi'n sylwi bod Robin wedi gorffen yr holl *prawn crackers*, serch hynny. Dwi'n cynnig helpu i glirio, achos dwi'n hoffi gwbod beth yn union sydd yn yr oergell, ond mae Dad yn dweud wrtha i am aros i sgwrsio â Robin.

"Ti'n dweud hynna fel pe bai e'n rhyw fath o gosb, Dad," medd Robin.

"Mae hynny'n dibynnu os wyt ti'n mynd i barhau i sôn wrtho fe am larwydden Japan."

Mae Robin yn plethu ei freichiau, cystal â dweud, *Dwi wedi cael digon o hyn*.

"Gad lonydd iddo fe, Huw," medd Mam. "Nawr, pwy sydd eisie paned o de?"

Dwi'n teimlo'n dda. Mae e'n rhyfedd: ugain munud yn ôl, roedd hi fel pe bai'r byd yn mynd i ddod i ben, a nawr, dwi'n cael amser grêt. Mae fy hwyliau i braidd fel gwennol:

gall wibio i unrhyw gyfeiriad, yna newid llwybr mewn eiliad.

Ocê, mae'n siŵr ei fod e'n help bod Mam *wedi* bwyta rhywfaint o fwyd yn y diwedd.

Mae Robin yn edrych arna i fel pe bai e ar fin dweud rhywbeth pwysig. Yn ôl pob tebyg, mae pawb yn y math yma o hwyliau heddiw.

"Be'?" dwi'n gofyn iddo. Dyw e ddim yn ymateb. "Robin, be'?"

Mae e'n bodio i gyfeiriad y stafell fyw, lle mae fy Nintendo i. "Ail gêm?"

Dyfalwch. Mae Robin yn ennill eto, gan ddefnyddio union yr un dechneg slei a sinigaidd: cragen yn fy nghefn i jest cyn y llinell derfyn.

"Dwi'n casáu Mario Kart," meddaf i. "A ti'n berson ofnadwy."

"Dwi'n gwbod, frawd bach," medd Robin.

Ry'n ni'n ymlwybro 'nôl mewn i'r stafell fwyta, ac yn eistedd gyda'n paneidiau o de. Ar hyn, mae Dad yn mynd yn ddifrifol iawn eto. "Felly, ro'n i eisie i ni... ro'n ni eisie i ni gyd gael pryd o fwyd neis gyda'n gilydd, achos mae gyda ni ychydig o newyddion. Dim byd gwael." Mae e'n edrych draw ar Mam. "Hynny yw, ym..."

Mae Mam yn torri ar draws er mwyn ei achub e. "Dwi'n meddwl mai'r hyn mae eich tad yn ei olygu yw, does dim rhaid i chi boeni amdano."

"Yn union," medd Dad.

"Dwi ar binnau fan hyn," medd Robin, gan rolio'i lygaid arna i.

Ond dwi ddim yn ei weld e'n ddoniol. Mae rhywbeth ynglŷn â'r ffordd mae Mam a Dad yn ymddwyn wedi 'ngwneud i'n anesmwyth.

"Fel ry'ch chi'n gwbod," mae Dad yn mynd yn ei flaen, gan anwybyddu Robin. Mae e'n siarad mewn pyliau bach, gyda seibiau hir. Mae e'n swnio fel meudwy sy'n trio siarad am y tro cynta ers blynyddoedd. "Mae eich mam a fi... ry'n ni wedi bod yn mynd trwy... wel, cyfnod bach braidd yn anodd yn ddiweddar."

Dwi'n edrych draw ar Robin. Eiliad yn ôl, roedd e'n gorwedd yn swp yn ei gadair, yn gwenu. Nawr, mae e'n eistedd lan yn syth, â'r olwg hynod ddifrifol 'ma ar ei wyneb e.

"Ry'n ni'n caru ein gilydd yn fawr iawn," medd Dad. "Ond ry'n ni wedi penderfynu bod angen i ni dreulio amser ar wahân."

"Be' ti'n feddwl?" medd Robin.

Dyw hi ddim yn amlwg? Dwi eisie sgrechian arno fe.

Falle fod Robin yn gwbod yn union beth mae Dad yn ei olygu, dyw e jest ddim eisie credu'r peth. Ar y llaw arall, dwi wir ddim eisie eglurhad manwl. Dwi'n gafael yn dynn yn rhyw obaith pitw, twp nad y'n nhw'n golygu yr hyn dwi'n meddwl eu bod nhw'n ei olygu. Mae e fel pan y'ch chi'n gwbod eich bod chi wedi rhoi ateb anghywir mewn prawf: dy'ch chi ddim eisie edrych ar y sgoriau, achos wedyn mae 'na obaith. Os nad y'n nhw'n esbonio, mae 'na siawns nad yw hyn yn digwydd.

Rhy hwyr. Mae Mam yn edrych yn chwyrn ar Robin ac yna'n dweud, "O hyn allan, mae eich tad a fi'n mynd i fyw ein bywydau ein hunain. Ar wahân."

"O," medd Robin. "Shit."

"Iaith," medd Dad. Ond ry'ch chi'n gallu dweud o'r ffordd mae e'n ei ddweud e nad oes ots gyda fe, mewn gwirionedd, o ystyried yr amgylchiadau.

Am yr ail dro heno, dwi eisie chwydu. Ond y tro hwn, rywsut – Duw a ŵyr sut – dwi'n ei gadw fe i mewn. Dwi'n dal y cwestiynau i mewn, hefyd. Mwy na dim, dwi eisie gofyn: *Beth amdana i? Be' sy'n digwydd i fi?* Ond os nad o'n i'n barod i glywed y peth arall, dwi'n sicr ddim yn barod am hynny.

Maen nhw'n mynd i gael gwared arnat ti mor blymin gyflym.

Dwi'n trio peidio â gwrando. Dwi'n dychmygu fy hun yn cau ei cheg hi gyda thâp, ac yn ei thaflu hi lawr ffynnon.

Mae un cwestiwn arall, hefyd: un mwy brawychus, hyd yn oed. Mae e'n sboncio o gwmpas y tu mewn i fi, yn gwasgu fy organau i, yn fy nghicio i yn fy stumog, yn gwneud i fi deimlo hyd yn oed yn fwy afiach nag yr o'n i'n barod. Sy'n dipyn o gamp. Y peth yw, gyda'r cwestiwn yma, dwi'n *bendant* yn gwbod yr ateb. Does dim twyllo fy hun pan ddaw at y syniad mwya brawychus un. Dwi'n edrych ar Robin, ac mae e'n dal fy llygad i, a dwi'n gwbod ei fod e'n meddwl yr un peth yn union.

Fy mai i yw e.

Maen nhw'n gwahanu o fy achos i.

Dwi'n agor yr oergell.

Mae'r golau oren yn llifo allan arna i. Mae'r gegin yn dywyll, heblaw am y golau o'r oergell. Dwi'n teimlo braidd fel pe bawn i'n sefyll o flaen llong ofod estron.

Yr eiliad hon, fyddwn i ddim yn hidio taten pe bawn i'n cael fy herwgipio a fy hedfan i ffwrdd i'r blaned Mawrth.

Fe adawodd Robin ar frys ar ôl swper, gan fwmial rhywbeth ynglŷn a dechrau'n gynnar – er hynny, pan o'dd e'n sôn wrthon ni am Brosiect Llarwydden, fe ddywedodd e nad oedd modd iddyn nhw wneud dim fory gan eu bod nhw'n aros am ragor o bren. Ond dwi ddim wir yn ei feio fe am beidio â bod eisie aros o gwmpas.

Mae'n rhaid ei bod hi'n ofnadwy o hwyr. Mae'r brif ffordd tua ugain llath y tu ôl i'n gardd gefn ni, ac fel arfer gallwch chi glywed ambell gar yn mynd heibio, hyd yn oed yn hwyr yn y nos. Ond nawr does dim i'w glywed.

Dwi'n dechre cymryd bocsys allan o'r oergell, yr holl fwyd oedd dros ben ers neithiwr. Mae dau ddarn o dost sesame, rhywfaint o borc *sweet and sour*, ychydig o nwdls cig eidion a ffa du. A'r hwyaden, a thwbyn cyfan o reis.

Dwi'n arllwys y cyfan allan ar blât.

Dwi'n edrych arno.

Dwi'n llyncu.

Mae cymaint o fwyd: un twmpath enfawr, sy'n cromennu allan o'r plât fel Mynydd Fuji. Digon ar gyfer o leia dau berson normal, ac o leia pump ohona i.

Ond mae'n rhaid i fi ei fwyta fe.

Achos os fwyta' i fe, mae pethe'n ocê.

Dwi'n ocê.

Fydd ein tŷ ni ddim yn teimlo fel carchar mwyach.

A phwy a ŵyr, falle gwneith ein teulu ni aros gyda'i gilydd.

Dwi ddim yn dwp. Dwi'n gwbod nagyw e'n mynd i newid pethe dros nos. Ond os yw'r broblem yn diflannu – os ydw i'n pacio bagiau Ana ac yn ei chicio hi allan drwy'r drws a byth yn gadael iddi hi ddod 'nôl i mewn, falle gwneith Mam a Dad newid eu meddyliau.

Dwi eisie'i fwyta fe. Dwi eisie i hyn i gyd fod drosodd. Dwi eisie gallu eistedd a bwyta têcawê gyda fy nheulu, fel person arferol sy'n byw bywyd llawn. Dwi eisie llwytho fy ngheg â bariau siocled, a chyfnewid brechdanau gyda fy ffrindiau. Dwi eisie mynd draw i dai pobl weithie, neu fynd i'r sinema a bwyta popcorn. Dwi eisie chwarae rygbi, hyd yn oed os nad ydw i'n dda am wneud. A'r Nadolig hwn, dwi eisie bwyta llwyth o fwyd ac yna cysgu drwy'r prynhawn, fel mae pawb arall yn gwneud, fel ry'ch chi *fod* i wneud, a pheidio â phoeni am y peth.

A'r unig ffordd mae hynny'n mynd i ddigwydd yw os ydw i'n *gwneud* iddo ddigwydd.

Felly dwi'n dechre bwyta.

A dwi ddim yn stopio.

24

Am wn i, mae pobl â bwlimia'n gwbod sut mae hyn yn teimlo. Ond dwi ddim. Dwi erioed wedi teimlo fel hyn, ddim mewn gwirionedd. Yr agosa dwi wedi bod yw stwffio Mini Roll yn fy ngheg a'i lyncu'n gyfan. Fe deimlais i ruthr bryd hynny: eiliad o ddedwyddwch pur wrth iddo lithro lawr fy llwnc, Ana wedi'i tharo'n fud, am unwaith, gan holl sioc y peth. Ar ôl tair eiliad, fe darodd y panic fi. Fe gydiodd yndda i. Fe gymerais i'r paced a'i wthio i gefn cwpwrdd y gegin, yna rhedeg allan o'r tŷ i stopio fy hun rhag ildio. I wneud yn siŵr mai fi oedd yn rheoli eto.

Mae hyn fel y Mini Roll 'na, wedi'i luosi â miliwn.

Y tro cynta i fi or-fwyta go iawn.

Mae 'ngên i'n symud heb i fi feddwl am y peth, fel y rhai mecanyddol 'na maen nhw'n eu defnyddio i dorri pobl allan o geir. Robotig. Didrugaredd. Dwi'n teimlo'r lympiau o fwyd yn fy llwnc – lympiau mawr, garw, oherwydd nad ydw i'n cnoi. Dwi'n dychmygu neidr â chyfres o lympiau siâp llygod ar hyd ei chorff.

Dwi'n cnoi fy moch, ac am eiliad dwi eisie sgrechian, ond dwi ddim yn gwneud. Dwi'n rheoli fy hun. *Chi'n gweld? Fi sy'n rheoli o hyd.* Dyw e ddim yn fy rhwystro i. All dim fy rhwystro i. Cnoi, cnoi, cnoi, llyncu. Mae'r hwyaden i gyd wedi mynd. Dwi'n dechrau ar y reis.

Nawr, mae dau lais yn fy mhen i: mae Ana wedi datblygu personoliaeth ddeublyg. Mae gan fy mhroblem iechyd meddwl i ei phroblem iechyd meddwl ei hun.

Stop. Stop. STOP. Be' ti'n 'neud? Ti'n afiach. Ti'n difetha popeth.

Cadwa i fynd. Mae e'n teimlo'n dda, waeth i ti gyfadde. Mae BWYTA yn deimlad mor braf o'r diwedd. Ac os gwnei di barhau, bydd dy deulu di'n dy garu di eto.

Na – bydd gyda nhw gywilydd ohonot ti. Ti, sy'n dew a diwerth. Beth ddigwyddodd? Ro't ti'n arfer bod yn gryf.

Allan nhw ddim dy garu di tra wyt ti'n anorecsig. Wnewn nhw ddim. Mae'n rhaid i ti ddangos iddyn nhw dy fod di'n ocê.

Dyw hyn ddim yn ocê. Mae hyn yn afiach. A does gyda ti ddim syniad faint rwyt ti'n mynd i'w ddifaru.

Bum munud yn ddiweddarach – llai, siŵr o fod – dwi wedi gorffen. Yr hwyaden, y wontons, y tost corgimychiaid – mae'r cyfan wedi mynd. Ac am eiliad, dwi'n teimlo'r rhuthr. *Dwi wedi'i wneud e. Dwi wedi ennill!*

Yna mae'r boen yn dechre.

Pan fyddwch chi'n stopio bwyta, mae eich stumog chi'n mynd yn llai elastig. Dyw e ddim yn gallu ehangu fel roedd e'n arfer gwneud. Felly os y'ch chi prin yn rhoi dim byd ynddo fe am flwyddyn gyfan, ac yna'n eistedd ac yn bwyta gwerth dau ddiwrnod o fwyd mewn un tro, ry'ch chi mewn trwbwl.

Mae nadroedd yn gallu gwneud hyn. Mae eirth gwyn yn gallu gwneud hyn. Dy'n ni ddim.

Mae'r poenau yn fy mol i'n gwneud i fi gyrcydu yn fy nwbwl. Dwi'n teimlo fel pe bai fy mherfedd i ar fin ffrwydro dros y llawr i gyd. Dwi'n casáu fy hun. A dwi ddim yn gwbod beth i'w wneud.

Beth ddwedes i wrthot ti?

Dwi'n cropian draw at y sinc, yn cydio yn yr ymyl, yn llusgo fy hun ato. Dwi'n sticio fy mysedd lawr fy llwnc. Dwi'n cyfogi, ond does dim yn dod.

Ti'n rybish am wneud hynna, cofio? Ti methu 'neud dim byd yn iawn.

Dwi'n cydio yn fy ffôn, ac yn gwglo *sut i wneud i'ch hun chwydu*. Mae'r hit cynta'n mynd â fi at rhyw wefan ar gyfer meddyginiaeth lysieuol sy'n dweud wrthoch chi am yfed cymysgedd o fwstard a dŵr.

Felly dwi'n gwneud.

Dyna un o'r pethe gwaetha i fi ei flasu erioed. Ond mae e'n gweithio. Dwi'n reit siŵr nad oes neb wedi bod mor hapus â hyn ynglŷn â chwydu o'r blaen. Mae e'n teimlo'n anhygoel. Mae e'n brifo, ond does dim ots gyda fi: dwi heb fod mor hapus â hyn ers hydoedd. Achos nawr, dwi'n gwbod y gyfrinach. Dwi'n gwbod sut i esgus 'mod i'n normal. Sut i gadw rheolaeth, am byth. Nawr, galla i ddangos i Mam a Dad 'mod i'n ocê. Does dim angen iddyn nhw wbod 'mod i'n chwydu fy mherfedd allan bob nos. Dwi'n teimlo fel archeolegydd sydd newydd ddarganfod dinas goll y bu'n chwilio amdani trwy ei fywyd.

Yna dwi'n troi, ac yn gweld Dad.

Cyn i fi hyd yn oed sylweddoli be' sy'n digwydd, mae e'n fy nghwtsho i, a dwi'n crio i'w ysgwydd e. "Ry'n ni'n mynd i wella hyn," mae e'n sibrwd yn fy nghlust i. A dwi'n trio esgus ei fod e'n sôn amdano fe a Mam, yn ogystal â fi. Ond dwi'n gwbod nad yw e.

Sgwrs ges i gyda Robin, cyn i bethe fynd yn wael iawn (ro'n i'n meddwl eu bod nhw'n wael iawn yn barod bryd hynny. Ond do'n nhw ddim):

Robin: Wyt ti'n cofio oriawr amseru Mam?
Dwi'n ysgwyd fy mhen.
Robin: Dyna'r unig ffordd roedd hi'n gallu dy gael di i wneud unrhyw beth pan o't ti'n fach.
Mae e'n dod 'nôl i fi'n raddol, fel llong trwy niwl. Pan o'n i'n fach, ro'n i'n trio oedi cyn gwneud pethe am oriau. Codi, gorffen fy swper – unrhyw beth. Ond os oedd Mam yn cael bet gyda fi na fyddwn i'n llwyddo i wisgo i fynd i'r ysgol mewn tri deg eiliad,

byddwn i'n barod mewn dau ddeg naw eiliad.

Fi: Paid â rhoi hyn i gyd arna i, Robin. Roedd hi'n ei ddefnyddio fe gyda ti hefyd.

Robin: Gwir. Roedd gyda hi'r laniard 'na fel bod modd iddi fynd ag e i bob man. Ti'n gwbod, hoffwn i pe bai hi wedi'i ddefnyddio fe pan o'n i'n 'neud fy Lefel A. Falle byddwn i wedi cael yr A 'na mewn Maths wedyn.

Am wn i na wnaeth gwers Mam newid Robin. Ond fe newidodd hi fi. Nawr, dwi'n cyfri amser yn union fel dwi'n cyfri caloriau: trwy'r dydd, bob dydd. Fedra i ddim stopio. Dwi'n cyfri fy nghamau wrth i fi gerdded, a dwi'n cyfri'r nifer o ddyddiau sydd ar ôl yn y flwyddyn. Pan na fedra i wynebu gwneud dim byd arall, neu does gyda fi jest dim amynedd, dwi'n eistedd yn fy stafell, yn cau fy llygaid ac yn dechre'r oriawr amseru ar fy ffôn, er mwyn gweld pa mor agos y galla i fynd at funud trwy gyfri yn fy mhen. Fel arfer, dwi eiliad neu ddwy yn rhy hwyr. Er 'mod i'n gwbod 'mod i eiliad neu ddwy yn rhy araf, dwi ddim fel pe bawn i'n gallu addasu i hynny: does dim ots beth wna i, mae e wastad yn digwydd fel'na. Fel pe bai'r byd yn symud yn rhy gyflym i fi. Fel pe bawn i wastad yn rhedeg ar ôl pethe, a does gyda fi byth amser i ddal fy ngwynt.

Wythnos sydd nes i ni fynd 'nôl i'r ysgol. Ar ddechre'r gwylie, roedd pedwar deg tri o ddiwrnodau ar y cloc. Ro'n i'n meddwl y bydde hynny'n ddigon o amser i drwsio fy hun – neu, o leia, i ddechre trwsio fy hun. Ro'n i'n meddwl, pe bawn i'n trio'n wirioneddol galed, rywsut, y byddwn i'n llwyddo i ddal lan.

Ond, mewn gwirionedd, fe ddigwyddodd y gwrthwyneb. Fe ddywedodd y bydysawd, *Diolch am drio, Macs. Ond, ym, na. Sori.* Fe adawodd Robin. Fe wahanodd Mam a Dad. Mae'r byd yn rhedeg i ffwrdd oddi wrtha i yn gyflymach nag erioed.

Felly dwi'n parhau i gyflymu. Dwi'n parhau i drio. Ond dwi'n gallu teimlo fy hun yn pylu. Fel pan y'ch chi'n sbrintio tua'r llinell ar ddiwedd ras, ac mae eich coesau chi'n dechre llosgi, mae eich corff chi'n dechre sgrechian 'na' arnoch chi. Ry'ch chi'n gwbod y gallwch chi ddal ati am ddim ond hyn a hyn o amser. Ry'ch chi'n gwbod bod amser yn brin.

Neu falle mai Paradocs Zeno yw e. Falle nad oes ots pa mor bell dwi'n mynd, fydda i byth yn dal lan.

Mae 'nghorff i'n torri yn araf bach. Fe ges i gwt dair wythnos yn ôl, wrth dorri moronen, pan o'n ni yn yr Eidal, a dyw e'n dal ddim wedi gwella. Os y'ch chi'n llwgu eich hun am fisoedd, yn y diwedd mae eich corff chi'n dechre rhoi'r gorau iddi.

Allwch chi ddim parhau i redeg am byth.

Wythnos yn ddiweddarach. 159 o oriau, a bod yn fanwl gywir. Yn yr amser hynny, bydde oedolyn gwrywaidd arferol wedi llosgi 13,250 o galorïau. Ond dim fi. Achos dwi heb adael y stafell 'ma ers wythnos. Achos dwi'n pwyso cyfanswm o—.

Does dim angen i ti fwyta unrhyw beth. Pinsia dy groen. Ti'n gweld? Braster yw hwnna. Bloneg pur. Mae digon yn fanna i bara wythnosau. Misoedd, siŵr o fod.

"Hei, mêt," medd Dad o'r drws. "Ga' i ddod mewn?"

Dyw e ddim yn aros am ateb, siŵr o fod gan ei fod e'n gwbod nad yw e'n mynd i gael un. Mae e'n cau'r drws y tu ôl iddo, ac yn cerdded at fy ngwely i.

"Fe ddes i â brecwast i ti," mae e'n dweud.

Does dim angen i fi edrych. Potyn o iogwrt mefus Ski Smooth. 120g. 107 o galorïau. Dyna'r cyfan y galla i ei stumogi ar hyn o bryd, fwy neu lai. Weithie, dwi ddim hyd yn oed yn llwyddo i fwyta hwnnw.

"Ti'n ocê?"

Dwi'n codi fy ysgwyddau.

Dwi ddim yn codi o'r gwely. Dwi'n methu cysgu. Yn bennaf, dwi jest yn syllu ar y waliau.

Ie, ti'n hollol ocê! Dyma'n union sut mae arddegyn normal yn treulio'i haf. Does dim byd ynglŷn â'r sefyllfa

hon sy'n sgrechian 'ffrîc' o gwbl.

Mae Dad yn eistedd ar ymyl y gwely. "Gwranda, ro'n i eisie siarad â ti am rhywbeth."

Dwi'n troi i'w wynebu fe. Mae hynny'n cymryd sbel. Mae'n rhaid i fi ddefnyddio 'mreichiau i droi fy hun drosodd. Dwi'n teimlo fel morfil sy'n trio symud ei hun o'r traeth.

"Be' sy'n digwydd?" dwi'n mwmial.

"Dwi wedi dod o hyd i fflat," mae e'n ateb.

Ac mae e fel y foment honno ar reid ffair pan y'ch chi'n meddwl eich bod chi wedi cyrraedd y gwaelod, ond mae 'na gwymp cyfrinachol arall. Mae'n ymddangos ei bod hi'n bosib i fi deimlo'n waeth nag o'n i'n barod.

"Dim ond rownd y cornel mae hi," mae e'n mynd yn ei flaen. "Felly galli di ddod draw pryd bynnag ti eisie."

"Dyna beth ddywedodd Robin," meddaf i.

"Macs," medd Dad mewn llais gofidus. Mae e'n pinsio pont ei drwyn. Tan nawr, do'n i ddim wir wedi sylwi golwg mor flinedig sydd arno fe. "Mae dy frawd jest yn trio setlo i'w gartre newydd. Beth bynnag, dim ond pum munud o waith cerdded o fan hyn yw fy lle i."

Dwi ddim yn ateb. Dwi'n teimlo'n wael, achos dwi'n gwbod bod Dad yn trio'i orau, ond mae e'n cymryd yr holl ymdrech sydd gyda fi i beidio â sgrechian. Does gyda fi ddim dros ben er mwyn dweud y pethe dwi fod i'w dweud. Dwi'n gorwedd 'nôl yn y gwely.

Mae Dad yn syllu arna i'n hir. Dwi'n aros iddo fe ddweud rhywbeth ynglŷn â sut mae'r cyfan yn mynd i fod yn ocê, neu ofyn i fi os ydw i eisie gwylio *Byd Natur Iolo* gyda fe wedyn, neu rhywbeth. Ond mae e jest yn cerdded allan, ac yn cau'r drws yn ysgafn y tu ôl iddo fe. Mae'n rhaid ei fod e wedi defnyddio'i holl ymdrech e hefyd.

Ar ôl iddo fe adael, dwi'n sylweddoli mai honna oedd y sgwrs hiraf i fi ei chael ers dau ddiwrnod.

30 Awst

Annwyl Ana,

Ar ddechre'r flwyddyn fe ddwedes i wrthot ti fod chwech o bobl yn fy mywyd i. Nawr, dim ond ti a fi sydd. Yn gynta, fe adawodd Robin, yna Dad. A phan adawodd Dad, fe drodd Mam yn sombi.

Ro'n i i fod i fynd i weld Luned ddoe, ond mae'n rhaid bod Mam wedi anghofio. Ddwedes i ddim byd. Yna, pan ffoniodd Luned yn ddiweddarach, fe wnes i ffricio'n llwyr, a datgysylltu'r ffôn. Dwi ddim yn barod i'w gweld hi.

Dwi'n gwbod sut ma'r pethe 'ma'n gweithio. Mae atgyfeiriadau'r Gwasanaeth Iechyd fel aur y dyddie hyn. Unwaith y byddwch chi wedi methu eich apwyntiad, mae hi ar ben arnoch chi.

A fydd Gwyds, Ram nac Elsi eisie siarad â fi o gwbl pan awn ni 'nôl i'r ysgol. Os cyrhaedda i 'nôl i'r ysgol, hyd yn oed.

Fi yw'r un sydd i fod yn diflannu. Ond wrth i fi wneud, mae pawb o 'nghwmpas i'n toddi'n ddim hefyd.

Mae'n siŵr mai dyma oedd dy gynllun di o'r cychwyn cynta, ie?

Ond does dim ots gyda fi. Mae'n haws fel hyn. Mae'n haws cadw rheolaeth pan nad oes neb yn fy mhoeni i. Mae hi'n haws bod yn fi pan nad oes neb yn trio 'nhrwsio i.

Ar ôl i fi sgwennu hwn, dwi am fynd allan am y tro cynta mewn pythefnos, i gael gwared ar y peth ola sy'n fy nghysylltu i â'r byd: fy ngeogelc. Dwi wedi tynnu'r cofnod lawr yn barod. Ond, yn ôl pob tebyg, gall gymryd mis i ddiweddaru yn apiau rhai pobl. A beth bynnag, dyw hynny ddim yn stopio pobl sy'n gwbod yn barod ble mae e rhag dod o hyd iddo. Fel Elsi, er enghraifft.

Bydda i 'nôl cyn hir. Yna, jest ti a fi fydd. Does neb arall yn deall. Ry'n ni'n well ar ein pennau ein hunain.

25

Mae'r gwynt ar y Comin yn udo trwy 'nillad ac i mewn i 'nghymalau i. Dwi'n boenus drosta i, fel pe bawn i'n 80 mlwydd oed.

Dwi'n cerdded fel person 80 oed hefyd. Yn araf, yn betrus, achos bod arna i ofn baglu dros wreiddyn coeden a chwalu fy esgyrn. Ond dwi'n dal i fod yn fyr fy ngwynt.

Mae 'nghorff i wedi dechre rhoi'r gorau iddi go iawn. Pan dwi'n trio sefyll, mae 'nghoesau i'n crynu oddi tanaf, a dwi'n eu dychmygu nhw'n torri fel brigau. Alla i ddim gwneud un blymin *press-up* erbyn hyn. A phan dwi'n cribo 'ngwallt, mae fel pe bai mwy a mwy yn dod allan, pob blewyn mor frau â darn o Shredded Wheat. Ar ôl sylwi ar hyn, dwi ddim yn meddwl y bydda i eisie bwyta Shredded Wheat byth eto.

Ond arhoswch. Nid dyna'r stwff ffiaidd, hyd yn oed.

Peth Ffiaidd Rhif Un: Mae fy mhi-pi i wedi troi'n rhyw fath o... ewynnog. O ddifri, dyna sy'n digwydd. Pan mae'ch arennau chi mewn cymaint o lanast fel na allan nhw hidlo protein allan mwyach, *mae eich pi-pi chi'n troi'n ewynnog.* Mae e'n edrych fel y seidr hen ddyn y bydd Dad yn ei yfed weithie.

Peth Ffiaith Rhif Dau: os ydw i'n dal fy llaw wrth fy ngheg, ac yn arogli fy anadl, mae e fel saws *sweet and sour*. Sawrus. Ffrwythaidd. Arogl braster yn ymdoddi yw hwnnw. Fe wnaethon ni hyn mewn gwers Bioleg unwaith. Cetosis yw'r enw arno: pan mae'ch corff yn mynd yn brin o siwgwr, mae e'n dechre llosgi braster. Fel yr esboniodd Dr Roberts, *Cetosis yw'r hyn mae dy gorff di'n ei wneud pan nad oes ganddo ddewis arall. Mae e fel llosgi dy fwrdd a dy gadeiriau er mwyn cadw'n gynnes, gan dy fod di wedi torri'r coed i gyd yn barod.*

Peth Ffiaidd Rhif Tri: hwn yw'r un gwaethaf o bell ffordd. Dwi'n troi yn fwnci. Mae 'na flewiach bach yn tyfu dros fy nghorff i i gyd, y math sydd gan fabanod newydd-anedig weithie. Alla i ddim coelio mai dyma 'mywyd i. Dwi'n bymtheg oed, ac mae gan hanner y bechgyn yn fy nosbarth i farf yn barod, neu fwstas o leia, a dwi'n tyfu blew babi ar fy wyneb.

O, ac am rhyw reswm, mae fy migyrnau a fy mhengliniau i wedi chwyddo. Rhyw sgil effaith hwyliog arall nad ydw i hyd yn oed yn ymwybodol ohono eto, siŵr o fod.

Mae anorecsia'n digwydd pan dy'ch chi ddim yn edrych. Mae e fel y gêm 'na ry'ch chi'n chwarae pan y'ch chi'n fach, lle mae'n rhaid i chi sleifio y tu ôl i rywun a rhewi pan fyddan nhw'n troi rownd. Yr eiliad na fyddwch chi ar eich gwyliadwriaeth, mae e'n neidio. Achos gallwch chi wastad fwyta llai. Gallwch chi wastad dynnu un darn i ffwrdd, un gegaid, un gram. Gall y darn o dost 'na fod fymryn yn deneuach. Gall y tun o sŵp 'na fod yn dri dogn yn lle dau. Ry'ch chi'n gwneud hynny drosodd a throsodd a throsodd nes ei bod hi'n amhosib i chi oroesi ar yr hyn sydd ar ôl.

Dwi wedi gwneud y daith yma gannoedd o weithie. Ar draws carped gloyw o weunwellt a rhyg, yn frith â lleiniau grug piws. Heibio i'r llyn, lle mae'r hwyaid yn edrych mor anhapus i fod y tu allan ag yr ydw i, a 'mlaen at y coed bedw. Mae'r dail yn dechre troi yn barod; am wn i bod yr haf wedi bod yn hir. Mae'r coed yn paratoi ar gyfer gaeaf heb fwyd, a'r unig ffordd o oroesi hyn yw trwy ddod i ben ar lai.

Pe bai hi ond mor syml â hynny. Pe bawn i ond yn gallu gollwng fy nail, ac aros i bethe wella.

Mae'r dderwen yn edrych yn fygythiol uwch fy mhen. Dwi'n cilio oddi wrthi, fel pe bai hi ar fin ymosod arna i neu rhywbeth. Dwi'n teimlo'n benysgafn. Ocê, dwi wastad yn teimlo'n benysgafn. Ond mae hyn yn llawer gwaeth na'r math arferol dwi-heb-fwyta-pryd-go-iawn-ers-misoedd o benysgafn. Mae e'n fwy o'r math mae'r-byd-yn-beiriant-golchi-enfawr o benysgafn. Dwi'n reit siŵr 'mod i'n mynd i chwydu fy mherfedd allan, er nad ydw i wedi bwyta dim byd o gwbl ers 24 awr.

Dwi'n stopio.

Dwi'n plygu drosodd, ac yn gorffwys fy nwylo ar fy mhengliniau. Yna dwi'n penderfynu bod hynny, hyd yn oed, yn ormod o ymdrech. Dwi'n syrthio'n swp ar y carped o ddail sydd eisoes yn ffurfio ar lawr y goedwig. Ma'r ddaear yn galetach nag o'n i'n meddwl y bydde fe; wrth i fi daro'r llawr, dwi'n clywed rhywbeth yn snapio.

Ac yna dwi'n sylweddoli nad ydw i'n gallu codi.

I Medi

Annwyl Ana,

Pan welais i Luned gynta, fe ddywedodd hi wrtha i mai'r ffordd i ddelio ag anorecsia yw canolbwyntio ar 'gredoau rhesymegol' ynglŷn â bwyd. Mae e fel petai: Os galla i gadw draw oddi wrtho, all e ddim fy mrifo i mwyach.

Dyna pam y gwnes i drio meddwl amdanat ti fel rhywun arall. Fe roddais i enw i ti, a sgwennu'r holl lythyron 'ma, er mwyn darbwyllo fy hun nad fi wyt ti.

Ond doedd e byth yn teimlo felly. Ddim mewn gwirionedd. Pan oedd y llais yn fy mhen i'n dweud, "Paid â bwyta hwnna. Byddi di'n diolch i fi wedyn", doedd e byth wir yn teimlo fel pe bai rhywun arall yn dweud y geirie. Ana. Achos nid ti oedd wrthi. Fy meddyliau i o'n nhw. Fy safbwyntiau i. Fy mhen i.

Dwi'n tybio mai dyna pam mae e'n mynd o dan groen pobl sydd â phroblemau iechyd meddwl pan fydd rhywun yn sôn am "leisiau yn eich pen." Achos y lleisiau yna yw eich llais chi — ac mae hynny'n eu gwneud nhw cymaint, cymaint yn fwy brawychus.

"Mae 'na fraster ar dy stumog di o hyd. Gallet ti gael gwared ar kilo arall yn hawdd."

"Paid ag ildio. Paid â bwyta hwnna. Rwyt ti'n well na hynna."

"Y lleia rwyt ti'n ei fwyta, y cryfa wyt ti."

Dwyt ti ddim yn bodoli, Ana. A does gyda fi ddim syniad yn y byd ble mae hynny'n fy ngadael i.

Ar fy mhen fy hun, am wn i.

26

"Dere 'mlaen, cariad, amser deffro."

"Yyyy."

Am eiliad, does gyda fi ddim syniad ble rydw i. Na pwy sy'n siarad â fi. Na beth sy'n digwydd. Mae 'mhen i'n teimlo fel pe bai e'n llawn triog a gwlân cotwm, a dwi'n reit siŵr bod llafnau rasel yn pwnio mewn i waelod fy nghefn i.

"Dere 'mlaen, neu bydd y dydd yn achub y blaen arnon ni, yn bydd?"

Mam sydd yno. Mae hi wastad yn dweud hyn: Bydd y dydd yn achub y blaen arnon ni. Roedd Robin wastad yn arfer ymateb, *Gall y dydd wneud beth mae e eisie. Dwi'n aros yn y gwely.*

Dwi'n gwingo wrth glywed sgrech fetalig y llenni'n cael eu hagor. Mae golau'n arllwys mewn i'r stafell. Dwi'n cau fy llygaid yn dynn.

"Macs," medd Mam.

"Ocê, ocê," dwi'n mwmial.

Yn araf bach, dwi'n dod at fy nghoed. Dwi'n agor fy llygaid, dim ond rhyw fymryn, ac yn gweld Mam niwlog yn hofran ar waelod fy ngwely. Mae hi'n symud at y bwrdd wrth ymyl y gwely ac yn tacluso'r llyfrau'n bentwr taclus.

"O Dduw," meddaf i. "Mae e heddi."

"Bydd popeth yn ocê," ateba Mam yn syth. Roedd hi'n amlwg yn aros i fi sylweddoli.

Heddiw yw yr 2il o Fedi: diwrnod cynta'r ysgol. Y dydd sydd wedi bod yn dynesu ers erioed, fel trên yn hyrddio ar draws gwastatir enfawr, yn agosáu mor araf fel nad y'ch chi prin yn sylwi, nes ei fod e *reit fanna*. Heddiw yw'r diwrnod dwi fod i wynebu pawb: Ram, Gwyds, Darren, Shinji, fy athrawon. Ac Elsi.

Dwi wedi bod trwy'r sgyrsiau gannoedd o weithie yn fy mhen. Byddan nhw'n gofyn i fi beth dwi wedi bod yn ei wneud trwy'r haf, a bydda i'n dweud wrthyn nhw nad ydw i wedi gwneud rhyw lawer, dim ond stwff arferol, ac yn ymddwyn fel pe bai popeth yn iawn. Neu'n iawn-ish. Ac yna bydd yn rhaid i fi esgus bod gyda fi ddiddordeb pan fyddan nhw'n sôn wrtha i am eu gwylie nhw. Sut yr aeth Ram ar ei wylie gyda'i fam, yna dod adre am noson, cyn mynd ar wylie gyda'i dad, oedd yn dipyn gwell. Sut torrodd camperfan teulu Gwyds rywle ar bwys Inverness, gan olygu ei bod yn rhaid iddyn nhw dreulio noson yn y goedwig, yn y tywyllwch, ac roedd e'n reit siŵr iddo glywed blaidd, er nad oes bleiddiaid wedi bod yn yr Alban ers y 17eg ganrif.

Ond, fyddan nhw ddim. Fydda i ddim. Dyw e ddim yn mynd i ddigwydd. Achos dwi ddim yn mynd i'r ysgol heddiw.

Mae Mam bellach yn rhyw fân siarad â'r hen ddyn yn y gwely gyferbyn â fi, Bill, sydd â rhyw fath o haint ar ei bledren.

"Wyddoch chi'r rhandiroedd lawr ar Ffordd y Plas?" mae Bill yn gofyn. "Ma' un wedi bod gyda fi ers tri deg a dwy o flynyddoedd."

"Mawredd!" medd Mam, fel pe bai'r ffaith hon wedi'i syfrdanu hi. "Beth ry'ch chi'n ei dyfu?"

"Pob math o lysie. Tomatos, ciwcymbyrs, moron, tatws. Llwyth o ffa. Yr unig broblem yw, mae angen cynaeafu'r cyfan nawr, a dwi'n styc fan hyn."

"O, na!" medd Mam. "Does neb all eu casglu nhw i chi?"

Gall Mam ymddiddori'n llwyr yn mywyd rhywun arall o fewn deg eiliad o gwrdd â nhw. Y noson o'r blaen, pan o'n ni'n bwyta têcawê (neu ddim yn bwyta, yn fy achos i), fe ddywedodd Mam wrthon ni, *Chi'n cofio Sandra o'r siop flodau? Mae ei merch hi'n cael babi arall.* Roedd hi wedi cwrdd â Sandra am lai na deg munud, ddwy flynedd ynghynt, yn yr archfarchnad, ac roedd hi heb ei gweld hi ers hynny. Ond roedd Mam yn dal i fod eisie anfon cerdyn ati i'w llongyfarch hi. *Bydd hi'n meddwl dy fod di off dy ben*, medde Robin.

Mae Bill yn codi'i ysgwyddau. "Dwi wedi trio cael fy ngwraig i fynd, ond mae hi'n dweud bod gyda fi bethe pwysicach ar fy mhlât ar hyn o bryd."

Mae Mam yn edrych mewn gwewyr. "Fe siarada i â fy mab arall, Robin. Falle y gall e helpu. Pa randir oedd hi eto?"

Dwi'n ysgwyd fy mhen, yn gwenu rywfaint. Dwi heb weld Mam fel hyn ers hydoedd. *Yn feddal fel sialc*, fel mae Dad yn dweud. Pan mae Dad yma, mae e'n eistedd wrth fy ngwely i ac yn darllen, ran amlaf, neu'n chwarae cardiau gyda fi pan fydda i ar ddi-hun. Ond mae Mam yn treulio'r holl amser yn siarad â chleifion eraill. Pe byddech chi'n cerdded mewn, mae'n siŵr na fyddech chi'n dyfalu gyda phwy roedd hi yma. Mae'n well gyda fi hynny, mewn ffordd. Dwi ddim yn gwbod beth i'w ddweud wrth Dad hanner yr amser.

Yr anfantais yw, ar ôl iddyn nhw adael, maen nhw'n siarad â fi amdani hi. *Mae dy fam di'n neis, yn dyw hi?* Ac yn y blaen. Y gwaetha oedd Rhys, oedd yn bendant yn fflyrtio gyda Mam. Ro'n nhw'n chwerthin nerth eu pennau am ddim byd am awr dda. Fe syllais i ar Mam, gan drio cyfleu ymdeimlad o *dyw Dad ddim hyd yn oed wedi symud ei holl stwff allan eto.* Roedd hi'n taflu cipolwg euog ata i o hyd. Pan adawodd hi, fe ddywedodd Rhys wrtha i, *Mae dy fam di'n grêt ti'n gwbod. Am sbarcen.* Wnes i ddim ymateb iddo fe, hyd yn oed: wnes i ddim ond troi i wynebu'r wal. Diolch byth, dim ond cerrig yr arennau oedd gan Rhys, oedd yn golygu ei fod e mewn ac allan o fewn diwrnod.

Hwyl fawr, pen pric.

Pan ddaethon nhw â fi mewn, fe roddodd y doctoriaid ddiagnosis o fethiant arennol acíwt i fi. Yn y bôn, fe roddodd fy arennau i'r gorau iddi'n llwyr. (Y sŵn snap 'na glywais i? Fe ofynnais i i Dr Singh, yr arbenigwr arennau, ynglŷn â'r peth. Fe ddywedodd hi, *Ym, falle dy fod di wedi disgyn ar frigyn?*). Doedd e ddim mor wael fel bod angen dialysis arna i: dim ond fy rhoi i ar ddrip wnaethon nhw. Fe dreulies i'r ddau ddiwrnod cynta ar hwnnw, gan drio peidio â meddwl faint o galorïau oedd ynddo.

Nawr, dwi oddi ar y drip ac ar *ddeiet carbohydradau gyfyngedig*, sy'n golygu llond gwlad o dost, yn ei hanfod. Mae methiant arennol yn digwydd pan fydd gormod o halen a phrotein yn eich arennau chi, felly'r driniaeth, yn ei hanfod, yw bwyta tost ac uwd ac yfed dŵr nes i bethe setlo lawr. Fe ofynnes i am fymryn o fenyn cnau ar fy nhost, ac fe ddywedon nhw bod gormod o brotein ynddo. Do wir: fe ofynnes i am ragor o fwyd, heb i neb ddweud wrtha i bod yn rhaid i fi. *Ac fe ddywedon nhw na.*

Ond fe adawon nhw fi i gael jam yn lle hynny.

Am y tro cynta ers blwyddyn gyfan, dwi ddim yn teimlo'n llwglyd. Dwi jest yn teimlo'n... normal, am wn i. Heblaw nad yw hyn yn normal o gwbl i fi. Mae e fel pan y'ch chi wedi arfer â gwisgo oriawr, ac yna ry'ch chi'n ei hanghofio hi un diwrnod, ac mae eich arddwrn chi'n teimlo'n rhyfedd. Ry'ch chi'n dod i arfer â phethe, a dim ond yn sylwi, mewn gwirionedd, pan mae rhywbeth yn newid.

Dwi'n cael codi a cherdded o gwmpas y ward, cyn belled â bod rhywun gyda fi, a bod gyda fi ddigon o egni i wneud hynny. Dwi'n gwella. Dwi bellach yn gallu canolbwyntio ar un peth yn ddigon hir i allu darllen llyfr, neu gynnal sgwrs. Ddoe fe ddywedodd Dr Singh ei bod hi'n meddwl y gallwn i fod allan mewn cwpwl o ddyddie. Galla i fynd 'nôl i'r ysgol wythnos nesa, siŵr o fod. Mae Luned a'r maethegydd yn dod i'r ward nes 'mlaen heddi, er mwyn fy helpu i i feddwl am gynllun. Sy'n codi ofn arna i, braidd.

Mae hi'n ddigon hawdd cydymffurfio â phopeth tra dwi yn yr ysbyty. Dwi jest yn dilyn y rheolau; does dim dewis gyda fi, mewn gwirionedd. Hefyd, does dim drychau yma, sy'n bendant yn help. Ond pan fydda i gartre, yn gorfod gwneud iddo weithio ar fy mhen fy hun bach, ac yn anghofio'r holl arferion a thriciau dwi wedi meddwl amdanyn nhw dros y flwyddyn ddiwetha... dwi ddim yn siŵr sut bydda i'n ymdopi. Ond does dim dewis gyda fi, mewn gwirionedd.

Naill ai dwi'n dysgu sut mae bwyta, neu dwi'n marw.

"Hei, frawd bach."

Fel arfer, dwi'n gwneud fy ngorau i'w anwybyddu fe. Dwi'n darllen llyfr am Walter Rothschild, un o'r swolegwyr enwocaf erioed. Mae e'n reit ddiddorol. Unwaith, fe aeth e ar gefn cert wedi'i thynnu gan sebras i Balas Buckingham, er mwyn profi bod modd dofi sebras.

"Dwi wedi dod ag anrheg i ti," medd Robin yn hwyliog, fel pe bawn i wedi'i gydnabod e mewn rhyw ffordd yn barod.

Dwi'n gwneud iddo aros am ddeg eiliad arall, dim ond er mwyn gwneud, ac yna'n troi rownd. "Haia," meddaf i. "Ym, diolch am ddod."

Mae'r golau'n dechre pylu. Dwi'n tybio ei bod hi tua 5 neu 6 o'r gloch. Gadawodd Mam am hanner dydd. Fe ddywedodd hi wrtha i, *Mae angen i fi daro mewn i'r gwaith am ychydig, ond bydda i 'nôl heno. A bydd dy dad yn dod y peth cynta bore fory.* Dyw fy nghynllun i i fod yn llai o faich ar fy nheulu ddim yn mynd yn rhy dda.

Mae Robin yn codi'i ysgwyddau, ac yn codi'r cwpanaid o goffi yn ei law. "Fel ti'n gwbod, dwi yma'n bennaf oherwydd Siwan."

"Y ferch yn y siop goffi?" Soniodd Robin amdani y tro diwetha roedd e yma. A dweud y gwir, soniodd e am fawr ddim arall.

"Pwy arall?"

"Ti'n gwbod ei henw hi erbyn hyn," meddaf i. "Mae hynny'n ddechreuad."

Mae Robin yn rhoi ei law ar ei frest, ac yn cau ei lygaid. "Mae Siwan a fi'n cymryd pethe'n araf. Dy'n ni ddim eisie brysio mewn i ddim byd."

"Mae'n amlwg," meddaf i. "Beth bynnag, beth ddigwyddodd i Ffion?"

"Ro'dd hi eisie, ym, brysio mewn i rhywbeth."

Dwi'n gwgu. "Felly beth yw fy anrheg i?"

Mae Robin yn edrych trwy gil ei lygaid ar y boi yn y gwely y drws nesa i fi. Mae 'na chwe gwely yn fy stafell i, ac mae cleifion mewn pump ohonyn nhw ar hyn o bryd, gan gynnwys fy un i. Dwi'n sylweddoli bod pawb yn edrych ar Robin, yn llawn chwilfrydedd ynglŷn â'r hyn mae e wedi dod i fi. Dyw e ddim yn ymddangos fel pe bai e'n cario unrhyw beth.

"Ym," mae e'n dweud. "Ffansi mynd am dro?"

Dyw Robin ddim eisie mynd i'r caffi lle mae Siwan yn gweithio. Mae e'n dweud nad yw e eisie edrych yn rhy awyddus.

"Mae'n siŵr ei bod hi'n rhy hwyr i hynny," dwi'n dweud wrtho fe.

Dyw e ddim yn ymateb. Ry'n ni jest yn cerdded y coridorau mewn tawelwch am sbel.

"Y diwrnod dest ti yma..." medd Robin o'r diwedd. Ond mae e'n distewi'n syth.

Robin ddaeth o hyd i fi. Dyna'r peth cynta ddywedodd Mam wrtha i ar ôl i fi ddeffro. *Fe ddywedon ni dy fod di ar goll ac fe redodd e bant yn syth. Duw a ŵyr sut ro'dd e'n gwbod lle ro't ti.* Dyna sut ro'n i'n gwbod nad oedd Robin wedi dweud unrhyw beth am y geogelc. Dyw e ddim wedi crybwyll y peth wrtha i hyd yma, chwaith. Y cyfan ddywedodd e ynglŷn â dod o hyd i fi oedd, *Mae'n rhaid i ti stopio llewygu arna i, frawd bach. Dwi'n gwbod bo ti'n denau, ond mae dy gario di o gwmpas yn boen.*

"Ar ôl i fi dy roi di mewn ambiwlans, fe es i 'nôl i ffeindio dy gelc di."

Am rhyw reswm, mae fy llwnc i'n mynd yn sych, fel pe bai rhywun newydd ofyn i fi roi araith o flaen mil o bobl, neu ddweud wrtha i bod gyda nhw luniau ohona i'n noeth maen nhw'n mynd i'w rhannu ar y rhyngrwyd. Dwi ddim yn siŵr pam 'mod i'n nerfus – wedi'r cyfan, Robin oedd yr un ddechreuodd fy niddordeb i yn yr holl beth. A dyw hi ddim fel pe bai fy holl gofnodion dyddiadur i'n dal yno. Roedd y geogelc wedi bod yn wag ers wythnosau.

"Pam?" dwi'n crawcian.

"Wel, ro'n i'n tybio mai i fanna ro't ti'n mynd. A gan nad o't ti wedi bod allan ryw lawer yn ddiweddar, ro'n i'n tybio falle fod 'na, ti'n gwbod, reswm da."

Dwi'n aros eiliad cyn ymateb. "Oedd." Dwi'n edrych ar y llawr, sydd wedi'i bolisio mor llachar fel 'mod i bron yn gallu gweld fy wyneb ynddo. Ai fi sy'n dychmygu, neu yw fy mochau i'n edrych yn llawnach? A bod yn deg, o'i gymharu â sut ro'n i'n edrych wythnos yn ôl, bydde hyd yn oed siwpyrmodel yn edrych fel mochyn cwta.

Neu falle mai dyna dwi eisie'i ddweud wrtha i fy hun.

"Wel, roedd rhywun wedi gadael nodyn i ti."

Mae Robin yn dal ei fraich allan. Dwi'n mynd i gymryd yr hyn mae e'n ei ddal, ac yna'n sylwi bod fy llaw i'n crynu.

Yr hyn sydd gyda fe yw – dyfalwch – llythyr glas, wedi'i blygu y tu mewn i fag plastig bach, un o'r rhai ry'ch chi'n eu pinsio ar y top i'w selio. Ac i ddal dŵr. Yw hynny'n golygu ei bod hi'n gwbod bod fy ngeogelc i wedi cael ei wlychu'n stecs, ac na ches i ei llythyr diwetha hi? Yw e'n golygu ei bod hi'n gwbod na fyddwn i'n gallu mynd 'nôl yno am dipyn eto?

Mae Robin yn clirio'i lwnc, ac yn symud ei bwysau rhwng ei draed. "Yw popeth yn ocê, Macs?"

Dyw Robin byth yn fy ngalw i wrth fy enw go iawn i. Dwi'n syllu arno fe mewn ffordd yw-fy-mrawd-wedi-colli'i-bwyll. "Ym... ti'n gwbod bo' ni mewn ysbyty, yn dwyt?"

Mae e'n gwenu, ond bron ei fod e'n edrych fel ystum, achos mae e'n gwgu. Mae rhywbeth ar ei feddwl e, mae'n amlwg. "Na, hynny yw... gyda'r geogelc. Does neb yn dy boeni di na dim?"

Mae e'n meddwl 'mod i'n cael fy mwlio. Mae e'n ypsét ac yn nerfus achos mae e'n meddwl bod y geogelc yn fy ngwneud i fel hyn, yn gwneud pethe'n waeth, ac mai ei fai e yw'r cyfan.

"Na," meddaf i. "Does neb yn fy mwlio i."

"Wyt ti'n siŵr?"

"Addo."

Mae Luned yn dweud ei bod hi wrth ei bodd gyda 'nghynnydd i. Mae fy maethegydd i, Dr Tomos – nid fy maethegydd arferol i – yn cytuno. Mae'r arbenigwr ar arennau, Dr Singh, yma hefyd. Y Tri *Musketeer*. Mae tipyn o gywilydd arna i 'mod i'n cymryd amser tri doctor. Ry'n ni mewn stafell ymgynghori oddi ar prif goridor fy ward i. Mae hi'n stafell fach, fach: pe bawn i'n gorwedd ar y llawr, byddwn i'n cyffwrdd y ddwy wal, yn union fel yn fflat Robin. A dwi wedi 'nghau mewn ar bob ochr gan bobl mewn cotiau gwyn. Mae hi'n sefyllfa reit *stressful*.

Fe bwysodd Luned fi cyn i ni ddod mewn 'ma. Wnaeth

hi ddim gadael i fi weld y glorian: mae hi'n dweud bod wir angen i ni ganolbwyntio ar gynyddu fy mhwysau i nawr, a'i bod hi'n deall pa mor anodd yw hi i fi, ayyb, ayyb. O ystyried pa mor hapus yw hi a Dr Tomos, dyw e ddim wir yn anodd i'w ddehongli: dwi wedi magu llwyth o bwysau.

Ond does dim ots gyda fi. Neu, o leia, does dim hanner cymaint o ots gyda fi nawr ag y bydde wedi bod wythnos neu fis neu hyd yn oed chwe mis yn ôl.

Mae anorecsia'n lladd. Dyna'r peth cynta ry'ch chi'n ei ddarganfod wrth gwglo'r gair: anorecsia yw'r broblem iechyd meddwl fwya marwol yn y byd, heb os nac oni bai. A'r arennau'n methu yw prif achos y marwolaethau. Ond ry'ch chi'n dal i feddwl na fydd e byth yn eich lladd chi. Hyd yn oed pan mae e wir yn wael, ac ry'ch chi wir eisie iddo fe wneud. Pan y'ch chi'n torri'ch bol eisie i'r holl boen ddod i ben. Mae e'n rhyfedd. Ar yr un pryd, ry'ch chi'n meddwl *Dwi byth, byth yn mynd i wella a fedra i ddim ymdopi â diwrnod arall o hyn* a *Dwi byth yn mynd i fod yn un o'r rhai sy'n MARW*. Wir i chi, mae anorecsia'n bennaf yn ymwneud â dod o hyd i ffordd o ddal pum syniad sy'n gwrthddweud ei gilydd ynghyd yn eich pen. Fe ddes i'n dda iawn am wneud hynny. Ond mae bron â lladd fy hun wedi newid pethe. Rywfaint. Felly dwi'n trio fy ngorau i gydymffurfio â'r holl rŵtin peidiwch-â-dweud-wrth-Macs-faint-mae-e'n-bwyso.

"Felly be' sy'n digwydd nesa?" dwi'n holi.

Mae Luned yn edrych ar Dr Singh, sy'n nodio.

"Wel, Macs, ti sydd i benderfynu, mewn ffordd."

"Be' chi'n feddwl?"

"Ry'n ni yma i dy helpu di i wella. Nawr, mae'n well gan rai pobl ag anorecsia wneud hynny tra maen nhw'n byw gyda'u teuluoedd. Ond dwi'n gwbod bod pethe'n anodd gyda dy deulu di ar hyn o bryd."

Dwi bron ag ateb, *Ddim ond o fy achos i*, ond dwi'n stopio

fy hun, achos dwi'n gwbod y bydde hynny'n gwneud i fi swnio hyd yn oed yn fwy hunanol, er nad ydw i'n ei olygu e fel'na. *Bla, bla, bla, mae'r cyfan amdana i!*

"Beth arall fedra i'i wneud?"

"Wel, mae adferiad pawb yn wahanol," medd Luned. *A dyw rhai pobl ddim yn adfer o gwbl*, dwi'n meddwl. Dwi'n gwbod pam mae hi'n gwneud, ond mae e'n mynd o dan fy nghroen i nad yw Luned yn cydnabod yr opsiwn arall o gwbl. Mae'n gwneud i fi deimlo fel plentyn. "Mae rhai pobl yn gweld mai'r amgylchedd gorau er mwyn iddyn nhw wella yw... oddi cartre."

"Canolfannau triniaeth preswyl," medd Dr Tomos.

"Yn debyg i ysbyty?"

"Maen nhw dipyn yn llai ffurfiol nag ysbyty," medd Luned. Mae hi'n gwenu. "Mwy fel hostel ieuenctid."

Ie, reit, dwi'n meddwl. "Am faint byddwn i yno?"

"Mae'n dibynnu sut fyddet ti'n dod yn dy flaen," medd Luned. "Byddwn ni'n gwneud asesiad bob wythnos. Gallai fod yn gwpwl o wythnosau. Gallai fod yn hirach."

Mae hynny'n golygu misoedd. Neu flynyddoedd.

"Beth y'ch chi'n feddwl y dylwn i'i wneud?" dwi'n gofyn iddi.

Dwi'n gallu gweld Luned yn cnoi ei gwefus. Dyw hi ddim eisie rhoi ateb i fi. Dwi'n troi at y lleill, i weld a wnân nhw. Ond maen nhw i gyd yn edrych arna i â'r gwenau twp, nawddoglyd 'ma. Gwenau proffesiynol sydd ddim yn rhoi cliw i chi beth maen nhw'n ei feddwl go iawn.

Dwi wedi treulio'r flwyddyn ddiwetha'n ymddwyn yn obsesiynol ynglŷn â rheoli pob dim. A thros y dyddie diwetha, dwi wedi gorfod ildio rhywfaint o'r rheoli 'na. Ac mae e wedi teimlo'n... dda. Yn well nag o'r blaen.

A nawr, maen nhw'n gofyn i fi wneud penderfyniad a allai fy lladd i, neu achub fy mywyd i. Dwi'n teimlo fel sgrechian arnyn nhw. *Dwi ddim eisie rheoli hyn. Jest dwedwch wrtha i beth i'w wneud.*

Plis, jest dwedwch wrtha i beth i'w wneud.

27

Y Nadolig diwetha, ro'n i'n meddwl mai dyna'r anodda y galle pethe fynd. Ro'n i'n anghywir. Mae heddiw'n anoddach. Mae e fel dringo mynydd, a meddwl eich bod chi bron â chyrraedd y copa, yna gweld y copa'n cromennu'n araf oddi wrthoch chi. Mae 'na filltiroedd i fynd o hyd.

Fe bwysais i fy hun bore 'ma. Fedrwn i ddim help. Fe guddiodd Mam a Dad y glorian fisoedd yn ôl, ond dwi'n gwbod ble mae hi: yn y cwpwrdd crasu, o dan y tywelion traeth. Fe gydiais i ynddi a rhuthro i'r stafell molchi, cyn i fi allu newid fy meddwl.

Dwi wedi magu dau gilo ers i ni fynd ar wylie.

I ddechre, ro'n i wedi cael sioc. Fe aeth fy stumog i dindros-ben, ac fe ddechreuais i feddwl, pe bawn i'n trio chwydu, a allwn i gael gwared ar rywfaint o swper neithiwr. *Dwi'n afiach. Fydd yr un ferch yn fy hoffi i byth. Mae'n rhaid bod gan fy rhieni i gymaint o gywilydd ohona' i.*

Ond ro'n i wedi paratoi. Ro'n i'n barod i ddelio â'r sefyllfa hon. *Mae hyn yn beth da, mae hyn yn beth da*, fe ddwedes i wrtha i fy hun drosodd a throsodd, gan drio fy ngorau i foddi'r meddyliau drwg.

Nawr, dwi'n sefyll o flaen y drych, yn noeth. A dwi'n gallu gweld pethe nad ydw i erioed wedi eu gweld o'r blaen.

Ffaith hwyliog: mae anorecsia yn llythrennol yn newid y ffordd ry'ch chi'n gweld pethe. Mae astudiaeth wedi'i gwneud, a oedd yn gofyn i bobl ag anorecsia farnu maint eu cyrff yn y drych. Dwi ddim yn siŵr ble darllenais i amdano fe. Beth bynnag, mae'n ymddangos nad yw'n ymwneud â bod yn denau yn unig. Dy'n ni – hynny yw, pobl ag anorecsia – yn llythrennol ddim yn gallu gweld pa mor denau ry'n ni. Pan dwi'n tynnu fy nillad ac yn sefyll o flaen y drych, dwi'n gweld corff noeth gwahanol i'r un y byddech chi'n ei weld, pe byddech chi yno'n sefyll hefyd. Mae'r breichiau'n edrych yn fwy trwchus. Dyw'r asennau ddim yn sticio allan cymaint. Weithie, bydd hyd yn oed eich llygaid chi eich hun yn dweud celwydd wrthoch chi.

Bythefnos yn ôl, pan edrychais i yn y drych, y cyfan welais i oedd siâp fy mol i. Byddwn i'n pinsio fy nghroen ac yn ei dynnu i ffwrdd oddi wrth fy mraich ac yn meddwl, *Mae'n rhaid bod 'na fraster o dan fan'na*. Fel pe bai'r ffaith bod gyda chi groen yn brawf eich bod chi'n dew. Ond nawr mae hi'n wahanol. Dwi'n pwyso'n agos at y drych i edrych ar fy wyneb i, a galla i weld y cysgodion o dan fy llygaid lle mae'r cnawd yn fy mochau i wedi diflannu. Wnes i erioed sylwi arnyn nhw o'r blaen. Pan dwi'n camu 'nôl, dwi'n gweld pa mor amlwg mae fy asennau i nawr, fel y bariau ar seiloffon, yn taflu cysgodion sebra ar draws fy nghorff i. Dwi'n gweld y gwythiennau fel afonydd ar fy nwylo a blaenau fy mreichiau i, ac yn meddwl wrtha i fy hun, *O'r nefoedd, dwi'n edrych fel darn o gaws glas*.

Ocê, felly dyw e ddim yn union yn newyddion 'mod i'n denau. Dwi wedi bod yn denau drwy'r flwyddyn. Mae hynny'n reit amlwg pan fydd yr awel leiaf yn cymryd y cynhesrwydd allan o'ch corff chi o fewn eiliadau, neu pan na allwch chi eistedd ar fainc gan ei fod yn brifo'ch pen-ôl chi ormod. Ond nawr dwi'n teimlo'n denau. Er 'mod i wedi magu dau gilo mewn mis. Er bod Ana'n dweud wrtha i 'mod i'n awyrlong. Nawr, dwi'n gwbod ei bod hi'n malu cachu.

Felly dwi'n sefyll o flaen y drych, ac yn ei ddweud e allan yn uchel. Wrtha i fy hun, wrth Ana, wrth y sgerbwd sy'n syllu 'nôl arna i. "Macs, ti'n denau."

Dwi'n meddwl am eiliad, cyn ychwanegu, "A bydd heddiw'n wahanol."

Dyw Ram nac Elsi ddim yn fy nosbarth cofrestru i, ond mae Gwydion. Dwi'n cyrraedd cyn iddo fe wneud, ac yn eistedd wrth ddesg yn y cornel, mor bell i ffwrdd oddi wrth bawb ag sy'n bosib. Does neb yn dweud dim wrtha i, er, pan mae Shinji'n cerdded mewn, mae e'n gwneud y peth 'na lle mae e'n twt-twtian ac yn rolio'i lygaid, cystal â dweud, *Dyw dy sarhau di wir ddim werth fy amser i, sori,* sy'n gwneud i fi deimlo'n grêt.

Mae Luned a fi wedi meddwl am dair rheol i fi eu dilyn. Rheol Un yw: os ydw i'n cael diwrnod gwael, dwi'n mynd yn syth at Miss Ellis y nyrs ysgol. Dim pasio Go, dim casglu £200. Mae hi hyd yn oed wedi rhoi rhif ei ffôn symudol i fi. Dwi wedi 'nabod Miss Ellis ers Blwyddyn 7, pan lewygodd Gwydion wrth chwarae pêl-droed, ac fe ddaeth hi gyda ni i'r ysbyty. Mae hi'n ddigon neis.

Rheol Dau yw: cadw at y fwydlen. Mae Luned yn dweud ei bod hi'n bwysig 'mod i'n dysgu rheoli fy mwyta fy hun – ond am nawr, mae hi jest eisie i fi setlo mewn heb drafferth. Felly mae hi'n llythrennol wedi sgwennu bwydlen pryd-wrth-bryd i fi, yn union fel y gwnaeth hi ar gyfer y Nadolig llynedd (hei, dwi wir wedi symud 'mlaen yn ystod y deg mis diwetha, yn do?). Ond y tro hwn, mae llawer mwy o fwyd i fi ei fwyta, ac amserlen gaeth i gadw ati: *11am – un Go-ahead Yoghurt Break, un fanana. 1pm – un frechdan ham (dwy dafell o fara, 50g o ham, menyn), un Mars bar 30g (neu far cyfatebol o siocled), un afal.* Mae e'n swm brawychus o fwyd. Ond ar y llaw arall, mae'n reit braf peidio gormod meddwl am y peth.

Gan 'mod i'n idiot, dwi wedi eistedd rownd y cornel o'r drws, felly dyw Gwydion ddim yn fy ngweld i pan ddaw e mewn. Mae e gyda llwyth o bobl o'r tîm pêl-droed. Mae'n rhaid eu bod nhw wedi bod yn ymarfer bore 'ma. Mae e'n eistedd gyda nhw yn y tu blaen. Dwi'n gallu teimlo fy mochau'n llosgi'n wenfflam, fel pe bawn i newydd ollwng fy nhrôns o flaen y dosbarth cyfan. Dyw hi ddim fel pe bawn i wedi gwneud dim byd *embarrassing*. Oni bai am Shinji, does neb wedi sylwi 'mod i yno, hyd yn oed. Ond dwi'n teimlo fel y *loser* mwya yn yr holl fyd. Fel rhyw gi bach pathetig yn aros i Gwydion sylwi arna i.

Dwi'n cyfri i ddeg o dan fy ngwynt. Dyma yw Rheol tri: cyfri i ddeg. Mae Luned yn dweud os gallwch chi ddelio â rhywbeth am ddeg eiliad, all dim byd eich cyffwrdd chi. Achos unwaith ry'ch chi'n cyrraedd diwedd y deg eiliad, gallwch chi wastad ychwanegu deg arall, a deg arall, ac yn y blaen. Gall holl hanes dynoliaeth gael ei dorri lawr yn dalpiau o ddeg eiliad. Dy'ch chi ond deg eiliad i ffwrdd wrth Darwin, neu'r pharoaid, neu ddeinasoriaid. Dwi ddim yn siŵr ynglŷn â Rheol Tri, yn bennaf gan ei fod e'n ymwneud â rhagor o gyfri, a dyw cyfri obsesiynol ddim wir wedi mynd yn grêt i fi yn ddiweddar. Ond mae'n rhaid i fi gyfadde 'mod i, unwaith i fi gyrraedd deg, yn teimlo ychydig yn llai o awydd i neidio allan trwy'r ffenest.

Ond does gen i ddim digon o blwc o hyd i fynd at grŵp Gwydion, serch hynny. Ar ddiwedd y cyfnod cofrestru, dwi'n sleifio allan gan obeithio na fydd neb yn sylwi arna i.

Nefoedd, ydw i'n *loser* neu be'?

Dyw pethe'n gwella dim ar ôl cofrestru. Dwi'n edrych ar fy amserlen, ac yn sylwi mai Addysg Gorfforol yw fy sesiwn ddwbwl gynta i. Dwi wedi bod yn paratoi fy hun i wynebu pawb o'r diwedd – ond yn lle hynny, bydda i'n treulio'r awr a hanner nesa'n eistedd yn dawel yn swyddfa Mrs Puw.

Fy syniad i oedd hyn, a dweud y gwir. Mewn gwirionedd, doedd mynd i'r wers Addysg Gorfforol ond peidio â chymryd rhan ddim yn hwyl o gwbl: man a man i fi gael tatŵ o'r gair FFRÎC ar draws fy nhalcen. Ond os nad ydw i yno o gwbl, dwi ddim yn meddwl y bydd neb yn sylwi. Neu byddan nhw'n tybio 'mod i mewn set wahanol, neu beth bynnag. Y naill ffordd neu'r llall, all e ddim bod yn ddim gwaeth na'r llynedd. Felly mae Mrs Puw, y dirprwy bennaeth, wedi cytuno i adael i fi eistedd yn ei swyddfa hi a gwneud gwaith cartre neu be' bynnag yn ystod gwersi Addysg Gorfforol.

Dwi'n curo ar ddrws Mrs Puw am 9:01, ac mae hi'n dweud *Dewch i mewn* yn y llais dwfn fel taran 'ma, fel y Wizard of Oz. Hen deip o athrawes yw Mrs Puw. Mae hi'n gwisgo'r siwtiau tartan boncyrs 'ma, ac mae ei gwallt hi'n edrych fel darn o Lego. Dyw e byth yn symud. Dwi ddim yn siŵr a ydw i erioed wedi'i gweld hi'n gwenu chwaith. Pan fyddwch chi'n cwrdd â hi gynta, mae hi'n ymddangos fel y brifathrawes mewn rhyw nofel Fictoriaidd. Gallwch chi ei dychmygu hi'n taro plant amddifad ar eu harddyrnau â phren mesur. Dwi'n cofio dweud hyn pan ddes i adre ar ôl fy niwrnod cyntaf ym Maes y Glyn. Fe ddywedodd Robin 'mod i wedi ei chamfarnu hi'n llwyr. *Ocê, dyw hi ddim yn gwenu rhyw lawer,* medde fe. *Ond mae hi wastad yn edrych allan amdanat ti. Creda fi, mae Mrs Puw yn cŵl.* Ofynnais i erioed beth wnaeth hi i fod mor uchel ei pharch gyda fe.

"Macs," medd hi pan dwi'n agor y drws. Dim *Haia, Macs* na *O, edrychwch, Macs sy' 'na.* Dim ond *Macs*: datganiad syml o ffaith. Pe bai teigr wedi cerdded mewn, dwi'n reit siŵr y bydde hi wedi dweud, *Teigr.*

"Helô, Miss," meddaf i.

"Oes gyda ti rhywbeth i'w wneud?"

"Ym, mae gyda fi lyfr, Miss."

"Dyna ni, 'te."

A dyna ni. Dwi'n eistedd gyda fy llyfr – *Bywyd y Gwcw,* yn naturiol – ac yn darllen mewn tawelwch am 90 munud. A dweud y gwir, mae e'n teimlo'n debyg iawn i fod yn yr ysbyty.

* * *

Bu bron i fi ddewis yr opsiwn arall. Yr opsiwn niwclear. Y bilsen goch. O ddifri, ro'n i mor agos â *hyn*. Pan awgrymodd Luned y peth gynta, roedd e'n ymddangos fel yr ateb perffaith. Byddwn i'n mynd mewn i gael triniaeth, ac yn cael pobl i fy helpu i i wella'n iawn. A bydde Mam a Dad yn cael brêc. Perffaith, yn dyfe? Ond ar ôl i fi orffen siarad â Luned a'r doctoriaid eraill, fe ddechreuais i feddwl beth yn union sy'n digwydd yno.

Ydych chi'n cael darllen y llyfrau ry'ch chi eisie'u darllen?

Ydych chi'n cael mynd y tu allan os y'ch chi eisie?

Ga' i fynd â 'nghyfrifiadur, a binocwlars?

Felly fe es i ar Google.

Syniad GWAEL.

Dwi ddim yn gwbod sut beth oedd bod yn anorecsig cyn iddyn nhw ddyfeisio'r rhyngrwyd. Dwi ond wedi'i drio fe *gyda'r* rhyngrwyd. Am wn i mai'r fantais yw y gallwch chi ddod o hyd i bobl i siarad â nhw os y'ch chi eisie. O leia' ry'ch chi'n gwbod bod pobl eraill yn mynd trwy'r un peth.

Y broblem yw, dy'ch chi ddim wir eisie siarad am y peth.

Hefyd, dyw'r bobl ry'ch chi'n darllen amdanyn nhw byth yn mynd trwy'r un peth, mewn gwirionedd. Fel arfer, fe aethon nhw drwyddo fe flynyddoedd yn ôl, ac maen nhw nawr wedi penderfynu eu bod nhw eisie *adrodd eu stori*, a *helpu pobl eraill â'u dioddefaint*. Dwi'n gwbod eu bod nhw'n trio helpu, ond dwi jest yn eu casáu nhw erbyn y diwedd. *Ry'ch chi'n well. Dwi ddim. Rhowch y gorau i rwbio halen i'r briw.*

Neu ry'ch chi'n darllen straeon erchyll. Fforymau'n llawn o bobl ag anorecsia sy'n rhoi'r argraff eu bod yn annog ei gilydd.

Beth yw'r laxative *gorau i'w ddefnyddio? Sut galla i gael gafael arno heb gerdyn credyd? Alla i ei ddefnyddio fe bob dydd?*

Maen nhw wastad yn ferched, gydag enwau fel Paige a Grace a Lyra. (O feddwl am y peth, dwi'n reit siŵr mai enw un ohonyn nhw oedd Ana, ond falle mai jôc oedd hynny.)

Dwi ddim wir yn credu'r rhan fwyaf o bethe maen nhw'n eu dweud. Ond y naill ffordd neu'r llall, does gyda fi ddim byd yn gyffredin â nhw. Mae popeth maen nhw'n ddweud yn gwneud i fi fod eisie sgrechian, *Nid dyna sut mae anorecsia'n teimlo. Nid fel'na mae e.*

Y peth cynta' des i ar ei draws pan ddechreues i gwglo triniaeth breswyl oedd y blog 'ma gan ferch o'r enw Jenna yn Ohio, UDA. Roedd 'na dri ar ddeg o gofnodion, yn dyddio 'nôl bron i dair blynedd. Dyma fi'n sgrolio hanner ffordd lawr y dudalen ac yn dechre darllen.

Mehefin 16 – Sesiynau Grŵp :(

Ry'n ni'n cael dwy sesiwn grŵp bob dydd, am 11am a 3pm, a dyna'r PETHE GWAETHAF ERIOED!! Ry'n ni gyd yn eistedd mewn cylch, ac yn gwrando ar ein gilydd wrth i ni sôn am sut mae'r driniaeth yn mynd, neu o leia dyna ry'n ni FOD i sôn amdano. Yn bennaf, mae pobl jest yn cwyno am y bwyd ac yn dweud cymaint maen nhw'n gweld eisie eu cariadon. Dwi byth yn gwbod beth i'w ddweud. Mae Emily jest yn creu straeon. Ddoe, fe ddywedodd hi wrthon ni bod ei chariad hi wedi gorffen gyda hi – sy'n bendant ddim yn wir – ac fe dreulion ni i gyd tua ugain munud yn trio'i chysuro hi. Mae hi'n gymaint o hen ast.

Dwi'n reit grac achos fe ges i fy mhedwar cynta' yn fy Nghynllun Cyflawni heddiw. Pedwar = Anfoddhaol. Fe ges i fe oherwydd bod un o'r cynorthwywyr wedi 'ngweld i'n rhoi pils i Emily. Fe dries i esbonio mai dim ond Tylenol oedden nhw, ond doedd hi ddim yn fodlon gwrando. Ry'ch chi'n cael eich cosbi'n waeth am wneud stwff i bobl eraill nag am wneud i chi'ch hunan, achos eich bod chi'n "galluogi eu salwch" nhw – sy'n gymaint o gachu, achos Emily roddodd y pils i fi yn y lle cynta'!!

Mewn pum munud, fe lwyddodd blog Jenna i 'nhroi i yn erbyn triniaeth breswyl. Fe ddarllenais i'r darn 'ma yn y papur newydd unwaith, ynglŷn â sut mae hi wedi canu arnoch chi unwaith yr ewch chi i'r carchar, achos ry'ch chi wedi'ch hamgylchynu gan droseddwyr drwy'r amser. Mae triniaeth breswyl yn swnio'n debyg iawn i hynny. Falle'i bod hi'n dibynnu ble ry'ch chi'n mynd, ond dwi'n poeni mai'r unig beth fyddwn i'n ei ddysgu yw sut i fod yn fwy anorecsig.

A dwi wir, wir ddim angen unrhyw help gyda hynny.

"Macs!"

Dwi'n troi o gwmpas. Dwi wedi ffwndro, braidd, gan 'mod i newydd gamu allan o Amser Distaw Oes Victoria Mrs Puw, a dwi 'mond yn dechre dod i arfer â phethe fel sŵn a lliw eto. Mae Gwydion yn sleifio ata i'n wên o glust i glust. "Neis ohonot ti i ymuno â ni."

"Ym, haia," dwi'n mwmial.

"Haia."

Dwi ddim wir yn gwbod beth i'w ddweud nesa. Dwi wir, o ddifri, bron â siarad ag e am y tywydd, fel Bill, y dyn 85 oed â'r rhandir o'r ysbyty. *Mae hi wedi bod braidd yn fwyn yn ddiweddar, yn do? Da iawn ar gyfer fy mhetwnias i!* Ond ar yr eiliad ola dwi'n sylwi ar ei fag chwaraeon e. "Oedd gyda ti bêl-droed bore 'ma?"

"Dyna fy maich i," mae e'n dweud. Mae Gwydion braidd fel Robin, o ran ei fod e'n *meddwl* ei fod e'n ddoniol. Y gwahaniaeth yw ei fod e'n iawn ychydig yn amlach. Ry'n ni'n parhau i gerdded i gyfeiriad yr iard. "Hei, wyt ti wedi gwrando ar albym newydd Cylchoedd Tân eto? Mae e'n eitha' cŵl."

A jest fel'na, ry'n ni off. Ry'n ni'n cael Sgwrs Arddegol Arferol™. Falle nad yw e'n swnio'n llawer, ond dros yr haf, ro'n i wedi rhyw fath o ddarbwyllo fy hun na fyddwn i byth yn cael sgwrs fel hon eto.

"Nagw," dwi'n ateb. Dwi'n casáu Cylchoedd Tân.

"Ti moyn gwrando?"

"Ocê."

Felly fe dreulion ni'r egwyl yn gwrando ar gerddoriaeth ar glustffonau bach Gwyds; yn ôl pob tebyg mae e wedi llacio'i bolisi ar dechnoleg bersonol. Pan mae Ram yn ymuno â ni, mae e'n gwneud yr un fath yn union, h.y. yn anwybyddu dwy ffactor reit enfawr yn llwyr: 1) 'mod i wedi colli'r wythnos gynta o ysgol am rhyw reswm 2) 'mod i'n edrych fel Jack Skellington o'r ffilm *The Nightmare Before Christmas*. Dwi'n bwyta fy manana a fy mar Go Ahead am 11am, yn unol â Rheol Dau. Dwi'n sylwi nad yw Ram yn gofyn i fi am yr un o'r ddau, sy'n rhyfedd. Ydy e wedi sylweddoli, o'r diwedd, 'mod i'n sâl? Dwi'n cael fy ateb pan mae e'n tynnu sleisen o bitsa têcawê a Peperami o'i fag. Na, dyw Ram ddim wedi dod i ddeall natur anorecsia nerfosa. Mae e jest wedi bod yn aros gyda'i dad, a dyw e ddim fy angen i.

Does dim sôn am chi'n-gwbod-pwy. Dwi eisie holi amdani, ond dwi ddim yn gwbod sut. Falle'u bod nhw wedi'i thorri hi allan, achos ei bod hi'n ormod o *weirdo*. Neu falle'i bod *hi* wedi 'nhorri *i* allan.

Mae Gwydion yn newid y trac drwy'r amser. Mae e'n chwarae tri deg eiliad o un gân, ac yna'n mynd, *O aros, mae'n rhaid i ti wrando ar hon*, ac yn dechre chwarae un arall. Mae gyda fi un clustffon, ac mae gan Ram y llall – achos, pan mae e yn defnyddio technoleg yn gyhoeddus, mae Gwyds yn reit wych am rannu – felly dyw hi ddim fel pe bai e'n gallu clywed unrhyw beth, hyd yn oed. Ond mae e'n dal i ganu mewn sync perffaith.

Pan mae'r gloch yn canu, mae e'n gofyn i fi: "Felly, be' ti'n feddwl?"

"Mae e'n gachu, Gwyds," dwi'n ateb. Dwi'n gwenu arno. "Sori. Wela i di amser cinio?"

Mae e'n edrych braidd yn siomedig, ond yn nodio.

"Cŵl," medd Ram. "Macs, ry'n ni yn y wers Ffiseg gyda'n

gilydd yn y bedwaredd wers. Wela i di wedyn."

"Ocê," meddaf i. Dwi'n codi fy mag ar fy ysgwydd, ac yn mynd tuag at y Bloc Ieithoedd, gan feddwl, *Dyna'r pymtheg munud gorau i fi eu cael ers misoedd.*

Almaeneg yw'r drydedd wers. Mae ein hysgol ni yn Goleg Ieithoedd Arbenigol, sy'n golygu ein bod ni'n cymryd ieithoedd o ddifri. Un o'r rheolau yw, ar gyfer TGAU a Lefel A, bod y dosbarth cyfan yn cael ei gynnal yn yr iaith o dan sylw: Ffrangeg, Sbaeneg neu Almaeneg. Dy'ch chi'n llythrennol ddim cael yngan gair o Gymraeg, nac o Saesneg. Os yw eich afu chi'n byrstio, a dy'ch chi ddim yn gallu esbonio beth ddigwyddodd yn Almaeneg, mae'n rhaid i chi aros nes i'r gloch ganu cyn i unrhyw un ffonio am ambiwlans.

Ocê, dyw hynny ddim yn wir, siŵr o fod, ond chi'n deall be dwi'n feddwl.

Beth bynnag, pan dwi'n cerdded mewn i 'nosbarth Almaeneg newydd i am y tro cynta, dwi'n anghofio am y rheol hon. Dwi'n mynd i flaen y dosbarth ac yn gofyn, "Miss, ble dwi fod eistedd?" Mae 'na ryw dair sedd wag, ac mae un ohonyn nhw'n perthyn i fi. Ond dwi ddim yn gwbod pa un.

Dyw hyn ddim yn mynd yn dda.

"Ah, Macs. Schön dich zu sehen," ateba Mrs Müller. Dyw Mrs Müller ddim o'r Almaen mewn gwirionedd. Ond mae ei gŵr hi. Felly mae ganddi gliché Prydeinig o enw Almaenig, yr un cynta y byddech chi'n meddwl amdano pe byddech chi'n trio enwi rhywun o'r Almaen. Sy'n reit ddoniol ar gyfer athrawes Almaeneg.

"Ym," meddaf i. "Danke?"

"Bitte fragen sie mich auf Deutsh, Macs."

"Ym..."

Mae pawb arall wedi eistedd yn barod. Maen nhw'n gwylio'r holl beth. Felly mae Mrs Müller yn gwneud y peth 'na mae athrawon yn ei wneud weithie, lle maen nhw'n penderfynu bod eich cwestiwn twp chi yn Gyfle i Addysgu, ac yn tynnu'r holl ddosbarth mewn i'r sgwrs. Hyd yn oed os nad y'ch chi eisie i hynny ddigwydd o gwbl.

Mae Mrs Müller yn troi at y dosbarth ac yn gofyn, "Kann jemand helfen?"

Galla i ddyfalu cymaint â hynny. *Dyw Macs yn dda i ddim. Er mwyn Duw, rhywun i'w helpu fe, plis.*

A dyfalwch llaw pwy sy'n saethu i'r awyr?

Ie.

"Wo sitze...mich?"

"Wo sitze *ich*, Elsi. Aber sehr gut. Macs, bitte hinsetzen," medd Mrs Müller, gan bwyntio at gadair wag reit ar bwys Elsi.

Dwi'n llusgo 'nhraed lawr y stafell ddosbarth, gan drio peidio â sylwi bod Elsi'n chwerthin ar fy mhen i. Bod pawb yn chwerthin ar fy mhen i. Yn fy mhen, dwi'n adrodd arwyddair personol newydd: *Dwi eisie marw Dwi eisie marw Dwi eisie marw.*

Dwi'n dechre cyfri i ddeg. Dwi'n tybio y bydd angen Rheol Tri arna i'n aml heddiw.

Ar ôl i fi eistedd, dwi'n mentro edrych i'r ochr trwy gil fy llygaid.

Mae Elsi'n gwenu. Ond fedra i ddim dweud a yw hi'n gwenu arna i neu'n gwenu gyda fi.

Dwi'n stwffio fy llaw i 'mhoced, ac yn byseddu corneli'r bag plastig â fy mysedd, i wneud yn siŵr ei fod e'n dal i fod yno. Dwi ddim yn gwbod i ble'n union ro'n i'n dychmygu y bydde fe wedi mynd yn ystod y tri deg eiliad diwetha. Na'r tri deg eiliad cyn hynny. Ond yn ôl pob tebyg mae angen i fi wirio'n aml bod y llythyr yn dal i fod yno.

Dwi'n dal heb ei agor e. Fedra i ddim esbonio pam yn iawn. Falle achos ei fod e wedi'i sgwennu cyn i bopeth ddigwydd, a 'mod i'n poeni, os darllena i fe, y galle fe fy sugno i 'nôl i'r gorffennol.

Neu falle oherwydd nad ydw i eisie gwbod beth mae e'n ddweud.

Dwi'n gwbod bod hynny'n swnio'n dwp. Ond meddyliwch am y peth. Yr eiliad hon, y tu mewn i'r bag plastig 'na, galle fod miliwn o bunnoedd.

Neu swyn hud ry'ch chi'n ei adrodd dair gwaith, o dan leuad lawn, er mwyn gwella anorecsia.

Neu neges gan Elsi, yn cyfadde'i chariad bythol.

Cyn belled nad ydw i'n gwbod, gall e fod yn beth bynnag dwi eisie iddo fe fod. Sy'n golygu bod 'na *obaith*.

Fel cyn i fi wbod bod Mam a Dad yn gwahanu.

Fel yr eiliad cyn i chi gamu ar y glorian.

Yn fy mhoced, mae gyda fi damed bach o obaith. Ac mae angen hynny arna i ar hyn o bryd.

"Psst."

Dwi'n edrych draw ar Elsi, ac yn sibrwd, *Be?*

Mae hi'n codi'i hysgwyddau.

Grêt, diolch Elsi, dwi'n meddwl. Mae hynna'n gwneud popeth yn glir. Diolch am ddweud wrtha i'n union sut ti'n teimlo mewn ffordd mor eglur a diamwys.

"Psst."

Dwi'n rolio fy llygaid y tro hwn. Dwi'n trio gwneud taflen waith dwi'n bendant ddim yn ei deall, ar sut ry'ch chi'n rhedeg berfau afreolaidd. Mewn Almaeneg, mae 'na reol ar gyfer berfau afreolaidd, sydd ddim yn gwneud unrhyw synnwyr.

"*Be'?*" dwi'n sibrwd eto.

Y tro hwn, mae Elsi'n dal ei llyfr nodiadau lan. Mae neges wedi ei sgwennu arno fe. Mae'n rhaid i fi syllu arno, achos bod ei llawysgrifen hi mor flêr. Dwi'n pwyso 'mlaen, fel bod Elsi'n cael golwg agos o fy wyneb i wrth iddo droi'n goch fel tomato.

Alla i gael cinio gyda ti?

28

Mae'r un athro Ffiseg gyda fi â'r llynedd. Dr Prysor. Fe yw'r athro gwaetha yn y byd, fwy neu lai. Mae e wastad yn gosod llwyth o waith cartre i ni – hynny yw, boncyrs o lwyth. Llwyth na allwn ni ei wneud heb gyflwyno ein gwaith cartre'n hwyr. Falle'i fod e'n wahanol pan mae e'n dysgu TGAU, ond dwi'n amau hynny.

Y peth cynta mae e'n ei ddweud wrtha i yw: "A, rwyt ti wedi penderfynu ymuno â ni yr wythnos hon, Mr Prydderch."

O, grêt, diolch Dr Prysor. Diolch am dynnu sylw pawb at y ffaith nad o'n i yma wythnos diwetha. Yn naturiol, dwi ddim yn dweud unrhyw beth, achos dwi'n gwbod na fydde hynny'n beth call i'w wneud. Dwi jest yn cerdded draw at y fainc lle mae Ram yn eistedd – mae e'n chwifio arna i fel rheolydd traffig awyr – ac yn cyfri i ddeg ddwywaith ar y ffordd draw.

"Am goc oen," mae Ram yn sibrwd wrtha i wrth i fi eistedd, gan wyro'i ben i gyfeiriad Dr Prysor.

Dwi'n chwerthin. "Coc oen llwyr."

Wnaethon ni ddim wir sôn am y peth amser egwyl, felly dwi'n holi Ram sut aeth ei wylie fe. Nawr 'mod i hefyd o Gartre wedi Chwalu™, mae gyda fi ddiddordeb yn sut mae hynny'n gweithio.

Mae Ram yn ysgwyd ei ben. "Gyda Mam o'dd e jest y stwff arferol. Fe aethon ni i'r traeth neu i bwll y gwesty bob dydd."

"*Bob dydd?*" meddaf i. Dwi wedi arfer â mynd ar wylie

lle ry'n ni'n ymweld â thair amgueddfa cyn amser brecwast. Garda oedd y gwylie mwya hamddenol i fi fod arnyn nhw. Wel, y rhan gynta, beth bynnag.

"Ie. A, wel, ti'n gwbod popeth ynglŷn â Phortiwgal..." mae e'n distewi. Dwi ar fin ateb – *Ym, ydw i?* – ond cyn i fi allu gwneud, mae e'n dweud, "Hei."

"Be'?" meddaf i, cyn sylweddoli'n syth nad oedd e'n siarad â fi. Dwi'n gwingo.

"Haia," medd Elsi, gan eistedd gyferbyn â fi. "Sut ma' pethe?"

"Ddim yn rhy ffôl, Elsi, ddim yn rhy ffôl," medd Ram. Mae e'n fy nharo i ar fy nghefn. "Balch o gael y ffŵl 'ma 'nôl."

"Ie," ateba Elsi. "Dim ond gobeithio'i fod e wedi cadw lan gyda'i Ffiseg yn well na'i Almaeneg."

Arhoswch. Be'?

Tra mae Elsi a Ram yn tynnu coes, dwi'n eistedd yno, â 'ngheg i hanner ar agor, fel pysgodyn aur yn gwylio porn. Achos mae gyda fi gwestiynau. Er enghraifft: yw Elsi a Ram yn ffrindiau gorau nawr? Yw hi wedi bod yn sgwennu nodiadau ato fe fel mae hi wedi bod yn gwneud i fi? Beth am Gwydion, a Darren, a Dr Prysor?

Ac oedd fy Almaeneg i *wir* mor wael â hynny?

"Reit, bawb," medd Dr Prysor. "Os carech chi ddod â'ch sgyrsiau i ben... *diolch*."

Mae gan Dr Prysor lais uchel, gwichlyd, fel *chipmunk* sydd wedi bod yn sugno ar falŵn. Mae e'n edrych braidd fel *chipmunk*, hefyd. Mae gyda fe farf, ond bron dim gwallt ar ei ben, sy'n gwneud i'w wyneb e edrych yn grwn iawn. A phan mae e'n esbonio pethe, mae e'n dal ei ddwylo lan fel pawennau. O ddifri.

"Nawr 'te, all unrhyw un ein hatgoffa ni'n gyflym o Ddeddf Mudiant Gyntaf Newton, er budd y rheini oedd yn absennol ddydd Iau diwetha?"

Mae e'n edrych reit arna i wrth ddweud hynny. Tybed yw e'n gwbod nad o'n i yma gan 'mod i yn y blymin ysbyty?

Does neb yn ateb. Mae'n siŵr y gallech chi glywed pelen o wlân cotwm yn cwympo i'r llawr. Mae Dr Prysor yn pinsio pont ei drwyn.

"Unrhyw un? Falle'ch bod chi'n cofio 'mod i'n hoffi cyfeirio ati fel 'y ddeddf ddiog'."

Dim. Un. Gair.

"O'r gorau, fe ddewisa' i rywun." Mae e'n edrych o'i gwmpas, fel *meerkat* ar ddyletswydd gwylio, nes iddo ganolbwyntio ar ein mainc ni. "Ram," mae e'n dweud. "Unrhyw syniad?"

"Nag oes, syr," ateba Ram yn syth, mewn rhyw fath o lais canu. Ry'ch chi'n gallu dweud nad yw e wir wedi ystyried y cwestiwn: dyma'i ymateb awtomatig e. Fel ar sioe deledu, pan mae heddwas yn holi cwestiwn ar ôl cwestiwn i aelod o gang, ac maen nhw jest yn dweud Dim i'w Ddweud dro ar ôl tro.

"Dere 'mlaen, Mr Ahmed. Y ddeddf ddiog: mae'r cliw yn yr enw. Beth sy'n digwydd i wrthrych pan nad oes grymoedd yn gweithredu arno?"

Mae Ram yn rhoi ei benelinoedd ar y ddesg ac yn gorffwys ei ben ar gledrau'i ddwylo. "Dim byd?"

"Wel, ro'n i'n gobeithio am rywfaint mwy o fanylion, ond am wn i dy fod di'n iawn. Mae Deddf Mudiant Gyntaf Newton – gwrandewch nawr, bawb – mae Deddf Mudiant Gyntaf Newton yn nodi, oni bai bod *grym anghytbwys* yn gweithredu ar wrthrych, y bydd yn aros yn ddisymud, neu'n parhau i symud ar yr un buanedd ac i'r un cyfeiriad os ydyw eisoes yn symud. Yw hynny'n glir?"

Mae pawb yn mwmial "Ydy". Dyna'r 'ydy' lleiaf brwdfrydig i fi ei glywed erioed. Y math o 'ydy' y byddech chi'n ei gael pe byddech chi ar long ofod sydd ag ond ugain munud o ocsigen ar ôl, a'ch bod chi'n dechre gofyn i bawb os oedden nhw wedi gwneud eu gwlâu bore 'ma.

"Da iawn, felly," medd Dr Prysor. "Trowch i dudalen 36 yn eich gwerslyfrau, os gwelwch yn dda."

Dwi'n mentro edrych ar Elsi. Mae hi'n syllu'n syth ata i.

Dwi'ch dechre sgriblo nodyn yng nghefn fy llyfr sgwennu. Dwi ddim yn siŵr a yw e'n syniad da ai peidio, felly dwi'n ei wneud yn gyflym, cyn i fi newid fy meddwl.

Yw dy dad wedi cael gwared ar Enfys eto?

Dwi'n gwthio'r llyfr draw at Elsi. Mae hi'n pwyso drosodd ac yn ei ddarllen e, yn edrych arna i, ac yn ei wthio 'nôl, cyn syllu lawr ar ei desg.

Am wn i bod hynny'n golygu na.

Dyfalwch at beth mae Dr Prysor yn mynd nesa ar ôl Deddf Gyntaf Newton. "Mae'r Ail Ddeddf yn ymdrin â grymoedd anghytbwys. Os yw grym anghytbwys yn gweithredu ar wrthrych, bydd y gwrthrych hwnnw'n cyflymu. A gallwn ni ddweud tri pheth am y cyflymiad hwnnw..."

Mae e'n rhefru 'mlaen fel hyn am hydoedd. Dwi'n edrych lawr ar fy ngwerslyfr, ac yn sylweddoli ei fod yn ei ddarllen yn uchel – ond y ffordd mae e'n ei ddweud e, byddech chi'n meddwl mai fe feddyliodd am Ail Ddeddf Newton ei hun.

"Mae e'n dwli ar glywed ei lais ei hun," medd Ram o dan ei wynt, ac mae'n rhaid i fi ganolbwyntio'n reit galed ar beidio â phiffian chwerthin.

Unwaith i ni ddarllen y theori, mae Dr Prysor yn ei harddangos hi i ni gyda phêl dennis a phêl griced. Mae e'n taro'r ddwy ar hyd y fainc flaen â chiw pŵl, er mwyn i ni weld sut mae'r bêl tennis yn symud yn gynt.

Mae Ram yn pwyso draw ata i ac yn sibrwd, "Felly pam mae stwff trwm yn *disgyn* yn gynt?"

Dwi'n gwbod yr ateb i hyn, achos fe ddarllenais i lyfr am Galileo unwaith. "Dyw e ddim. Pe byddet ti'n gollwng y ddwy bêl 'na o ben adeilad uchel, bydden nhw'n disgyn ar yr un cyflymder."

"Rybish," medd Ram.

Dyna ddweud wrth Galileo, dwi'n meddwl. Ond yna dwi'n fy nrysu fy hun. Os yw cyflymder mewn cyfrannedd gwrthdro â más, oni ddylai'r bêl criced ddisgyn yn arafach? Dwi'n sibrwd wrth Ram, "Aros. Dwi ddim yn siŵr os ydw i'n iawn."

"Macs," rhua Dr Prysor. Dwi'n cael mymryn o fraw.

"Sori syr, ro'n i ond yn—"

"Siarad ar ganol fy arddangosiad i. Dwi'n gwbod. O ystyried dy fod di eisoes y tu ôl i bawb arall, falle y caret ti dalu sylw?"

Dwi'n cyfri i ddeg.

Unwaith i Dr Prysor stopio edrych i fyw ein llygaid ni, mae Ram yn fy mhwnio i yn fy asennau. "Be' sy'n bod ar Elsi?"

Mae'n hi'n dal i syllu ar y ddesg.

Felly dwi'n sgwennu nodyn arall.

Ti'n ocê? Paid â phoeni. Mae dy dad di'n idiot. Fe ddeith e dros y peth cyn hir!

Mae hi'n edrych ar yr hyn dwi wedi'i sgwennu ac yna'n edrych lan arna i.

"Pam wyt ti'n 'neud hyn?" mae hi'n gofyn yn uchel.

Dwi'n rhoi fy mys at fy ngheg achos dwi'n gwbod bod Dr Prysor yn chwilio am unrhyw esgus i wylltio'n gacwn gyda fi.

Be' ti'n feddwl? dwi'n sibrwd wrth Elsi.

"Jest gad lonydd i fi."

"MR PRYDDERCH," gwaedda Dr Prysor. "Falle na wnes i fy hun yn ddigon clir gynnau?"

Mae Ram yn ymuno. "Ro'n ni'n trafod Ail Ddeddf Newton," mae e'n clecian.

"Wela' i," medd Dr Prysor. "Rwyt ti'n helpu Macs i ddal lan, wyt ti?"

Dwi'n edrych ar Ram, cystal â dweud *Gad hi*, ond naill ai dyw e ddim yn fy neall i, neu mae e'n fy anwybyddu i. "A dweud y gwir, fe oedd yn fy helpu i. Fe ddywedodd e wrtha i am Galileo."

"Do fe wir? Ac mae Mr Prydderch yn gwbod tipyn am Galileo, ydy e?"

Mae Ram yn edrych arna i. Mae'r ystum ar ei wyneb e'n cyfleu, *Does gyda fi ddim syniad beth dwi'n 'neud*. "Am wn i," mae e'n dweud, cyn ychwanegu, "Fe aeth e i'r Eidal dros yr haf."

Dwi'n meddwl, *Bydde nawr yn amser reit dda i'r ddaear agor o dan Labordy 2B*.

"O wel 'te, dwi'n *siŵr* ei fod e'n arbenigwr. Macs, falle y caret ti ddod lan i roi arddangosiad i ni."

"Na, dim diolch, syr," meddaf i'n gyflym.

"Ond dwi'n mynnu. Ddosbarth, mae gyda ni trît arbennig heddiw. Mae ein arbenigwr preswyl mewn mecaneg glasurol yn mynd i arddangos Ail Ddeddf Newton i ni."

Y broblem gyda Rheol Tri yw bod yn rhaid i chi gofio cyfri. A'r eiliad hon, dwi prin yn cofio anadlu.

"Syr, dwi..."

"Dere 'mlaen, Macs, coda. Does dim trwy'r dydd gyda ni."

Mae'n rhaid i fi ddefnyddio 'mreichiau i godi o'r stôl, achos, yn ôl pob tebyg, mae 'nghoesau i wedi stopio gweithio. Dwi'n dechre siarad, "Wel, fel mae e'n dweud yn yr, ym..."

"Yn nhu blaen y dosbarth, plis," medd Dr Prysor.

Dwi'n baglu 'mlaen.

Dwi'n gallu teimlo'r gwaed yn gwagio o 'mhen i. Chi'n gwbod pan fyddwch chi mewn pwll nofio, o dan y dŵr yn llwyr, ac ry'ch chi'n codi'n gyflym, ac mae'r holl ddŵr yn arllwys oddi arnoch chi? Mae e'n teimlo'n debyg i hynny. Mae fy ngolwg i'n dechre mynd yn niwlog.

"Syr, dwi ddim yn teimlo'n dda."

Mae e'n chwerthin. Mae e'n chwerthin allan yn uchel arna i. Ac mae e fel mewn ffilm ddihirod: pan mae'r bòs yn chwerthin, mae pawb arall yn gwbod ei bod hi'n bryd chwerthin hefyd. Mae'r holl ddosbarth yn chwerthin arna i.

Dwi'n edrych 'nôl ar fy mainc i. Dyw Ram ddim yn

chwerthin, o leia. Ond mae Elsi yn.

Dwi eisie marw Dwi eise marw Dwi eisie marw.

"Macs, ry'n ni'n aros amdanat ti. Dere 'mlaen." Mae'r ffordd mae e'n dweud y linell ddiwetha 'na'n swnio'n hynod o fygythiol. Mae ei lais e'n finiog, cystal â dweud, *Neu gei di weld be' ddigwyddith.*

Dwi'n pwyso yn erbyn y fainc flaen, achos os na wna i, dwi'n meddwl 'mod i'n mynd i gwmpo.

"Dwi ddim yn gwbod, syr."

"Dwyt ti ddim yn gwbod beth?"

"Dwi ddim yn gwbod unrhyw beth."

Dwi eisie crio.

Dwi eisie marw.

Dwi eisie'i ladd e.

Dwi eisie lladd Elsi.

Dwi eisie rhoi'r holl labordy ar dân.

"Ond rwyt ti'n meddwl y galli di siarad yr holl ffordd trwy fy ngwers i beth bynnag?"

"Nagw, syr."

"Rwyt ti'n meddwl y galli di ddod yma, wythnos yn hwyr—"

Ac yna, dwi'n darganfod be' sy'n digwydd pan fyddwch chi'n anghofio cyfri i ddeg.

"CAEWCH EICH CEG Y DIAWL. CAEWCH EICH CEG Y DIAWL!"

Dyw e ddim yn symud modfedd. Mae'r wên fach 'ma'n ymledu ar draws ei wyneb e, cystal â dweud, *Diolch am wneud yr hyn ro'n i eisie i ti'i wneud.* "Swyddfa Mrs Richards," mae e'n dweud yn dawel. "Nawr."

Dwi'n crynu. Dwi'n llyncu tri llond cegaid o aer, ac yna'n cerdded at fy mainc i, ac yn codi 'mag cefn a fy llyfrau i, gan osgoi llygaid Ram. Osgoi llygaid pawb. Dwi eisie gadael y stafell yn dawel. Dwi eisie ymddwyn fel pe bai'r cyfan drosodd. Pel pe bawn i'n poeni dim am y peth.

Ond wrth i fi gyrraedd y drws, dwi'n edrych 'nôl, ac yn gweld Elsi. A fedra i ddim stopio fy hun rhag cau'r drws yn glep y tu ôl i fi.

Shit. Shit. SHIT.

Dwi'n dechre cyfri. Un, dau, tri, pedwar... Yna dwi'n stopio fy hun, achos beth yw'r pwynt cyfri nawr? Mae hi'n rhy hwyr. Fel cau drws y stabl ar ôl i'r ceffyl ddianc, fel y bydde Dad yn dweud.

Roedd hwn i fod yn ddechre ar fy mywyd newydd, iach. Roedd hwn i fod yn gam cynta tuag at wella.

Ac fe barodd *dair awr*.

SHIT.

Dwi'n gwbod y dylwn i fynd yn syth i swyddfa Mrs Richards, er mwyn i fi allu esbonio'r hyn ddigwyddodd cyn iddi glywed y stori gan Dr Prysor, neu gan rywun arall. Dyw e ddim yn edrych yn dda eich bod chi'n mynd ar grwydr ar ôl cael eich anfon i swyddfa'r Pennaeth. *Yn ogystal â gweiddi a rhegi arna i, fe aeth e am dro bach hamddenol o gwmpas yr ysgol pan oedd e i fod ar ei ffordd i'ch swyddfa chi.* Ond does gen i ddim dewis. Dwi angen amser i feddwl.

Falle y bydd y ffaith i fi fod yn ddisgybl A serennog ers dechrau yn yr ysgol yn gweithio o 'mhlaid i. Neu falle y byddan nhw'n meddwl, *Waw, mae'n rhaid ei fod e yn ei cholli hi* o ddifrif.

Dwi'n cerdded draw o'r coridor Gwyddoniaeth, i'r Bloc Celf. Mae'n dawelach fan hyn. Mae Celf ar un pen i brif adeilad yr ysgol, felly does neb yn pasio drwodd. Mae 'na goridor mawr sgwâr sy'n rhedeg o amgylch llibart bach. Ry'n ni wedi cael gwersi celf allan fan hyn o'r blaen, yn y gwanwyn, yn peintio'r tiwlips sydd wedi'u plannu mewn gwelyau ar dair ochr. Dy'ch chi ddim wir fod i fynd mewn i'r llibart weddill yr amser. Ond hei, all pethe ddim mynd fawr gwaeth i fi.

Dwi'n gwthio trwy'r drws gwydr mawr.

Alla i ddim peidio â chofio am Elsi. Dim ond am eiliad y gwelais i hi, ond mae'r ddelwedd wedi'i serio ar fy nghof i. Roedd hi'n chwerthin cymaint, roedd ei hysgwyddau hi'n ysgwyd. Ddeugain munud yn ôl, fe ofynnodd hi os o'n i am fynd am ginio gyda hi, ac ro'n i fwy neu lai wedi dechre cynllunio'n dyfodol ni gyda'n gilydd. Nawr, hoffwn i pe bai hi'n farw.

Hoffwn i pe bawn i'n farw.

Yna, dwi'n cofio am y nodyn.

Dwi'n symud fy llaw i 'mhoced, yn araf, yn ofalus. Fel pe bai peryg iddo fynd yn wenfflam y tro hwn. Mae 'mysedd i'n glanio ar y plastig. Dwi'n ei dynnu fe allan o 'mhoced, yna'n agor y bag plastig, ac yn tynnu'r llythyr allan.

Dwi'n troi o gwmpas, yn rhedeg ar ras allan o'r llibart, ar draws y coridor, trwy'r drysau dwbl sy'n arwain at y biniau ailgylchu. Mae Dad wedi fy magu i'n dda: hyd yn oed mewn argyfwng, ailgylcha. Dwi'n codi'r caead oddi ar y bin gwyrdd, ac yna'n dechre cyfri i ddeg.

Un, dau, tri...

Ond yna dwi'n stopio fy hun.

Fedra i ddim help.

Dwi'n agor y llythyr, ac yn dechre darllen.

"Ti 'di ffeindio lle bach neis i ti dy hun fan hyn, mêt." Mae Ram yn ffroeni, fel pe bai e'n heliwr yn cerdded trwy goedwig o glychau'r gog yn y gwanwyn. Ffroeniad hir, ddramatig. "Ti wir yn gallu mwynhau drewdod y biniau 'na."

"Gad lonydd i fi," meddaf i.

"Dwi'n gobeithio nad wyt ti ar fin taflu hwnna i ffwrdd," mae e'n dweud.

"Pam wyt ti hyd yn oed yn poeni?"

Mae e'n oedi, fel pe bai e wir yn meddwl am y peth. "Wel, yn gynta, achos mai fi yw dy fêt di. Ac yn ail, fe ddefnyddies i beth o bapur sgwennu gorau Mam er mwyn sgwennu hwnna, oedd yn risg enfawr i fy llesiant personol i, gad i fi ddweud wrthot ti."

"Paid â chwarae o gwmpas gyda fi. Dwi wir ddim yn yr hwyl."

Alla i ddim edrych arno o hyd.

"Dwi ddim yn chwarae gyda ti."

"Wyt, mi rwyt ti. Dwi wedi cael llwyth o'r rhain. Maen nhw i gyda am deulu Elsi sydd wedi gwahanu, a'i thad da-i-ddim hi, a..."

Ac yna mae'n fy nharo i.

Mae'n fy nharo i fel trên.

Mae'n fy nharo i fel y garreg fellt a gafodd wared ar y deinosoriaid.

Nid Elsi sgwennodd y llythyron 'na.

Nid tad Elsi addawodd gwylie siwper-cŵl iddi, ar eu pennau eu hunain, cyn penderfynu dod â'i gariad newydd gydag e. Pan ofynnodd Elsi i fi fynd i gael cinio, do'n i prin yn gallu darllen ei hysgrifen hi. Achos do'n i erioed wedi gweld ei hysgrifen hi o'r blaen.

Dwi'n edrych lan ar Ram. "Ro'n i'n meddwl bod yr *E* am Elsi," meddaf i.

Mae e'n chwerthin. "Ehtiram Ahmed," mae'n dweud, gan estyn ei law. "Mae'n dda gen i gwrdd â ti. Dwi ddim yn siŵr os wyt ti'n fy nghofio i, ond dwi wedi bod yn ffrind gorau i ti ers, yma, tua deng mlynedd?"

"Shit," meddaf i.

"Dwi hefyd yn defnyddio'r enw Stallone05, rhag ofn nad o't ti wedi dyfalu. Ro'n i'n meddwl y byddet ti'n deall y cyfeiriad at *Rambo*." Mae e'n sniffian, ac yn tynnu wyneb. "Ocê, mae'n *rhaid* i ni symud oddi wrth y biniau 'ma. Dilyna fi."

Felly dwi yn. Ry'n ni'n mynd draw o'r ysgol, o gwmpas y caeau chwarae.

"Pa bawn i'n gwbod mai ti oedd e..." dwi'n dechre. Yna dwi'n distewi. Beth *byddwn* i wedi'i wneud pe bawn i'n gwbod mai fe oedd e?

Mae Ram yn codi'i law. "Pe baet ti'n gwbod mai fi oedd e, fyddet ti ddim wedi dweud unrhyw beth. A byddwn i wedi ffricio pe byddet ti wedi trio siarad â fi amdano fe beth bynnag. Ond ro'n i'n tybio, gyda'r nodiadau... Ro'n i eisie i ti wbod bod rhywun yn gefn i ti, ti'n gwbod? Ac am wn i 'mod i eisie gwbod bod rhywun yn gefn i fi hefyd."

Shit.

Dwi ddim yn gwbod sut i ymateb. Yr holl amser, do'n i ond yn meddwl amdana i fy hun.

Mae Ram yn chwifio'i law, cystal â dweud, *Anghofia fe*. "Roedd e'n eitha' cŵl dy wylio di'n bytheirio ar Dr Prysor, ti'n gwbod."

"Ma' 'mywyd i'n mynd i fod yn uffern am wneud hynna."

"Siŵr o fod," medd Ram. "Ond ro'dd e'n bod yn goc oen. Fe gefnoga i ti, ac Elsi."

"Ie, reit," meddaf i. "Ro'dd hi'n meddwl ei fod e'n anhygoel o ddoniol."

Mae Ram yn ysgwyd ei ben. "Na doedd hi ddim."

"Does dim angen i ti esgus, Ram. Fe welais i hi. Ro'dd hi'n chwerthin nerth ei phen." Mae e'n trio codi 'nghalon i. Mae'n siŵr ei fod e'n meddwl 'mod i'n mynd i'w cholli hi eto. "Dwi ddim hyd yn oed yn poeni."

Mae Ram yn fy mhwnio i ar fy mraich. Pe bai Robin wedi gwneud, byddwn i'n sicr wedi'i osgoi e. Ond do'n i ddim yn disgwyl honna.

"Aw."

"Gwranda arna i. Doedd hi ddim yn chwerthin... aros, beth ddwedest ti wrthi?"

"Beth?"

"Fe sgwennest ti nodyn iddi, yn do? Yn y dosbarth. Yn dy lyfr nodiadau. Fe weles i ti. Beth ddwedest ti wrthi?"

"O, dim byd." Mae e'n codi'i fraich eto, ei ddwrn wedi'i chau. "Ocê, ocê, rhywbeth ynglŷn â..." Dwi'n distewi, achos mae e'n edrych yn bryderus arna i, cystal â dweud, *Paid â gwneud i fi dy bwnio di eto.* "Rhywbeth ynglŷn â'i thad hi. Pam, be' sy'n bod?"

Dyw e ddim yn fy mhwnio i. Yn lle hynny, mae e'n slapio'i hun ar ei dalcen. "Fy nhad i, ti'n feddwl. Dim rhyfedd ei bod hi mor ypsét."

"Doedd hi ddim..." Ond yna mae fy ymennydd i'n deffro. Ei phen hi wedi plygu, ei hysgwyddau hi'n crynu. Doedd hi ddim yn chwerthin.

Roedd hi'n crio.

"Shit," meddaf i.

Ry'n ni'n eistedd ym mhen pella'r caeau rygbi, y tu ôl i fryn bach. Ry'ch chi'n gallu dweud ei fod e'n lle da i guddio oherwydd yr holl stympiau sigaréts. Mae hi'n dawel – mae'r bryn yn cau allan mwyafrif y sŵn o'r caeau rygbi.

"Ocê, mae rhywbeth sy'n rhaid i fi ddweud wrthot ti. Ti'n cofio ar ôl yr arholiad Bioleg ofnadwy 'na, pan o'dd Elsi'n sôn am ei rhieni?"

"Ydw, rhywfaint."

"Ti'n cofio unrhyw beth rhyfedd?"

Mae fy ymennydd i'n corddi am ychydig. "Mae hi'n galw'i rhieni wrth eu henwau cynta."

"Cywir. Ben a Jacob. Ti'n gwbod pam?"

Dwi'n ysgwyd fy mhen.

"Mae Elsi mewn cartre maeth. Fe wnaeth ei mam hi..." Mae e'n crafu'i wddf yn anghyfforddus. "Edrych, mae'n siŵr nad fi ddylai fod yn dweud hyn wrthot ti, ond... Fe gerddodd Mam Elsi allan arni. Flynyddoedd yn ôl. Ac yna fe wnaeth ei thad hi, ym..."

Dwi'n meddwl 'nôl i'r diwrnod 'na yn y sw, pan ofynnais i wrthi pam roedd hi'n cymryd cymaint o luniau. *Dwyt ti ddim yn gwbod be' sy'n bwysig tan wedyn*: dyna oedd ei hesboniad hi.

"Mae ei thad hi wedi marw," meddaf i'n dawel.

Mae Ram yn nodio.

Ry'n ni'n eistedd yno am hydoedd. Dwi'n trio cyfri'r stympiau sigarét ar y gwair, ond dwi'n colli cownt o hyd. Felly dwi'n pwnio'r llawr yn lle hynny. "Fedra i ddim coelio cymaint o lanast dwi wedi'i wneud o bethe mewn un bore."

"Mae e'n reit drawiadol," mae Ram yn cyfadde. "Nawr, oes angen i ti fod yn rhywle?"

"Mae Mrs Richards yn mynd i 'mlingo i'n fyw."

"Siŵr o fod. Ond o leia fyddi di ddim yn marw ar dy ben dy hun."

Dwi'n codi un o fy aeliau.

"Ar ôl i ti adael, fe gollodd Elsi hi gyda Dr Prysor hefyd."

"Ti'n jocan," meddaf i.

Mae Ram yn dangos cledr ei law i fi. "Dwi'n addo. Galli di ofyn iddi dy hun mewn eiliad. Hei, dwi'n cymryd nad wyt ti wedi darllen ail ran hwnna eto."

Mae e'n pwyntio at y llythyr yn fy llaw i.

"Ddim eto," dwi'n cyfadde.

Mae e'n gwenu. "Pe byddet ti, byddet ti siŵr o fod wedi gweithio'r peth allan."

"Be' ti'n feddwl?"

Mae e'n tynnu wyneb.

Dwi'n dal ei lygad e am eiliad. Dwi wedi bod yn trio gwthio Ram allan o 'mywyd i drwy'r flwyddyn, achos ro'n i'n meddwl na fydde fe byth yn deall. A dweud y gwir, dwi wedi bod yn gwneud hynny gyda phawb. Ond mae'n siŵr mai Ram a Gwydion gafodd hi waetha. Un funud, roedd gyda nhw ffrind go iawn, oedd eisie treulio amser gyda nhw a chwarae gemau fideo a rhannu bwyd. Ac yna, roedd gyda nhw ysbryd. Rhywun oedd yno, ond ddim yno go iawn. Rhywun oedd yn daer eisie'u sylw nhw, ond oedd yr un mor daer i gael ei anwybyddu.

Dwi'n troi'r llythyr drosodd. Mae Ram yn chwerthin erbyn hyn.

Dwi'n ei ddarllen e'n araf, wrth i wên ledu ar draws fy wyneb i. Yna, dwi'n tynnu fy mag oddi ar fy nghefn, yn ei agor e, ac yn estyn am fy mocs bwyd.

"Macs, does dim rhaid i ti."

"Mae'n iawn," meddaf i. "Wir."

Dwi wastad wedi dilyn y rheolau, ers i fi allu cofio. Mae Mam a Dad heb orfod fy nghosbi i trwy fy stopio i rhag gadael y tŷ, a dwi erioed wedi cael fy nghadw ar ôl ysgol. Dwi erioed wedi dwyn unrhyw beth. Ond heddiw, dyw dilyn y rheolau ddim wir wedi gweithio i fi. Fe dorrais i Reol Un pan golles i 'mhen gyda Dr Prysor yn lle mynd i weld Miss Ellis. A dweud y gwir, dwi'n torri Rheol Un nawr, i raddau, jest trwy fod fan hyn. A dwi eisoes wedi torri Rheol Tri tua hanner cant o weithie. Roedd honno'n reol dwp beth bynnag, yn fy marn i: gofyn i rywun ag anorecsia wneud hyd yn oed mwy o gyfri.

Wel, nawr dwi'n mynd i'w gwneud hi'n hatric.

Dwi'n edrych lan ar Ram. Mae e'n sefyll yno fel lemwn.

Dwi'n edrych arno fe'n ddifrifol. "Ydyn ni'n gwneud hyn, neu be'? Dwi'n cymryd bod y stwff arferol gyda ti?"

Mae Ram yn gwenu, ac yna'n nodio. Mae e'n tynnu'i fag cefn oddi ar ei ysgwyddau, yn agor y sip, ac yn estyn am ei focs bwyd e hefyd.

Dwi'n agor fy un i, ac yn tynnu'r pecyn bach ffoil allan. "Dwy frechdan ham," meddaf i.

"Dwy frechdan gaws," ateba Ram, gan gynnig bwndel bach *cling film* i fi yn ei le. Mae e'n nodio. "Pleser gwneud busnes â ti."

Dwi'n nodio 'nôl. "Well i fi fynd i gael stŵr, 'te."

"Gwell i ti fynd ar dy ddêt arbennig gydag Elsi, ti'n feddwl."

Dwi'n chwerthin. "Wela i di pan ddo' i allan?"

"Dwi'n cymryd y byddi di'n gwbod ble i ddod o hyd i ni."

Dwi'n rhoi fy mocs bwyd gadw ac yn codi'r bag ar fy ysgwydd.

"Wela i di cyn bo hir," meddaf i.

"Aros eiliad," medd Ram. Mae e'n mynd mewn i'w sach gefn eto, ac yn tynnu Kit-Kat allan ohoni.

"Dwi'n meddwl bod gyda fi Snickers," meddaf i'n nerfus. A bod yn onest, dwi ddim wir eisie cyfnewid bariau siocled gyda fe hefyd. Nid oherwydd 'mod i'n mynd i ffricio, neu gobeithio nad ydw i. Jest oherwydd, wel, bod Snickers yn lot gwell na Kit-Kats.

"Da iawn," medd Ram. "Ond ddim cyfnewid yw hyn. Anrheg o gariad yw e."

"Ym, ocê."

"Mae hi'n ffaith wybyddus, Macs, mai Kit-Kats yw'r bwyd mwya rhamantus yn y byd."

"O-cê," meddaf i. Dwi'n trio penderfynu os yw e wedi'i cholli hi go iawn.

"Rhanna fe gydag Elsi," medd Ram. "Ma' hi'n dwli ar Kit-Kats."

Am eiliad, dwi'n ystyried tybed sut mae e'n gwbod hyn. Yna dwi'n cofio faint o sylw mae e'n ei roi i'r hyn mae pawb arall yn ei gael i ginio. Mae'n siŵr y gallai Ram ddweud wrtha i beth yw hoff far siocled pawb yn Ysgol Maes y Glyn.

Dwi'n cymryd y Kit-Kat oddi arno. "Diolch, boi."

"Paid â sôn. A phaid â dod i arfer â'r peth, chwaith. Dwi byth yn rhoi bwyd i ffwrdd am ddim."

"Dwi'n gwbod. Bydd fory'n wahanol, yn bydd?"

Mae'n wfftio. "Yn union."

29

Fe fynnodd Robin wneud y sbageti 'leni. Ie, dyna chi, Robin. *Robin*, y boi sydd, yn y gorffennol, wedi bwyta Pot Noodle sych gan ei fod e'n rhy ddiog i ferwi'r tegell, ac a drïodd rostio cyw iâr yn ei baced plastig un tro. Nawr mae e wedi bod yn y gegin, ar ei ben ei hun, am ddwy awr. Ry'n ni gyd braidd yn nerfus.

Dwi ddim yn gwbod pam, ond spaghetti bolognese yw ein pryd Noswyl Nadolig traddodiadol ni. Bob blwyddyn, ry'n ni'n bwyta sbageti, yn mynd i wrando ar glychau'r sled, ac yna'n mynd i'r gwely.

Yr unig wahaniaeth 'leni yw ein bod ni siŵr o fod yn mynd i fynd i'r gwely gyda gwenwyn bwyd.

Mae Mam yn codi, am y pedwerydd tro, er mwyn gofyn i Robin os oes angen unrhyw help arno fe.

"Dwi'n *iawn*," mae e'n dweud wrthi, cyn ei hel hi o'r gegin. Mae e wedi dweud yr un peth bob tro – ond y tro hwn, roedd 'na fin pendant i'r *Dwi'n iawn*. Nid *Dwi'n ymdopi'n rhyfeddol o dda, diolch*, ond yn hytrach *Er mwyn Duw, plis paid â dod mewn fan hyn*.

Bore 'ma, fe ges i fy sesiwn gyda Luned, fy sesiwn gynta ers mis. Dwi wedi magu kilo arall, sy'n golygu bod fy BMI i bellach yn yr ystod Normal unwaith eto. Mae Luned wastad yn reit ofalus yn y ffordd mae hi'n ymateb. Mae hi'n gwbod, waeth beth yw fy mhwysau i, 'mod i fel arfer yn ypsét am y peth. Wedi magu pwysau? Mae'r awyr ar fin cwympo mewn. Wedi colli pwysau? Dwi'n mynd i farw. Wedi aros yr un fath? Am wastraff amser. Dwi'n teimlo drosti: mae hi'n methu ennill.

Ond doedd heddiw ddim fel'na. Heddiw, roedd hi'n gallu gweld pa mor hapus ro'n i.

Ocê, felly dwi *reit* ar waelod yr ystod Normal. Mae e'n ystod reit fawr. Ond mae e'n dal i deimlo'n dda. Yn ôl fy siart GIG swyddogol, dyw fy mhwysau i bellach ddim yn risg enfawr, uniongyrchol i fy iechyd i.

"Sut wyt ti'n teimlo?" gofynnodd Luned i fi.

Mae hi wedi gofyn hynny i fi ym mhob sesiwn ry'n ni wedi'i chael. A fy ateb parod i bob tro oedd: iawn. Dwi'n teimlo'n iawn.

Ond dwi'n dod yn well am fod yn onest. "Ofnus," fe ddwedes i wrthi. "Ofnus ofnadw."

A chi'n gwbod be' dwi *ddim* yn ei deimlo?

Dwi ddim yn teimlo'n dew.

Ro'n i wir yn meddwl y byddwn i. Fe ddwedes i wrtha i fy hun, *Os nad wyt ti eisie marw, bydd yn rhaid i ti ddod i arfer â theimlo'n dew.*

Wel, falle y bydda i. Ond dwi ddim hyd yma.

Fe wnes i decstio Elsi'n syth ar ôl fy sesiwn. Dim ond y rhif: fy BMI newydd i. Fe atebodd hi o fewn tua wyth eiliad.

Cwcw: Ti'n jocan.
Fi: Nagw.
Cwcw: OMB!
FI: Ie.
Cwcw: MA HYNNA'N ANHYGOEL. TI'N BLYMIN ANHYGOEL, IOLO WILLIAMS.
Cwcw: O.N. Cacen gri! :D

Cyn i chi ofyn, ydy, mae Elsi yn fy ffôn i o dan yr enw Cwcw, sy'n bendant yn swnio fel rhyw enw anwes uffernol. Ond y peth yw, mae hi wir *yn* gwcw. Fe adawodd ei mam hi. Mae hi'n dipyn o geg. Fe ddaeth hi o unman yn y gwanwyn, ac mae hi'n gwneud *lot* o sŵn. Ocê, mae hi heb ladd ei holl frodyr a chwiorydd maeth eto. Ond dwi'n reit siŵr mai dim ond mater o amser yw hynny.

Fe wnes i decstio Gwyds a Ram hefyd. Mae Gwyds heb ateb o hyd, siŵr o fod oherwydd y rheol dim-ffonau-yn-y-tŷ. Hefyd, fe ddywedodd e wrthon ni ei fod e'n mynd i fod ar *farathon Star Trek anferthol* ar Noswyl Nadolig. Ond fe atebodd Ram yn syth hefyd: Da iawn. Yw hynny'n golygu 'mod i'n gallu dechre dwyn dy fwyd di eto?

Mae Robin yn dod mewn i'r stafell fyw. Mae e'n gwisgo ffedog wen, ac mae e wir yn edrych fel pe bai e wedi lladd buwch ynddi. Mae hi fel golygfa o ffilm arswyd.

"Swper yn barod," mae e'n dweud.

"Os y'n ni'n barod amdano neu beidio," ateba Dad.

Mae Robin yn codi'r lliain sychu llestri sydd gyda fe yn ei law yn fygythiol. "Gwylia di, Dad," mae e'n dweud.

Mae Dad wedi bod o gwmpas yn amlach yn ddiweddar. Fe ddaeth e draw i gael swper ddwywaith yr wythnos hon. Mae e hyd yn oed yn aros draw weithie. (Heno, mae Dad a Robin yn mynd i reslo breichiau i weld pwy sy'n cael fy hen stafell i. Mae'n rhaid i'r collwr gysgu ar y soffa lawr llawr.) Peidiwch â 'nghamddeall i, dyw Mam a Dad yn bendant ddim 'nôl gyda'i gilydd. Ond, a bod yn onest, maen nhw'n ymddangos yn hapusach yng nghwmni'i gilydd nawr nag ers blynyddoedd.

Ry'n ni'n mynd drwodd ac yn eistedd wrth y bwrdd. Mae Robin eisoes wedi gosod ein platiau a'n cyllyll a ffyrc ni allan. Fe ofynnais iddo fe a allen ni helpu ein hunain. Mae hi'n dal i fod braidd yn anodd i fi fwyta dogn mae rhywun arall wedi'i roi i fi.

Mae Robin yn dod â sosban fawr o bolognese draw tra mae Mam yn arllwys gwin i ni gyd. Hyd yn oed fi. *Dwi'n yfed gwin nawr.*

"Waw," meddaf i, wrth i Robin roi'r sosban lawr ar y bwrdd. "Mae hwnna'n arogli'n... *dda*."

"Yn dda *iawn*," medd Dad.

"Does dim angen i ti swnio fel pe baet ti wedi dy synnu cweit cymaint," mae Robin yn grwgnach.

"Mae e'n edrych yn hyfryd, Robin," medd Mam. "Diolch."

Ac mae e. Dwi heb fwyta llawer o spag bol yn ddiweddar: mae dognau anodd eu mesur ynghyd â llwyth o gynhwysion gwahanol ynghyd â thunnell o garbohydradau gyfystyr â hunlle waetha anorecsig. Felly falle nad fi yw'r beirniad gorau. Ond mae'r saws yn neis ac yn llawn cig. Mae'r pasta'r mymryn lleia'n galed, fel y dylai fod. Mae e hyd yn oed wedi gwneud ei fara garlleg ei hun, trwy dorri bagét a rhwbio garlleg a pherlysiau arno ac yna'i roi o dan y gril.

Mae e'n wirioneddol dda.

Dwi'n codi un o fy aeliau ar fy mrawd. "Mae'n debyg dy fod di'n gallu coginio wedi'r cyfan, Robin. Pwy feddylie?"

"Diolch, frawd bach," medd Robin. Mae e'n rhoi'r edrychiad rhyfedd 'ma i fi, ac yna'n estyn am ei wydraid gwin. "Nawr, hoffwn i gynnig llwncdestun."

"I Siôn Corn," medd Mam.

"I Ysbryd y Nadolig a Fu," medd Dad.

Mae Robin yn edrych arna i, ac yn ysgwyd ei ben. "Wir nawr, â'r ddau yma rownd y lle, mae'n syndod ein bod ni'n dau cystal."

Mae Mam yn piffian chwerthin.

"Na, Mama a Tada," mae Robin yn mynd yn ei flaen, gan edrych yn siomedig ar y ddau. "Dwi'n meddwl bod Siôn Corn yn cael digon o ganmoliaeth am wneud un noson o waith y flwyddyn, a bod yn onest. Hoffwn i gynnig llwncdestun i'r person dewra i fi gwrdd ag e erioed."

Dwi'n disgwyl i Dad wneud cyfraniad eto, a dweud rhywbeth fel, *O, Rwdolff ti'n feddwl.* Ond dyw e ddim. Mae e'n gwenu arna' i. Ac yna dwi'n sylwi eu bod nhw i gyd yn gwneud: mae Mam, Dad a Robin i gyd yn gwenu arna i o glust i glust.

"Arhoswch, be' sy'n digwydd?" dwi'n gofyn.

Mae Robin yn codi'i wydr, ac mae Mam a Dad yn gwneud yr un fath. "Fe giciaist ti 'leni yn ei ben-ôl, frawd bach."

"Reit, pwy sydd eisie gweld os y'n nhw'n gallu clywed sŵn clychau'r sled?"

Dwi'n edrych lan ar Mam. Mae hi'n gwisgo het Siôn Corn, siwmper sy'n dweud DWLI AR Y DOLIG ar ei thraws mewn llythrennau enfawr, a gwên mor llydan â Siberia. Dwi'n sylweddoli mai'r tro diwetha i fi ei gweld hi mor hapus â hyn oedd Nadolig diwetha, cyn i bopeth droi'n wael iawn.

"Ddim fi," medd Robin yn hwyliog, heb edrych lan o'r *Radio Times* mae wedi bod yn ei ddarllen ers ugain munud.

"Dere 'mlaen, Robin," medd Mam. "Mae hi bron yn hanner nos." Mae hi'n diflannu i'r cyntedd.

"Pam yn union ry'n ni'n gwneud hyn?" medd Robin, wrth neb yn arbennig.

Mae Dad yn dod y tu ôl iddo ac yn cydio yn y cylchgrawn, yn ei chwipio i ffwrdd mewn un symudiad llyfn. "Traddodiad," mae e'n dweud.

"Dyw hynny ddim yn rheswm."

"Beth am *Oherwydd bod dy fam a dy dad wedi gofyn i ti wneud*, 'te?"

Mae Robin yn codi'i ysgwyddau.

"Y diawl digywilydd," mwmiala Dad. Mae e'n edrych draw ata i. Dwi eisoes yn gwisgo 'nghot. Unrhyw flwyddyn arall, falle y byddwn i'n ochri gyda 'mrawd. Ond ddim 'leni.

"Pam na all dy frawd fod mwy fel ti, gwed?"

Mae'r geirie'n fy nharo i fel gordd. Dwi'n gwbod mai jôc yw hi, ond dyw hi ddim yn jôc y galle Dad fod wedi'i gwneud ar unrhyw bwynt arall 'leni. Bydde'r syniad bod bod yn debycach i fi yn beth *da* wedi ymddangos yn rhy chwerthinllyd.

"Dim syniad," dwi'n ateb.

Mae Robin yn edrych yn ddig arna i, cystal â dweud *Sut allet ti?*

Mae Mam yn dod 'nôl i'r stafell â hetiau Siôn Corn i'r gweddill ohonon ni. A llond plât o fins peis.

Dwi'n casáu gwisgo hetiau: mae 'ngwallt i mor denau, dwi fel arfer yn edrych fel pe bawn i wedi cael sioc drydanol pan dwi'n gwisgo un. Ond mae hi'n Nadolig, yn tydy?

"Diolch, Mam," meddaf i.

Dwi'n gwisgo'r het, o'r diwedd; mae hi mor dynn dwi'n reit siŵr ei bod hi'n torri'r cyflenwad gwaed i fy ymennydd i neu rhywbeth.

"Mins pei?"

Mae hi'n cynnig y plât i fi. A dwi ar fin cymryd un – wir – pan mae ffôn Dad yn gwneud sŵn bipian.

"Mae hi'n hanner nos," gwichia Mam. Mae hi'n rhoi'r plât lawr ar y bwrdd coffi. "Dewch 'mlaen," medd hi'n wyllt. Mae hi'n datgloi drws y patio, yn cydio yn llaw Dad, ac yn martsio allan i'r oerfel.

"Mae hi off ei phen," mwmiala Robin.

"Madog!" dwi'n gweiddi. Dwi'n ei heglu hi draw at y bwrdd coffi, ond mae hi'n rhy hwyr. Falle nad yw ein ci ni'n cerdded mor gyflym erbyn hyn, ond mae e'n dal i fwyta ar 1,000 mya. Mae e eisoes ar ei ail fins pei erbyn i fi gyrraedd yno – ac, yn naturiol, mae e wedi llwyddo i lafoerio dros y gweddill.

"Wps," medd Robin.

"Bydd Mam yn grac," meddaf i, gan dynnu'r plât oddi ar

Madog. Yn ddigynnwrf, mae e'n troi at hwfro'r briswion. Mae ei gynffon yn taro'r soffa drosodd a throsodd.

Mae Robin yn codi'i ysgwyddau. "Mae hi wedi gwneud tri batsh yn barod. Mae e fel therapi neu rhywbeth iddi. Yn bersonol mae 'ngyrfa goginio i drosodd."

Dwi'n mynd â'r plât drwodd i'r gegin, a'i roi lawr ar yr ochr. Dwi ddim cweit yn gallu ei daflu fe i'r bin. Mae hi'n dal i fod yn anodd i fi ymdopi â gwastraff bwyd. Falle y gallwn i jest taflu'r briwfwyd a rhoi'r crwst i Madog. Dwi'n reit siŵr nad yw cŵn i fod i fwyta briwfwyd.

Dwi'n mynd 'nôl i'r stafell fyw. Mae Madog wedi gorffen clirio'r llanast: mae e nawr yn gorwedd yn swp o flaen y soffa, yn edrych yn reit fodlon.

"Fe ddylen ni fynd i ymuno â nhw," meddaf i. "Maen rhaid eu bod nhw bron â sythu."

Mae Robin yn dal un o'i ddwylo lan, cystal â dweud, *Aros*.

"Be'?" dwi'n gofyn.

Mae e'n pwyntio at y goeden. Yn benodol, at yr anrhegion o dan y goeden.

"Pan ddewn ni 'nôl mewn, dwi'n mynd i ddangos i ti pa un yw dy un di. Yn dechnegol, mae hi'n Nadolig yn barod, yn tydy?"

"Ydy, yn dechnegol," dwi'n cytuno.

Mae e'n rhoi braich o amgylch fy ysgwydd, ac yn fy arwain i at y drws. "Dwi'n meddwl bo' ti'n mynd i hoffi hwn, frawd bach."

24 Rhagfyr

Annwyl Ana,

Fe soniodd Luned wrtha i am ei anhwylder bwyta hi y tro cynta i fi gwrdd â hi. Roedd hi'n fwlimig am wyth mlynedd. Ar y pryd, ro'n i'n bedair ar ddeg. Dwi'n cofio gwneud y syms yn fy mhen. Wyth rhannu â phedwar ar ddeg lluosi 100 = 57!. Roedd Luned yn anoresig am 60% o 'mywyd i mor belled.

Roedd e'n teimlo fel tragwyddoldeb.

Fe ddywedodd hi rhywbeth arall, hefyd. Rhywbeth a 'mhlagiodd i. "Rwyt ti'n dysgu byw bywyd normal o gwmpas dy anhwylder bwyta." Mae'n siŵr nad ydw i'n cofio ei hunion eiriau hi, ond rhywbeth tebyg i hynna ddywedodd hi.

Ro'n i'n meddwl mai'r hyn roedd hi'n ei olygu oedd na fyddwn i byth yn gwella. Fe gymerais i ei bod hi'n trio fy stopio i rhag codi fy ngobeithion. "Macs, sori, ond does dim gwellhad. Byddi di wastad fel hyn. Mae jest angen i ti ddelio â'r peth." Prin y gallwn i anadlu ar ôl iddi ei ddweud e. Anghofiwch y 60%. Ro'n i'n mynd i fod yn sâl am 100% nesa fy mywyd.

Fe godais i hynny gyda hi eto bore 'ma. Ac mae'n ymddangos 'mod i wedi camddeall yn llwyr.

"Dwi wedi gwella. Wrth gwrs 'mod i," medde hi. "Beth ro'n i'n ei olygu oedd bod byw bywyd normal yn rhan o'r hyn sy'n dy wella di. Pan mae gyda ti anhwylder bwyta, rwyt ti'n cilio rhag y byd. Ac mae hynny'n gwneud popeth yn waeth."

A dyma'r cyfan yn clicio, mewn ffordd, pan ddywedodd

hi hynny.

Roedd Luned yn sâl am 60% o 'mywyd i mor belled. Ond am y 40% arall, roedd hi'n ocê. Jest Luned oedd hi.

60%. Mae'n ddoniol sut mae'r rhif yna'n ymddangos drwy'r amser. Fe ddywedodd Mr Edwards wrthon ni mai dŵr yw 60% o'n cyrff ni, ac ar ôl hynny roedd gyda fi obsesiwn â'r ffaith. Yn fy mhen i, fe drodd pobl yn amoebas gwlyb anferthol oedd yn rholio ar hyd wyneb y Ddaear.

Ond ro'n i'n anghofio'r 40% arall. Y 40% ohona i sydd ddim yn ddŵr. Y rhan sy'n fy ngwneud i yn fi.

Mae e'n union fel y sŵp 'na, yr un yn y stori sydd ddim wir wedi'i wneud o garreg. Does dim hud a lledrith yn perthyn iddo. Dyw carreg yn ddim ond carreg. Dyw dŵr yn ddim ond dŵr. I wneud person, ry'ch chi angen carbohydradau a brasterau a phroteinau a fitaminau. Ry'ch chi angen tatws rhost. Ry'ch chi angen Mars bars. Ry'ch chi angen *prawn crackers* a brechdanau caws a Kit-Kats. Ac o ble maen nhw'n dod?

Ro'n i wastad yn meddwl mai moeswers y stori yna oedd bod pobl yn hawdd eu twyllo. Ond mae 'leni, fy mlwyddyn heb fwyta, wedi newid fy meddwl i. Moeswers y stori yw: os gofynnwch chi am help, bydd pobl yn eich helpu chi. Ddim yn bendant. Ddim wastad. Ond y rhan fwyaf o'r amser.

A dyma'r darn pwysig. Y darn y ces i'n hollol, hollol anghywir. Y bobl hynny sy'n trio'ch helpu chi? Y bobl hynny sydd, yn y pen draw, yn achub eich bywyd chi?

Does dim angen iddyn nhw ddeall popeth.

Fydd neb byth yn eich deall chi 100%. Fyddan nhw siŵr o fod ddim yn eich deall chi 40%. Dwi'n gwbod mai dyna mae arddegwyr yn ei ddweud mewn rhaglenni teledu, a falle mewn bywyd go iawn weithie hefyd. "Dy'ch chi ddim yn fy neall i!" Wel, mae pobl ag anorecsia braidd fel arddegwyr eithafol, am wn i. Ry'n ni'n hynod, siwpyr-dwbwl siŵr nad oes neb yn ein deall ni. Ddim hyd yn oed Morrissey na Kurt Kobain. A chi'n gwbod be? Dwi'n meddwl ein bod ni'n iawn. Fel mae Robin yn dweud, mae bod yn eich harddegau yn gachlyd, a'r hynaf ry'ch chi'n mynd, y mwya ry'ch chi'n anghofio pa mor gachlyd yw e.

Ond y peth yw, does dim ots. Does dim angen i rywun eich deall chi er mwyn achub eich bywyd chi. Does ond angen iddyn nhw boeni.

Efallai mai eich athro Bioleg chi yw hwnnw, neu eich seicolegydd a fu â bwlimia ei hun. Eich mam, eich tad, eich brawd, neu eich ci. Gallai fod yn athro Addysg Gorfforol roeddech chi wastad yn meddwl oedd yn eich casáu chi, neu'n ferch ry'ch chi jest eisie iddi sylwi arnoch chi.

Gallai fod yn ddieithryn dirgel sy'n gadael nodiadau dienw i chi.

Neu eich ffrind gorau.

Dwi ddim yn gwbod pam 'mod i'n dweud hyn wrthot ti, Ana. Ry'n ni eisoes wedi profi nad wyt ti'n bodoli. A dweud y gwir, mae hynny'n bwynt da. Dwi'n siarad â fi fy hun eto. Dwi'n mynd i decstio Ram yn lle hynny. Mae'n siŵr ei fod e wedi hen agor ei anrhegion erbyn hyn.

Nodyn gan yr Awdur

"Sut deimlad yw e?"

Dyna'r cwestiwn roeddwn i'n gofyn i fi fy hun o hyd wrth ysgrifennu'r llyfr hwn. Mae e'n gwestiwn sydd heb ateb da, achos mae anhwylder bwyta'n teimlo fel miliwn o wahanol bethau. Weithiau, mae e'n annioddefol, a weithiau dyw e prin yna. Weithiau, dydych chi ddim eisiau gweld neb byth eto; ar adegau eraill, fe fyddech chi'n gwneud unrhyw beth – unrhyw beth o gwbl – i gael rhywun i siarad â nhw. Mae e'n gwneud i chi wylltio. Mae e'n wirion. Yn boring.

Mae e'n gymhleth.

Mae Macs yn bedair ar ddeg pan mae e'n dod yn anorecsig. Roeddwn i'n ddeuddeg. Mae hi wedi cymryd bron i ddau ddegawd i fi drefnu fy meddyliau, i drio meddwl am well ateb i'r cwestiwn yna na "mae e wir, wir, wir yn gachlyd". Y llyfr hwn yw'r ateb hwnnw. Dyw e ddim yn ateb perffaith, ond mae'n siŵr mai dyma'r ateb gorau i fi lwyddo i'w roi erioed. Dwi'n gobeithio y bydd e'n helpu rhai pobl sy'n mynd trwyddo fe, a'r bobl o'u hamgylch.

Wrth gwrs, nid stori neb arall yw stori Macs. Nid fy stori i yw hi, hyd yn oed. Mae pob anhwylder bwyta yn wahanol, sy'n golygu na all neb ddeall yn iawn beth rydych chi'n mynd trwyddo. Dim hyd yn oed rhywun sydd wedi bod trwyddo fe eu hunain.

Ond dyw hynny ddim yn golygu na allan nhw helpu.

Dyna'r camgymeriad wnes i. Dyma'r camgymeriad mae'n ymddangos bod unrhyw un sydd erioed wedi profi anhwylder bwyta yn ei wneud. Rydyn ni'n tueddu i feddwl ein bod ni y tu hwnt i help. Rydyn ni'n tybio bod yr holl gyngor a chefnogaeth sydd allan yna ar gyfer pobl eraill. Rydyn ni'n dweud wrthon ni ein hunain: Dydy hyn ddim yn berthnasol i fi. Mae e ar gyfer rhywun teneuach. Mae e ar gyfer rhywun sydd heb fod yn sâl cyn hired â fi. Ar gyfer claf allanol. Mae e'n effeithio ar ferched a menywod yn unig, ddim ar fechgyn a dynion.

Ac mae hynny i gyd yn anghywir. Yng ngeiriau Macs, *Does dim angen i rywun eich deall chi er mwyn achub eich bywyd chi. Does ond angen iddyn nhw boeni.*

Felly, os ydych chi'n byw gydag anhwylder bwyta, mae angen i chi wybod hyn: dydw i ddim yn deall 100% beth rydych chi'n mynd trwyddo. Does neb yn. Hyd yn oed pe byddai gyda chi efaill unfath sydd hefyd yn datblygu anhwylder bwyta ar yr un diwrnod a chi – dydyn nhw'n dal ddim yn gallu gweld y tu mewn i'ch pen chi. Ond gadewch i ni ddweud, er enghraifft, fy mod i'n deall 10%. Hyd yn oed 5%. Gadewch i ni ddweud eich bod chi wedi darllen y llyfr yma a'ch bod chi'n gallu uniaethu ag un neu ddwy o linellau. Gadewch i ni ddweud bod eich mam yn rhoi cwtsh i chi pan fyddwch chi wir angen cwtsh, neu bod athro yn eich stopio chi ar ôl gwers i holi os ydych chi'n ocê. Yr hyn ddylech chi ei gymryd o hynny yw: bod yna bobl allan fan yna sydd wir yn poeni amdanoch chi, sydd eisiau helpu. Efallai nad ydyn nhw'n gwybod yn union sut i helpu ac efallai nad ydyn nhw hyd yn oed yn gwybod â beth maen nhw'n trio helpu. Ond maen nhw'n dal eisiau bod yno i chi. Ac os gallwch chi ddod o hyd i ffordd i adael iddyn nhw, bydd pethau'n gwella cryn dipyn.

Un tro, pan oeddwn i'n sâl, fe ddywedodd fy noctor i y peth rhyfeddaf wrtha i. Fe ddywedodd hi, "Pan fyddi di wedi gwella, fyddi di ddim yn meddwl mwy am fwyd na pherson arferol." Roedd hynny'n swnio'n wallgof. Roeddwn i jest yn gallu cael fy mhen o gwmpas y syniad o adferiad, ond roeddwn i'n tybio y byddai hynny fel troi sŵn stereo lawr yn isel. Byddai'r gerddoriaeth yn parhau i chwarae, a byddai wastad yn rhaid i fi boeni amdano, i ryw raddau.

I rai pobl, mae e fel yna. Ond am bob un ohonyn nhw, mae yna rywun arall sy'n gwella'n llwyr. Rhywun y mae eu pryderon mwyaf ynghylch bwyd, unwaith y byddan nhw wedi diffodd y gerddoriaeth, yn ymwneud ag os yw'r llaeth yn yr oergell wedi troi, a faint o'r gloch mae'r siop sglodion lawr y ffordd yn cau.

Dyw anhwylder bwyta ddim yn rhan gynhenid o bwy ydych chi; dyw e ond yn rhywbeth rydych chi'n byw gydag e am sbel, boed hynny'n flwyddyn, yn ddegawd, neu'n hirach, hyd yn oed. Rywbryd, gyda'r cyfuniad cywir o gariad, lwc, a chefnogaeth, gallwch chi droi'r gerddoriaeth ymlaen eto. Gallwch chi fynd 'nôl i fod yn chi.

Efallai bod hynny'n swnio'n wallgof, ond mae e'n wir.